Les Plaisirs de Printemps

EVIE HUNTER

Traduit de l'anglais
par Maryline Beury

City
Poche

Publié en Grande-Bretagne sous le titre *The Pleasures of Spring*
par Penguin Books.
Couverture : Shutterstock / Studio City

ISBN : 978-2-8246-0677-4
Code Hachette : 22 1727 5

Rayon : Roman / Érotisme
Collection dirigée par Christian English & Frédéric Thibaud.

Catalogue et manuscrits : www.city-editions.com

Dépôt légal : octobre 2015
Imprimé en France par France Quercy, 46090 Mercuès - n° 51106/

Pour Tony et Seoirse,
nos héros dans la vraie vie.

I

Roz Spring tituba en voyant la collection de couteaux de chasse accrochés au mur. Ils étaient si déplacés dans ce centre commercial de Londres qu'elle ne put dissimuler son effroi. Elle cligna des yeux et tenta de contrôler l'expression de son visage, mais ne put réprimer le frisson glacé qui lui parcourut l'échine.

— Tout va bien, madame ?

Le responsable de Sunny Money sortit de derrière son comptoir et vint lui prendre le bras.

— Vous êtes bien pâle, tout à coup.

Roz prit appui sur le bras de l'homme. Le poids de son ventre rebondi la déséquilibrait, et elle comptait bien se laisser aider un peu. Elle s'affaissa légèrement pour reposer son dos.

— Désolée, ce sont ces couteaux. Ils m'ont fait peur.

L'homme se retourna pour les regarder, comme s'il avait oublié leur présence. Il y avait là six longs couteaux très impressionnants, avec des manches de cuir, d'ivoire et de bois, qui brillaient d'un éclat sinistre sur leur présentoir suspendu au mur du fond.

— Ils appartenaient à mon arrière-grand-père. C'était un grand chasseur en Afrique, du temps où l'on avait le droit de tuer les animaux.

Il haussa les épaules.

— C'est bien différent, de nos jours. Maintenant, on prend des photos au lieu de leur tirer dessus. C'est mon hobby.

Il lui sourit, d'un sourire humble et charmant, mais Roz n'eut pas la force de lui rendre son amabilité. Les couteaux lui fichaient une peur bleue.

Elle se frotta le ventre avec nervosité.

— Pardon, je suis encore sous le choc.

L'agence de Sunny Money se trouvait au premier étage du centre commercial de Lewisham, dans une petite surface coincée entre une bijouterie de luxe et une boutique vendant des vêtements à la dernière mode dans lesquels elle ne pouvait plus entrer.

Les cloisons de verre qui séparaient le bureau de l'accueil révélaient des murs et une moquette sobres, ainsi qu'un comptoir exempt des protections pare-balles si fréquentes dans les banques. L'endroit était accueillant, accessible, et correspondait parfaitement à ce qu'il lui fallait dans cette situation.

Son cuir chevelu la picotait et elle mourait d'envie de se gratter la tête, mais elle ne pouvait détacher son regard des couteaux exposés. Roz frissonna légèrement. Depuis cette terrible nuit à Paris, un an auparavant, les armes tranchantes lui donnaient des cauchemars.

— Pourrais-je m'asseoir un instant ? Je ne me sens pas très bien.

Monsieur Sunny Money ne se fit pas prier.

— Mais bien sûr, je vous en prie. Tenez.

Il avança une chaise et l'aida à s'y asseoir.

Roz s'installa maladroitement et poussa un soupir de soulagement en se détendant un peu. Elle se pencha en avant pour se frictionner le bas du dos.

— Je ne pensais pas que ce serait si dur d'être enceinte. Quand on voit ce qu'ils nous vendent à la télé, avec ces femmes radieuses et épanouies… Ce n'est pas du tout ça.

Elle était maintenant suffisamment proche de lui pour lire son badge. L'homme se nommait Dave Winston.

Il lui tapota gentiment le bras.

— Je comprends, mais vous êtes radieuse, vous aussi, vous savez.

Il marqua une petite pause, avant d'ajouter :

— C'est pour bientôt ?

Roz détourna les yeux.

— Oui, c'est même pour ça que je suis ici. Le terme est prévu d'ici deux semaines, et je vais avoir des jumeaux.

Elle leva de nouveau les yeux.

— Des jumeaux ! Avec un bébé, ça n'aurait déjà pas été facile, mais deux ! Je ne savais pas que ça coûtait si cher. Il va me falloir une poussette double, deux lits, le lait maternisé, le stérilisateur, les habits et plein de choses encore. Je ne sais pas où je vais trouver tout cet argent, mais j'ai une amie, Stella, qui m'a dit que vous pourriez m'aider.

Dave lui adressa un sourire rassurant.

Roz se dit qu'il devait avoir bien peaufiné cette expression.

— Je comprends tout à fait. J'imagine que le père…

Il laissa sa phrase en suspens.

— Non. Il n'y a pas de père dans le tableau. Mon amie Stella m'aide à effectuer les demandes d'allocation, et ce ne sera pas du luxe avec des jumeaux, mais j'ai besoin d'argent maintenant.

Dave lui tapota le bras.

— Nous sommes là pour ça, madame. À quelle somme pensiez-vous ?

Elle inspira profondément.

— Mille livres, ce serait possible ?

Le sourire de Dave se fit prédateur.

— Bien sûr. Ça coûte cher, les bouts de chou. Vous aurez peut-être besoin de davantage. Disons mille cinq cents, d'accord ? Avec un remboursement de seulement vingt livres par mois, ça devrait passer tout seul.

Roz se força à afficher un air reconnaissant.

— Oh ! merci, merci. Vous me sauvez la vie. Et, les intérêts ?

— Ça ne sera pas un problème.

Dave l'aida à se lever de sa chaise et l'emmena au comptoir, où il lui tendit un formulaire.

Dans l'espace réservé au nom, elle écrivit *Elaine O'Kennedy*. Elle nota ensuite l'une des treize adresses où elle avait vécu enfant. Son père n'avait jamais aimé se poser. Elle laissa ses yeux scruter l'arrière du comptoir, y cherchant une boîte en métal.

Voilà. C'était fait. Elle griffonna une signature en bas de la page pendant que Dave comptait les billets.

— Parfait.

Il jeta un œil sur le formulaire.

— Auriez-vous votre permis de conduire avec vous ? J'ai besoin d'une pièce d'identité.

Il gardait la liasse de billets en main.

Elle secoua la tête.

— Non, désolée, dit-elle en instillant une touche de désespoir dans sa voix. Ça veut dire que je ne peux pas avoir l'argent ?

Il fronça les sourcils.

— Autre chose, peut-être ? Votre carte d'assurée sociale ?

La main tremblante, elle fouilla dans son sac, y cherchant la carte.

Dave la lui prit des mains et regarda les détails sur le faux document.

— Très bien. Je vais la conserver quelques jours, le temps de régler les détails du dossier.

Il déverrouilla la boîte métallique derrière le comptoir et y rangea sa fausse carte d'assurée.

Le moment était venu.

Roz perça le préservatif extrafin qu'elle avait empli d'eau jaune clair. Il répandit son contenu en lui aspergeant abondamment les jambes ainsi que la moquette. Elle saisit alors son ventre et poussa un cri guttural.

— J'ai perdu les eaux !

Roz n'hésita pas à en rajouter.

— Ah ! ah ! ah ! J'ai une contraction. J'ai MAL !

— Mais… vous disiez que le terme était dans quinze jours ? paniqua Dave.

Elle se redressa pour le regarder dans les yeux.

— Je leur dirai de votre part qu'ils sont en avance.

Elle cramponna de nouveau son ventre en gémissant.

— Vous allez devoir appeler les secours.

Dave tâtonna derrière son comptoir, cherchant son téléphone. Il avait disparu.

Roz poussa un nouveau gémissement, plus fort.

— Oh mon Dieu ! J'ai atrocement mal.

Elle se retint au comptoir.

— Je croyais qu'il y avait des pauses entre les contractions. Ces bébés ont l'air très pressés d'arriver.

— Vous ne pouvez pas accoucher ici !

Dave cessa de chercher le téléphone.

— Attendez ici, je vais chercher de l'aide.

Elle se mit à haleter ostensiblement.

— Faites vite, s'il vous plaît.

Il fonça vers la porte.

Dès qu'il fut parti, Roz se faufila derrière le comptoir et attrapa la boîte. Elle était pleine de cartes d'assurés sociaux. Monsieur Sunny Money avait sévi dans le voisinage depuis des mois. Le fumier. Elle souleva la jupe de sa volumineuse robe de grossesse, ouvrit le haut de son « ventre » et y déversa le contenu de la boîte. Parfait. Beaucoup de gens allaient mieux dormir une fois qu'ils auraient récupéré cela. Elle referma rapidement le haut de son ventre et remit sa jupe en place avant de regarder autour d'elle pour s'assurer qu'elle n'avait rien négligé.

Pan ! Pan !

Des coups de feu retentirent soudain, suivis d'un bruit de verre brisé et de cris. Roz leva la tête et aperçut un homme cagoulé tenant un fusil de gros calibre. Elle se laissa tomber comme une pierre en priant pour qu'il ne l'ait pas vue.

De nouveaux tirs se firent entendre, puis encore des cris et le bruit de dizaines de personnes courant en tous sens. Une alarme se déclencha.

Bon sang ! Il n'était pas difficile de deviner ce qui venait de se passer. Un cambriolage avait mal tourné à la bijouterie, et les voleurs essayaient de s'enfuir en faisant usage de leur arme. Et ils se trouvaient juste entre elle et la sortie.

Roz resta où elle se trouvait. Le comptoir la protégeait du tohu-bohu extérieur, mais elle ne put résister à la tentation de jeter un œil au coin du meuble pour voir ce qui se passait.

Un homme de grande taille dirigeait un groupe d'enfants vers l'escalier de secours. Il portait un grand manteau noir de belle qualité qui empêchait de distinguer les détails de sa silhouette, laquelle lui était toutefois légèrement familière.

Il tourna alors la tête, et Roz aperçut un profil qu'elle connaissait bien.

Andy McTavish.

Oh non ! Pas lui ! Andy McTavish était certainement la dernière personne qu'elle voulait voir en cet instant. Voilà plus d'un an qu'elle était en cavale, le fuyant à tout prix. Elle n'avait aucune intention de le laisser l'emmener au poste de police le plus proche et l'y retenir jusqu'à l'arrivée d'Interpol. Elle s'était donné trop de mal pour se faire prendre maintenant.

Son cœur se mit à battre la chamade. Pourquoi avait-il fallu qu'ils envoient un homme si séduisant à ses trousses ?

Roz resta accroupie derrière le comptoir, hors de la vue de l'homme. La porte de la sortie de secours se referma, et il disparut. Une sirène de police retentit dans le lointain, tandis qu'une rafale de coups de feu lui indiquait que les voleurs avaient une mitraillette en plus de leurs armes de poing. Ses chances de sortir d'ici vivante s'amenuisaient rapidement.

Elle avait à peine eu le temps de voir une ombre bouger qu'un homme massif sauta par-dessus le comptoir et atterrit à côté d'elle.

Sous des cils incroyablement longs et des sourcils marqués, ses yeux se plissèrent. Ses pommettes très saillantes créaient des ombres sur son visage taillé à la serpe. Sa bouche fine et mobile resta pincée jusqu'à ce qu'il la voie derrière le comptoir.

Elle perçut un effluve de son odeur, un parfum boisé et viril qui lui donna le frisson. Comment diable pouvait-il lui faire un tel effet ?

Malgré sa position inconfortable, il prit la peine de s'incliner légèrement devant elle.

— Pardon de vous importuner, madame, mais je vais devoir vous emprunter un ou deux couteaux.

Le doux grasseyement dans sa voix, typique de l'Irlande du Nord, était terriblement sexy. Même au beau milieu d'une fusillade, elle se sentit fondre en l'entendant. Cet accent ne devrait pas être permis. C'était du Andy McTavish tout craché de séduire ainsi la moindre femme qu'il croisait, même en pleine échauffourée. Et il ne l'avait pas reconnue.

Elle réprima une pointe de dépit et parla avec un accent du Yorkshire très prononcé :

— Je vous en prie.

Il posa sur elle un regard soudain intéressé et s'arrêta en découvrant le ventre rebondi sous sa robe ; son expression se modifia alors.

— Ne vous inquiétez pas, madame, je vais vous sortir de là très rapidement, je vous le promets.

— Ah oui, et avec quelle armée ? rétorqua-t-elle avec hargne.

S'il y avait bien une chose qu'elle ne supportait pas, c'était lorsque les hommes se lançaient dans des promesses qu'ils ne tiendraient pas.

Le visage d'Andy se durcit.

— Madame, je suis un ranger. Je *suis* une armée.

Malgré elle, elle ne put s'empêcher de le croire.

Un long bras se leva vers le mur pour y décrocher trois des couteaux exposés. Andy en testa le tranchant sur son pouce et hocha la tête d'un air satisfait.

— Je reviens dans quelques minutes, dit-il.

Il souleva le menton de Roz, déposa un rapide baiser sur son front et ajouta :

— Restez cachée. Je vous promets de revenir vous chercher.

Il bondit alors par-dessus le comptoir et disparut.

Une nouvelle salve frappa la passerelle en métal. Les balles ricochèrent dans une gerbe d'étincelles avant de rebondir sur une vitrine, brisant le verre en mille morceaux. Toujours des cris, mais plus éloignés, cette fois. Des balles se fichèrent dans le plafond avec un bruit mat, faisant tomber des éclats de plâtre sur son costume sur mesure.

Andy sourit et secoua la tête. Seul un pauvre type regretterait le temps où il se faisait tirer dessus, mais tout avait été bien calme, dernièrement. Même pour lui. Ce qui aurait dû n'être qu'une simple rencontre avec un informateur sur le trafic d'art et la mafia d'Europe de l'Est venait de prendre une tournure bien plus intéressante. Son sourire s'élargit.

Alors, comme ça, cette jolie brune enceinte avait douté de lui ? Il allait lui prouver qu'il n'avait qu'une parole. Elle lui disait vaguement quelque chose sans qu'il parvienne à identifier ce que c'était.

Un nouveau coup de feu lui fit oublier cette femme pour revenir à sa mission.

Accroupi, il glissa le plus petit couteau dans sa bottine et un autre à sa ceinture. Il cacha le plus grand dans la poche de son manteau, tranchant sa doublure de soie aussi facilement que du papier. Un pistolet aurait été plus pratique, mais il fallait faire avec ce qu'il avait.

Andy se rapprocha du lieu du cambriolage en rasant discrètement le mur vers la bijouterie, l'oreille aux aguets. Apparemment, ces abrutis essayaient de forcer un coffre en faisant usage de leurs armes.

Deux armes, cela signifiait deux types à l'intérieur, et probablement un troisième à l'extérieur pissant de trouille dans une voiture volée.

La mitraillette cessa sa pétarade.

— Comment voulais-tu que je sache que ce truc avait un verrou horaire ? Putain de bordel de merde ! vociféra une voix à l'intérieur du magasin.

De nouveaux jurons suivirent avant que le fusil ne vole par la porte ouverte et par-dessus les rambardes pour atterrir sur la terrasse d'un fast-food en contrebas.

Une arme hors jeu, c'était déjà ça ; mais cela allait énerver les cambrioleurs et risquer de les rendre encore plus dangereux.

— Debout, salope. On se barre.

Andy entendit une autre voix, plus dure et venant de quelqu'un de plus âgé.

— Pitié, non ! J'ai une petite fille. Elle a seulement quatre ans !

Les supplications de la femme frôlaient l'hystérie.

Dans le silence du centre commercial déserté, on entendit nettement le bruit d'un coup porté contre un corps, suivi d'un hurlement de douleur.

Andy serra les dents et s'efforça de rester dans son rôle d'homme d'affaires tombé par hasard au milieu d'un hold-up, le parfait appât pour deux losers cherchant une voie de sortie.

La femme apparut en premier, s'agrippant désespérément au bras qui la maintenait par le cou. Son visage ruisselait de larmes, et Andy distinguait un début d'hématome sur une de ses joues. Dos au mur, son ravisseur commença à progresser lentement avec elle en direction de la sortie de secours. Le deuxième homme, visiblement très nerveux, sortit à son tour de la boutique. Sans bouclier humain, il était plus vulnérable. Il scruta les alentours comme s'il craignait qu'un tireur de la police ne soit déjà embusqué quelque part.

Andy tomba à genoux en levant les mains devant lui.

— Pitié, ne me faites pas de mal.

Le soulagement envahit le visage du jeune cambrioleur.

— Attrape-le, ordonna le plus âgé.

Andy se laissa entraîner sans opposer de résistance.

Telle une chaîne de forçats dans un film en noir et blanc, ils progressèrent lentement vers la sortie. Andy évalua les options possibles. Il devait régler ça avant l'arrivée de la police. Son patron ne le payait pas pour passer du temps à expliquer des cafouillages dans un commissariat.

Le son des sirènes hurlantes à l'extérieur lui rappela qu'il ne disposait plus de beaucoup de temps.

Feignant la maladresse, il bouscula l'homme et la femme devant lui, qui chancelèrent. Andy tira le petit couteau de sa chaussure. Tout en se relevant, il en donna un coup violent dans le pied du jeune cambrioleur. Il lança ensuite au type un coup de coude dans son plexus solaire avant de pivoter pour lui envoyer un coup de poing bien senti en pleine figure. Il savoura le craquement caractéristique de l'os et du cartilage.

Andy sortit alors le deuxième couteau.

L'homme plus âgé se retourna prestement, entraînant la femme avec lui. Il plissa les yeux, et Andy l'entendit presque jauger la situation. Sa main se resserra sur l'arme qu'il pointait sur son otage.

Mû uniquement par son instinct, Andy laissa le couteau s'élancer. Comme dans une séquence au ralenti, l'arme blanche vola ; la femme hurla lorsque le couteau vint se planter dans la gorge de son ravisseur.

Il y eut un bruit soudain derrière lui. Andy fit volte-face. Le plus jeune des deux s'était relevé et avait maintenant le petit couteau à la main.

Ces individus ne comprenaient donc pas quand il fallait laisser tomber ?

Andy mit la main dans sa poche et saisit le manche du grand couteau, mais l'arme s'accrocha dans la doublure de son manteau, refusant d'en sortir.

L'homme se jeta vers lui en rugissant.

— Je vais te crever !

La lame lui avança droit vers le visage, mais Andy esquiva d'un pas sur le côté. Il tira de nouveau sur le couteau empêtré dans son manteau, mais fut contraint d'y renoncer quand un second coup lui effleura la mâchoire. Merde. Le temps pressait, il ne restait plus beaucoup d'options. Agrippant le manche du couteau, Andy braqua la lame en hauteur à travers son vêtement.

Son assaillant se cramponna à lui. On aurait dit maintenant un couple de danseurs. L'expression du malfaiteur passa de la fureur à l'incompréhension, et une tache rouge apparut sur sa poitrine.

— Enculé, haleta-t-il tandis que son couteau tombait à terre.

Andy recula et retira la lame. Il força le couteau pour le dégager du tissu de son manteau et le laissa choir bruyamment sur le sol carrelé.

— Madame, dit-il en s'inclinant devant la femme avant d'enjamber le cambrioleur inerte et de retourner au local du prêteur sur gages.

La jolie brune leva la tête de derrière le comptoir.

— Vous en avez mis, du temps ! lança-t-elle.

— J'ai eu quelques affaires à régler. Alors, un petit baiser pour votre sauveur ?

Elle prit un air offusqué.

— Vous en avez déjà eu un.

Il rit.

— Ce n'était pas un baiser.

Était-ce le fruit de son imagination, ou avait-elle soudain perdu son accent du Yorkshire ? Décidément, cette fille lui disait vraiment quelque chose. Ces yeux d'un bleu saisissant lui rappelaient quelqu'un.

Elle se releva tant bien que mal, son gros ventre en avant, et il rappela à l'ordre son imagination débordante.

— Venez, je vais vous aider à trouver une ambulance.

Elle se figea.

— Non. Pas d'ambulance.

La femme posa le pied sur quelque chose de glissant et dérapa. Andy la rattrapa dans sa chute, et remarqua qu'elle était beaucoup plus légère dans ses bras qu'il ne l'aurait cru. Quelque chose d'autre retint soudain son attention : ses cheveux avaient bougé.

Andy leva la main pour les toucher. La perruque brune glissa, révélant une chevelure d'un roux éclatant.

Sidéré, il recula pour la regarder. Voilà bien longtemps qu'il ne l'avait pas vue, mais son identité ne laissait nulle place au doute. Ces yeux bleus furibonds étaient ceux de la femme qui lui en faisait voir de toutes les couleurs depuis plus d'un an. Elle ajusta sa perruque pour la remettre en place.

— Roz O'Sullivan ? demanda-t-il, histoire de confirmer.

Il crut l'entendre marmonner un « Eh merde ! » avant qu'elle ne redresse le buste d'un air bravache.

— Roz Spring, en fait.

C'était elle ! C'était la fille qui avait volé un bijou hors de prix dans un musée de Suisse en se faisant passer pour sa sœur, et qui était en cavale depuis. Andy l'avait attrapée une fois et l'avait amenée à avouer son forfait au procès de sa sœur, mais elle lui avait échappé juste après en prenant la tangente par la fenêtre du deuxième étage du bureau du juge.

Et voilà qu'elle se trouvait juste devant lui, en train de le toiser en plissant les yeux. Des yeux qui l'avaient hanté plus souvent qu'il ne voulait l'admettre, mais il savait que cette femme était une des seules qu'il ne pouvait espérer posséder.

Même si elle n'avait pas été aussi glissante qu'une couleuvre, aussi digne de confiance qu'une promesse d'élection et aussi rusée qu'un chat reniflant l'odeur du thon, elle lui était interdite : Roz était recherchée par la police. Il était chargé de la pister pour Moore Enterprises depuis un an, avec ordre de l'embarquer si elle croisait son chemin. Le fait que Roz soit sa belle-sœur irritait Niall Moore, le patron d'Andy, plus qu'il ne voulait l'admettre.

Et maintenant, Andy la tenait, quoique son ventre rebondi le troublât plus que la rixe dont il venait de sortir. Comment Roz Spring pouvait-elle être enceinte ? *Comme tout le monde, abruti !*

Pour une obscure raison, il n'avait pas envie d'imaginer Roz Spring, O'Sullivan ou autre chose, avec un homme. Non que cela la concernât, cela dit. Il n'avait rien à attendre d'elle, et cela ne changerait jamais.

Il la saisit par le bras.

— Dis donc, tu m'as bien fait courir, toi. Mais il est temps de rentrer au bercail.

Andy s'attendait à moitié à ce qu'elle se débatte et essaie de s'enfuir. Dieu sait si elle était capable de cavaler. Or, elle se mit à gémir.

— Oh ! oh !

La vue des taches sur sa robe et de la flaque sur la moquette lui noua soudain le ventre.

— Mon Dieu, tu as des contractions ? Tu vas accoucher ?

Un soupçon de rire se lut dans ses yeux, peut-être en entendant la panique dans la voix d'Andy.

— Pas encore, mais ça risque de ne pas tarder si tu ne me sors pas d'ici.

Tout cela aurait été trop simple pour durer.

Andy l'accompagna dans l'allée et lui fit descendre l'escalier. Les ascenseurs avaient déjà été bloqués par la police. Il poussa la barre de la porte de secours, derrière laquelle ils furent immédiatement accueillis par une équipe de police.

Ignorant les protestations de Roz, il la souleva et la porta dans ses bras.

— Ma femme va accoucher. C'est le choc…

— Une ambulance arrive, monsieur.

Portant toujours Roz, Andy se fraya un chemin parmi la foule. Quelques applaudissements s'élevèrent d'un groupe d'écoliers amassés derrière la barrière de police. Merde. Il ne pouvait pas se permettre de se retrouver mêlé à ça.

Un taxi arriva de l'autre côté de la rue, et Andy contourna la circulation pour courir vers lui. Bon sang, elle était quand même lourde. Les bébés étaient pourtant de tout petits machins, non ? Combien de kilos pouvait prendre une femme enceinte ?

Il déposa Roz à terre et ouvrit la portière pour la pousser à l'arrière du taxi avant de se glisser à côté d'elle.

— Quel hôpital ?

— Aucun. Je veux partir d'ici, c'est tout.

Elle lui lança un regard de chat sauvage.

Peut-être était-elle sous le choc. Il essaya de nouveau, d'une voix plus patiente.

— Il faut t'emmener à l'hôpital, tu dois me dire lequel.

Nouveau regard sauvage. Elle attrapa le bord de sa jupe mouillée et l'agita comme pour s'aérer, révélant au passage deux jambes fuselées.

Tu n'es qu'un pervers, McTavish. Andy tenta de détourner son regard, mais une fascination malsaine l'en empêcha. Il aperçut un bout de culotte bordeaux.

C'est clair, tu es bon pour aller en enfer.

— Ohé ! Ma tête est ici ! aboya Roz. Et je n'ai pas besoin d'aller à l'hôpital. Juste de m'allonger un moment.

L'instinct d'Andy lui commandait de trouver un médecin aussi vite que possible, mais il se dit qu'elle devait savoir ce qu'il lui fallait. En outre, il était certain que, dans un hôpital, elle trouverait le moyen de lui filer entre les mains.

— Très bien. Allons à mon hôtel, alors.

Il fit un signe de tête vers le chauffeur.

— Emmenez-nous au Savoy.

2

Elle garda le silence pendant le trajet. Andy entendait presque les engrenages tourner dans son cerveau. Roz Spring était une arnaqueuse patentée et un vrai caméléon. En l'occurrence, elle était aussi en danger, ce qui ne semblait pas la troubler outre mesure.

— Tu es superbe ! lança-t-il.

Ses vêtements larges de maternité ne la mettaient guère en valeur, mais, maintenant qu'elle n'avait plus sa perruque, on ne pouvait passer à côté de son éclatante chevelure rousse.

Roz lui jeta un regard écœuré.

— Je n'y crois pas. Draguer une femme enceinte, c'est vraiment dégueulasse.

— Je ne te drague pas.

— C'est ça. Comme si je n'avais pas vu ton regard, rétorqua-t-elle assez fort pour que le chauffeur puisse entendre.

Andy se retint de répliquer et inspira profondément. Elle était en cavale depuis un an, et il venait de l'attraper sur un pur coup du hasard. Il n'allait pas lui donner l'occasion de détaler à nouveau.

La raison officielle pour laquelle la meilleure société de sécurité d'Europe poursuivait encore Roz était le fait qu'elle ait été témoin d'un meurtre sauvage et qu'Interpol voulait la faire témoigner en justice. La police n'était pas parvenue à la retrouver, mais Moore Enterprises n'avait pas renoncé.

Andy connaissait la véritable raison pour laquelle son patron voulait mettre la main sur Roz : sa femme ne lui laisserait aucun répit jusqu'à ce qu'on ait retrouvé sa sœur jumelle. Les deux sœurs avaient grandi séparément. Sinead avait été élevée par son oncle millionnaire, tandis que Roz avait vécu auprès de son minable et criminel de père. Pas étonnant qu'elle ait mal tourné. Andy avait reçu l'ordre, prioritairement sur ses autres missions en cours, de la trouver et de l'embarquer.

Il eut un sourire sans joie. Son chef allait être surpris. Niall Moore serait sûrement mécontent que la mission sur le vol d'œuvres d'art tombe à l'eau. Finalement, Andy n'aurait pas à jouer les acheteurs, mais au moins la suite louée au Savoy servirait-elle à quelque chose.

Il posa de nouveau les yeux sur Roz. Pourquoi ne s'était-elle pas livrée à la police ? Elle avait un bébé à protéger, sacré bon sang ! Elle serait sans défense contre un meurtrier sans pitié. Qu'avait-elle donc fabriqué pour se retrouver enceinte alors que sa vie était si compliquée ? C'était incompréhensible. Et où était le père ?

Elle avait fait du bon boulot avec ce déguisement, reconnut-il malgré lui. Ces vêtements quelconques et cette perruque brune l'avaient métamorphosée.

— Quelque chose qui te préoccupe ?

La question de Roz le tira de ses pensées.

— Pas du tout, répondit-il posément. Tout va pour le mieux. Rien de tel qu'un petit combat au couteau pour se donner la pêche.

Elle pâlit, et il regretta immédiatement ses paroles. Il lui tapota la main.

— Détends-toi. Tu te sentiras mieux quand on sera arrivés à l'hôtel et que tu pourras te reposer.

Roz se détourna pour contempler la circulation. Il regarda son reflet dans la vitre et y perçut un sourire narquois. Elle mijotait quelque chose. S'il avait appris une chose en essayant de l'attraper pendant un an, c'était bien que Roz Spring ne capitulait pas facilement.

Roz ne put s'empêcher de regarder le reflet d'Andy dans la vitre. Londres défilait, invisible à ses yeux, tandis qu'elle se laissait aller à contempler l'Irlandais qui avait hanté ses rêves des mois durant.

Seigneur, il était vraiment canon. Andy était grand et élégant, mais son apparence était trompeuse. Elle savait que, sous ses vêtements de grande marque, il était mince, musclé, avec des réflexes incroyables et un corps à se pâmer. À elles seules, ses pommettes lui auraient valu de faire la une d'un magazine, tandis que ses yeux presque noirs semblaient la transpercer. Un « Irlandais noir ». Elle avait entendu cette expression auparavant, mais n'avait aucune idée de ce que cela signifiait avant de l'avoir rencontré.

Et cette bouche. Mobile, sensuelle, avec un petit quelque chose de démoniaque. La bouche d'un homme qui savait séduire une femme.

Ses rêves ne lui avaient pas rendu justice, se dit-elle. Elle l'avait déjà rencontré auparavant ; la première fois lors d'une course folle dans les rues de Paris, la deuxième quand il l'avait embarquée pour témoigner au procès de sa sœur.

Elle ne lui avait jamais vraiment parlé et ne s'était pas trouvée assez proche pour sentir l'odeur singulière de sa peau – une odeur musquée, boisée et virile. Ni pour voir l'ombre subtile qui couvrait sa mâchoire, indiquant qu'il avait besoin de se raser. Ou la petite fossette au creux d'une de ses joues.

Ne pense pas à ça ! Elle frémit.

Elle avait passé l'âge de fantasmer sur des choses impossibles. La plupart de ses expériences avec les hommes s'étaient révélées décevantes. Plus tard, quand sa vie serait plus calme, elle se trouverait un homme gentil, solide, quelqu'un de fiable et avec un physique agréable.

Pas un fantasme sur pattes.

Le taxi s'arrêta devant le Savoy. Andy tint le bras de Roz pour l'aider à sortir, et le chauffeur arbora le sourire de celui qui vient de recevoir un pourboire conséquent.

Dans sa tenue de supermarché, Roz se sentit gênée. Ce déguisement avait été nécessaire pour son imposture, mais il était maintenant tout à fait inadéquat. Autour d'elle évoluaient des femmes vêtues de soie et de fourrure véritable, et l'odeur de parfums de luxe mélangée à celle des fleurs fraîches lui donna envie d'éternuer.

Le portier, impeccable et d'une politesse irréprochable, ne releva pas sa tenue et salua Andy.

— Soyez le bienvenu, monsieur McTavish.

— Merci, Bill. Pouvez-vous m'aider à accompagner mon invitée ?

Tous deux escortèrent Roz jusqu'aux ascenseurs. Apparemment, elle allait bel et bien se retrouver dans sa chambre.

Roz se dandina comme une femme enceinte épuisée et fut gratifiée d'une petite grimace de compassion d'Andy.

Il avait peut-être la beauté, mais elle avait l'intelligence.

Bien entendu, il avait réservé une suite – grande, très chère, avec un lit immense, vue panoramique sur Londres et une salle de bain plus vaste que son appartement à Peckham. Elle se demanda à combien pouvait s'élever le prix d'une nuit et en frissonna.

— Dur métier, hein ? ironisa-t-elle.

— En effet.

Il lui coula un regard sardonique avant de glisser discrètement un pourboire au portier, qui s'en alla. Andy l'accompagna vers le lit.

Roz hésita un instant à monter sur le couvre-lit en soie avant de se dire qu'elle méritait bien cela. Elle poussa un petit grognement de soulagement en s'allongeant, qu'elle n'eut même pas à simuler. Ce faux ventre était lourd et inconfortable.

— Ça va ? demanda-t-il, l'air réellement préoccupé.

Son regard hypnotisant était fixé sur elle.

Roz connaissait les gens. Elle avait passé sa vie à déchiffrer leur comportement, à deviner comment ils allaient réagir, ce à quoi ils étaient réceptifs. Et, malgré les efforts d'Andy pour maintenir une attitude détachée, elle crut percevoir en lui autre chose qu'une simple inquiétude.

— Dis-moi ! lança-t-elle. Tu te souviens du jour où nous nous sommes rencontrés, à Paris ?

Il opina du chef.

Ce jour avait changé la vie de Roz, de plus d'une façon. Et Andy n'y était pas pour rien. La course dans laquelle ils s'étaient lancés pour sauver la vie de sa sœur avait constitué une expérience qui ne l'avait plus jamais quittée.

— Moi aussi, avoua-t-elle.

Le regard d'Andy s'assombrit.

— Tu étais la fauteuse de troubles la plus belle et la plus exaspérante que j'aie jamais rencontrée, dit-il avec un grand sérieux.

Elle faillit sourire. Il était bon de savoir qu'elle lui avait fait forte impression. Le rose qui monta à ses pommettes ciselées lui prouva, que cela lui plaise ou non, qu'Andy McTavish avait lui aussi pensé à elle.

— As-tu déjà pensé à… ?

Elle ne termina pas sa phrase.

Il se pencha au-dessus d'elle.

— À quoi ?

Il était maintenant si proche qu'elle sentait son eau de toilette.

Et puis, merde. Après tout, elle ne le reverrait jamais plus.

— À ça.

Elle passa les bras autour de son cou, l'attira vers elle et l'embrassa.

Il résista une fraction de seconde avant de lui rendre son baiser.

Sa bouche sensuelle tint toutes ses promesses. Andy avait peut-être un physique dur et anguleux, mais sa bouche était douce et chaude.

Jamais personne ne l'avait embrassée de la sorte. Souples et assurées, les lèvres d'Andy effleuraient celles de Roz. Il prenait son temps pour la goûter et la taquiner avec une douceur étonnante tout en sachant parfaitement ce qu'il faisait. Il l'embrassait comme si elle était la seule femme au monde. Comme s'il avait l'éternité devant lui.

Il mit un peu plus de pression dans son baiser, penchant la tête et l'encourageant à s'ouvrir à lui.

Roz aurait pu résister à bien des assauts. Elle avait croisé des dizaines d'hommes ces dernières années et elle savait les contrer. Mais un baiser comme celui-ci, si doux, si tendre et inattendu…, c'était époustouflant.

Tant qu'Andy l'embrassait, elle n'avait même pas besoin de respirer.

Elle écarta un peu les lèvres pour qu'il puisse approfondir le baiser et reçut une caresse de sa langue en récompense. Il contrôlait cependant le baiser pour faire plaisir à Roz. Et c'était réussi.

Il avait un goût de mâle et de fumée, une puissante combinaison qui donna envie à Roz de sucer le bout de cette langue irrésistible. Dans un râle, il se pencha pour être plus près d'elle. Ce mouvement l'amena contre le faux ventre, et la lanière qui le maintenait en place se serra douloureusement, arrachant un gémissement à Roz.

Il la lâcha immédiatement. L'instant d'après, il était debout à côté du lit et la regardait avec de grands yeux coupables.

— Oh mon Dieu ! Je t'ai fait mal ? J'ai failli oublier que tu étais enceinte.

Ses joues taillées à la serpe avaient rougi, témoignant de son abandon dans ce baiser.

Roz avait oublié son ventre.

— Moi aussi, presque.

Elle se redressa tant bien que mal sur le lit, le poids du ventre en latex empesant ses mouvements. Il fallait qu'elle se ressaisisse. Elle ne devait pas se laisser distraire par son attirance pour Andy. Il était temps de se remettre au boulot. Elle profita de l'ouverture qu'il lui avait fournie et se mit à gémir.

— Qu'est-ce qui m'arrive ? haleta-t-elle en pressant les mains sur son ventre. Oh non ! Pourvu que ce ne soient pas des contractions !

Elle lutta contre une envie de rire en voyant soudain Andy reculer comme s'il craignait qu'un bébé ne jaillisse de son ventre. Il était plus paniqué maintenant que lors de l'échauffourée au centre commercial, quand il affrontait deux cambrioleurs armés.

— Qu'est-ce que je peux faire ? Tu veux de l'eau chaude ?

Qu'imaginaient donc les hommes quand ils proposaient de l'eau chaude aux femmes sur le point d'accoucher ? Qu'elles allaient se faire une petite baignade ? Mais l'occasion était trop belle.

— Oui, s'il te plaît. Et des draps et des serviettes.

Il déglutit.

— J'appelle la réception.

— Non, ça va être trop long. Vas-y toi-même, ce sera plus rapide.

Pourvu qu'il ne demande pas à quoi étaient censés servir ces draps et ces serviettes.

Dès que la porte se referma derrière lui, Roz sauta du lit et sortit le portefeuille qu'elle avait prélevé dans sa poche lorsqu'il la portait dans ses bras. Elle le glissa dans son faux ventre. Pas le temps de l'examiner maintenant. Elle s'en occuperait plus tard.

Pour l'heure, il fallait sortir d'ici.

Elle scruta le couloir, se demandant de quel côté Andy était parti. Il n'aurait pas fallu qu'elle le croise. L'ascenseur sonna, annonçant son arrivée ; elle se rua vers les portes. *Pourvu que je ne tombe pas sur lui !*

Trop accaparé l'un par l'autre pour la remarquer, un jeune couple sortit. Elle entra dans la cabine et appuya sur le bouton du rez-de-chaussée. La descente lui parut interminable. En bas, le gentil portier qui l'avait aidée précédemment était occupé à renseigner une touriste chic qui cherchait le quartier de Soho.

Roz se faufila derrière eux et rejoignit la rue et sa foule. Là, seulement, elle poussa un profond soupir qu'elle retenait depuis bien longtemps.

Tout cela avait été bien trop limite à son goût.

Une demi-heure plus tard, elle était de retour à Peckham. Comme d'habitude, l'ascenseur était hors service.

— *Home sweet home*, marmonna-t-elle.

Roz gravit les cinq volées de marches menant à l'appartement de Stella. L'endroit était propre, confortable, et surtout inconnu de ceux qui la poursuivaient.

Stella était partie en Italie retrouver un amoureux rencontré sur Internet, laissant à Roz les clés de son appartement sans avoir à gérer de paperasse compromettante. Trop de gens étaient à ses trousses en ce moment. Elle ne comptait pas leur livrer la moindre piste.

Dans un soupir, elle retira ses vêtements, se libérant enfin de l'inconfortable ventre de latex. Le procédé s'avérait incroyablement efficace pour effectuer des arnaques (on regardait à peine son visage, surtout son ventre), mais ce n'était guère pratique à porter.

Les lanières avaient laissé des marques rouges sur sa peau, et son abdomen ruisselait de transpiration. Elle déballa le contenu de la poche et sourit en voyant tout ce qu'elle contenait.

— Une douche, puis un peu de shopping, dit-elle à haute voix dans le silence de l'appartement.

Roz alluma la télévision et écouta les nouvelles sur le cambriolage raté de Lewisham. On ne parla pas d'une femme enceinte, mais une blonde à l'œil poché évoqua avec ferveur l'homme qui l'avait libérée de ses ravisseurs. La direction du centre commercial offrait une récompense au mystérieux héros s'il se présentait pour la réclamer. Le portrait-robot établi ressemblait davantage à David Tennant qu'à Andy, se dit-elle.

Elle savait de source sûre que le corps dissimulé sous ce manteau de prix était bien plus beau que celui de n'importe quel acteur. Et qu'il sentait meilleur. Roz se mit à rêvasser et se força à entrer sous la douche, bien que l'eau ne fût pas encore chaude.

Une douche froide ne pourrait que l'aider à se remettre la tête au travail. Une heure plus tard, elle était propre et vêtue d'un legging noir avec un haut coloré masquant sa silhouette élancée.

Elle fouilla dans le portefeuille d'Andy et y découvrit une importante quantité d'espèces. Mille livres. Plus trois cartes de crédit haut de gamme et un smartphone très fin. Elle l'alluma, impressionnée par la qualité graphique et la vitesse de réponse. Andy avait clairement de l'argent à dépenser. Niall Moore ne devait pas lésiner sur sa paye.

Elle savait que Moore Enterprises était la meilleure agence de sécurité privée d'Europe, connue pour fournir des gardes du corps aux riches et aux célébrités.

Ce que l'on savait moins, c'est que cette société s'était spécialisée dans le sauvetage d'otages et qu'elle approvisionnait le personnel médical dans les zones de guerre du monde entier.

Elle avait entendu dire que ceux qui travaillaient pour Moore étaient l'élite de l'élite. En ce qui concernait Andy, elle voulait bien le croire.

Roz parcourut le répertoire téléphonique d'Andy et nota quelques numéros intéressants. Bon sang, il avait même le numéro de sa sœur ! Et des détails sur ses relations irlandaises. Voilà qui était intéressant. Elle retira la batterie ainsi que la carte SIM et partit au travail.

La banque alimentaire était aussi bondée qu'à l'accoutumée. Terriblement efficace et sans se laisser ralentir par le bébé accroché à son sein, Olyenka dirigeait les opérations quand Roz arriva.

— Salut, Oly, j'ai deux-trois trucs sur lesquels tu pourrais me donner un coup de main.

Roz lui tendit les cartes d'allocation qu'elle avait « récupérées » chez Sunny Money.

— Je me suis dit que tu pourrais les rendre à leurs propriétaires.

Olyenka feuilleta le paquet de cartes, haussant les sourcils quand elle reconnut certains noms. Ses cheveux coupés très court laissaient facilement voir son expression.

— Je ne te demanderai pas comment tu les as eues, mais je sais que leurs propriétaires seront heureux de les retrouver.

Roz titilla la joue rose et rebondie du petit Benjamin. Il lui rendit son sourire sans lâcher le sein.

— Et j'ai un autre cadeau pour toi.

Elle sortit les mille livres prélevées dans le portefeuille d'Andy. Après un instant d'hésitation, elle glissa un billet de vingt dans sa poche. Il fallait bien qu'elle mange, et il lui devait un repas. Elle tendit le reste à Olyenka.

— Roz, tu ne peux pas continuer à nous donner cet argent-là, protesta Olyenka tout en prenant les billets pour les ranger dans la caisse.

— Mais ce n'est pas moi. Ça vient d'un bienfaiteur anonyme qui sait quel travail formidable vous faites ici.

De toute façon, Andy aurait bien consenti à faire un tel don, s'il le savait, se dit-elle.

— Tu as besoin d'un coup de main pour faire les paquets ?

Le père de Roz ferait une attaque s'il la voyait, mais il y avait quelque chose de thérapeutique pour elle à emballer des paquets de pâtes en discutant de leurs malheurs avec les autres femmes. Ici, elle avait brièvement l'impression d'être à sa place.

3

Roz avait disparu. La chambre était vide, sans aucune trace d'elle. Andy laissa tomber sa brassée de draps et de serviettes, attrapa le téléphone et appela la réception.

On lui confirma que son invitée était partie et, non, elle n'avait pas commandé de taxi. Qu'est-ce qui l'avait pris, aussi ? D'accord, cela faisait longtemps qu'il n'avait pas embrassé une femme autrement que pour son travail, mais Roz Spring ! Roz Spring enceinte ! Il avait dû perdre la tête. Il ne voulait pas repenser au contact de ses lèvres contre les siennes. Comme elles étaient douces et chaudes ! *Des lèvres de menteuse.*

Sa colère redescendit aussi vite qu'elle était montée. Ses investigations dans le passé de cette fille lui avaient appris qu'elle faisait feu de tout bois. Elle ne se posait jamais, ne s'engageait jamais, et il n'était pas plus près de la retrouver maintenant qu'il ne l'avait été un an plus tôt. Andy s'assit lourdement sur le lit froissé, prit la télécommande et parcourut les chaînes d'information. Elles parlaient presque toutes de la tentative de cambriolage au centre commercial et de l'hospitalisation des deux voleurs. L'interview d'une mère en larmes révélait qu'un héros anonyme avait mené en sécurité un groupe d'écoliers. Un flash lui apprit ensuite qu'un adolescent avait réussi avec son téléphone portable à le filmer en train de porter Roz dans ses bras.

Sur une autre chaîne, un conseiller en sécurité au style pompeux déclarait que le mystérieux inconnu était « forcément un militaire », et qu'ils avaient ouvert une enquête à ce sujet. Cela ne faisait aucun doute, il était dans un sacré pétrin.

Il était temps de rendre des comptes à sa hiérarchie. Andy chercha son téléphone dans sa poche. Vide. Son portable avait disparu, ainsi que son portefeuille. Son ventre se noua. Non, elle n'aurait pas… Roz n'aurait quand même pas osé le détrousser ! Il fouilla de nouveau ses poches et jeta même un coup d'œil sous le lit, mais n'y trouva rien. Ce baiser n'avait été qu'une manœuvre, et il était tombé dans le panneau.

Andy reprit le téléphone de l'hôtel et composa le numéro du dernier homme auquel il avait envie de parler en ce moment.

— Moore, répondit une voix sèche.

De toute évidence, Niall n'avait pas regardé le numéro de l'appelant, mais il existait moins d'une demi-douzaine de personnes dans le monde qui possédaient le numéro personnel du chef de Moore Enterprises.

— Allume la télé, lui dit Andy sans préambule.

Autant le mettre au parfum immédiatement.

— Une chaîne en particulier ?

La question semblait plutôt innocente, mais le ton légèrement mielleux recelait un soupçon de menace. Son patron n'était pas du genre qu'on avait envie de contrarier. Il avait vu des types trembler dans leurs bottes quand ils avaient dû reconnaître l'échec de leur mission, et Andy avait fait un sacré coup d'éclat, aujourd'hui. Il était censé opérer en toute discrétion, et non montrer son visage sur toutes les chaînes d'info.

— Choisis.

Andy entendit une télé s'allumer, puis Niall zapper de chaîne en chaîne.

— Qui est cette fille ?

Andy déglutit avec peine.

— Ta belle-sœur.

— Tu l'as ramenée ? Sinead va sauter de joie, elle…

Andy n'écouta pas la suite des paroles de Niall. Comment allait-il pouvoir dire à Sinead qu'il avait retrouvé sa sœur, puis qu'elle lui avait de nouveau échappé ? Son regard meurtri le tuerait littéralement. Elle réveillait en lui tous ses instincts protecteurs, et il se sentait prêt à pourfendre des dragons rien que pour elle. Mais, bien sûr, il ne le pouvait pas. Ça, c'était le boulot de Niall. La vision d'une autre rouquine, très semblable à Sinead, lui revint à l'esprit. Roz, elle, n'avait besoin de personne pour la protéger. C'était plutôt le pauvre dragon qui aurait eu besoin d'aide. Si on laissait Roz avec le monstre, elle serait capable de le vendre à un cirque avant qu'il ait le temps de comprendre ce qui lui arrivait. Roz et Sinead avaient beau être jumelles, elles n'avaient pas grand-chose en commun.

Niall cessa de parler quand il réalisa qu'Andy ne répondait pas.

— Tu l'as encore laissée filer, c'est ça ?

Encore ? Là, c'était un peu injuste. Il ne s'attendait pas à se retrouver pris dans une échauffourée ou en face de Roz O'Sullivan. Tout bien réfléchi, il aurait préféré affronter une demi-douzaine de malfaiteurs armés plutôt que subir un nouvel épisode avec cette sale petite menteuse.

— Andy.

Le ton tranchant de Niall exigea son attention.

— Désolé, patron. J'ai eu une sacrée journée de merde.

Niall émit un grognement approbateur. Ils avaient déjà partagé des journées de ce genre sur le terrain.

— Que s'est-il passé ?

Andy lui dressa le rapport de sa journée sans s'attarder sur sa surprise lorsqu'il avait découvert, avec son visage blême de peur, ses yeux encore plus bleus que dans son souvenir, et son ventre rebondi, Roz accroupie derrière le comptoir de l'agence. Merde. À ce propos, il avait encore une bombe à lâcher.

— Et elle est enceinte, dit-il pour terminer son rapport.

Le silence qui se fit au bout du fil fut plus éloquent qu'une bordée de jurons.

— Elle est… quoi ? Mais qui est le… ? Et comment est-ce arrivé ?

Andy sourit avec ironie.

— Comme pour tout le monde, je suppose.

Cela ne le regardait pas, se dit-il. Il l'avait peut-être embrassée dans un moment de folie, mais cela ne signifiait pas qu'il l'appréciait plus que ça.

Niall s'éclaircit la voix.

— Trouve-la, Andy. Demande toutes les ressources nécessaires, une équipe entière s'il le faut, mais je veux qu'on la retrouve dans les vingt-quatre heures.

— Il y a une raison particulière à ça ?

Quelque chose inquiétait le grand chef, et ce n'était sûrement pas le fait d'apprendre que sa belle-sœur s'était fait engrosser.

— C'est le temps dont je dispose avant que ma femme ne revienne de Castletown Berehaven. Elle est allée annoncer la bonne nouvelle à grand-mère O'Sullivan. Sinead est enceinte, elle aussi.

Ébranlé par la nouvelle, Andy raccrocha. Il avait un autre appel à passer, qui le réjouissait à peu près autant que le précédent.

À contrecœur, il appela son bureau et informa sa collègue du vol de son portefeuille et de son téléphone portable, lequel contenait tous ses numéros et contacts.

— Tu t'es fait dépouiller ?

Reilly ne prit pas la peine de dissimuler son hilarité.

— Sans blague, le mec le plus sexy de la terre vient de se faire prendre à son propre jeu ? Attends que je raconte ça aux gars !

— Tara, ma chérie, ne fais pas ça.

— Tu peux rêver. Et pas la peine de me donner du « ma chérie ». Je suis immunisée contre ça, tu te rappelles ? Je vais pister le téléphone, mais je doute que ça serve à quelque chose. Je m'occupe de t'en trouver un autre.

Andy soupira. Cette petite femme faisait fantasmer la moitié de leur équipe, mais elle ne mélangeait pas le travail et le plaisir.

— Combien de temps ça va prendre ?

— Avec tout ce que tu avais dedans, au moins une heure. Reste bien sagement à ton hôtel en attendant.

Riant encore de sa déconvenue, elle raccrocha.

Il allait devoir frapper fort. Dans l'heure qui suivit, Andy appela toutes les maternités dans un périmètre de quinze kilomètres. On n'avait admis personne correspondant à la description de Roz, et il était fatigué de se faire passer pour un mari ou un petit ami anxieux. Il zappa machinalement sur les chaînes de télé, mais il n'y avait guère d'informations supplémentaires concernant le cambriolage. Les malfaiteurs étaient à l'hôpital, et le centre commercial de Lewisham reprenait son activité.

— Bon sang.

Il se frappa le front. Pourquoi n'y avait-il pas songé plus tôt ? Roz se trouvait chez un prêteur sur gages pendant la fusillade. Si elle leur avait emprunté de l'argent, ils devaient avoir des renseignements sur elle. Il enfila sa veste et se hâta de rejoindre le rez-de-chaussée, descendant les marches deux à deux.

Comme il passait devant l'accueil, le réceptionniste lui fit un signe.

— Un colis pour vous, monsieur.

Andy déchira l'emballage du paquet et en sortit son portable de remplacement.

— Tu es la meilleure, Reilly.

Les affaires pouvaient reprendre.

Les éclats de verre avaient été balayés, et une bande de jeunes curieux traînaient devant la bijouterie, observant le travail des policiers à l'intérieur. Andy entra chez Sunny Money, où le business avait repris. Il patienta tandis qu'une femme entre deux âges discutait avec l'homme derrière le comptoir. Son fils devait de l'argent à des dealers, et elle voulait les rembourser.

Sa posture voûtée et le tremblement de sa main quand elle signa le formulaire lui indiquèrent que ce n'était pas la première fois pour elle. Calant son sac à main usé sous son bras, elle sortit, la tête basse. L'employé releva les yeux.

— C'est vous, bredouilla-t-il. Vous, avec les couteaux et…

— Ouaip, confirma Andy.

L'homme déglutit nerveusement, faisant monter et descendre sa pomme d'Adam.

Andy avisa le badge épinglé à sa veste.

— Dave, c'est bien ça ?

— Oui, monsieur, approuva Dave, soucieux de faire bonne impression.

— Je cherche la femme qui était ici lorsque la fusillade a éclaté. C'est une de vos clientes, me semble-t-il.

— Je ne sais pas si je peux…

— J'aimerais lui envoyer des fleurs, le coupa Andy. Et m'assurer qu'elle va bien. Il n'y a pas de mal à ça, n'est-ce pas, Dave ?

— Eh bien, si vous le dites.

Il lui tendit le classeur rempli de formulaires d'emprunt. Andy les parcourut rapidement. Il n'y en avait aucun au nom de Roz Spring ou autre variation sur ce nom, mais l'un d'entre eux retint son attention. Celui d'une certaine Elaine O'Kennedy, qui voulait emprunter de l'argent pour acheter des affaires pour bébé. Bingo ! D'après les informations mentionnées, elle vivait à moins d'un kilomètre d'ici.

Andy mémorisa l'adresse et rendit le classeur à l'homme. Roz était peut-être une garce et une voleuse, mais elle était enceinte et en difficulté. Il n'y avait pas de temps à perdre.

Le numéro neuf de Davis Street s'avéra être un magasin désaffecté jouxtant un immense building. Les fenêtres brisées de l'étage et les charnières rouillées lui indiquèrent que personne ne vivait là.

— Petite maline.

Il fut contraint d'admirer l'intelligence de Roz pour arnaquer le prêteur sur gages, mais il se retrouvait de nouveau le bec dans l'eau. Son nouveau téléphone vibra dans sa poche. Il l'en sortit prestement.

— McTavish.

— Dis-moi que tu m'adores, fit la voix joyeuse de Reilly.

— Pourquoi ? Qu'est-ce que tu as fait ?

— J'ai réussi à tracer ton portable.

— Dans ce cas, marions-nous tout de suite. Je veux que tu sois la mère de mes enfants.

— C'est ça, et que je reste à la maison pour m'en occuper pendant que tu iras t'éclater ? Tu peux toujours rêver.

Reilly eut un petit rire.

— Ta cible est une maline. Le téléphone est mort. Elle a dû enlever la batterie et la carte SIM. Par contre, elle ne savait pas qu'il y avait un mouchard GPS dans la batterie.

Andy rit à son tour.

— Et où est-elle ?

Reilly lui indiqua une adresse à Peckham.

Andy avança sur la route et héla un taxi.

— Cette fois, je te tiens, ma belle.

Andy tint la porte à une femme aux yeux noirs poussant une poussette double et se glissa derrière elle dans le bâtiment. Il s'attendait à pire que ça.

Les lieux auraient eu besoin d'un bon coup de peinture, mais la petite entrée contenait un panneau d'affichage mettant en garde contre les dangers de la drogue et faisant la promotion d'un collectif mère-enfant à l'église la plus proche. Il jeta un œil à son application GPS pour localiser le téléphone perdu.

L'appartement cinquante-sept se trouvait au cinquième étage. Un panneau indiquait que l'ascenseur était en panne ; il se dirigea donc vers l'escalier et commença à monter.

Lorsqu'il atteignit enfin le cinquième, Andy frappa à la porte et attendit. Pas de réponse. Il frappa encore, puis laissa tomber. Il crocheta rapidement la serrure et entra.

L'appartement le surprit. Il était propre et rangé, bien différent de l'endroit où il avait imaginé que Roz vivait. Elle était sauvage et vibrante, avec une personnalité trop forte pour un espace aussi étriqué.

— Il y a quelqu'un ? lança-t-il.

N'obtenant pas de réponse, il s'autorisa à fouiller les lieux.

Son portable était posé sur la hotte au-dessus de la gazinière, soigneusement démonté. Il le réassembla et l'alluma. Elle n'avait passé aucun appel, mais elle avait fouiné dans son compte Yahoo! Qui sait ce qu'elle mijotait maintenant ?

Le salon ne révéla rien d'intéressant, excepté un sac contenant du matériel de tricot et des pelotes de laine de couleur vive. Elle devait avoir une colocataire. En aucun cas, il ne pouvait imaginer Roz en train de tricoter. Mais, après tout, il avait aussi eu du mal à croire qu'elle soit enceinte – sans vraiment comprendre pourquoi cela le dérangeait autant.

La penderie d'une des chambres était emplie de vêtements dont aucun n'aurait pu convenir à une femme de plus d'un mètre cinquante-cinq. Si Roz maîtrisait l'art de la métamorphose, elle ne pouvait cependant pas se rapetisser. Andy estimait qu'elle devait mesurer un mètre soixante-quinze.

L'autre chambre était tout juste assez grande pour accueillir un lit simple. Il y flottait un léger parfum, qu'il respira profondément. Oui, cette chambre était bien celle de Roz.

Il fouilla sans vergogne dans son tiroir de lingerie. Roz avait de belles choses. Pas beaucoup, mais uniquement de la qualité. Il ouvrit un autre tiroir. Là, disposée aussi soigneusement que dans une vitrine de grand magasin, se trouvait toute une collection de gants – des gants de sport aux mitaines en laine en passant par de somptueux gants de soirée. Tiens, tiens.

Apparemment, il avait mis le doigt sur son péché mignon. Il en prit une paire. La peau de chevreau était douce et légère comme de la plume. L'étiquette intérieure indiquait qu'ils avaient été fabriqués à Paris.

La curiosité l'emporta. Andy porta le cuir à son visage et le huma. Il y décela une infime trace de son parfum. Que devait-on ressentir quand on se faisait toucher par quelqu'un portant ces gants ?

— McTavish, tu es vraiment un pervers, marmonna-t-il avant de ranger les gants et de refermer le tiroir d'un coup sec.

Une commode abritait une collection de chaussures qui auraient donné un orgasme à un fétichiste. Il y avait là des dizaines de paires de chaussures à talons hauts de toutes les couleurs, bien rangées. Il effleura du bout des doigts une cuissarde en daim bleu marine velouté et soupira. Il imaginait très bien Roz, celle qu'il avait croisée à Paris, portant ces cuissardes sans rien de plus.

Il resta perplexe devant les chaussures de tennis. Leurs semelles étaient trop plates pour qu'il y voie la moindre utilité. Il les reposa sur l'étagère et ouvrit le placard. Là, un gros ventre de grossesse était accroché à une patère, juste à côté de la robe de maternité informe que Roz portait tout à l'heure.

— Nom de Dieu !

Il tendit la main pour toucher l'accessoire de latex. La forme moulée était douce au toucher et reprit sa forme quand il en retira son doigt. Ce truc était plus lourd que du kevlar et devait être un enfer à porter. Pas étonnant qu'elle ait eu l'air épuisé.

Quelle maestria dans l'imposture !

Jusqu'alors, sa mission avait été professionnelle, mais elle venait de prendre une tournure personnelle : cette fille lui avait menti et l'avait dupé. Roz Spring, ou O'Sullivan, ou Dieu sait quel autre nom elle se donnait, venait de se mettre dans un bourbier sans nom, et il ne se laisserait aucun répit avant de l'avoir retrouvée.

4

— Alors, qu'est-ce qu'on va faire de toi, avec une vie amoureuse aussi catastrophique ? demanda Jake.

Il poussa une palette chargée de paquets de sucre vers Roz, qui en sortit deux du dessus. Le centre de conditionnement de la banque alimentaire embaumait les citrons qui venaient d'arriver.

— Ma vie amoureuse va très bien, merci, répondit-elle. Du moment que tu ne t'en mêles pas.

— Moi ?

Il prit un air blessé et vulnérable, chose peu aisée pour un Polonais d'un mètre quatre-vingt-dix bourré de muscles. La plupart des gens qui le croisaient pensaient qu'il était le videur de la banque alimentaire, et non un manager honteusement surqualifié.

— Ce n'est pas ma faute si tu n'as pas aimé le gars que je t'ai présenté.

— Alexander ? Il n'arrêtait jamais de parler. Je ne pouvais pas en placer une.

Jake ouvrit un carton de boîtes de conserve.

— Avec toi ? Eh bien, dis donc, il mérite une médaille.

Elle lui tira la langue. Elle ne parlait pas tant que ça.

— Et Patrick, alors ? Il écoute bien, lui.

— Mauvaise haleine, et une sale tendance au pelotage.

Il ne commettrait plus cette erreur. Elle détestait les peloteurs.

— Personne n'est assez bien pour toi.

Les deux femmes qui empaquetaient de la nourriture derrière eux se mirent à ricaner en les écoutant.

— Ce n'est pas vrai. Mais tu ne me présentes que des types bizarres, dit-elle à Jake.

Il était adorable, mais, depuis son mariage avec Kate, il semblait avoir oublié comment se passaient les rencontres.

— D'accord, Roz, alors, dis-moi quel genre d'homme tu aimerais. Est-il au moins humain ? S'il existe ?

Elle termina les sacs qu'elle préparait et attaqua un nouveau stock.

— Bien sûr qu'il existe. Il est grand, musclé, avec les cheveux longs. Éventuellement blond. Avec des yeux bleus. Calme, capable d'écouter. Mais aussi capable de se décider et d'agir quand il le faut. Quelqu'un de loyal.

Elle récita cette description presque par cœur. C'était son idéal masculin depuis longtemps.

— Bon, si jamais je croise Thor, je lui donnerai ton adresse, intervint Natalya. En attendant, sur la planète Terre, y a-t-il des hommes qui te plaisent ?

L'image d'un grand Irlandais aux cheveux bruns en bataille et aux yeux rieurs lui vint à l'esprit. Elle l'avait embrassé par calcul au Savoy, afin de le déstabiliser, seulement, c'était elle qui s'était trouvée déstabilisée après ça. Était-ce parce qu'il embrassait divinement ? Ou à cause de son accent si sexy ? Ou d'un autre secret d'Andy McTavish ? Son souvenir ne l'avait pas quittée une seconde depuis ce baiser, et sa libido se déchaînait.

Elle avait envie de le tuer.

Roz secoua la tête.

— Non, je sais ce que je veux. Je ne veux pas d'une relation au rabais.

Elle considéra Jake avec curiosité.

— De quelle couleur sont tes cheveux quand tu ne les rases pas ?

Il éclata de rire.

— Bien tenté. Mais je te trouverai quelqu'un. Tu es seule depuis trop longtemps.

— Je suis heureuse comme ça. Je pourrais larguer un mec pour le simple fait qu'il boulotte des biscuits au lit.

Bien entendu, ce n'était pas entièrement vrai. Roz était consciente du fiasco de sa vie. Elle était recherchée par la police en tant que témoin d'un meurtre. Du moins, c'est ce que les flics disaient. Elle n'écartait pas l'hypothèse qu'ils essaient aussi de lui mettre le meurtre sur le dos. Avec son casier judiciaire et le passé criminel de son père, il serait bien plus aisé de la boucler pour ce meurtre que d'en rechercher le véritable auteur – l'homme qu'elle avait vu trancher la gorge d'un vieil antiquaire français.

Elle frémit à ce souvenir et en repensant qu'elle avait frôlé la mort, ce jour-là.

Elle était allée rendre une visite nocturne à ce vieil antiquaire qui faisait occasionnellement un peu de recel de bijoux et avait découvert qu'il avait déjà un visiteur. Dans l'ombre, Roz avait regardé le grand Américain blond se disputer avec le vieil homme. Elle se trouvait trop loin pour saisir tous les termes de la dispute, mais elle avait entendu le petit Français menacer de révéler quelque chose à la police.

Roz tremblait encore en se souvenant de la vitesse avec laquelle l'Américain avait sorti un couteau effrayant pour le planter dans la gorge du pauvre antiquaire. Tout s'était produit de façon nette et professionnelle, presque sans répandre de sang, mais la violence du mouvement l'avait profondément ébranlée.

Elle s'était mis un poing dans la bouche pour s'empêcher de crier. Plus tard, elle avait vu des traces de dents imprimées sur le dos de sa main, mais, sur le coup, elle n'avait rien senti.

Le meurtrier avait ignoré sa victime gisant à terre, pris les boîtes à bijoux après une fouille rapide, et il était parti sans un bruit.

Roz avait l'impression de ne pas avoir respiré jusqu'à ce qu'il s'en aille.

Elle était alors sortie de sa cachette et s'était agenouillée près de l'antiquaire. Sans être experte en la matière, elle avait compris que ce regard vitreux et cette peau blême étaient ceux d'un cadavre. Aucun service d'urgence ne pourrait plus le ramener à la vie.

Bien qu'elle ne fût pas religieuse, elle avait prononcé une petite prière devant lui avant de s'éclipser discrètement en espérant qu'il se retrouve au ciel dans un endroit plein de bijoux, de tableaux et de clients naïfs.

Roz se maudissait de n'avoir su tenir sa langue. Elle avait laissé entendre qu'elle avait assisté au meurtre, espérant pouvoir passer un marché avec la police – échanger des informations afin qu'ils ne l'envoient pas en prison pour vol de bijoux. Un interrogatoire avec Interpol plus tard, elle en savait plus que nécessaire sur l'ex-officier des Navy SEALs J. Darren Hall. Il avait été viré des forces spéciales et se mettait maintenant au service de toute personne ayant plus d'argent que de scrupules.

La porte de l'atelier s'ouvrit et, comme si les pensées de Roz l'avaient fait apparaître, un grand blond avança dans la salle mal éclairée, précédé d'Olyenka.

L'espace d'un instant, elle fut paralysée d'effroi. C'était lui. Hall l'avait retrouvée. Il l'avait suivie jusqu'à la banque alimentaire et, maintenant, tout le monde ici était en danger.

— Tu ne me connais pas, murmura-t-elle à Jake avant de se glisser derrière une rangée de cartons.

Les fenêtres étaient barrées, et Hall se trouvait devant

la porte. Mais il y avait un petit espace, à l'arrière, où les fumeurs allaient s'adonner à leur addiction. Elle s'accroupit et détala vers la porte de derrière aussi vite que possible.

Ce cher Jake, investi de ses fonctions de chef, alla demander à l'intrus la raison de sa présence.

Roz se glissa dans le petit patio, prit son souffle et bondit pour atteindre le haut du mur. Il faisait bien trois mètres de haut, mais l'adrénaline et l'énergie du désespoir lui fournirent la force nécessaire. Elle agrippa ses doigts en haut de la paroi et ignora le choc de son corps contre la brique.

Un calme familier l'envahit. Ça, elle savait faire. Elle se hissa pour s'accroupir au sommet du vieux mur de brique. Une fois debout, elle prit son équilibre et se mit à courir avant de sauter par-dessus un fil barbelé séparant cette cour de la suivante, puis de la suivante. Et là, au bout du mur, se trouvait sa récompense : une sortie de secours donnant sur les toits.

Roz se sentait parfois à moitié chat. Quelque chose la rassurait dans le fait de se trouver ainsi en hauteur. Quand elle était en danger, son instinct la poussait toujours à se réfugier vers le haut. Ici, sur les toits de Londres, elle se sentait comme chez elle.

D'un coup d'œil derrière elle, elle vit que Hall avait retrouvé sa trace et qu'il la poursuivait déjà. Un brusque assaut de culpabilité l'assaillit ; pourvu qu'il n'ait blessé personne ! Elle avait passé trop de temps dans cet endroit, s'y était fait des amis, ce qui leur avait peut-être coûté cher.

Ce maudit Hall avançait déjà sur le haut du mur avec une rapidité impressionnante pour un homme de son gabarit.

Elle adorait le *parkour*. Cela avait commencé dans sa jeunesse, quand elle fuyait des flics ou de mauvaises fréquentations, avant d'évoluer en une véritable histoire d'amour.

La liberté qu'elle éprouvait dans ce type de course, le côté imprévisible du terrain, la poussée d'adrénaline, la dureté rédemptrice de l'exercice la laissaient ensuite tremblante d'émotion. Elle n'avait jamais envisagé de s'y adonner officiellement ou de participer à des compétitions, mais elle avait observé les meilleurs *free-runners* sur Internet et avait beaucoup appris de leurs techniques.

Le *parkour* lui avait toujours permis d'échapper à ses problèmes. Aujourd'hui, il allait peut-être lui sauver la vie. Le jour déclinait. Elle espéra que cela allait compliquer la tâche pour Hall, qui la verrait moins bien dans la pénombre. Son pantalon était sombre, mais le pull multicolore que Stella lui avait tricoté était voyant. Cela lui fendait le cœur, mais elle n'avait pas le choix.

Elle retira le superbe pull, se retrouvant en tee-shirt noir. Ce geste lui coûta de précieuses secondes, et Hall approchait. D'un bref coup d'œil, elle perçut la détermination inflexible qui animait son regard.

Roz fonça. Il ne fallait pas qu'il la rattrape. Il était plus difficile d'évaluer les distances avec la tombée de la nuit, et impossible de distinguer de petits obstacles sur son chemin. Elle devait sentir où elle allait.

Vue des toits, Londres était bien différente ; or, il était crucial qu'elle ne débouche pas sur une grande avenue. Elle pouvait certes sauter par-dessus des ruelles, mais pas au-dessus d'une rue à deux voies.

Au bruit de ses pas, elle comprit que Hall se trouvait désormais sur ses talons. Comment faisait-il ? Roz savait qu'elle était une des coureuses les plus rapides de la ville, et voilà qu'il la rattrapait. Apparemment, les SEALs étaient des surhommes. Il faudrait qu'elle s'améliore.

Elle s'engagea sur une verrière qu'elle aurait normalement évitée, pariant que son poids ne briserait pas le verre. Hall, lui, devait approcher des quatre-vingt-dix kilos, tout en muscles. Elle gagna quelques secondes, le temps qu'il contourne le toit de verre.

Le toit suivant était trop éloigné pour risquer d'y sauter. Elle descendit par le bord, se servant des petits creux entre les briques pour caler ses doigts et ses orteils avant de pouvoir agripper un balcon et s'y poser. Une vieille dame regardant la télévision poussa un petit cri, qui se transforma bientôt en hurlement, mais elle n'avait pas le temps de s'en occuper. Roz se faufila sur la corniche jusqu'à l'angle suivant, d'où elle pourrait facilement sauter sur un toit plus bas.

Elle avança péniblement sur le toit, dont les ardoises étaient glissantes sous ses pieds. Elle ne pourrait pas maintenir ce rythme bien longtemps. Et appeler à l'aide risquait de ne lui être guère utile. À Londres, chacun s'occupait uniquement de ses propres affaires.

Une grande rue encombrée de piétons et de circulation se profilait devant elle. Un bus à impériale accéléra, se dégageant du trafic.

Hall était à trente mètres d'elle. OK, pas le choix.

Roz sauta vers le bus qui avançait et atterrit lourdement sur son toit. Elle se mit à quatre pattes en tentant d'absorber le choc et de garder son équilibre, les doigts cramponnés à une petite bande de rivets. Ce n'était pas grand-chose, mais cela lui suffit pour maintenir sa prise tandis que le bus tournait au prochain virage, l'emmenant hors de la vue de Hall.

Des piétons se donnèrent des coups de coude et la montrèrent du doigt. Elle leur fit signe comme s'il était normal qu'elle se trouve là, mais décida en même temps qu'elle devait descendre. Elle attirait trop l'attention.

Lorsque le bus s'arrêta au feu rouge, elle sauta sur le toit d'un quatre-quatre garé en contrebas et s'engouffra dans le premier McDonald's. Elle était trop stressée pour manger, mais elle commanda un soda et essaya de reprendre son souffle.

Qu'allait-elle faire, maintenant ? Elle n'osait pas rentrer à l'appartement. Elle ignorait comment Hall l'avait retrouvée, et s'il était possible qu'il connaisse son adresse. Elle ne comptait pas se jeter dans la gueule du loup.

Roz sirota sa boisson en réfléchissant. Londres était devenue trop risquée. Elle était passée aux infos suite au cambriolage de Lewisham, et maintenant, Hall venait de la débusquer à la banque alimentaire. Elle avait deux autres petits boulots payés au noir, mais elle passait le plus clair de son temps à donner un coup de main à la banque alimentaire. Elle allait devoir partir.

Son passeport se trouvant à l'appartement, il n'était pas question de prendre l'avion. Probablement pourrait-elle se rendre à Douvres et se glisser dans un ferry pour Calais. Elle connaissait plutôt bien la France et y avait des amis, même si c'était une partie de sa vie qu'elle avait dû abandonner. Seulement, Hall savait cela, aussi.

Où pouvait-elle donc aller ?

Autrefois, elle aurait demandé conseil à son père dans ce genre de situation. Mais ce temps était révolu. Même s'il n'avait pas été sous les verrous à Pentonville, elle avait cessé de faire confiance à son jugement. Leurs objectifs dans la vie n'étaient pas les mêmes, et cela ne changerait jamais.

Mais il existait une personne qui avait toujours été là pour elle.

Elle sortit son portable et appela son parrain. La sonnerie retentit, encore et encore. Elle crut que la ligne allait couper quand on décrocha soudain.

— Fletcher.

Elle se sentit mieux rien qu'en entendant cette voix enjouée.

— Frankie, j'ai des ennuis.

— Quelle est ta situation ?

Droit au but. Dieu merci, Frankie ne s'embarrassait pas de détails.

— Je dois quitter Londres au plus vite et me cacher quelque part.

Tout en parlant, elle ne cessait de scruter la foule autour d'elle. Elle s'efforça de parler assez bas pour que personne ne l'entende.

Il y eut quelques instants de silence, puis Frankie répondit :

— Je suis en Irlande en ce moment. Ramène-toi. J'ai un bon petit job à te confier, dans un endroit où je pourrai garder un œil sur toi.

L'Irlande ! Elle n'y avait même pas pensé. C'était trop proche de sa famille, de ceux qu'elle avait haïs toute sa vie. Et qui la haïssaient aussi. Mais, pour l'heure, il fallait choisir entre Hall et les O'Sullivan.

— Où ça, en Irlande ?

Elle connaissait bien le pays. L'Irlande avait des villes assez grandes pour s'y fondre incognito.

— Tullamore.

Elle n'avait jamais entendu parler de cet endroit.

— C'est où ?

— Dans les Midlands. Va à Tullamore et demande le château de Charleville.

Roz cligna des yeux.

— Qu'est-ce que tu fabriques dans un château ?

— Jack Winter fait un film sur la bataille de Clontarf, et je dirige les figurants pour les scènes de bataille. Une des cascadeuses s'est cassé le bras. Tu crois que tu pourrais la remplacer ?

Oh oui ! Sans problème. Elle se réjouit à l'idée de revoir Frankie. Mais il y avait d'abord quelques aspects pratiques à régler.

— Il me faut un passeport, pour l'Irlande ? Je n'ai pas accès au mien – ni à aucun d'entre eux.

Frankie éclata de rire.

— Seulement si tu prends l'avion. Prends un ferry à Pembroke ou Holyhead, et ça ira. Il te suffit d'avoir un permis de conduire ou équivalent comme pièce d'identité.

Ce serait tellement plus facile que d'essayer de prendre un ferry clandestinement pour Calais.

— OK, je me mets en route.

Roz termina son soda, commanda un burger pour la route et se dirigea vers le garage où elle rangeait sa moto et son équipement.

Irlande, me voilà !

Une heure plus tard, elle était sur sa M4 en direction de Pembroke, un œil attentif sur le compteur. Elle conduisait précisément à dix kilomètres-heure au-dessus de la limite autorisée afin de ne pas se faire remarquer sur la route tout en arrivant à l'heure pour attraper le ferry menant à Rosslare. Il n'y avait que deux départs par jour, et elle ne pouvait se permettre de perdre du temps.

Roz dressa un rapide inventaire de la situation. Elle avait une moto Ninja Kawasaki en bon état, mais aurait besoin de carburant avant de rallier le pays de Galles.

Elle portait un blouson de cuir, un pantalon et un casque qui l'aidait à cacher son visage. Sa plaque d'immatriculation était assez crasseuse pour être à peine lisible.

Elle possédait une carte de crédit prépayée qui ne laissait aucune trace et lui permettrait de régler le voyage en ferry et de tenir quelques jours. Pourvu qu'elle soit rémunérée pour le job prévu par Frankie. Elle ne possédait que les vingt livres prélevées dans le portefeuille d'Andy. Un téléphone à carte prépayée. Pas de vêtements de rechange. Pas de peigne ni de brosse à dents. Pas de maquillage. Heureusement qu'elle avait la clé de la moto dans sa poche lorsque Hall avait déboulé.

Roz avait l'habitude de voyager léger, mais là, c'était le summum.

Elle n'avait pas non plus de perruques. Elle hésita à s'acheter une teinture pour dissimuler sa chevelure rousse. Londres regorgeait de blondes et de brunes ; une rousse s'y faisait immédiatement remarquer, et, si elle ne disposait pas de perruque, Roz utilisait une coloration temporaire. Mais il y avait beaucoup plus de roux en Irlande ; elle ne devrait donc pas détonner tant que ça dans le paysage. Et puis, il serait agréable de rester rousse, pour une fois.

Si elle était seule, n'ayant à se soucier que d'elle-même, la situation serait gérable. Elle avait l'habitude d'être en cavale. C'était son lot depuis des années.

Seulement, il y avait aussi son père, là-bas. Ce n'était pas le meilleur père au monde, mais c'était le sien. Il lui avait donné une éducation intéressante. Grâce à lui, elle savait pirater des ordinateurs et faire des calculs en binaire.

Quel dommage qu'il l'ait trimballée ainsi partout pendant des années ! Toute son éducation académique en avait été anéantie. Elle avait quitté l'école sans le moindre diplôme en poche. Elle savait qu'elle n'était pas bête, mais elle avait parfois l'impression que le monde excluait ceux qui ne possédaient pas ce type de passeport.

Sinead, sa sœur jumelle, avait été élevée par la riche famille de sa mère. Son père croyait que Roz n'aimait pas le luxe dans lequel Sinead avait grandi. Ce n'était pas vrai. Roz était seulement jalouse de l'éducation à laquelle sa jumelle avait eu droit.

Le pensionnat, puis la meilleure université d'Irlande, puis un job de rêve à Genève. Certains avaient tout sans avoir rien fait pour le mériter.

Le karma était une saloperie. Un jour, Roz remettrait les pendules à l'heure.

Elle dut ralentir à Port Talbot pour éviter les radars, et arriva au terminal du ferry peu avant l'heure du départ. Roz se tortillait dans la file d'attente pour acheter les tickets. Que fabriquait donc ce couple devant elle ? Ils changeaient de nationalité, ou quoi ? Elle était si stressée qu'elle se trompa en saisissant son code PIN, mais, bientôt, elle eut son ticket en main et put embarquer sa Ninja sur le ferry *Isle of Inishmore*.

Après l'avoir garée en lieu sûr, elle rallia la cafétéria, en nage, et put enfin se poser. Elle se prit un café bien sucré et sortit son portable, qu'elle connecta au wi-fi pour chercher d'éventuels articles relatant sa course sur les toits de Londres. Il aurait suffi d'une seule image montrant son visage pour tout compromettre.

Rien. Peut-être la chance était-elle de son côté, pour une fois.

Elle consulta ses messages. Il y en avait un de Frankie lui donnant des indications, et un message sur Yahoo! en provenance d'un ancien client de Paris, qui se proposait de lécher ses chaussures.

Elle frémit. Pourquoi les hommes pensaient-ils qu'elle pourrait aimer ça ? Il aurait un sacré boulot à faire, s'il voulait lécher ses chaussures de *parkour* ! Un jour, quelqu'un lui avait dit que c'étaient les chaussures les moins sexy pour une femme. Comment se faisait-il que certains hommes tombent littéralement à genoux devant une paire de talons hauts ? Il faudrait plus d'une paire de Louboutin pour dompter Andy McTavish.

Roz rit doucement. Il serait peut-être drôle d'essayer ? Non, elle ne voulait pas penser à lui, ni à la petite lueur dans ses yeux, celle qui promettait des plaisirs coquins à toute femme ne demandant qu'à passer une nuit mémorable avec lui.

Andy ne l'attirait pas.

Elle désirait un autre genre d'homme – un homme stable et loyal. Pas quelqu'un qui changeait de copine plus souvent que de chemise.

Mais un petit détail la culpabilisait légèrement. Elle n'avait pas eu l'occasion de lui rendre ses cartes de crédit, et elle n'avait pas voulu lui dérober son téléphone. Voleuse, peut-être, mais avec des principes.

Son portable avait certainement été remplacé, maintenant, mais elle devrait lui envoyer un message pour lui dire de ne pas s'inquiéter pour ses cartes. Si elle lui envoyait un SMS, il verrait son numéro de téléphone, ce qui trahirait sa localisation. Elle fit la grimace, essayant de se souvenir de son nom d'utilisateur sur l'appli Yahoo!

Ah oui. Elle rit sous cape. Typique de lui.

Elle lui rédigea un message.

Salut, Dark Rider. Désolée pour ton téléphone, mais tes cartes ne craignent rien. Au fait, ton argent a servi à une TRÈS bonne cause. CatO9tails

Elle sourit, se demandant dans combien de temps il le lirait.

5

Andy avala la dernière gorgée de sa bière belge hors de prix et reposa la bouteille sur le comptoir de marbre.

— Un dernier pour la route ? suggéra le barman.

— Non, merci, répondit Andy.

Il s'était déjà fait aborder par plusieurs femmes, ce soir. Une bière de plus, et il finirait par commettre une bêtise. Et il était las des bêtises.

« *Quand finiras-tu par te fixer ?* » Après la dernière conversation avec sa mère, ces mots lui trottaient sans cesse dans la tête. Il l'adorait. C'était une femme formidable, mais pour rien au monde il n'aurait voulu épouser une femme de son genre.

Pas plus que les filles de ses amies, qu'elle ne cessait de lui présenter. Il ne pouvait pas aller rendre visite à sa mère sans tomber sur cinq ou six d'entre elles, toutes aussi jolies, intéressantes et, disons, gentilles.

Gentilles… Quel terme galvaudé ! Les femmes n'étaient pas faites pour être gentilles. Il lui fallait plutôt une fille imprévisible, avec un rire tonitruant, une fille qui vous embrasserait comme si elle ne vous avait pas vu depuis six mois. Une fille qui vous garderait éveillé dans un lit cassé en vous disant le fond de sa pensée sans retenue. Tout, mais pas une gentille. Il ne se souvenait même plus de la dernière fois où il avait eu ce genre de relation – sans faire semblant, sans séduire une femme pour obtenir des informations ou sans mentir carrément. Certes, il adorait son travail. Il adorait le défi, mais, ces derniers temps…

— Puis-je vous offrir un verre ?

Une blonde s'installa sur le tabouret libre à côté de lui. Sa robe était trop courte, ses talons, trop hauts, et il suffoquait presque sous les relents de parfum qui émanaient d'elle.

— C'est gentil, mais non, merci, dit Andy en souriant pour l'éconduire poliment. Une autre fois, peut-être.

Il fit un signe au barman et sortit du bar. Le vent était glacial pour un mois de mars. Il gelait sévèrement, et les boutiques des magasins avaient beau être emplies de mannequins en tenues légères et pastel, les gens portaient encore leurs gros manteaux d'hiver et leurs écharpes en laine. Presque tenté de retourner au bar et près de la blonde, Andy remonta la fermeture éclair de sa veste. Mais il retourna chez lui d'un pas vif et se confectionna une petite fricassée avec les restes du frigo avant de se vautrer sur le canapé. Si les gars de la Wing le voyaient, ils riraient un bon coup. Andy McTavish repoussant les avances d'une blonde pour regarder une série à la télé. Triste, très triste.

Son téléphone vibra, signalant l'arrivée d'un message ; il passa le doigt sur l'écran. Qui lui écrivait sur Yahoo! à cette heure-ci ? Et qui diable était CatO9tails ? Il ouvrit le message et le lut. Il ne sut s'il devait rire ou bouillir devant l'audace de Roz Spring.

Je ne savais pas que tu te souciais de moi, tapa-t-il rapidement avant d'appuyer sur ENVOI.

Ce n'est pas ça, crois-moi.

Zut, il perdait l'accroche. Il fallait retenir son attention.

Je suis allé chez toi. J'ai passé un peu de temps avec ton bébé. À ton avis, c'est un garçon ou une fille ?

Le message demeura suspendu un long moment dans le cyberespace avant que Roz ne réponde.

Ce doit être un garçon. Il fait déjà le poids d'une grosse dinde.

Andy rit.

Tu lui as déjà trouvé un nom ?

Oswald

C'est quoi, cette horreur ? Les parents qui appellent leur fils Oswald devraient être condamnés pour cruauté sur mineur.

[Rires.]

J'imagine que tu ne me diras pas où tu es ? hasarda Andy.

Évidemment. Dark Rider… Pourquoi ce nom ?

Il grimaça. Il utilisait ce pseudo quand il travaillait incognito. Maintenant, il lui collait à la peau.

C'est toujours mieux que CatO9tails.

Ah oui ? Viens me dire ça en face.

Seulement si tu me le demandes gentiment.

Cela valait le coup d'insister. Il ajouta :

J'en serais ravi.

Il y eut une pause plus longue.

Il faut que j'y aille, l'Irlandais.

Son écran afficha l'icône indiquant qu'elle s'était déconnectée. Andy s'étira et éteignit la télévision. CatO-9tails. Le chat à neuf queues. Roz s'était peut-être évaporée, mais elle se trouvait bien quelque part et elle ne lui aurait pas écrit si elle ne désirait pas de réponse de sa part. Cette initiative l'intriguait.

« *As-tu déjà pensé à… ?* » lui avait-elle demandé dans la chambre d'hôtel avant qu'ils ne s'embrassent. Cette question aurait pu le titiller, mais Roz l'avait roulé dans la farine et avait blessé sa fierté.

Pourtant, ce baiser… Elle n'avait pas pu jouer la comédie. Pas plus que lui. Ce baiser avait été doux, étonnamment tendre ; il ne se souvenait même pas de la dernière fois où il avait éprouvé cela. Il avait séduit suffisamment de jeunes femmes pour goûter la différence entre un savoir-faire et une réelle émotion, et quelque chose s'était passé entre eux.

S'il la retrouvait – non, *quand* il la retrouverait –, il faudrait qu'ils discutent.

Le salon du *Isle of Inishmore* était sombre et calme. Roz en profita pour faire un petit somme. Elle avait hésité à prendre une cabine, mais le trajet jusqu'à l'Irlande était court et elle n'avait aucune affaire à préserver du vol. Elle s'étendit donc au travers de plusieurs fauteuils et s'endormit, étrangement réconfortée par le bref échange avec Andy. Dark Rider… Cet homme avait une bien trop haute opinion de lui-même.

Ce n'était pas parce qu'il embrassait comme un dieu qu'il en était un. Elle était prête à parier qu'il passait deux fois plus de temps à se préparer qu'un homme normal. Elle connaissait assez bien les fringues pour savoir que celles d'Andy n'étaient pas du bas de gamme. Son manteau à lui seul devait bien valoir deux mille livres. Croyait-il qu'être beau et riche avec un corps de rêve allait faire tomber toutes les femmes dans ses bras ?

Pas elle. Roz possédait des défenses personnelles dont il ignorait tout. Andy croyait sûrement connaître les femmes. Mais elle connaissait les hommes. Il avait trouvé une adversaire à sa mesure. Elle s'endormit avec un sourire aux lèvres.

Le jour pointait à peine à l'horizon lorsque le ferry accosta à Rosslare. Roz prit un café, alla détacher sa moto, et elle décida de prendre la route avant de s'arrêter pour le petit-déjeuner.

Le soleil se levait quand elle s'engagea sur les routes, dans un paysage d'un vert surnaturel. Pure citadine, Roz était ébahie de la petite taille des villages et à quelle vitesse la nature reprenait ensuite toute la place. On aurait dit le montage d'un film. Lorsqu'elle parvint à Portlaoise, son ventre criait famine. Elle s'arrêta dans un café au bord de la route et s'installa, enchantée par l'accent qu'elle entendait autour d'elle. Elle commanda un breakfast irlandais complet, et on lui apporta suffisamment de nourriture pour tenir toute la journée. Avec une semaine de cholestérol en plus. Elle venait de sortir le billet de vingt livres d'Andy quand elle se rappela qu'ici, on payait en euros. Heureusement, ils acceptaient les cartes de crédit.

Le ventre bien rempli, Roz se versa une deuxième tasse de café. Il était difficile d'imaginer Hall dans un lieu aussi paisible. Il s'y ferait certainement beaucoup plus remarquer qu'elle. Elle avait déjà vu quatre roux, dont une femme qui était peut-être décolorée. Elle ne se ferait nullement remarquer en conservant sa couleur de cheveux naturelle. Elle envoya un bref message à Frankie pour s'assurer qu'il l'attendait bien. Il répondit immédiatement en lui fournissant des indications pour trouver l'endroit, et la rassura sur le fait qu'un travail l'attendait.

Elle sirota son café et ne put résister à l'envie d'envoyer un petit message à Andy.

Tu as rêvé de moi cette nuit ? Je suis sûre que oui.

La réponse arriva instantanément : sa page Yahoo! devait déjà être ouverte sur son téléphone.

Tu ne peux pas me lâcher, hein ?

Elle sourit.

Je voulais juste être sûre que je ne te manquais pas trop.

Ne t'en fais pas, je me rapproche du but.

Oui, c'est un problème commun à beaucoup d'hommes. Je vais te faire un dessin. Beaucoup de femmes me remercieront.

Roz aurait aimé voir sa tête quand il lirait cela.

Mais il n'était pas du genre à se laisser intimider.

Pourquoi ne pas me le remettre en main propre, ce dessin ?

Tu es sûr de vouloir que mes mains s'approchent de toi ? Ce pourrait être dangereux.

Je suis prêt à prendre le risque si tu es d'accord.

C'est ça. Petit malin, va. Elle tapa rapidement :

Dans tes rêves, l'Irlandais.

Il aurait été plaisant de continuer à flirter ainsi avec Andy, mais Roz devait reprendre la route.

Le château de Charleville se trouvait quelques kilomètres après Tullamore. Son immense portail était gardé par deux agents de sécurité baraqués qui ne parurent pas impressionnés par sa tenue de motarde, mais le nom de Frankie produisit son effet magique, et on la laissa entrer.

Elle roula sur un chemin cahoteux traversant une épaisse forêt, au point de se demander si elle ne s'était pas trompée d'endroit. Puis, la moto passa un dernier nid-de-poule, les arbres s'ouvrirent sur une clairière, et elle commença à apercevoir le château.

Nom d'un chien ! On aurait dit un décor sorti d'un film de Disney, avec ses tours, ses tourelles et ses fenêtres à vitraux. Devant le château, le parvis était encombré de voitures, de camionnettes de restauration, de camions et de décors, mais la porte avant était fermée, et du bruit provenait de l'arrière.

Roz gara sa moto et retira son casque pour considérer, bouche bée, l'édifice qui se dressait devant elle. Il semblait sorti d'un conte de fées, mais bien solide et réel à la fois.

L'énorme porte d'entrée cloutée étant fermée, elle contourna le château pour rejoindre l'arrière. Là, elle déboucha sur un grand espace rempli de machines, de tentes, de caravanes, de sanitaires de chantier, où évoluaient des dizaines de personnes vêtues en Vikings, et, au milieu, deux hommes en train de se battre. Une demi-douzaine de caméras suivaient le moindre de leurs mouvements. Il régnait un étrange silence, hormis le bruit métallique des épées se heurtant.

Roz connaissait suffisamment les plateaux pour savoir qu'elle se ferait lyncher si elle faisait irruption à un tel moment. Elle resta donc silencieuse jusqu'à ce que l'un des hommes tombe à terre et que le directeur s'écrie :

— Coupez !

Le vainqueur se redressa, haletant. Il retira son casque, et Roz en eut le souffle coupé. C'était Jack Winter ; et il était encore plus beau en personne qu'au cinéma.

Elle se retint de courir vers lui pour lui demander un autographe. Elle avait bien dix ans de trop pour se conduire comme une fan, même s'il était le plus bel homme qu'elle ait jamais vu. Le souvenir d'Andy la fixant de son regard de braise lui vint soudain à l'esprit. Tout compte fait, Jack était peut-être le deuxième plus bel homme qu'elle connaissait.

Une main se posa brusquement sur son épaule. Elle sursauta et fit volte-face, prête à se défendre.

— Eh ! du calme, ce n'est que moi.

Elle connaissait cette voix, bien qu'elle émergeât d'un casque cabossé au-dessus d'une tunique rustique.

— Frankie. Oh mon Dieu !

Roz se jeta dans ses bras. Cela faisait des années qu'elle ne l'avait pas vu, et elle venait de se rendre compte à quel point il lui avait manqué.

Frankie la serra dans ses bras.

— Allons, allons. Qu'est-ce qui t'arrive ?

Sa voix familière lui fit le plus grand bien. Quand Frankie était là, les problèmes lui semblaient un peu plus lointains. Elle ravala ses larmes de soulagement et se redressa pour regarder son parrain dans les yeux.

Il faisait la même taille qu'elle et portait à peu près la même taille de vêtements. Il retira son casque, révélant des cheveux argentés, des yeux bleus et vifs et une peau hâlée. Il n'avait pas du tout changé et dégageait toujours la même énergie. Elle était prête à parier qu'il avait toujours les mêmes tablettes de chocolat sous sa tunique.

— Je suis contente de te voir, dit-elle.

Elle lui parlerait de Hall plus tard et lui demanderait son aide. Mais ce n'était pas le moment de discuter de ça.

— Moi aussi, ma puce, répondit-il en lui pressant l'épaule. Viens, c'est la pause déjeuner. Je vais te faire un sandwich au bacon.

Roz eut un petit rire. Elle venait de manger trois belles tranches de bacon, mais les sandwiches de Frankie étaient légendaires. Finalement, la vie était plutôt belle.

— Allons-y.

La sonnerie du téléphone tira Andy de son sommeil. Après des années d'entraînement avec les rangers, il était sur le qui-vive instantanément. Qui pouvait donc l'appeler à une heure pareille ? Il plissa les yeux et avisa l'écran de son portable.

Sa mère.

— Maman ? Qu'est-ce qui se passe ?

— Oh ! Andrew, c'est ton père. Il vient de faire une attaque.

Quelques heures plus tard, il ignorait par quel miracle il n'était pas mort sur la route menant à Heathrow. Lorsque l'avion atterrit à Belfast, il sauta dans le premier taxi, les yeux rougis, direction *Lough Darra*.

L'allée bordée de grands arbres longeait les murs d'enceinte et menait jusqu'à l'arrière du bâtiment. La vieille demeure néogothique en bordure de lac avait été restaurée par son grand-père et appartenait à sa famille depuis presque deux cents ans. Le terme de « demeure » n'était d'ailleurs plus guère approprié. Désormais, c'était plutôt un gouffre financier qui aurait nécessité des fonds conséquents pour lui restituer sa splendeur passée.

Mais si ses parents s'accommodaient d'une plomberie douteuse et portaient des pulls été comme hiver pour avoir chaud, ils ne lésinaient pas sur les dépenses concernant les écuries.

Son père nourrissait une passion obsessionnelle pour les chevaux. Andy s'était souvent dit que, s'il était né avec quatre jambes au lieu de deux, son père lui aurait peut-être prêté davantage d'attention.

Jusqu'à la mort de Robert.

Chaque fois qu'il revenait ici, le souvenir de son frère l'envahissait totalement, ne laissant de place à rien d'autre. Robert était un charmeur, un casse-cou et un fou d'escalade. Si Andy avait été là pour le surveiller, peut-être serait-il encore vivant.

Il repoussa cette pensée. Ce n'était pas le moment. Ses parents avaient besoin de lui. Avant même qu'il soit sorti du taxi, la porte d'entrée s'ouvrit, et Poppy Campbell McTavish descendit hâtivement les marches. Sa chevelure courte et argentée encadrait un visage qui serait encore beau quand elle aurait quatre-vingt-dix ans.

Elle avait des pommettes à faire pleurer Michel Ange. Des yeux bruns et une peau fine et pâle. Son père prétendait que sa femme était belle, et son père avait toujours raison. Andy ne connaissait pas l'âge exact de sa mère – elle refusait de le lui dire –, mais ses deux parents n'étaient pas tout jeunes à sa naissance. Ils s'étaient félicités d'être parvenus à avoir un fils à leur âge. Cinq ans plus tard, l'arrivée d'un second fils avait constitué un autre cadeau inattendu.

Il prit son sac et régla le taxi avant de sortir de la voiture pour aller étreindre sa mère, la soulevant de terre.

— Oh ! Andy, ça fait tellement longtemps.

Elle avait raison. Voilà plus de dix-huit mois qu'il n'avait pas mis un pied ici, et, maintenant qu'il était rentré, il ne se voyait plus en repartir.

Il la reposa délicatement.

— Je sais. Pardon, maman. Comment va-t-il ?

Les yeux de sa mère s'assombrirent.

— Tu connais ton père. Il faudra plus d'une attaque pour le tuer. Il a tout fait pour sortir aussi vite que possible de l'hôpital, et maintenant il est au lit, en train de donner des ordres à tout le monde, comme un empereur. Pas moyen de lui faire entendre raison.

Cela ne surprit guère Andy. Dougal Campbell McTavish était têtu comme une mule ; ils avaient eu de nombreuses disputes quand Andy était jeune.

— Je vais lui parler, promit Andy.

— Quand tu auras mangé. Il dort, pour le moment, et tu dois mourir de faim, dit Poppy en l'emmenant vers la cuisine.

Il savait qu'il aurait été inutile de discuter.

Sa mère but une infusion dans une tasse en porcelaine pendant qu'il dévorait tout ce que Maggie, la cuisinière de la famille, posait devant lui. Voilà une éternité qu'il n'avait pas mangé d'Ulster fry. Ses artères risquaient de souffrir quand il rentrerait chez lui.

Chez lui.

Il n'était plus très sûr de savoir où cela se trouvait. Son petit appartement londonien représentait plutôt un pied-à-terre où il déposait ses affaires qu'un endroit où il vivait. La moitié du temps, il atterrissait dans des hôtels ou des appartements appartenant à des sociétés. Homme d'affaires international, acteur, marchand d'armes, il avait joué tous ces rôles dans des opérations de diverses sortes. Sa dernière mission avait été du contre-espionnage : séduire une Mata Hari russe qui faisait chanter quelqu'un au ministère de la Défense. Irina était d'une beauté époustouflante, mais s'était révélée une adversaire redoutable.

Il ne parlait jamais de son travail à sa famille. Son père n'appréciait déjà guère sa façon de vivre ; il n'était pas utile d'envenimer les choses. Andy repoussa son assiette et s'essuya la bouche avec une serviette.

— Je vais voir si papa est réveillé.

Il prit son sac en cuir et se dirigea vers la porte.

— Dougal ne peut plus monter l'escalier ; on l'a installé au salon vert pour qu'il puisse voir le jardin. Je t'ai préparé la chambre rouge ! lui lança sa mère.

Andy s'arrêta. C'était la plus grande et la plus belle chambre de la maison, traditionnellement occupée par le maître des lieux.

Il savait que sa mère adorait leurs jardins. Ils faisaient sa joie et sa fierté. Mais céder ainsi à son fils la chambre qu'ils avaient occupée pendant plus de trente ans était plus qu'un geste de bienvenue. Cela signait le retour du fils prodigue.

Ses parents voulaient qu'il revienne pour de bon, et il ne savait pas comment leur signifier qu'il ne pourrait rester bien longtemps. Andy déposa son sac au pied de l'escalier et alla trouver son père.

L'aile ouest constituait la partie la plus ancienne de la maison. Depuis les murs couverts de bois, des générations de McTavish et de Campbell le regardaient. La plupart d'entre eux avaient été de riches propriétaires terriens. D'autres avaient été militaires, mais tous étaient revenus à *Lough Darra* pour effectuer leur devoir envers la propriété.

Andy voyait bien l'avenir qui se dessinait devant lui. Épouser l'ennuyeuse fille d'un de leurs riches voisins, s'installer, avoir une flopée d'enfants et élever des chevaux.

Très peu pour lui.

La lourde porte en chêne grinça sur ses gonds comme il entrait. La pièce étant plongée dans l'obscurité, il s'apprêtait à repartir quand son père l'interpella depuis son lit.

— Ouvre donc ces rideaux ! Je ne suis pas encore mort.

Andy écarta le lourd tissu damassé, laissant la lumière du matin envahir la pièce.

La frêle silhouette couchée dans le lit ne ressemblait plus guère à l'homme qui l'avait envoyé au pensionnat quand Andy avait onze ans. Il avait détesté cette période et avait fugué deux fois avant que sa mère ne convainque son père de le laisser rentrer à la maison et se rendre à l'école locale.

Ils avaient été ravis quand Andy était allé à l'Université de Belfast, mais ce n'était pas ce qu'il voulait, et il avait préféré rallier l'armée.

Ses parents pensaient qu'il n'y arriverait pas, ou qu'il laisserait tomber au bout d'une semaine ; mais, à leur grande surprise, il avait adoré cette vie à la dure. Ils avaient été encore plus surpris lorsqu'Andy avait rejoint les rangs des rangers et survécu à cet entraînement impitoyable, où il avait trouvé son foyer spirituel.

Il était en Afghanistan lorsque son frère avait péri dans un accident d'escalade. Le souvenir de ce coup de fil et de son père en larmes – lui habituellement si fort et imperturbable – lui donnait encore le frisson.

— Salut, papa.

Dougal Campbell McTavish poussa un grognement.

— Ça y est, tu es rentré ?

6

Le lendemain matin, il s'éveilla l'esprit embrumé après une mauvaise nuit dans ce lit étranger. Le portrait suspendu au-dessus de la cheminée semblait le fixer d'un regard accusateur, comme s'il était un squatteur plutôt que l'héritier officiel des lieux. Andy ne se rappelait pas qui était cet ancêtre, mais il avait une tête à avoir gobé un citron.

Dans un coin de la chambre, une tache sombre et du plâtre décrépit révélaient une nouvelle fuite dans la toiture. Cette maison était pire qu'une passoire, et ce n'était qu'un échantillon de ce qui l'attendait s'il restait ici.

D'après sa mère, quand ce n'était pas le toit, c'était un problème de plomberie, une clôture cassée ou des touristes qui campaient dans leur champ. Qui diable aurait pu avoir envie de vivre dans un tel endroit ?

Andy sortit du lit. S'il se retrouvait coincé ici, il devrait affronter tous ces problèmes, mais, pour l'heure, il devait appeler son patron et l'informer de sa situation.

Niall Moore décrocha à la troisième sonnerie.

— Tu l'as retrouvée ?

— Pas vraiment. Écoute, mon père a fait une crise cardiaque avant-hier.

— Seigneur, comment va-t-il ?

— Toujours aussi hargneux, mais j'ai besoin de congés, parce que…

— Pas la peine de te justifier. Tu devais prendre des vacances, de toute façon. Tu as à peine pris une journée de repos, l'année dernière. Je vais demander à quelqu'un d'autre de retrouver Roz.

— Non. Ce n'est pas nécessaire.

Maintenant qu'il avait repéré sa trace, il était hors de question que quelqu'un d'autre lui mette le grappin dessus.

— Tu sais où elle est ?

Le soupçon d'anxiété qu'il perçut dans la voix de cette force de la nature troubla Andy. Niall était fou de sa femme, et si quelque chose rendait Sinead malheureuse, il était prêt à remuer ciel et terre pour arranger la situation.

— Pas encore, mais je suis en contact avec elle. Par Internet.

Niall soupira.

— Andy. Il s'agit de ma belle-sœur.

Pas besoin d'en dire beaucoup plus. Si Andy échouait sur ce coup-là, il serait éjecté de Moore Enterprises.

— Elle m'a volé mon portable et m'envoie des messages. J'essaie de maintenir le contact.

Cela semblait presque plausible, mais si Niall soupçonnait que Roz et Andy flirtaient virtuellement, il ne ferait qu'une bouchée de lui.

— Bon, OK, mais, si ça se complique, je mettrai quelqu'un d'autre dessus.

— Compris.

La règle numéro un, dans ce travail, était de ne pas coucher avec les clientes. Eh bien, ce ne serait pas difficile. Il n'avait aucune idée de l'endroit où elle se trouvait et n'aurait pas le temps de la chercher avant que son père aille mieux.

Le réalisateur du film, Mike Scott, était un homme pragmatique avec un accent texan et des ongles rongés. Il considéra Roz, lui demanda si elle serait capable de faire le job et l'envoya chez la costumière. Frankie promit de s'occuper de son contrat et la poussa dehors avant que Scott ne lui pose davantage de questions.

— On a eu du bol que la première cascadeuse se pète un bras, dit-il à sa filleule entre deux bouchées de sandwich. Ils avaient besoin de quelqu'un fissa ; alors, ils ne seront pas trop regardants sur ton parcours.

Roz n'avait pas particulièrement faim, mais, avec tous ces changements de programme, elle avait sauté trop de repas pour se priver de se remplir le ventre. Elle mangea lentement, appréciant les larges portions servies sur le plateau.

— Qu'est-il arrivé à cette cascadeuse ? demanda-t-elle.

— Elle s'est cassé un bras dans le vieil escalier. Elle dit qu'un gamin l'a poussée, sauf qu'il n'y a aucun môme sur le plateau. Elle devait avoir la gueule de bois et ne pas vouloir l'avouer.

Il lui fit faire le tour des lieux et procéda à quelques présentations rapides avant de l'emmener aux costumes et au maquillage. Ses espoirs de tomber sur Jack Winter dans le plus simple appareil s'évanouirent lorsqu'elle apprit que les stars avaient leur propre caravane, où on les préparait, mais il y avait toutefois pas mal de types à demi nus dans le coin des costumes.

Les acteurs américains n'avaient aucune gêne à se déshabiller pour enfiler leur costume, alors que les figurants irlandais étaient facilement identifiables à leur peau blanche et à leur réticence à dévoiler davantage que leurs avant-bras. Malgré tout, cela donnait une impressionnante brochette de beaux mâles.

Le téléphone de Roz vibra. C'était un message d'Andy.

J'espère que tu ne fais pas de bêtises ?

Pourquoi en ferais-je ?

Ne me dis pas que tu t'es déjà trouvé un autre mec ?

Andy McTavish croyait-il être le seul homme sur terre ?

Plus d'un, mais je n'arrive pas à me décider.

Elle adorerait voir sa tête lorsqu'il lirait ça. Roz tapa prestement.

J'adore les mecs avec de beaux abdos. Pas toi ?

Trois minutes plus tard, elle reçut une réponse.

Non, je préfère les femmes avec un beau petit cul bien rond. Mais si tu insistes...

Son téléphone vibra encore, et une photo arriva. Elle faillit s'étouffer en l'ouvrant.

Un ventre d'homme. Un ventre d'homme nu. Celui d'Andy. Ses muscles étaient nets et bien définis, et la fine ligne de poils descendant au milieu lui mit l'eau à la bouche.

Il était vraiment futé. Et, pour ne rien arranger, son corps était cent fois plus beau que celui de tous les acteurs professionnels qui gigotaient devant elle.

Elle sourit. Elle aussi pouvait jouer à ce jeu-là. La costumière demanda à Roz de retirer son pantalon et son tee-shirt. Pendant que la femme notait ses mensurations, Roz prit discrètement une photo de ses fesses.

Le résultat n'en dévoilait guère plus qu'un maillot de bain, mais, avec son string couleur chair, on aurait pu croire qu'elle était nue. Parfait.

Elle envoya le cliché à Andy sans réfléchir davantage.

Un comme ça, tu veux dire ?

La réponse ne se fit pas attendre.

Exactement. Je suis très branché fesses. Tu me mets au supplice.

Sans trop savoir pourquoi, cela lui donna le sourire pendant qu'on la laçait dans le costume de velours vert de lady Gormflaith et qu'on la maquillait pour la faire ressembler trait pour trait à l'actrice principale, Cheyenne Knight.

Elle passa les heures suivantes à tomber encore et encore d'un arbre, où aucune personne saine d'esprit ne se serait hasardée à grimper dans une longue robe de velours, et à se faire renverser dans une scène de bataille.

Lorsque le jour déclina, elle avait mal partout et était couverte de boue.

— Où peut-on prendre une douche ? demanda-t-elle.

Cheyenne, qui s'avéra bien plus abordable que Roz ne l'aurait cru pour une star d'Hollywood, lui offrit un grand sourire.

— Tu peux te servir de celle qui est dans mon mobil-home.

Roz accepta avec gratitude et passa quinze minutes à se frotter, se débarrassant de la crasse d'une nuit sur le ferry et d'une journée à se débattre dans la boue. Lorsqu'elle émergea de la minuscule salle d'eau, elle se sentait de nouveau humaine.

— Waouh ! Je n'avais pas remarqué que tu me ressemblais autant, s'exclama Cheyenne en avisant sa chevelure mouillée. Je parie que, si tu t'habillais comme moi, on pourrait passer pour des sœurs.

Roz eut un pincement au cœur. Elle avait déjà une sœur, une sœur qu'elle avait longtemps détestée, mais il y avait quelque chose d'attirant dans l'idée d'avoir une sœur qu'elle aimait.

— À moins que tu ne portes qu'un jean et un tee-shirt noir, ça a peu de chances d'arriver, dit-elle à Cheyenne. J'ai perdu mes bagages et je n'ai plus que ça à me mettre.

— Pourquoi ne me l'as-tu pas dit plus tôt ? Tu peux m'emprunter des affaires, si tu veux.

L'actrice sortit plusieurs vêtements de sa penderie et les posa sur les bras de Roz.

— Non, je…

Roz s'interrompit. Elle avait tellement l'habitude de ne compter que sur elle-même et de n'accepter l'aide de personne qu'elle risquait de se conduire bêtement. Elle avait besoin de rechange, et ces vêtements semblaient lui aller, même s'ils étaient d'un style totalement déplacé en pleine campagne irlandaise. Un chemisier avait encore une étiquette : huit cents dollars. Roz déglutit. Qui pouvait mettre un tel prix dans un simple chemisier ?

— Alors, d'accord, juste pour quelques jours, dit-elle. Je mettrai tout au pressing avant de te les rendre.

— Ne dis pas de bêtises. Les couturiers m'envoient tout le temps plein de fringues. Celles-là, je ne les mets pas. Garde-les. Tiens, tu auras besoin de ça, aussi.

Cheyenne ajouta une poignée de lingerie sur la pile de vêtements.

— Merci, dit Roz.

L'épuisement commençait à la gagner, mais elle avait une dernière chose à faire.

— On pourrait peut-être sortir en ville demain soir et faire semblant d'être sœurs ?

Cheyenne applaudit à cette idée, puis Roz la quitta pour aller rejoindre Frankie.

Il faisait maintenant noir, et la plupart des figurants étaient rentrés chez eux. Roz songea qu'elle aurait pu aller en ville et s'y trouver un hôtel bon marché ou une guest-house, mais la longue allée menant au portail du château ne lui disait rien qui vaille, surtout dans l'obscurité.

En outre, même si sa carte de crédit prépayée était à un faux nom, il était inutile de semer des indices derrière elle.

— Je peux rester ici ? demanda-t-elle à Frankie.

— Bien sûr, ma puce. Il y a trois cascadeuses qui partagent un mobil-home, ou, sinon, tu peux squatter avec moi. J'ai une caravane pour moi tout seul.

— Avec toi, répondit-elle sans hésiter.

Elle était presque certaine que Hall n'avait pas pu la suivre en Irlande, et encore moins jusqu'à un château perdu au milieu de nulle part, mais il aurait été absurde de prendre le moindre risque. L'idée qu'il s'en prenne à un groupe d'actrices la fit frémir. Il avait déjà réussi à la retrouver à la banque alimentaire. Elle ne voulait mettre personne d'autre en danger.

Frankie ne parlait pratiquement pas de son passé, mais elle avait de bonnes raisons de croire qu'il avait œuvré un moment dans l'armée. Il était bien plus qualifié pour la situation.

Qui plus est, Roz avait tant couru à droite, à gauche, changeant sans cesse de domicile, qu'elle n'avait jamais passé beaucoup de temps en compagnie d'autres gens. Elle n'avait jamais eu d'amis normaux, de copines avec qui bavarder.

Elle n'était jamais allée dormir chez une amie, n'avait jamais échangé de vêtements, de maquillage et de confidences sur leurs déconvenues avec les garçons.

Roz ne se pensait pas capable de tenir longtemps en compagnie d'autres femmes. De quoi discutaient les filles entre elles ? se demanda-t-elle. À sa connaissance, elles papotaient au lit en évoquant les livres qu'elles avaient lus, ce que Roz ne pourrait pas faire.

Frankie lui montra sa caravane. Elle y entra et haussa les sourcils en la sentant bouger sous son poids. L'endroit était parfaitement rangé, avec un unique verre posé sur une petite table, une banquette qui se dépliait pour le couchage et une pile de paperasse retenue par un protège-bras en cuir que Frankie utilisait pour le tir à l'arc.

Elle fourra son pantalon sale dans un placard en hauteur et sortit une couverture pour se confectionner un lit sur la petite banquette à l'avant de la caravane.

Puis, elle tira les rideaux et essaya les vêtements donnés par Cheyenne.

Frankie poussa un sifflement en la voyant sortir de son coin.

— Waouh ! tu es vachement mieux, une fois propre.

Elle fronça les sourcils, mais se sentit flattée.

— Veux-tu dire par là que j'ai un corps de star de cinéma ?

— Mieux que ça, tu as un corps de Roz Spring. La plupart des stars sont trop maigres. Cheyenne est la seule à être vraiment bien foutue.

Roz portait un jean slim, un soutien-gorge qui devait valoir le prix qu'elle mettrait dans une tenue complète, une culotte en soie et le chemisier à huit cents dollars. C'était ce qu'elle avait trouvé de plus confortable dans tout le lot de vêtements.

— J'ai l'impression d'être déguisée, gémit-elle.

Elle avait peur de manger quoi que ce soit ainsi vêtue, au cas où elle tacherait ses habits neufs.

— Mais non, ça change de te voir habillée en femme.

— Mais je sais m'habiller en femme.

Elle se souvenait très bien du tailleur en cuir rouge qu'elle avait porté à Paris, et qui soulignait la moindre de ses courbes. Malheureusement, il la faisait beaucoup trop ressembler à la sœur qu'elle détestait. Elle ne l'avait jamais remis.

Frankie lui tendit un verre de vin et posa une assiette devant elle. L'eau lui monta à la bouche. Le steak était si tendre qu'on avait à peine besoin d'un couteau pour le couper.

— Apparemment, c'est un bon plan, ces tournages. Au moins, la bouffe est bonne.

Il acquiesça et la laissa manger la moitié de son assiette avant de lui demander :

— Alors, raconte-moi ce qui t'amène.

Elle posa son couteau, l'appétit soudain coupé.

— J'ai eu quelques ennuis, à Londres.

Roz n'avait pas besoin d'entrer dans les détails. Dans leur monde, « quelques ennuis » expliquait tout. Elle fut tentée de ne rien dire de plus, mais, si quelqu'un pouvait l'aider, c'était bien Frankie.

— Tu es au courant que papa est en prison ?

Il hocha la tête.

— Il s'est fait prendre dans une arnaque avec les frères Ramos. Ils n'étaient pas contents, mais au moins, tant qu'il est à Pentonville, ils ne peuvent rien lui faire. Le hic, c'est qu'il doit sortir dans quelques mois, et alors, ils vont lui réclamer l'argent qu'il leur a fait perdre.

— Combien ?

Elle inspira profondément. Le chiffre paraissait irréel.

— Un demi-million.

Frankie suffoqua. Elle ne l'avait jamais vu si ébahi. Roz lui donna de petites tapes dans le dos.

— Il faut que je me débrouille pour qu'il disparaisse du paysage, ou alors pour trouver l'argent d'ici la mi-août.

Cette perspective était déprimante.

Son parrain lui coula un regard curieux.

— Peter s'est mis dans le pétrin tout seul. Pourquoi voles-tu à son secours ?

Roz regarda le ciel par la fenêtre. Ici, en pleine campagne, il y avait très peu de pollution lumineuse, et les étoiles étaient vives et énormes. Jamais elle n'avait vu un tel ciel à Londres ou à Paris.

— Ce n'est pas un super papa, je sais. Mais je ne peux pas le laisser tomber. Il va se faire tuer ou dépouiller.

— Il a commis des erreurs…

Roz le considéra plus durement.

— Écoute, c'est mon père. Je ne pourrais pas me regarder en face si je ne le savais pas en sécurité. C'est toute la famille qu'il me reste.

— Ce n'est pas exact, si je peux me permettre, dit Frankie lentement.

Qu'est-ce qu'il racontait ?

— Si tu crois que je vais me ramener chez les O'Sullivan la bouche en cœur, tu te mets le doigt dans l'œil.

Elle se leva, comptant aller se coucher.

Il lui sourit, tout miel.

— Non, ce n'est pas ce que je voulais dire. Que dirais-tu de faire un gros coup, un vrai ?

Roz se rassit.

— Développe.

— Ah ! voilà la Roz que je connais.

Frankie remplit son verre de vin.

— Ce sera le plan parfait. Personne ne sera blessé, et seuls les plus avides se feront avoir.

Elle poussa un petit grognement.

— Aucun coup ne marcherait si les gens n'étaient pas avides. Il est pratiquement impossible d'arnaquer une personne honnête.

Frankie aquiesça.

— Écoute, c'est un bon plan. Tu sais que Tim O'Sullivan est un grand fana de courses ?

Roz secoua la tête. Elle détestait les O'Sullivan. Elle ne supportait pas de lire ou d'entendre des choses sur eux dans les médias. Elle refusait même de prendre l'avion sur la compagnie O'Sullivan. Le moindre de leurs coups d'éclat ne faisait que renforcer le contraste avec sa pauvreté.

— Non, je ne savais pas.

— Eh bien, je te le dis. Il possède une écurie de chevaux de course et, tous les ans, il participe à la Gold Cup de Cheltenham. J'ai parlé à quelques personnes de son équipe, et tous m'ont dit qu'il serait prêt à payer pour gagner. Pour lui, ça compterait plus que de remporter le Grand National ou le prix d'Ascot.

Roz ne connaissait rien au monde des chevaux. Pour elle, ce n'étaient que des jouets pour riches. Enfant, elle n'avait même pas eu de chien et avait dû se contenter d'apprivoiser quelques chats errants là où elle vivait.

Le coup de grâce lui avait été donné lorsqu'elle avait appris que Sinead avait remporté une compétition de poney. Sinead avait un poney à elle, alors que Roz n'avait qu'un chat à trois pattes qui la griffait quand elle essayait de le caresser.

— Continue, dit-elle à Frankie.

L'idée d'arnaquer Tim O'Sullivan était plutôt séduisante.

— Viens, je veux te montrer quelque chose.

Frankie lui tendit la main pour l'aider à se lever. Roz s'étonna de sentir ses jambes flageoler. La journée avait été longue.

Elle le suivit jusqu'à la tente où l'on gardait les chevaux.

— Les écuries du château n'ont pas encore été restaurées, lui dit-il. Elles sont pleines de souris et de gravats.

Roz frémit. Peut-être à cause des endroits répugnants où elle avait atterri avec son père, elle avait peur des souris et des araignées. Elle préférait largement la grande tente qui abritait une vingtaine de chevaux.

Les trois chevaux du fond avaient de grandes stalles et étaient clairement les stars.

— Ceux-là ont reçu un entraînement spécial. Ce sont ceux qui effectuent les cascades, déclara Frankie. Celui qui m'intéresse est ici.

Un grand cheval occupait le box dix-sept. Malgré les quelques veilleuses allumées, il était difficile de distinguer précisément sa couleur, mais sa robe était sombre – peut-être noire ou marron. Il releva le nez à leur approche.

Frankie se glissa dans le box, entraînant Roz avec lui. Le cheval le renifla avant de se tourner vers elle.

Elle recula contre la cloison de bois. Cette bête était immense ; elle sentait fort et avait des sabots larges comme des assiettes. Le cheval la renifla, puis poussa un hennissement incroyablement fort, révélant des dents comme des piquets de tente.

— Frankie, souffla-t-elle, paniquée.

Il s'affairait à sortir quelque chose de sa poche, mais releva les yeux.

— Ne t'inquiète pas, il ne te fera aucun mal.

Facile à dire. Ce n'était pas lui qui avait une tête de la taille d'une dinde en train de lui renifler la poitrine.

— Tiens-le, tu veux ?

Sans attendre la réponse de Roz, Frankie attacha une corde au licou de cuir du cheval et la mit entre les mains de sa filleule. Il entreprit alors de frotter l'avant de la tête de l'animal avec un produit qui sentait le henné. Il l'appliqua sur une zone partant d'entre ses yeux jusqu'à son long nez.

— Alors, que penses-tu de Nagsy ? lui demanda-t-il tout en poursuivant sa tâche.

Roz tenait fermement la corde, ignorant totalement ce qu'elle ferait si ce stupide canasson se mettait à bouger.

— Nagsy ? Qu'est-ce que c'est que ce nom ?

Frankie haussa les épaules.

— C'est un nom comme un autre. Jusqu'à ce qu'on le rebaptise.

Elle allait le tuer. Si ce cheval monstrueux ne la tuait pas avant.

— Frankie, si tu ne me dis pas ce qu'on fabrique ici, je jure que je le laisse te piétiner.

Il écarta la brosse qu'il venait de passer sur le front de l'animal.

— Ceci, ma chère Roz, est le moyen par lequel nous allons faire cracher un demi-million à Tim O'Sullivan.

— Tu es dingue ou quoi ?

Roz considéra le cheval. Des yeux bruns intéressés lui rendirent son regard. Elle se dit qu'il devait s'agir d'une assez belle bête, dans le genre. Mais ce n'était qu'un cheval. Elle n'aurait pas déboursé un centime pour lui.

— Il appartient à un fermier de la région qui le monte dans les champs pour aller au pub. C'est une gentille bête. Mais ce qu'il a de plus intéressant – Frankie baissa alors la voix –, c'est qu'il est le sosie craché de Shergar.

— Qui ça ?

Il la regarda fixement.

— Le cheval irlandais le plus connu de tous les temps. Il a remporté le derby d'Epsom avec la plus grande marge jamais enregistrée et a été enlevé dans un haras de Kildare deux ans plus tard. Personne ne l'a jamais retrouvé. Mais si on pouvait mettre le fils de Shergar sur le marché, on pourrait le vendre à Tim O'Sullivan à n'importe quel prix.

Elle fut tentée un instant. Mais un cheval ? Elle ne savait pas gérer ces bêtes. Et elle ne voulait pas se rapprocher des O'Sullivan. Elle secoua la tête.

— Désolée, Frankie. Bonne chance si tu te lances là-dedans, mais ce coup-là n'est pas pour moi. Je trouverai autre chose pour papa.

— Je n'y arriverai pas tout seul, dit-il.

— Mon père est en prison. J'ai de la chance de ne pas y être moi-même. On ne peut pas faire ça, c'est trop risqué.

Elle déposa la corde dans la main de Frankie et sortit de la stalle de Nagsy.

Avait-elle rêvé ou le cheval venait-il de ricaner en la regardant ? Peu importait.

Andy eut envie de lancer son téléphone contre le mur tant il était énervé. Ce n'était pas le petit cul rebondi de Roz qui l'avait mis dans cet état (au contraire, ç'avait été un régal pour les yeux).

Mais elle avait été assez finaude pour retirer l'identification de sa photo avant de l'envoyer, et, maintenant, il n'avait aucun moyen de la localiser.

Il s'était cru malin en lui envoyant une photo de ses abdominaux. Un tel geste de séduction suffisait souvent à déstabiliser les femmes, qui pouvaient en oublier de prendre les précautions appropriées. Mais pas elle. Pas Roz. Elle avait toujours une longueur d'avance, mais il ne baissait pas les bras pour autant.

Après une douche express – il ne prit même pas le temps d'attendre que l'eau chauffe –, Andy descendit à la cuisine prendre son petit-déjeuner. Il était trop tôt pour que ses parents soient levés, ce qui lui laisserait l'occasion de discuter avec les employés.

Maggie était entourée des hommes travaillant dans le domaine. Ils plaisantaient et riaient en engouffrant des milliers de calories de bacon, d'œufs et de…, Seigneur, était-ce du pain irlandais frit ?

L'eau lui monta à la bouche. Non, il n'en prendrait pas.

— Assieds-toi là, dit Maggie. Thé ou café ?

— Café, s'il te plaît. Et pourrais-je avoir des toasts et deux œufs pochés ?

— Tu n'as pas été élevé aux œufs pochés. Tu deviens une vraie petite gonzesse ou quoi, Andy ? demanda l'un des hommes.

Andy prit place à côté de Tom et lui donna un petit coup de coude dans les côtes.

— Je te ferais bien une petite démonstration, mais, après, il faudrait que je t'emmène à l'hôpital.

— On essaie quand tu veux, mon gars, quand tu veux. Alors, comment te traite le géant blond ?

— Niall ? Très bien, comme d'habitude.

— Mais tu n'as pas beaucoup de vacances, je me trompe ?

Voilà où il voulait en venir. Pourquoi Andy n'était-il

pas chez lui, où on avait besoin de lui, au lieu de courir le monde ? Mais il y avait aussi autre chose. Il perçut quelques regards furtifs et sentit qu'on lui cachait quelque chose. Il était bien décidé à savoir ce que c'était.

— Alors, quel est le programme de la journée ? Un peu de shopping ?

— Tiens, quand on disait qu'il devenait une vraie gonzesse à force de vivre à Londres ! Je parie qu'il a rendez-vous pour une manucure ! lança un palefrenier, suscitant un éclat de rire général.

S'il ne s'était pas trouvé dans la cuisine de sa mère, Andy lui aurait montré s'il ressemblait à une gonzesse. Mais un ranger ne s'embarquait pas dans des bagarres absurdes.

— Écoute donc pas ce qu'ils disent, dit Maggie en déposant une assiette devant lui. Z'avez donc pas de travail à faire, vous autres ? Allez, ouste !

Tom but une dernière gorgée de thé et repoussa sa chaise.

— Allez, j'y vais.

Les autres le suivirent et, une minute plus tard, la cuisine était silencieuse. Andy avala rapidement son petit-déjeuner et une grande tasse de café.

— Où tu vas, donc, comme ça ? le questionna Maggie.

— Travailler.

Il ne pouvait pas rester ici toute la sainte journée à regarder dormir son père. Il avait besoin de faire quelque chose, sans quoi il deviendrait fou.

Il se dirigea vers les écuries en sifflotant. Pas étonnant que cette maison tombe en ruine : son père dépensait plus d'argent pour ses chevaux que pour son propre confort.

— Combien en a-t-il, maintenant ? demanda-t-il à Tom.

— Ça dépend. Vingt-deux en ce moment, avec

les poulains qu'il a achetés à la vente de Tattersalls en décembre.

— Quel prix ? hasarda Andy, craignant presque d'entendre la réponse.

— Sept mille deux pour l'un. L'autre était à trois mille, une affaire.

— Euros ? demanda Andy avec un soupçon d'espoir.

— Livres. Et c'était en plus de ceux qu'il a achetés en octobre.

Même sans la résignation évidente dans la voix de Tom, il savait déjà que la passion de son père pour les chevaux mettait le domaine sur la paille.

— Et comment est le reste ?

— Si tu parles de l'élevage de daims…

Andy soupira. C'était l'une des idées d'« expérience agricole » de son frère. Robert avait toujours de bonnes idées, mais, sans sa supervision et son enthousiasme, les animaux étaient vite retournés à l'état sauvage.

— Les Devlin se plaignent des dégâts dans leurs plantations forestières. Il suffit de quelques mâles pour arracher toute l'écorce d'un arbre à vitesse grand V. Quant à essayer de les mettre dans un enclos…

Tom claqua de la langue en signe de désapprobation.

— Même si j'avais toute une équipe pour entretenir les clôtures jour et nuit, je ne pourrais rien garantir, et on irait vite à la ruine. Écoute, pour être franc, ton père a l'œil pour ce qui est des chevaux, mais il faudra plusieurs années pour qu'il ait un retour sur investissement, et, à son âge, ça me semble compliqué. Ce n'est pas comme avant. Robert n'était peut-être pas le meilleur des éleveurs, mais, au moins, il était là.

Il laissa le reste de sa conclusion en suspens, mais Andy y sentit le reproche comme un coup de poing dans le ventre. C'était une affaire d'homme jeune, et ses parents se faisaient vieux. Le domaine avait besoin que quelqu'un y donne un nouveau souffle… ou de changer de propriétaire.

Découragé, il retourna vers la maison pour l'inspecter.

Bon sang, il n'avait pas réalisé qu'elle se trouvait dans un tel état. Sa chambre était la plus confortable de la maison, mais elle n'était pas la seule à avoir un plafond abîmé. Cette demeure était un gouffre financier. Qui pourrait bien en vouloir ? Et, même s'il trouvait acquéreur, avait-il le droit de se séparer d'une maison qui était dans la famille depuis deux siècles ?

Il était habitué à voyager léger et n'avait pas envisagé de s'y installer. Pourtant, la maison avait besoin d'une nouvelle génération de McTavish, d'un propriétaire qui y amènerait femme et enfant pour redynamiser les lieux. Il n'était pas prêt à cela non plus.

Machinalement, il sortit son téléphone et cliqua sur l'icône Yahoo!, mais Roz n'était pas connectée. Vaguement déçu, il regarda le téléphone entre ses mains. Il ne savait pas quoi faire.

7

Salut, beauté. Je te manque ?

Pas spécialement.

Andy sourit devant cette réponse. Il considéra sa mère qui somnolait dans un fauteuil au coin du feu. Il irait bien dormir, lui aussi. Peut-être devrait-il monter dans sa chambre.

— Bonne nuit, maman ! lança-t-il.

— Bonne nuit, marmonna Poppy, à moitié endormie.

Andy monta les marches deux à deux et ouvrit la porte de sa chambre. Le lit à baldaquin aurait dû être un piège à filles, mais il ne pouvait même pas imaginer emmener quelqu'un ici. Cela dit, pour une certaine rouquine pleine de fougue, il se sentirait capable de faire une exception à cette règle.

De sortie ? demanda-t-il.

Non. Je suis fatiguée. Je me préparais à aller me coucher.

Allumeuse, tapa-t-il. *Tu es plutôt pyjama ou nuisette ?*

Ça, tu ne le sauras jamais.

Andy rit doucement. Il s'allongea sur son lit et tapa un nouveau message sur son téléphone.

Allez, sois sympa. Dis-moi au moins la couleur de ta petite culotte.

Le message resta sans réponse pendant de longues secondes, et il se demanda s'il n'était pas allé un peu trop loin.

Tu ne t'arrêtes jamais ?

Non.

Il attendit.

Alors, quelle couleur ?

Soie rose.

Andy se redressa sur son lit. Il venait d'imaginer Roz étendue près de lui sur le couvre-lit bordeaux, vêtue uniquement de ce petit bout de soie, ses longs cheveux roux étalés sur l'oreiller. Il lécherait le moindre centimètre carré de cette peau douce et si claire.

Une photo ? demanda-t-il, plein d'espoir.

Et puis quoi, encore ? Tu en as déjà eu une aujourd'hui.

Il est presque minuit. Je peux attendre.

Pas de réponse. Il s'apprêtait à abandonner quand un nouveau message arriva :

CatO9tails vous a envoyé une image.

Andy accepta et téléchargea la photo.

La culotte de soie était soigneusement posée au milieu d'un lit simple très étroit couvert d'une couette blanche. Rien dans la photo ne pouvait lui donner le moindre indice sur l'endroit où elle se trouvait.

Il n'y avait pas plus signe de Roz, et il crut l'entendre rire à distance.

À ton tour.

Andy réfléchit. Il ne pouvait ignorer un tel défi, mais il était hors de question qu'il se laisse mener par le bout du nez. Il sortit de sa chambre et emprunta l'escalier de service menant à l'arrière-cuisine avant de rallier la buanderie. Parmi la pile de vêtements soigneusement repassés se trouvait un pyjama de flanelle appartenant à son père. Le tissu à carreaux marron était outrageusement démodé. Il retourna à sa chambre en sifflotant et posa le pyjama sur son lit.

Roz envoya quelques jurons bien choisis en recevant la photo.

Alors, ça t'épate, hein ? demanda-t-il.

Euh, pas vraiment. Ne me dis pas que tu portes réellement ça ?

Seulement quand j'ai froid.

Où es-tu ? En Antarctique ?

Il fut tenté de le lui dire, mais, si Roz se cachait quelque part en Angleterre, il ne voulait pas qu'elle se croie hors d'atteinte parce qu'il se trouvait dans un autre pays.

Pas tout à fait. Tu pourrais quand même venir me réchauffer ?

Dans tes rêves, chéri.

D'accord, répondit-il. *Je ne rêverai que de toi.*

Andy patienta, mais aucune réponse ne vint. Il se déconnecta et se rendit à la salle de bain, un peu plus loin dans le couloir. Si cette maison était à lui, il abattrait quelques cloisons et ferait construire une immense suite avec une baignoire assez grande pour deux. Il se hâta de retraverser le couloir glacial pour rejoindre sa chambre.

Il avait passé des nuits bien plus fraîches quand il opérait sur le terrain, mais ceci était censé être une maison. Comment ses parents pouvaient-ils vivre ici ? Il lorgna le pyjama étendu sur le lit. Rien à faire. Il allait devoir le mettre.

Il se glissa entre les draps trop froids et se réchauffa en pensant à Roz en petite culotte de soie.

Le lendemain, le ciel était couvert, et quelques averses venaient parfois interrompre le tournage, mais Roz s'en moquait. Elle était heureuse d'avoir l'occasion de se reposer un peu après les journées qu'elle venait de passer.

Roz découvrit qu'un tournage consistait en beaucoup de « dépêche-toi et attends », et que son environnement semblait être un mélange de velours et de boue. Elle comprit rapidement que tout cela était loin d'être aussi glamour qu'on pouvait le croire, mais la possibilité de voir Jack Winter évoluer comme n'importe qui méritait bien de rester un peu les pieds dans la boue.

Comme elle s'y attendait, Frankie veillait au grain avec l'équipe de cascadeurs qui devait la rouer de coups, et Cheyenne continua de discuter avec elle pendant qu'ils attendaient les prises.

— C'est un super rôle pour moi. D'habitude, je joue les traîtresses, et, ces derniers temps, on m'a proposé des rôles de mère de l'héroïne. Alors que je n'ai que trente et un ans… Savais-tu que mon personnage, Gormflaith, était censé être d'une grande beauté malgré sa méchanceté ?

Bien consciente qu'elle ne devrait pas tarder à jouer dans la prochaine, où elle serait terrassée et « tuée », Roz observait la scène de combat à l'épée. Elle se tourna pour regarder Cheyenne.

— Mais tu *es* belle.

Les lèvres parfaites de la star s'écartèrent.

— Tu dois être aveugle. Mes lèvres ne sont pas symétriques, mon nez est trop gros, mes sourcils, pas alignés, et mon agent me dit que je dois perdre quinze kilos.

Roz la scruta de haut en bas, cherchant les défauts, mais n'en vit aucun de ceux que Cheyenne venait de mentionner.

— Tu plaisantes ? Tu es magnifique. C'est celui qui dirait le contraire qui serait aveugle. Et, si tu as quinze kilos de trop, alors, moi aussi.

Cheyenne ouvrit la bouche et la referma, se disant visiblement qu'elle n'avait pas envie de remporter ce genre de victoire. Elle se tourna à nouveau vers la scène que l'on filmait.

— Aurais-tu aimé vivre à cette époque, quand les hommes étaient de vrais hommes ?

Roz partit à rire.

— Et ne se lavaient jamais ? Non, merci, j'aime beaucoup les salles de bain actuelles.

— Moi aussi. On sort en ville, ce soir ?

Quelque peu surprise, Roz se rendit compte que Cheyenne était sérieuse. Elle acquiesça.

— Avec plaisir, dit-elle avant de se préparer à périr sur le champ de bataille.

Pendant la pause déjeuner, elle sortit son téléphone et y découvrit un nouveau message d'Andy.

Coucou, beauté, j'ai des pince-tétons.

Elle avala de travers sa gorgée de Coca Light et toussa avant de pouvoir reprendre son souffle.

Il était temps de calmer ce type. Elle tapota sur son écran.

Je ne porte pas de pince-tétons. Mais si tu me le demandes TRÈS gentiment, je voudrai bien te les mettre.

Elle ne fut pas surprise de sa réponse.

Ah ! ah ! Tu me fais bien rire. La personne qui me posera des pinces n'est pas encore née.

Pour qui se prenait cet Andy McTavish ?

Tu les porteras. Et, si tu n'es pas sage, je balancerai les photos sur le Net.

Rêve, chérie. Il y a ton nom de gravé dessus.

Saloperie. Mais c'est le sourire aux lèvres qu'elle alla aider Frankie à préparer les scènes avec les chevaux.

À la lumière du jour, elle avait du mal à identifier Nagsy. Elle pensait qu'il était noir ou marron, mais il s'avérait avoir une robe bai clair avec une crinière et une queue noires. Assez beau, supposa-t-elle, pour qui appréciait les chevaux. Nagsy vint la renifler, et elle lui caressa le nez. Le poil couvrant l'avant de sa tête était un peu plus rêche que le reste.

— Qu'est-ce que tu as fabriqué, hier soir ? chuchota-t-elle à Frankie.

— La marque au milieu de sa tête est exactement la même que celle de Shergar. Comme je n'ai pas envie d'alerter qui que ce soit, je l'ai teinte pour la cacher.

Lorsque les cascadeurs furent à dos de cheval, Roz garda un œil sur Nagsy et le trouva plus doué que les autres. Mais l'idée n'était pas viable. Trop de choses pouvaient mal tourner, même si la pensée de délester les O'Sullivan d'un bon paquet de fric la faisait jubiler.

Elle ne connaissait rien aux chevaux, mais il semblait bien qu'en effet, Nagsy fût plus rapide que ses congénères. Après tout, ce n'était peut-être pas impossible. Nagsy avait tout l'air d'un cheval de compétition. Elle remarqua aussi une autre chose inhabituelle.

— Qu'est-ce que c'est que ce truc entre ses jambes ? demanda-t-elle à Frankie.

Il éclata de rire.

— J'avais oublié que tu étais une pure citadine. Ce sont ses testicules. Nagsy est un étalon.

Elle examina les autres chevaux, mais Nagsy était le seul à être entier.

— C'est bien ou pas ?

Tout ce qu'elle savait sur les étalons, c'est qu'on les disait capricieux et prompts à agiter leurs jambes en l'air. Ou étaient-ce les lions ? Elle ne s'en souvenait plus.

— C'est bien, oui.

Frankie sourit.

— Ça veut dire qu'une fois qu'il aura gagné la Gold Cup, son heureux propriétaire pourra le mettre au haras pour la reproduction et gagner une fortune. Ça ne fait qu'augmenter sa valeur. On peut doubler un prix de vente pour ça.

La scène prit fin, et Nagsy vint réclamer sa récompense. Frankie remit une carotte à Roz et lui dit de la poser sur le plat de sa main et de la lui tendre.

Elle s'exécuta, réticente, s'attendant à ce que les énormes dents lui tranchent un ou deux doigts. Mais Nagsy renifla sa main, la chatouillant de ses moustaches, et prit la carotte avec une délicatesse surprenante.

Elle lui caressa le bout du nez en se disant que, finalement, les chevaux n'étaient pas si effrayants.

Comme les hommes. Ils étaient grands et bêtes, mais faisaient ce qu'on leur disait.

— Tu as l'air à l'aise, comme ça, dit Frankie. Une vraie petite Irlandaise.

Elle se raidit.

— Je ne suis pas irlandaise. Ne redis jamais ça.

Il lui coula un regard entendu.

— Depuis quand tu te mens à toi-même, comme ça ?

Elle était dans une telle fureur qu'elle eut envie de cracher.

— Comment oses-tu ? Je suis anglaise, comme toi. Ce n'est pas parce que je suis née dans une communauté hippie de mes deux en Irlande de l'Ouest que je suis irlandaise !

— Comme être né dans une écurie ne fait pas de vous un cheval, c'est ça ? l'aiguillonna Frankie. Ta mère était irlandaise, ton père, à moitié irlandais, tu es née ici et tu as grandi ici.

Il se tut quelques instants pour la laisser encaisser cela, avant de reprendre :

— Qui a les plumes d'un canard et cancane comme un canard…

Quelle mouche l'avait donc piqué, à la fin ?

— Tu sais très bien que ça ne s'est pas passé comme ça. Ma mère n'a même pas pris la peine de déclarer ma naissance. Aucune déclaration officielle ne me rattache à l'Irlande. Quand papa partait bosser en Angleterre, elle lui disait de m'emmener et elle gardait ma sœur. Sais-tu le mal qu'il a eu à trafiquer un certificat de naissance pour que je puisse au moins aller à l'école ?

Ce souvenir lui faisait encore mal. Le temps qu'il avait fallu pour fournir les justificatifs nécessaires lui avait fait prendre un an de retard sur ses camarades de classe.

Après quoi, les enfants s'étaient moqués de son accent, de la couleur de ses cheveux et des habits que son père lui achetait. Il faisait de son mieux, mais ne savait aucunement comment élever une enfant rebelle.

Roisin O'Sullivan s'était ensuite transformée en Roz Spring, elle avait perdu toute trace d'accent irlandais et avait appris à se fondre dans la masse.

Elle tourna le dos à Frankie.

— Fin de la discussion. Je vais bosser.

Elle partit à grands pas, le laissant seul avec Nagsy.

Le soir venu, elle était épuisée. Elle avait été « tuée » quatorze fois et avait reçu tant de coups de pied aux fesses qu'elle n'avait pu les compter.

Elle avait enfilé un legging et un gros pull et s'apprêtait à s'allonger quand on frappa à la porte de la caravane. Cheyenne Knight était là, serrant un gros sac à main.

— Alors, tu es prête ?

— Euh…, prête ?

Roz était pieds nus et comptait passer la soirée à lire un livre de Frankie sur Shergar. Cela ne pouvait pas nuire d'en savoir davantage, même si elle ne comptait pas s'embarquer dans l'arnaque.

— Oui, tu m'as dit qu'on irait en ville ce soir en faisant semblant d'être sœurs. J'ai trop hâte !

Cheyenne semblait si enthousiaste que Roz n'eut pas le cœur de décliner.

Elle enfila ses chaussures.

— Bien sûr, je t'attendais. On y va.

Cheyenne n'était jamais montée sur une moto auparavant, et sa veste Versace n'était guère appropriée aux circonstances. Roz attrapa un des blousons de Frankie et le lui passa. L'actrice s'y glissa, l'air absolument ravi.

Le chemin menant au portail était sombre et cahoteux. Cheyenne commença par serrer étroitement Roz par la taille, mais la route menant à Tullamore était meilleure, et elles purent profiter du paysage de la campagne irlandaise. Lorsqu'elles entrèrent dans la vieille ville, Roz se laissa surprendre par le pont en dos d'âne au-dessus du canal.

— Oups ! s'écria Cheyenne en se cramponnant encore plus fort à sa conductrice.

Lorsqu'elles s'arrêtèrent enfin dans le centre, Roz était en nage.

L'ambiance du bar était cosy et tamisée. Le barman leur assura qu'elles pouvaient encore dîner et tendit à Cheyenne une carte plastifiée. L'actrice semblait être en difficulté avec le menu. Il contenait beaucoup de viandes frites de différentes manières.

— Vous n'avez pas d'omelettes ? Ou des sushis ? Quelque chose de moins gras ?

Le serveur la regarda.

— Vous êtes Charlene Knight, l'actrice américaine, pas vrai ?

— « Cheyenne », rectifia-t-elle.

Elle soupira avant d'afficher un sourire professionnel.

— Si vous avez quelque chose de moins calorique, ce serait super.

— Non, on n'a pas ce genre de chose. Seulement ce qui est sur la carte. Mais je peux vous faire un sandwich sans beurre, si vous voulez.

Cheyenne frissonna.

— On peut prendre un verre, le temps de décider ? Quelque chose d'irlandais ?

— Bien sûr.

Le garçon commença à leur servir deux verres d'une bière presque noire qu'il laissa reposer quelques instants avant de les remplir, révélant une mousse blanche et crémeuse en surface. Après un regard vers Cheyenne, il ajouta une dose de cassis dans chaque verre.

— Et voici. Deux Guinness-cassis.

C'était très différent du vin rouge qu'elle buvait habituellement, mais Roz convint que cela lui plaisait. Le temps que Cheyenne se décide pour une salade de saumon et que Roz commande un steak avec des pommes de terre à l'ail, elles avaient fini leur verre. Roz passa à la bière sans alcool, et Cheyenne savoura une deuxième Guinness.

Était-ce la nourriture, l'ambiance tamisée du pub, l'alcool ? Toujours est-il que Cheyenne commença soudain à se lâcher. Sans préambule, elle se mit à parler à Roz du fiasco de son mariage.

— Comment pouvais-je savoir qu'il n'aimait pas le sexe ? On devrait vous prévenir de ce genre de chose avant le mariage. Ou peut-être qu'il n'aimait simplement pas baiser avec moi.

Elle prit une autre gorgée de Guinness, dont l'arrière-goût amer ne la faisait plus grimacer.

— Je suis peut-être trop grosse pour lui. Mais, bon Dieu, j'ai tout essayé. Je fais des régimes, du yoga, du Pilates, je nage et je fais de la muscu.

D'où sortait tout ça ? Juste avant, elles parlaient de Jack Winter, lequel était incroyablement sexy et adorait sa femme. Roz lui tapota l'épaule.

— Tu n'es ni grosse ni moche. Tu es une star d'Hollywood !

Cheyenne se gaussa, trempant légèrement son nez dans la mousse. Elle poursuivit sans le remarquer :

— Quoi que je fasse, je ne pourrai pas rajeunir. Plus aucun homme ne me désirera, maintenant. Sais-tu depuis combien de temps je n'ai pas eu d'orgasme ?

— Ça ne me regarde pas vraiment.

Roz poussa son assiette vers sa camarade.

— Tiens, goûte-moi ces patates à l'ail et tu auras un orgasme.

— Autant manger de l'ail directement. Aucun

homme ne voudra plus de moi ; alors, peu importe que je pue du bec.

— C'est n'importe quoi. Tu es superbe.

Cheyenne renifla, au bord des larmes.

— Non, je suis grosse et moche. Regarde, personne n'a essayé de me draguer ce soir.

Roz était tiraillée entre l'agacement et la compassion.

— C'est parce qu'ils sont irlandais, et les Irlandais sont encore plus nuls que les Anglais, pour ça. Je parie que tu pourrais avoir n'importe quel homme dans ce pub. Et même tous les hommes du pub, si tu voulais.

— Je ne te crois pas.

Il était temps de sortir la grosse artillerie. Si Roz avait appris une chose en œuvrant pendant un an comme dominatrice professionnelle, c'était bien à manipuler les hommes. Elle se redressa et se prépara à libérer sa domina intérieure.

Elle enleva son gros pull, révélant un débardeur moulant. Il n'était ni sexy ni sophistiqué, mais mettait bien ses courbes en valeur. Elle balaya tout le pub du regard, croisant les yeux de chaque homme, et sentit la tension sexuelle qui montait avec chacune de ses œillades.

Celui-ci, dans le coin. Il ne devait avoir que vingt-trois ou vingt-quatre ans, mais était plutôt beau garçon. Roz le fixa un long moment, puis lui fit signe d'approcher. Il ne se fit pas prier et faillit en renverser sa table au passage.

Elle lui tendit la main.

— Salut, je m'appelle Roz, et voici mon amie Cheyenne.

Il lui donna une poignée de main tremblante d'émotion.

— Enchanté. Moi, c'est Conor.

Roz prit une voix grave et profonde.

— Ravie de faire ta connaissance, Conor.

Elle avisa le verre vide de Cheyenne.

— Je crois que ma copine a besoin d'un autre verre.

Conor sortit son portefeuille de sa poche si précipitamment qu'il le fit tomber et rougit jusqu'aux oreilles. Il s'agenouilla pour le ramasser.

— Ah ! voilà la bonne place pour toi ! lui lança Roz.

Il releva les yeux, écarlate.

— Pardon ?

— Il me semble tellement naturel de te voir à genoux devant une belle femme. Elle est vraiment sublime, tu ne trouves pas ?

Ne sachant pas trop ce qui se passait, Conor considéra Cheyenne.

— Oui, c'est sûr. Elle est superbe.

Cheyenne tendit timidement le bras et passa une main sur les cheveux du jeune homme.

— Tu es gentil.

Il lui baisa la main et resta là où il était.

— À ton tour, dit Roz à son amie. Choisis-en un et amène-le par ici.

— Tu es sûre ? demanda Cheyenne, sidérée par la tournure que prenait la soirée.

Roz opina du chef et attendit pendant que Cheyenne observait les hommes du pub. Les deux femmes étaient maintenant le centre de l'attention, et il lui fut facile d'en trouver un qui ne semblait demander que ça. Elle lui fit signe et parut surprise de la rapidité avec laquelle il approcha.

— Puis-je vous offrir un verre ? proposa-t-il.

Cheyenne accepta, et l'homme s'assit près d'elle.

Après ça, elles ne tardèrent pas à être assaillies. Tous les hommes du bar tentèrent d'attirer l'attention des deux femmes fatales de la salle.

— À quoi as-tu joué ? demanda Cheyenne à Roz lorsqu'elles partirent, une heure plus tard.

— À rien.

Roz lui sourit tout en déverrouillant l'antivol de sa moto.

— On a juste laissé les hommes nous montrer comme on leur plaisait, c'est tout.

Elle secoua la tête.

— Non, à vrai dire, c'était plus que ça.

Roz sortit son casque et tendit l'autre à Cheyenne.

— Les hommes sont simples. Ils aiment les femmes. Ils aiment le corps des femmes, les vrais corps, pas ceux des poupées Barbie. Ils aiment aussi qu'on leur dise quoi faire. On leur a montré ce qu'on voulait qu'ils fassent, et ils l'ont fait.

Cheyenne chantonna sous son casque pendant le trajet retour, et Roz se félicita de son initiative.

De retour à la caravane, elle se rendit compte qu'elle n'avait pas appliqué cette vérité à son propre cas. Il était temps de rappeler à Andy qui menait la danse.

Montre-moi ta bite, lui écrivit-elle.

Quoi ?

Envoie-moi une photo de ta bite.

Simple, clair, direct. Ça devrait faire l'affaire.

Si tu y tiens.

Sans savoir pourquoi, elle se sentit déçue.

Les minutes s'égrenèrent dans le silence de la caravane.

Six minutes plus tard, son portable bipa. Elle ouvrit la photo reçue. Un coq noir doté d'une énorme crête rouge fixait l'objectif, le bec ouvert.

Désolé, je n'aime pas faire cocorico sur commande, surtout à une heure pareille.

Elle éclata de rire.

Son téléphone bipa de nouveau.

Ta chatte, maintenant.

Elle répondit immédiatement.

Elle est sortie attraper des souris. Bonne nuit.

Andy regarda sa montre. Il allait avoir du mal à se rendormir après ce petit échange. Et que fabriquait Roz à cette heure ? Était-elle ivre ? En manque de sexe ? Il prit plaisir à imaginer une Roz éméchée et excitée montant sur son lit pour profiter de lui.

D'habitude, il aimait diriger les opérations, mais pourrait-il se soumettre à elle ?

Non, se dit-il. Il était certain que, si Roz obtenait quelque chose trop facilement, elle le respecterait moins. Cette fille avait la capacité d'attention d'une mouche. Il lui fallait un homme fort, quelqu'un qui la mettrait au défi sur tous les plans – au lit comme ailleurs.

Quelqu'un comme lui.

Non. Non. Non. Il n'irait pas sur ce terrain. Il avait suffisamment de problèmes en ce moment pour ne pas s'en rajouter. Dès qu'il serait sûr que son père allait mieux, il reprendrait le travail. Et traquerait Roz. Pour la ramener à sa sœur et se barrer aussi loin que possible.

8

L'aube était encore loin. Dans son lit, Roz pensait déjà à Andy. Bon sang, ce n'était pas bon pour elle. Tout cela allait mal finir, mais elle ne put résister à la tentation de consulter son téléphone. Il était en ligne. Roz hésita. Ces petits messages avec Andy commençaient à devenir une habitude. Et elle n'avait pas envie d'y renoncer.

— Allez, on s'en fout. Après tout, il ne sait pas où je suis.

Elle lui écrivit.

Tu es là ? Ou es-tu en train de t'éclater ?

La réponse arriva immédiatement.

Non. Je suis chez moi. Mon père a fait une attaque.

Elle ne s'attendait pas à ça.

Oh ! mince. Comment va-t-il ?

Ça va. Il est sorti de l'hôpital, mais il…

Il y eut une pause avant qu'il continue.

J'ai du mal à croire qu'il soit devenu si vieux.

Elle connaissait ce sentiment. La première fois qu'elle avait rendu visite à son père en prison, elle avait été horrifiée. L'homme qu'elle avait vu dans son habit de prisonnier lui semblait trois fois plus petit que le père imposant auprès duquel elle avait grandi. Pour la première fois, elle avait remarqué ses cheveux blancs et les rides de son visage.

C'est sûr, ça fait un choc quand on voit son père vieillir.

Ne m'en parle pas. Il est tout ratatiné. Et je suis un fils indigne. Je ne suis pas rentré chez moi pendant un an et demi.

À cause de tes missions de super espion, j'imagine ?

Elle sourit en envoyant ce message.

En gros, oui. J'ai passé plus d'un an à poursuivre une rouquine à travers toute l'Europe.

Non, mais, oh !

Ce n'est quand même pas ma faute si tu n'es pas allé voir tes parents pendant tout ce temps. Tu dois avoir les moyens de te payer un billet d'avion. Il paraît que la compagnie O'Sullivan est très compétitive !

Et bien pourrie, LOL.

Elle rit. Elle ne choisissait jamais cette compagnie aérienne, même quand tout allait bien. Quelque chose dans leur logo jaune et vert lui donnait envie de vomir. Andy continua.

Mais le problème, quand je viens voir mes parents, c'est qu'ils ne veulent plus me laisser partir.

Une vague de mélancolie emplit Roz. Ce devait être plutôt agréable de se sentir ainsi désiré.

Ne voulant pas parler de ça, elle opta pour la plaisanterie :

Moi, je te mettrais dehors à coups de pied aux fesses.

Arrête de dire n'importe quoi, ma chérie.

Elle éclata de rire ; voyant que Frankie se retournait dans son lit, elle s'efforça d'être plus discrète.

Qu'est-ce que tes parents voudraient que tu fasses ?

Que je prenne les rênes du domaine.

Pauvre petit riche.

Même par Internet, le sarcasme suintait sans ambiguïté.

Ce ne sont pas de vrais problèmes, ça.

Alors que toi, tu en as ?

Oui. Vis ma vie pendant une semaine, et tu repartiras en courant vers la tienne. Je parie que tu avais une nounou quand tu étais petit, et que tu es allé dans un pensionnat de bourges.

Non, pas de nounou. Ma mère était très présente. Et j'ai fugué du pensionnat. Deux fois.

À quoi pouvait ressembler une maman très présente ? Roz avait toujours demandé à son père de lui parler de sa mère. Celle-ci ne lui avait jamais paru réelle. L'unique photo d'elle qu'elle possédait était en noir et blanc et ne ressemblait en rien à la femme passionnée dont il lui avait parlé. Et maintenant, voilà que ce gosse de riches se plaignait.

J'en ai le cœur brisé pour toi. Moi, j'ai fait treize écoles différentes. La plupart en internat. Je n'ai pas eu de mère, juste un défilé de « belles-mères ».

Andy ne renchérit pas.

Mon père a plus de quatre-vingts ans, et je ne connais pas l'âge de ma mère. Ils n'ont que moi.

Et tu n'es jamais là pour eux ? Savent-ils ce que tu fais ?

Pas exactement. C'est mieux comme ça. Ils deviendraient fous s'ils pensaient risquer de perdre un autre fils.

Quoi ? Elle avait fait une recherche Internet sur Andy, mais n'avait rien trouvé sur son passé familial.

Un autre fils ?

Mon frère Robert est mort dans un accident d'escalade quand j'étais en Afghanistan.

Oh ! c'est affreux. Il ne reste donc que toi ?

Ouaip.

Donc, tu vas faire ce qu'ils souhaitent : rester chez toi ?

Je ne sais pas. L'idée de s'installer…, tu sais ce que c'est.

Elle aurait aimé.

Je n'ai jamais eu de chez-moi. Parfois, je me demande si c'est aussi bien qu'on le prétend.

Pourtant, c'est un super endroit. Pour qui aime les problèmes de plomberie et porter trois pulls toute l'année, je veux dire. Je connais. Même si je doute que ta maison soit un hôtel miteux de Blackpool.

Le souvenir de cet endroit la fit frissonner. Si petite qu'elle fût, la caravane de Frankie était chaude et confortable, en comparaison.

Pas vraiment, en effet, mais elle est très vieille. Genre maison hantée.

Oh ! cool ! J'ai toujours rêvé de voir un vrai fantôme.

Roz marqua une pause, puis décida d'aller au bout de son idée. Il y avait quelque chose dans l'ambiance précédant l'aube qui facilitait le fait de poser des questions gênantes.

Alors, c'est vrai que tu es riche ?

LOL. Seulement sur le papier. Ça coûte une fortune de chauffer cette baraque.

Si tu voyais l'endroit où je suis en ce moment. Dans l'une des pièces, il y a trois cheminées.

L'intérieur du château l'avait fait changer de point de vue sur pas mal de choses. Il fallait la moitié d'une forêt pour chauffer l'immense salle de réception. Par chance, il y en avait une juste à côté. D'ici, elle entendait les arbres bruisser sous le vent.

Bien entendu, Andy sauta sur ce détail.

Ah oui, et ça se trouve où ?

Ah ! ah ! Tu n'en sauras pas plus. Parle-moi plutôt de ton père.

Raide comme la justice, sourd comme un pot, et qui pense qu'on doit seulement voir les gamins, pas les entendre.

Mais tu l'aimes ?

C'est mon père. Je ne peux pas le licencier.

Roz rit doucement.

LOL. Parfois, j'aimerais bien licencier le mien. La plupart du temps, à vrai dire, mais c'est le seul que j'ai.

Il est toujours en prison ?

Le sourire de Roz s'évanouit. Elle tapa rapidement :

Comment tu sais ça ?

Un truc de super espion. Je sais beaucoup de choses sur toi.

Évidemment. Comment avait-elle pu oublier à qui elle parlait ?

Là, je me sens violée. Et pas d'une bonne manière.

Parce qu'il existe une bonne manière ? Je fais seulement mon boulot, ma belle.

Ça fout les jetons. Qu'est-ce que tu sais d'autre sur moi ?

Autant en profiter tant qu'il était d'humeur bavarde.

Je sais que tu as bossé comme dominatrice, et dans un cirque aussi, non ?

Bon sang, il savait bien trop de choses. Elle frémit.

Le Cirque noir n'est pas un cirque comme les autres. Et puis, c'est fini, tout ça. J'ai tourné la page.

Tu préfères dépouiller les prêteurs sur gages, maintenant, c'est ça ?

Elle fut trop heureuse de changer de sujet.

Ah ! tu es au courant ? Une amie à moi se faisait truander par ces types. Je me suis dit qu'il serait juste de leur rendre la monnaie de leur pièce.

Roz était navrée de n'avoir pu leur prendre davantage d'argent, tant qu'elle y était. Voir Natalya pleurer toutes les semaines quand la moitié de sa paye partait dans les poches du prêteur sur gages l'avait rendue moins prudente. Elle avait pris un risque excessif, mais ça en valait la peine. Comme en écho à ses pensées, Andy écrivit :

C'était quand même assez dangereux, non ? S'ils découvraient le pot aux roses ?

Elle ne comptait quand même pas aller dans son sens.

Dangereux ? Décidément, tu ne connais pas ma vie. Crois-moi, les prêteurs sur gages en colère sont le cadet de mes soucis.

Tu me racontes ?

Oh ! tu es gentil.

Et il l'était, en effet. Elle se sentit étonnamment tentée par sa proposition. Elle avait envie de se confier à quelqu'un.

Tu as failli m'avoir. Mais la nuit n'est même pas finie et je dois bosser tout à l'heure. Une autre fois, peut-être.

Elle s'installa plus confortablement dans son lit, prête à se rendormir.

Le message d'Andy l'en empêcha.

Qu'est-ce que tu nous prépares encore ? Tu vas cambrioler une banque ?

Elle sourit, changeant d'avis devant son message.

Trahison ! Et meurtre. Avec une goutte de poison, peut-être.

Aha ! Tu vas voler les joyaux de la Couronne ?

C'est ça. J'ai toujours rêvé d'une couronne.

Je fais tourner le moteur et je t'attends.

Elle rit tout bas.

Sérieusement, si tu veux une couronne, il y a plein de belles babioles pour filles, ici…

Je te prendrai peut-être au mot un de ces quatre. Quand j'aurai moins de problèmes.

Il n'allait pas laisser passer une telle occasion.

Tu n'auras jamais moins de problèmes si tu continues à faire les mêmes choses. Tu ne peux quand même pas passer le reste de ta vie en cavale.

Cette remarque la dégrisa soudainement.

Je cesserai de cavaler quand on arrêtera de me pourchasser.

Et ça s'annonce plutôt bien pour toi.

Je t'emmerde.

Pourquoi ne lui fichait-il pas la paix ? Elle n'avait aucune envie qu'il s'immisce dans ses pensées ou dans sa vie minable.

Pardon, je ne voulais pas dire ça. Mais ça doit être dur de se cacher tout le temps. Pourquoi ne viendrais-tu pas ici ? On s'occuperait bien de toi.

Il ne pouvait imaginer combien c'était tentant. Mais il ne le pensait pas vraiment. Andy ne faisait que son travail, elle ne devait pas l'oublier.

Quoi, chez toi ?

Ses doigts volèrent sur l'écran tactile.

Tu me crois si naïve que ça ? Je suis une mission pour toi. Ce n'est pas par bonté de cœur que tu t'occuperais de moi.

Et toi, tu m'as menti, tu m'as volé, mais je n'en fais pas tout un plat.

Elle ne comptait pas pour autant s'en excuser.

J'essayais juste de te ralentir. Et ton argent a servi à une bonne cause.

Heureux de l'apprendre. Sauf que ce n'était pas mon argent, mais celui de Niall. Et, au fait, tu me dois un baiser.

D'un coup, elle se sentit plus légère.

Il faudra d'abord que tu me retrouves.

J'y compte bien.

Non, ça, il ne fallait pas. Il serait dangereux d'embrasser à nouveau Andy McTavish. Cette bouche aurait dû être sous licence, comme le port d'armes. Et son goût… L'esprit de Roz avait littéralement cessé de fonctionner quand il l'avait embrassée.

Allez, bonne nuit !

Fais de beaux rêves de moi.

Des cauchemars, plutôt.

Arrête, ma belle, tu sais que je serai dans tes rêves ; pourquoi ne pas l'avouer ? Mais ne t'impatiente pas trop. Je te retrouverai bientôt.

Elle glissa le téléphone sous son oreiller et s'apprêta à se rendormir. Sans comprendre pourquoi, elle avait le sourire aux lèvres. Andy finit par renoncer à l'idée de dormir. Roz ne donnait plus signe de vie, la maison était plongée dans le silence, et lui, bien éveillé. Il allait sortir courir. Dieu sait s'il avait besoin d'exercice. Après s'être changé, il parcourut les couloirs sombres de la demeure. Le jour se lèverait d'ici une heure. Il avait le temps de se défouler d'ici là.

Il courut derrière la maison, ses pas faisant crisser le gravier. Son haleine formait un nuage de buée dans l'air frais de l'aube.

— Qui va là ?

Andy s'arrêta net en reconnaissant la voix.

— Nom de Dieu, c'est toi, Paddy ?

Le vieux palefrenier était dans la famille depuis plus de quarante ans. Andy lui donna une tape sur l'épaule et se vit gratifié d'un sourire édenté.

— Andy, j'ai entendu dire que tu étais revenu. Mais qu'est-ce que tu fiches, à courir ici en pleine nuit ?

— Je pourrais te poser la même question.

Le vieil homme eut un regard circonspect.

— Avec les gars, je fais des tours de garde depuis, enfin, tu sais…

Le radar d'Andy s'alluma automatiquement.

— Depuis quoi ?

— Depuis la nuit où ton père a fait son attaque.

Le jour était levé depuis longtemps quand Andy eut fini de soutirer à Paddy et aux autres garçons d'écurie toutes les informations nécessaires. Quatre jeunes dans une voiture volée avaient cru que *Lough Darra* constituait une cible facile pour un cambriolage. C'était sans compter sur son père, lequel avait surgi en braquant sur eux un fusil de chasse chargé à blanc.

Dougal était en train de se féliciter de son action quand son cœur avait lâché. En dépit des protestations de son mari, la mère d'Andy avait insisté pour faire venir une ambulance. La crise cardiaque avait été modérée, et son père s'en remettrait. Lorsqu'Andy rentra à la maison, Maggie préparait le petit-déjeuner. Il se servit un café et un bol de céréales. Il déclina son offre d'un petit-déjeuner irlandais complet, trop gras, et opta plutôt pour des œufs brouillés. S'il restait encore un certain temps ici, il risquait de prendre du poids.

Tandis qu'il buvait son café, Maggie se livrait à un monologue sur les derniers ragots du village.

— Et, bien sûr, ce sera chouette de revoir les Turner.

Andy émit un petit bruit, histoire de paraître poli. Les Turner, ce n'était pas cette famille avec une fille pleine de taches de rousseur dont sa mère tentait toujours de le rapprocher ? Iris, Rose, ou un autre nom de fleur ?

— Et Lily est revenue, tu sais. Son histoire avec le docteur écossais n'a pas marché. Il en est, tu le savais ?

Maggie se tut, attendant visiblement une réponse.

— Il en est… de quoi ?

— De la jaquette, chuchota-t-elle avant de se retourner vers la gazinière. Il paraît qu'un jour, elle est rentrée du travail plus tôt que d'habitude et qu'elle l'a trouvé portant une de ses robes.

Andy faillit s'étrangler avec son café. Il ne voyait pas l'intérêt de parler de Lily. C'était une grande perche aussi sexy qu'une bonne sœur. Il avait du mal à imaginer que quiconque puisse avoir envie d'enfiler ses vêtements.

— Tu ne diras rien, hein ? La pauvre fille est déjà bien assez mal comme ça.

Andy haussa les épaules.

— J'ai peu de chances de la croiser.

Maggie arbora un regard perplexe.

— Bien sûr que si. Ta mère les a invités à dîner vendredi soir. Elle ne te l'a pas dit ?

— Non.

On pouvait compter sur sa mère pour fomenter des rencontres sans le prévenir.

— C'est une petite fête. Il n'y aura pas plus d'une douzaine de personnes. Ton père va beaucoup mieux, et elle s'est dit que tu aimerais bien avoir des nouvelles de tes anciens amis.

— Super.

Non, pas super. À elles deux, sa mère et Maggie auraient pu diriger le MI5. Elles comptaient plus d'intrigues à leur actif qu'une bibliothèque remplie de livres. Que mijotaient-elles encore ?

La journée avait été tranquille pour Roz. Son équipe s'était contentée d'assister au tournage de la grande scène d'amour entre Cheyenne et Jack Winter. C'était incroyable ce qu'il semblait ennuyeux d'embrasser Jack Winter quand on voyait la scène se jouer dix-sept fois avant que le réalisateur ne soit satisfait, songea-t-elle.

Elle passa un peu de temps avec Nagsy, essayant de se convaincre que ce cheval pourrait être vendu un demi-million. Il cherchait sa main du bout du nez, espérant clairement recevoir une petite friandise. Roz lui tendit le trognon de la pomme qu'elle venait de manger, mettant sa paume bien à plat comme Frankie le lui avait montré ; Nagsy s'en empara sans lui faire de mal.

— Je t'aime bien, finalement, dit-elle en lui caressant le nez.

L'odeur chaude et forte du cheval ne la dérangeait plus, au contraire. Elle se sentait rassurée dans la grande tente qui faisait office d'écurie. Personne ne penserait à la chercher ici. Elle était pourtant cent pour cent citadine. Même dans ses rêves les plus fous, jamais elle n'aurait imaginé se retrouver au beau milieu de la campagne irlandaise en train de caresser un cheval et de lui parler comme à un ami. Paris et Hall lui paraissaient bien loin.

Elle regarda les garçons d'écurie seller et desseller les cheveux, admirant leur aisance en face de ces bêtes impressionnantes.

Le plateau de tournage était un monde clos et à part ; si éloigné d'Interpol, des antiquaires assassinés et des anciens SEALs qu'elle aurait pu croire que ce n'était qu'un rêve. Elle savait qu'il s'agissait d'une illusion, que Hall était toujours là, quelque part, mais ce sentiment de sécurité était plaisant.

Roz prit son dîner au camion de restauration et alla le manger dehors. Avec une veste sur le dos, il faisait assez chaud pour rester à l'extérieur. Frankie arriverait bientôt, mais, pour l'heure, elle appréciait de se retrouver un peu seule.

Cheyenne apparut, une assiette à la main, et se planta devant elle, un peu gênée.

— Tu permets que je me joigne à toi ?

Surprise, Roz lui désigna une chaise. Frankie en prendrait une autre quand il arriverait.

— Bien sûr. Mais je croyais que tu mangeais avec les autres acteurs ?

Cheyenne s'assit prudemment et posa son assiette sur la petite table. Elle était pleine de salade, avec un petit morceau de poulet.

— J'avais besoin d'un peu de temps pour moi, tu comprends ?

Roz hocha la tête sans relever l'évidence. Si Cheyenne avait vraiment envie d'être seule, son mobil-home aurait été l'endroit idéal.

— Et je voulais te parler, ajouta l'actrice.

Roz se doutait déjà de la suite.

— Hier soir, au pub… Qu'est-ce que tu as fait ?

Roz haussa les épaules.

— Je t'ai prouvé que tu étais une femme séduisante.

Cheyenne secoua la tête.

— Non, c'était autre chose. J'ai entendu parler de femmes comme toi. Es-tu une domina, ou quelque chose de ce genre ?

— Je l'ai été, mais ça n'a rien à voir.

Elle haussa de nouveau les épaules. Cette période de sa vie lui semblait bien lointaine.

Mais Cheyenne la regardait maintenant comme si elle avait deux têtes.

— Je ne savais pas que c'était vrai. Qu'est-ce que tu faisais ? Comment fait-on faire des choses aux hommes ? Tu couchais avec eux ?

Roz rit doucement.

— Mon Dieu, non. Je ne couchais avec personne. Tu crois que je suis un genre de prostituée ?

Elle essaya de se convaincre que c'était amusant, mais sa voix était plutôt sèche.

Cheyenne se reprit immédiatement.

— Non, excuse-moi, je suis désolée. Je n'y connais rien.

Elle était si gênée que Roz reprit :

— Ce n'est pas comme ça que ça se passe. Une bonne domina ne couche pas avec ses soumis. Elle met en œuvre ce dont ils ont besoin et les incite à se dépasser.

— Donc, elle ne donne pas d'ordres ?

— Si, elle donne aussi des ordres. Les hommes aiment les indications claires et les femmes qui savent ce qu'elles veulent.

Cheyenne ignora son poulet et repoussa les feuilles de salade autour de son assiette.

— Dis-m'en davantage. Je n'ai jamais rencontré quelqu'un comme toi. Je croyais qu'il y avait des fouets, des chaînes et des costumes bizarres.

Roz sourit.

— Ça arrive. Savoir manier un fouet est très utile pour

une domina. C'est incroyable, le nombre d'hommes qui ont besoin d'être fouettés pour atteindre le *subspace*.

— Le *subspace* ?

Roz chercha ses mots pour l'expliquer :

— C'est lorsque l'adrénaline, les endorphines et l'ocytocine se combinent d'une façon qui crée un état modifié de conscience.

Cheyenne était visiblement en pleine confusion.

— Oublie le côté technique. Ce qui compte, c'est qu'ils sont dans un état mental où ils ne se soucient plus de l'OPA hostile lancée sur leur compagnie.

Bizarrement, Roz savait parfaitement comment envoyer les autres dans le *subspace*, mais cela ne lui était jamais arrivé personnellement. Elle n'avait jamais eu de relation où l'on se préoccupait suffisamment d'elle pour y consacrer le temps nécessaire.

— Tu as fouetté des hommes ?

Cheyenne semblait choquée… et fascinée.

Roz eut un haussement d'épaules.

— Quand ils le voulaient, oui. J'avais même un client qui voulait être traité comme un chiot. Je lui lançais des balles pour qu'il aille les chercher.

Elle sourit à ce souvenir.

— Il y en avait aussi un que je n'aimais pas ; alors, je l'ai enfermé dans une cage pour qu'il me lâche la grappe. Après, il a juré que ç'avait été la plus belle nuit de sa vie.

— Non, ce genre de truc arrive vraiment ? Il y a des hommes qui aiment qu'on leur donne des ordres et qu'on les fouette ?

Roz sourit.

— Oh que oui ! Et des femmes aussi. Ça ne t'a jamais tentée ?

Cheyenne baissa la tête.

— Un peu, parfois. Mais les hommes ne me désirent pas comme ils te désirent, toi, marmonna-t-elle.

Allons donc, qu'avait-elle encore ?

— Pourquoi tu dis ça ? Tu as bien vu la réaction des hommes, hier soir.

— Non, c'était toi. Pas moi. Aujourd'hui, je tournais des scènes d'amour avec Jack, et il m'a à peine embrassée. J'ai essayé le truc que tu m'as montré hier soir, mais ça n'a pas marché.

Soudain exaspérée, Roz posa brusquement son verre sur la table.

— Mais qu'est-ce que tu crois ? Il est marié, et tout le monde sait qu'il est raide dingue de sa femme !

Elle baissa d'un ton.

— En plus, d'après ce que j'ai vu, son inclination le porte plutôt dans l'autre sens. C'est un dominant.

— Ah bon ?

Cheyenne se redressa sur sa chaise.

— Comment peux-tu le savoir ?

— On sent ça dans le langage du corps. Dans leur façon de se tenir, de s'asseoir. Ils ont une assurance tranquille qui est dure à simuler.

Jack Winter l'avait ; c'était évident pour Roz. Naturellement, cette assurance pouvait aussi être due au fait qu'il était l'un des acteurs les plus connus dans le monde, mais elle aurait juré qu'il ne s'agissait pas que de ça.

L'image d'un autre homme possédant la même assurance lui vint à l'esprit. Andy McTavish n'était pas quelqu'un de tranquille, mais il dégageait la même vibration. Pourquoi ne l'avait-elle pas repéré plus tôt ? Bon sang, il n'était pas du bon côté pour elle. Elle n'était peut-être plus une domina, mais jamais elle ne serait une soumise. L'espace d'un instant, elle songea à faire semblant pour tester sa réaction. Elle frissonna. Finalement, ce n'était peut-être pas une bonne idée.

— Pitié, ne me dis pas que tu es amoureuse de Jack Winter ?

La bouche de Cheyenne s'arrondit.

— Oh non ! Bien sûr que non. Je sais que je n'aurais pas une chance, et puis, il n'est pas mon genre. Non, il y en a un que j'aime bien, mais il ne me regarde jamais.

— Qui ça ?

— Je préfère ne pas le dire.

Intéressant. Roz passa en revue les hommes avec lesquels Cheyenne avait discuté, mais ils étaient si nombreux sur le plateau qu'elle ne voyait pas de qui il pouvait s'agir.

Avant qu'elle puisse poser plus de questions, Frankie apparut dans la pénombre.

— Salut, les filles. Il reste une petite place pour moi ?

Il tenait une assiette garnie et un verre de vin.

Roz rit de bon cœur.

— On devrait pouvoir te caser. Ce n'est pas pour la place que tu prends.

— Petite morveuse, va.

Cheyenne sauta sur ses pieds.

— Oh ! pardon, j'ai pris ta place. Assieds-toi, je t'en prie.

Elle rougit jusqu'aux oreilles.

Ah ! Voilà qui était clair. Pour une actrice, Cheyenne avait beaucoup de mal à dissimuler ses émotions. Roz se leva.

— Non, reste. Frankie, prends donc ma place. J'ai fini de manger et je dois aller aux toilettes. Cheyenne, tu veux bien tenir compagnie à Frankie, le temps que je revienne ?

Frankie et Cheyenne échangèrent un regard. Son parrain afficha un petit sourire, et l'actrice rougit à nouveau.

— Prends ton temps, dit Frankie. Je veille sur ta copine.

Roz les laissa, un petit sourire aux lèvres.

9

Andy tourna la tête de gauche à droite pour assouplir le col de la chemise empruntée à son père. Il n'avait emporté aucune tenue habillée et, si sa mère n'avait pas insisté, il serait resté en jean.

Dans la salle à manger, la table était dressée avec l'argenterie et la plus belle vaisselle. Des vases contenant des fleurs fraîchement coupées au jardin embaumaient l'atmosphère.

Douze couverts avaient été soigneusement préparés. Andy était placé au milieu d'un des deux côtés. Il ne pourrait décidément pas échapper aux invités de sa mère.

Le bruit de portières de voiture claquées indiqua l'arrivée des visiteurs. Il jeta un coup d'œil entre les rideaux de velours. De vieux amis, tu parles. Huit, ou peut-être neuf des invités étaient des femmes qui titubaient maintenant dans leurs talons aiguilles sur le gravier de l'allée. Un renard aurait eu plus de chances devant une meute de chiens. Pour la première fois de sa vie, il se sentit désolé pour M. Darcy. Cette soirée allait tourner à la farce façon Régence.

Il engloutit son apéritif en deux gorgées tout en s'efforçant de se remémorer les noms des filles de ses voisins. Kirsty, la plus jeune, ne devait pas avoir plus de seize ans et était une vraie peste.

Lily, sa sœur aînée, était presque aussi grande que lui. Il essaya de ne pas sourire en voyant une paire de Crocs bleue émerger d'une robe à fleurs informe qui ne l'avantageait pas du tout. Quant à Brenda, celle du milieu, elle rentrait de l'université chaque week-end et semblait déjà s'ennuyer. Il ne se souvenait que vaguement de la famille Turner. Ils avaient acheté la ferme voisine à l'époque où il était parti. Deirdre, leur mère, semblait presque aussi mal à l'aise que Brenda, et toutes deux se mirent à chuchoter.

— Et voici Isobel, dit sa mère en lui présentant l'aînée des Turner.

Des yeux gris et francs se posèrent sur lui, avec un sourire un peu désolé. Elle non plus n'avait guère envie d'être ici. Au moins avait-il trouvé une alliée.

— Enchanté.

Sa mère frappa des mains.

— Je crois que le dîner est prêt. Si nous allions nous installer ?

Comme il le craignait, Andy se retrouva entouré de femmes. Habituellement, cela ne le dérangeait pas, mais, ce soir, il avait l'impression d'être un étalon primé qu'on exhibait dans une écurie de juments.

— Vous êtes dans la sécurité, me semble-t-il ? demanda poliment M. Turner en dégustant sa soupe.

— C'est exact, confirma Andy.

— Genre, dans un centre commercial ? questionna Kirsty avec une petite grimace.

Andy ne put s'empêcher de rire doucement.

— Non. Je travaille dans un autre genre de domaine. Sécurité rapprochée. Garde du corps. Ce genre de choses.

— Ah… Vous avez déjà rencontré des gens célèbres ?

S'il n'était pas tenu par une clause de confidentialité, il aurait pu lui en fournir une liste longue comme le bras.

— Oui, beaucoup d'acteurs, d'actrices, de dignitaires étrangers.

— Comme qui ?

Kirsty était soudain plus intéressée.

Andy posa sa cuillère.

— Eh bien, par exemple, je me suis occupé de Jack Winter et de sa femme quand ils passaient leur lune de miel en Écosse.

C'était beaucoup dire. Le couple avait passé le plus clair de son temps au lit. Mais Jack était un type sympa, et visiblement amoureux fou de son épouse américaine.

— Comment est-il ?

Il avait maintenant l'attention de toutes les femmes de la tablée. Qu'avait donc Winter de si spécial pour faire ainsi craquer toutes les femmes ?

On débarrassa les assiettes creuses, et Maggie apporta bientôt le plat principal.

— Mais tu ne vas pas courir le monde comme ça éternellement, n'est-ce pas, Andy ?

Sa mère souriait, mais il y avait un petit quelque chose dans sa voix qui retint l'attention d'Andy.

Elle se faisait vieille. La crise cardiaque lui avait fait très peur, et elle voulait que son fils rentre à la maison. Pas qu'il parcoure sans cesse les lieux les plus dangereux de la planète.

Il répondit d'une voix douce :

— Non, bien sûr. Si je passe du terrain à la gestion des équipes, je peux travailler de n'importe où.

Poppy et Dougal échangèrent un regard satisfait. Il devrait avoir une discussion avec eux, plus tard. Il ne couperait certainement pas à un interrogatoire sur ses projets pour l'avenir. Si seulement il en avait à leur exposer.

— Super, commenta Kirsty.

Elle coula un regard complice à ses sœurs.

— Et sinon, vous avez une petite amie ?

Poppy releva les yeux. La fourchette de Lily s'arrêta

à mi-chemin de sa bouche tandis qu'Isobel s'efforçait de réprimer un sourire. Andy pouvait s'attendre à d'innombrables dîners de ce genre s'il ne déjouait pas tout de suite les plans de sa mère.

— Eh bien, oui.

On entendit un bruit de couteau au bout de la table. Il soupçonna que c'était sa mère qui venait de le lâcher dans son assiette, mais resta concentré sur Kirsty. Cette gamine avait un talent certain pour mener des interrogatoires.

Il pouvait difficilement inventer une histoire sur quelqu'un qu'ils risquaient de connaître ou de croiser. Une idée lui vint alors à l'esprit :

— Elle travaille à Londres.

Pour l'instant, ce n'était pas faux. Il développa avant que sa mère ne pose davantage de questions.

— Elle est de la famille O'Sullivan. Vous savez, la compagnie aérienne.

— Tim O'Sullivan a une belle écurie, ajouta son père. Elle aime les chevaux ?

— Je ne sais pas du tout, papa.

Il savait que Roz pouvait manier un fouet, mais ignorait si elle l'avait fait sur le dos d'un cheval.

— On s'est rencontrés tout récemment.

Il y a quelques jours seulement, au milieu d'une fusillade, alors qu'il la croyait enceinte jusqu'aux dents.

— Et tu tiens à elle ?

La question de sa mère mit un terme au questionnement de Kirsty.

S'il tenait à elle ? La question était simple. Il aurait dû pouvoir y répondre sans réfléchir. Roz était une voleuse, une menteuse, et Dieu sait quoi d'autre encore. Il était à ses trousses depuis plus d'un an et savait probablement plus de choses sur elle qu'il n'en avait su sur ses précédentes conquêtes. Mais tenait-il à Roz ? Tout ce qu'il savait, c'est qu'elle l'intriguait davantage que toutes les femmes qu'il avait rencontrées ces dernières années.

— Oui, répondit-il. Je tiens à elle.

Après le dîner, ils retournèrent au salon y prendre un café au coin du feu. Brenda et Deirdre jouèrent un peu de piano, ce qui leur valut des applaudissements polis, mais peu enthousiastes. Kirsty roula les yeux en les regardant et dégaina son iPhone pour se connecter à un site people.

Cinq minutes plus tard, elle se redressa en poussant un petit cri.

— Oh ! Jack Winter est en Irlande !

Elle rougit en voyant que Brenda cessait de jouer pour lui demander :

— Fais voir.

Tous les yeux se tournèrent vers Kirsty.

— Ça va passer à la télé, dit-elle. Allumez la chaîne des célébrités !

Prêt à tout pour éviter davantage de torture en provenance du piano, Andy alluma la télévision et, quelques minutes plus tard, ils tombèrent sur le reportage sur Jack Winter. Un étudiant en cinéma était parvenu à entrer sur le tournage du dernier film de Winter et avait décroché une interview de la star. Un grand château se dressait en arrière-plan.

Un Jack barbu était entouré d'un groupe de Scandinaves d'allure fruste qui agitaient leur bouclier devant la caméra.

Andy repéra un autre groupe d'acteurs derrière eux. Une femme hochait la tête en écoutant les instructions du réalisateur. La capuche de sa robe tomba de sa tête, dévoilant une chevelure d'un roux éclatant qui se répandit sur ses épaules.

Sous la direction du réalisateur, un acteur approcha d'elle et fit semblant de lui porter un coup. La rouquine chancela et tomba à terre pour se relever un instant plus tard, tout sourire. Il reconnut le profil délicat qu'il avait vu pour la dernière fois dans une chambre d'hôtel à Londres. Roz Spring. Elle n'avait plus son gros ventre en latex, laissant désormais apparaître sa jolie silhouette. Très jolie, même.

L'excitation le prit au ventre à l'idée de reprendre sa traque. Il la tenait. Il avait enfin retrouvé Roz. Andy avala son café en se demandant sous quel délai il pourrait prendre congé et quitter cette soirée.

Il procéda à un rapide calcul. Il faudrait environ trois heures de voiture pour se rendre là-bas. Il imaginait déjà la tête de Roz s'il déboulait au milieu de la nuit. Non. Cela ne pourrait que l'encourager à s'enfuir. Il devrait être patient. Il serait bien plus pertinent d'apparaître pendant qu'elle travaillait : ainsi, elle ne pourrait pas quitter le plateau.

Il pourrait aussi l'observer à distance tout en indiquant à Niall et Sinead où elle se trouvait. Le boulot serait alors fini. Sans trop savoir pourquoi, cette perspective le crispa. Il voulait pourtant boucler cette affaire, non ?

Comme en écho à son indécision, son téléphone vibra soudain dans sa poche.

Coucou.

Coucou. Tu fais quoi, ce soir ?

Rien de spécial. Je regarde un film. Et toi ?

Certes. Roz regardait un film – un film qui arriverait sur le grand écran d'ici six mois.

Je suis à une soirée.

Ah… Il y a de jolies filles ?

Andy balaya la pièce du regard. Deirdre et Brenda avaient disparu. Kirsty s'ennuyait. Lily discutait avec Isobel. Elle semblait avoir un peu trop bu, et Isobel lui tapotait affectueusement la main. Probablement parlaient-elles du docteur en robe.

Beaucoup. Des blondes, des brunes, tout ce qu'il faut.
Dans ce cas, tu n'as pas besoin de moi.
Sur ce, elle se déconnecta illico.
Andy rit sous cape. Était-elle jalouse ? Roz serait-elle réellement intéressée ?
— Quelque chose d'important, mon chéri ? questionna sa mère, les sourcils froncés.
Il n'aurait pas dû sortir son téléphone. Il s'apprêtait à répondre « Non, rien », mais s'interrompit. Il faudrait qu'il loue une voiture pour quelques jours.
— C'est Roz. Elle vient d'arriver en Irlande. Je descendrai dans le sud pour la voir demain.

L'autoroute vers le sud était peu encombrée à cette heure matinale, et Andy rallia Tullamore en peu de temps. Là, il prit la sortie suivante en direction du château. Il avait consulté les dernières informations sur le film : une compagnie spécialisée dans le recrutement des figurants avait posté une annonce sur Facebook, annonçant qu'on cherchait des hommes pour une scène de bataille qui serait tournée ce jour-là.
Pourvu qu'il puisse franchir le contrôle effectué devant ce portail. Il baissa la vitre de sa Jeep.
— Je viens de la part de Kate. Pour la scène de bataille.
— Cadavre ou combattant ?
— Combattant, répondit Andy.
Il saurait manier une épée s'il le fallait.
— OK. Vous avez un demi-kilomètre sur ce chemin, puis vous prenez le tournant vers le champ à l'ouest. C'est là qu'il y a les costumes et le maquillage.
Il lui adressa un signe de la main, et Andy s'engagea sur le chemin plein d'ornières menant au château. On avait comblé de gravier les creux les plus profonds, mais il était heureux d'avoir loué une Jeep. Devant lui, un groupe de Scandinaves marchaient dans les bois sous la

bruine. Il hésita au tournant. Peut-être devrait-il d'abord « emprunter » un costume. Cela lui permettrait de circuler plus discrètement aux alentours du château. Il fit marche arrière et emprunta le virage menant au champ.

Après avoir garé la Jeep, il se dirigea vers la tente des costumes et sourit à la fille derrière le comptoir d'accueil.

— Viking ou Irlandais ? demanda-t-elle avec un regard charmé.

Non loin de lui, une femme d'âge moyen se faisait maquiller comme si elle avait reçu un coup d'épée. Pas de ça pour lui. Un costume en cotte de mailles serait peut-être plus lourd, mais au moins la tunique qu'il porterait en dessous serait-elle chaude.

— Viking, répondit-il.

Elle chercha la taille adéquate sur un portant.

— Je ne vous ai pas déjà vu quelque part ?

— J'ai fait un peu de théâtre et de cinéma, mais, à vrai dire, j'ai hâte de faire un break.

La fille l'observa attentivement et repoussa en arrière les cheveux de son visage avec ses doigts.

— Vous avez une super gueule. Vous allez crever l'écran. Benny vous confiera peut-être quelques scènes autour du château. Deux des gars sont blessés.

— Benny ?

— Benny d'Angelo, le directeur artistique.

Elle chercha un numéro sur son portable.

— Benny ? J'ai un gars qui peut remplacer Rory. Tu le prends ? Mmm, oui, continua-t-elle. Pas de barbe, mais il est brun et pas rasé.

Elle posa la main sur l'appareil quelques instants et demanda à Andy :

— Vous avez une expérience des armes ?

Il se retint de lui dire que la plupart des armes qu'il utilisait étaient celles du vingt et unième siècle.

— Oui.

— Et des chevaux ?

Il était pratiquement né à cheval.

— Oui.

— Super.

Elle lui désigna un coin caché par un rideau.

— Vous pouvez vous changer ici, puis vous passerez au maquillage.

Pas étonnant qu'un tournage coûte des millions. Le maquillage dura une éternité et modifia quelque peu son visage. Il paraissait peut-être un peu plus dur et menaçant, mais rien qui justifie de passer deux heures sur une chaise à se faire peinturlurer de la sorte. Impatient d'apercevoir Roz, il se dirigea ensuite vers le château.

L'avant du château était rempli de mobil-homes, de camions et de groupes électrogènes. Les hommes en jean et en tee-shirt devaient être des techniciens. Bloc-notes en main, les femmes portaient des bottes en caoutchouc et des jupes en velours et parlaient constamment dans leur kit oreillette. Ignorant la règle qui interdisait d'avoir un téléphone sur le plateau, Andy trouva un coin tranquille et vérifia ses messages. Rien de Roz. Il fit tout de même une tentative.

Salut, ma belle.

Pas de réponse. Il s'apprêtait à renoncer quand son écran s'alluma.

Alors, tu as découché ? Elle était bonne ?

Andy serra un poing victorieux. Il l'avait dans ses filets. Il était prêt à manger sa cotte de mailles si ça, ce n'était pas de la jalousie.

Pas aussi bonne que toi, à mon avis. Je parie que tu es un super coup.

Dans tes rêves, l'Irlandais.

Quand elle se déconnecta, Andy regarda autour de lui pour observer chacun des mobil-homes regroupés près du plateau. La porte du plus éloigné s'ouvrit, et deux femmes en sortirent, vêtues d'un costume similaire. Même à cette distance, il reconnut Roz. Son cœur se mit à battre. Quelque chose de profond et d'instinctif s'éveilla en lui en la voyant. Un appétit dévorant lui mordait les entrailles. Andy s'efforça d'analyser cette réaction physique. Ce n'était pas la satisfaction habituelle qu'il éprouvait au moment de piéger sa cible. Non. Là, c'était plus qu'une mission. Elle le faisait craquer. Roz Spring le faisait réellement craquer. Sans réfléchir, il avança sur le plateau quand une voix tonitruante le rappela à l'ordre.

— Eh, toi ! C'est par là !

Merde. Il se retourna pour voir qui l'interpellait.

L'homme était plus petit que lui et avait des yeux bleus pétillants d'intelligence. Il était bronzé et arborait une barbe de style militaire. Andy faillit effectuer le salut réglementaire.

— On tourne une scène dans les vieilles écuries. Tu es comment, niveau épée ?

— Un peu rouillé.

— Mais tu peux monter à cheval ?

— Sans problème.

L'homme eut un grognement satisfait.

— Tu étais dans quelle branche ?

Voilà un type qui était vif et affûté, songea Andy.

— La Wing.

— Et maintenant, qu'est-ce que tu fais ?

— Des trucs par-ci, par-là. Un peu de sécurité rapprochée, tu sais ce que c'est.

— C'est sûr, mon vieux, je sais ce que c'est.

Il lui tendit la main.

— Frankie Fletcher. Ravi de te connaître.

« Vieilles » était un euphémisme. Les écuries semblaient avoir été construites à l'époque où les Vikings avaient envahi l'Irlande, et être sur le point de s'effondrer.

Mais elles constituaient un décor authentique pour un assaut de Scandinaves. Andy fut présenté à ses camarades de jeu et écouta les instructions détaillées sur le déroulement de la scène de bataille.

Il devait bien reconnaître que ce Frankie connaissait son affaire. Malgré sa cinquantaine, il était plus vaillant que tous les jeunes hommes du plateau.

Le réalisateur frappa dans ses mains pour demander le silence.

— Action !

À la moitié de l'après-midi, Andy était épuisé. C'était aussi éreintant que l'armée. Il faisait une chaleur d'enfer sous les projecteurs installés dans les écuries. Il avait mal aux épaules à force d'avoir manié l'épée et transpirait à grosses gouttes sous sa tunique et sa cotte de mailles.

Il fut infiniment soulagé quand le réalisateur signala la fin des prises.

— Bon boulot, les gars.

Andy s'assit sur une meule de foin et s'épongea le front.

Frankie vint s'asseoir près de lui et sortit une cigarette électronique de sa poche.

— Sale habitude, je sais. Mais je n'arrive pas à décrocher.

Ils restèrent là, dans un silence qui n'avait rien de pesant, jusqu'à ce qu'un des assistants vienne vers eux.

— Rory va être arrêté pendant une semaine. Tu peux revenir demain ? Benny a encore du boulot pour toi.

Andy approuva d'un signe de tête. Tout se présentait pour le mieux. Il n'aurait pas besoin de se cacher sur le plateau, maintenant qu'il était engagé. Il ne lui restait plus qu'à trouver Roz.

10

Abbie Marshall était une femme d'apparence moyenne. D'âge moyen, de taille moyenne, au physique moyen, avec peu de maquillage, des cheveux châtains avec une coupe sans style ne nécessitant aucun entretien. Rien à voir avec les beautés qui évoluaient devant la caméra. Pourtant, son arrivée à Charleville provoqua une vraie tempête sur le plateau.

Quand son taxi s'arrêta devant le château, elle en bondit avec une énergie redoutable. Elle attrapa son petit sac, jeta une poignée de billets au chauffeur et leva les yeux vers la tour.

Roz travaillait sur un script quand elle arriva et n'eut aucune difficulté à l'identifier. Le mariage de Jack Winter avec Abbie avait fait grand bruit dans les médias, et le fait qu'Abbie n'ait pas pris le nom de Jack avait déchaîné les rumeurs selon lesquelles ce mariage ne tiendrait pas longtemps. Mais, pour l'heure, elle avait l'air d'une femme en mission spéciale.

— Où est Jack Winter ? demanda-t-elle à Roz.

— Venez avec moi.

Roz lui fit faire le tour du château et lui montra le plateau où se déroulait le tournage. Malgré le jogging qu'elle portait sous sa robe en velours, elle eut du mal à suivre sa cadence. La journaliste trépidait d'impatience.

Le réalisateur cria « Coupez ! » et tous les acteurs se détendirent.

Comme s'il avait senti sa moitié, Jack leva la tête et se tourna vers elle. Un immense sourire illumina son visage, et ses yeux brillèrent d'un bleu rayonnant. Comme si quelqu'un venait de le brancher sur une source d'énergie. Ignorant tout le monde autour de lui, il courut vers Abbie. L'électricité crépita entre eux quand il la prit dans ses bras. Il l'embrassa à pleine bouche sans se soucier des gens qui les regardaient. Et Abbie l'attira contre elle avec la même fougue.

Sur le plateau, tout le monde s'était arrêté pour les regarder. C'était comme contempler la tempête parfaite. La puissance et la passion des deux amants étaient sidérantes.

Roz sourit d'abord à ce spectacle, mais elle éprouva bientôt un sombre sentiment de rancœur et de jalousie. Bon sang ! C'est ça qu'elle voulait. Elle voulait un homme qui ignore le reste du monde pour elle, qui la traiterait comme si elle était la seule femme sur terre. Sa sœur avait cela ; mais pas elle.

Roz ne serait jamais celle à qui le prince dirait combien il l'aimait. Il valait mieux s'y faire. Personne n'était amoureux d'elle. D'accord, il y avait quelques personnes qui l'aimaient bien, qui l'appréciaient… Mais personne qui l'aimait comme ça.

Laisse tomber. C'est ta vie. Tu vis dans l'ombre et tu regardes les autres s'aimer.

Non, elle ne pleurerait pas.

Pour penser à autre chose, elle fit comme tout le monde et sortit son téléphone pour photographier le baiser passionné entre Jack Winter et Abbie Marshall.

Au bout d'un moment, Abbie laissa quelques centimètres s'immiscer entre elle et son mari et vit ce qui se passait autour d'eux. Elle se tortilla pour libérer un de ses bras et sortit son appareil pour photographier à son tour tous les gens qui les photographiaient, elle et Jack.

Jack rit et l'embrassa sur la joue tout en prenant garde de ne pas l'interrompre.

Roz s'en alla avant qu'Abbie puisse la photographier. Elle ne devait pas se laisser distraire par ce genre de choses ; elle avait des cascades risquées à accomplir.

Andy traversa le champ pour revenir au château. Il faisait frais et humide ; l'équipe portait des vestes matelassées et frappait des pieds sur le sol pour se tenir chaud. Un projecteur était braqué sur la tourelle où l'on tournait une scène d'action.

Là-haut, on se battait sur les remparts. Une femme cria en essayant de repousser une troupe d'envahisseurs. Elle cria de nouveau et grimpa sur le mur de pierre. Andy retint son souffle.

— Mon Dieu ! souffla-t-il en voyant la fine silhouette en chemise de nuit tomber soudain des remparts.

On entendit un bruit mat comme la cascadeuse atterrissait sur l'immense matelas gonflable en contrebas.

Toute l'équipe applaudit.

— Super, Roz ! s'écria le réalisateur. Une dernière prise et ce sera bon pour aujourd'hui.

Quoi ? C'était Roz ? Le cœur d'Andy s'accéléra.

Bon Dieu, elle sautait d'au moins vingt mètres de hauteur ! Elle risquait de se blesser. Son instinct lui hurlait de se précipiter vers elle pour l'empêcher de recommencer et de risquer de se briser le cou, mais il ne pouvait évidemment pas se le permettre. Personne ne paraissait inquiet, et c'est une Roz souriante qui repartit en direction de la tourelle.

C'était son boulot, se raisonna-t-il. Elle était cascadeuse. Roz était payée pour se faire frapper par des épées, sauter dans le vide et tomber des chevaux. Le moindre détail était prévu. Il n'avait aucune raison de se faire un sang d'encre.

La deuxième chute fut encore plus spectaculaire que la première. Un coup de vent s'engouffra dans sa chemise de nuit qui se souleva, révélant ses jambes fines et pâles. Le caméraman posté à côté de lui émit un sifflement admirateur, et Andy se retint de le frapper.

Le réalisateur annonça enfin la fin des prises. Andy se rua vers le matelas, mais Roz ne s'y trouvait plus.

— Tu cherches Roz ? lui demanda un technicien. Elle est retournée là-haut, chercher des fringues.

— Merci.

Il recula pour laisser passer deux femmes en costumes d'époque et monta précipitamment l'escalier de chêne menant au palier. Là, ignorant le panneau qui en interdisait l'accès, il ouvrit la porte de l'escalier qui montait à la tourelle et la verrouilla derrière lui. Il avait promis à Roz qu'il arriverait bientôt, qu'ils se retrouveraient tous les deux ; le moment était venu.

La cage d'escalier en spirale était sombre et étroite, mais Andy gravit les marches quatre à quatre. Au tournant suivant, il faillit percuter une femme qui descendait. La chemise de lin était maintenant couverte d'une robe en velours bleue nouée d'une ceinture dorée à la taille. Sa chevelure rousse était attachée en une natte lâche lui retombant sur les épaules.

Le souvenir d'un tableau qu'il avait vu quand il était petit lui revint brusquement en mémoire : un chevalier et sa dame se rencontrant dans un escalier. Le visage de la femme était plongé dans l'ombre, celui du chevalier, plein d'une émotion tendre.

Cette image romantique détonnait complètement avec la chaleur bouillonnante qui agitait ses entrailles. Un mélange de désir, de frustration et de colère.

Les grands yeux bleus de Roz s'écarquillèrent en le reconnaissant. Ses lèvres rosées n'eurent même pas le temps de laisser échapper un cri ; il l'attira immédiatement dans ses bras et pressa ses lèvres contre les siennes.

Il oublia la tendresse, la délicatesse, tout ce qu'il avait appris dans l'art de la séduction. Andy ravagea la bouche de Roz, précipitant sa langue contre la sienne. D'une main gantée, il saisit sa natte pour la maintenir en place et continuer à l'embrasser.

Le petit cri qu'elle avait poussé sous ce soudain assaut se mua bientôt en un doux gémissement. Roz avait un délicieux de goût de fraise. Andy resserra son étreinte autour de sa taille. Il avait envie de la dévorer et de ne plus jamais s'arrêter.

Elle passa les bras autour de son cou et lui rendit son baiser avec fougue. Andy sentit son sang s'enflammer dans tout son corps. Il délaissa les lèvres de Roz pour couvrir de baisers la chair délicate de son cou.

Maudits costumes. Ils avaient décidément bien trop de vêtements sur eux.

Andy McTavish en chair et en os. Lorsqu'elle le vit, Roz crut d'abord rêver. Ou se trouver devant un fantôme. Elle avait passé suffisamment de temps à Charleville pour apprendre que ce château était réputé être le plus hanté d'Irlande et elle fut surprise par le nombre de gens du plateau qui déclaraient avoir vu quelque chose bouger dans la vieille tour.

Elle les avait ignorés. Elle avait connu assez d'horreurs bien réelles pour se préoccuper de stupides histoires de fantômes.

Pourtant, quand elle avait vu cette silhouette en cotte de mailles, avec un visage sorti tout droit de ses rêves les plus sombres, elle s'était demandé si elle ne perdait pas la tête. Andy McTavish avait toujours été raffiné et élégant, bien différent de ce soldat presque brutal, qui aurait pu sortir tout droit d'un de ses fantasmes.

Il monta vers elle, et elle sentit une odeur de sueur et de cuir huilé. Très virile. Il avait les yeux étrécis et les narines dilatées, tel un chasseur acculant son gibier.

Elle eut le sentiment d'être sa proie et, sur le coup, elle ne sut si elle devait courir vers lui ou loin de lui. Elle le fixa pendant quelques secondes, qui lui parurent une éternité, tandis qu'augmentait la tension entre eux.

Andy avança alors pour la prendre dans ses bras et l'embrassa. Sidérée, elle demeura immobile quelques instants. Puis, la chaleur de son corps, la pression de sa bouche percèrent ses défenses, et elle inspira profondément. Sans lui laisser le temps de réagir, il la tira par les cheveux, basculant sa tête en arrière pour pouvoir l'embrasser plus profondément.

La bouche d'Andy était chaude, intense, avec un goût de mâle affamé. Sa langue se colla à la sienne, ne lui laissant pas le choix.

Bon sang, cet homme savait embrasser ! Roz savait qu'elle ne devrait pas succomber, mais elle ne put résister à l'intensité et à la passion qu'il déversait sur elle. Elle lui passa les bras autour du cou afin de lui rendre son baiser et se perdit dans leur étreinte.

La réalité s'effaça autour d'eux, réduisant l'univers de Roz aux bras musclés qui l'entouraient.

Combien de temps ce baiser avait-il duré ? Elle l'ignorait, mais, soudain, des coups frappés à la porte de la tourelle retentirent un peu plus bas. Elle revint brusquement à la réalité.

Elle s'extirpa des bras d'Andy, essayant de reprendre son souffle comme si rien ne s'était passé.

— Qu'est-ce que tu fais ici ? demanda-t-elle.

Elle se trouvait une marche plus haut que lui, et n'avait donc pas à lever la tête pour le regarder dans les yeux.

— Je suis venu te chercher, répondit-il d'un ton dur, sans compromis.

L'espace d'un instant, elle crut que cela signifiait qu'il la désirait pour lui. Puis, elle retrouva la raison. Il ne s'agissait pas d'un homme venant chercher sa femme, mais d'un enquêteur recherchant un témoin. Interpol avait toujours un mandat en cours pour la retrouver. Ils avaient simplement envoyé quelqu'un d'autre pour ce faire. Ne comprenaient-ils donc pas que Hall allait la tuer avant qu'elle puisse témoigner ? Jamais elle ne retournerait là-bas, jamais.

— Ça craint. Je travaille ici. Je ne partirai pas.

— Je m'occuperai de toi.

Ces mots semblaient promettre davantage qu'une simple protection rapprochée. Et elle fut surprise de constater comme cela la tentait.

— Tu rêves.

Elle ne devait pas céder à la tentation.

— J'ai du boulot. Va-t'en et arrête de me harceler.

Elle ne s'attendait pas à ce qu'il lui sourie de la sorte. Une telle bouche, ça n'aurait pas dû être permis. Beaucoup trop tentante et provocante.

— Eh bien, moi aussi, j'ai du boulot, figure-toi. Sur ce tournage. Alors, je crois qu'on va se voir assez souvent.

Roz dévala l'escalier. Il fallait qu'elle s'éloigne de lui. Comment allait-elle faire s'il travaillait sur le tournage, lui aussi ?

Comme si elle n'avait pas suffisamment de soucis comme ça ! Elle était fauchée jusqu'à la prochaine paye. Frankie voulait l'embarquer dans un plan qui s'avérait assez tentant. Cheyenne avait des vues sur Frankie, et Hall était toujours à ses trousses. Maintenant, voilà qu'Andy McTavish débarquait et l'embrassait comme un fou. Elle se dirigea vers le coin des costumes pour se débarrasser de sa robe à l'ancienne. Comment les femmes pouvaient-elles porter des trucs pareils ? Surtout à une époque où il n'y avait pas de fermetures éclair et où les boutons étaient un luxe.

Cheyenne était dans le mobil-home, tremblante.

— Oh ! Roz, tu es là, Dieu merci. Je ne sais pas quoi faire.

Roz retira ses gants et commença à délacer sa robe.

— Qu'est-ce qui se passe ?

— Le réal veut que je me mette à poil dans la scène du lac.

Roz s'apprêtait à passer le lourd vêtement par-dessus sa tête et interrompit son geste.

— Et c'est un problème ?

— Oui.

Cheyenne serra les poings, l'air révolté.

— Tu as déjà fait des scènes de nu, pourtant, dans une série, dit Roz.

Elle ne se souvenait plus du nom de la série en question, mais elle se rappelait vaguement une scène dans un lit.

— C'était il y a des années ! Et puis, on était en studio, et c'était bien filmé pour qu'on ne voie ni mes cuisses ni mon cul.

Cheyenne faisait les cent pas, du moins, les trois que lui permettaient l'espace réduit du mobil-home avant de faire marche arrière.

— Et on n'a jamais parlé de ça dans le contrat.

Roz enleva sa robe et la tendit à la costumière. Vêtue seulement d'une culotte et de sandales, elle cherchait maintenant ses propres vêtements.

— Bon, et alors, quel est le problème. Qu'est-ce qu'il veut te faire faire, cette fois ?

— Il veut que j'avance nue dans le lac, que je nage, puis que je fasse une scène de sexe avec Jack.

Elle haussa la voix :

— As-tu idée de ce que ça représente ? On verra toute ma cellulite ; je ne pourrai rien cacher. Tout le monde verra mes horribles cuisses et mon gros cul.

— Tes cuisses sont très bien, dit Roz, à demi nue, avant de désigner son propre corps. Regarde-moi. On fait la même taille. Je porte tes fringues et elles me vont. Est-ce que je suis horrible ?

Cheyenne se calma un peu.

— Non, bien sûr que non. Tu es jeune et belle. C'est différent, à ton âge. Moi, je suis vieille et grosse.

— Mais bordel de merde !

Roz empoigna un jean.

— Arrête un peu ! Tu es une star hollywoodienne, parmi les plus belles. Des millions d'hommes rêvent de toi. Si tu ne me crois pas, demande donc à Frankie s'il te trouve vieille et grosse.

Mais Cheyenne s'était tue. Elle ressemblait maintenant à un personnage de dessin animé qui viendrait de se prendre un coup sur la tête.

— On fait la même taille. Tu l'as dit toi-même. Pourquoi ne tournerais-tu pas cette scène ? proposa-t-elle.

— Tu es folle ou quoi ? Je ne suis pas actrice, je ne peux pas faire ça.

L'idée de jouer réellement dans un film, et non d'être une simple doublure, était inenvisageable. Autant dire tout de suite à Hall où elle se trouvait. Pourtant, la détresse de Cheyenne la touchait. Elle avait beau se répéter que les gens devaient se débrouiller avec leurs problèmes, elle finissait toujours par se laisser entraîner.

Comment son père faisait-il ? se demanda-t-elle. Lui, il parvenait toujours à savoir ce que les gens voulaient pour l'utiliser contre eux, alors que Roz finissait toujours par les aider. Elle ne se réjouissait certes pas à l'idée de se mettre nue, elle non plus, mais cela ne la rebutait pas autant que Cheyenne.

L'actrice était visiblement ravie de son idée.

— Tu pourrais être ma doublure corps. Tu n'auras pas à jouer, juste à marcher nue dans le lac et nager un peu. On te maquillera pour me ressembler. Ce sera parfait. Et, bien sûr, ta paye sera carrément meilleure.

Voilà qui mit un terme aux hésitations de Roz. Elle ne cracherait pas sur un petit bonus. Après tout, peut-être que ça marcherait, avec pas mal de maquillage. En outre, se dit-elle avec un soupçon de malice, cela allait sûrement énerver Andy.

— OK. Je vais le faire.

11

Andy s'arrêta pour reprendre son souffle. La journée avait été encore plus éreintante que la veille. Frankie était pire qu'un sergent-instructeur, et l'on tournait chaque scène de combat encore et encore jusqu'à ce qu'il soit satisfait.

— C'est bon, on arrête, les gars. C'est moi qui offre les bières, ce soir.

Andy se délesta de sa cotte de mailles – il commençait à la détester – et la donna à l'aide-costumière afin qu'elle soit réparée pour le lendemain. Les autres hommes se changeaient en échangeant des plaisanteries. Tullamore était une ville assez animée pendant le week-end, mais il n'avait aucune envie d'aller chercher une autre femme.

Il avait à peine vu Roz durant ces vingt-quatre dernières heures, mais, ce soir, ça allait changer. Si Frankie était de sortie, il pourrait peut-être passer enfin un peu de temps avec elle.

— Tu ne viens pas avec nous ? lui lança Frankie en se dirigeant vers la porte.

— Non. Je pense que je vais rester ici pour voir ce qui se passe dans le château.

— Mauvaise idée, mon gars, le plateau est fermé, ce soir. Accès uniquement au personnel autorisé. Jack Winter tourne une scène d'amour, et ils ne veulent pas qu'on retrouve une vidéo sur YouTube avant la sortie du film.

— Oui, j'imagine, répondit Andy en riant.

Jack ne reculait devant rien, et il bossait comme une escouade de rangers pour se maintenir au top de sa forme. Avoir un coach personnel était une nécessité pour lui.

— Tu aurais dû voir la tête de Roz, ce matin, quand on lui a dit qu'elle allait devoir s'attifer en meringue.

— En meringue ?

Andy releva brusquement la tête.

— Oui, tu sais, avec perruque, falbala et…

— Je vois l'idée, mais en quoi est-ce que ça concerne Roz ?

— Tu n'es pas au courant ? Cheyenne et Mike se sont pris la tête hier soir. Elle trouve la scène trop explicite et a refusé en bloc de la tourner. Roz va la faire à sa place.

— Elle va faire quoi ?

Mais Frankie était déjà parti. Andy attrapa une veste noire matelassée sur le dossier d'une chaise. Elle arborait les lettres jaunes du mot « staff ». Cela devrait suffire à lui permettre de passer le contrôle.

Tout était calme aux alentours du château, mais Andy distingua des lumières, un peu plus loin. Apparemment, on tournait à proximité du lac. Il prit une trousse à outils et emprunta le chemin traversant les bois.

Les gars de la sécurité se redressèrent en le voyant approcher.

— Le plateau est fermé.

— Je sais.

Andy souleva sa trousse à outils.

— J'ai reçu un coup de fil de Matt. La prise de son déconne.

— Dans ce cas, tu ferais bien de te dépêcher.

Soulagé, Andy courut rejoindre le lieu du tournage.

Malgré la chaleur des projecteurs, la soirée était fraîche. Enveloppé dans un épais peignoir par-dessus son costume, Jack Winter buvait un café bien chaud tout en discutant de la scène avec Mike. Roz n'était pas en vue.

Abbie Marshall était assise dans un coin du plateau. Andy sourit. Il savait que Jack était fou de cette journaliste new-yorkaise, mais sa présence sur le tournage ne cessait d'alimenter les rumeurs.

Abbie vient faire la voyeuse chaque fois que Jack tourne une scène chaude. Andy voyait déjà presque les titres dans la presse du lendemain.

Il posa sa trousse à outils et se trouva un coin près du staff qui prenait le son.

La porte d'un petit mobil-home s'ouvrit, et Roz en sortit. Elle portait une perruque et avait été maquillée pour ressembler à Cheyenne. De loin, il aurait été impossible de les différencier. Son long peignoir sombre était beaucoup trop grand pour elle ; elle le serra autour d'elle, essayant de se réchauffer. À côté de Jack, elle semblait fragile et minuscule.

Andy hésita entre rester ou partir. Il était encore ébranlé après le baiser échangé dans l'escalier, mais n'avait guère envie de voir Roz nue en même temps que toute une bande de types. Le réalisateur s'écarta, et Jack et Roz échangèrent un signe de la main avant que Jack ne s'éloigne entre les arbres bordant le lac.

Une aide-costumière s'engagea vivement sur le plateau et, après un quart de seconde d'hésitation, Roz dénoua son peignoir et le lui tendit. Près d'Andy, un technicien son étouffa un sifflement. Surtout ne pas s'énerver.

Roz était magnifique. Elle était élancée, avec de longues jambes et des seins étonnamment pleins, un ventre plat et musclé et un fessier bien rond. La vue de ses tétons pointant dans l'air glacial lui donna une érection immédiate.

Il en avait le souffle coupé. Depuis longtemps, il avait imaginé ce moment, mais sans rendre justice au corps de Roz. L'eau lui vint à la bouche devant ces seins fermes aux mamelons semblables à des fraises. Il avait envie de les sucer jusqu'à ce qu'elle en tremble. Puis… Il préféra étouffer le reste de ses fantasmes.

Les lumières se tamisèrent, et la machine à fumée envoya une légère brume sur l'eau. Le silence se fit sur le plateau. Andy sentit une vague de possessivité monter en lui. Il avait envie de frapper tous les hommes qui la regardaient, et tout particulièrement Jack Winter.

— Action !

Roz avança dans le lac en se déplaçant lentement jusqu'à ce que l'eau lui arrive à la taille. Elle se tourna alors vers la caméra et commença à se laver doucement, laissant ses paumes s'attarder sur ses seins parfaits.

Andy réprima un grognement tandis que son sexe durcissait encore. Il se demanda s'il était le seul à être excité sur le plateau.

Roz s'immergea dans l'eau avant d'en ressortir quelques instants plus tard, ses longs cheveux se détachant en mèches mouillées sur la peau claire de sa poitrine.

Bon sang, ce spectacle allait le tuer. Elle était aussi captivante qu'une sirène.

— Gormflaith, fit soudain la voix de Jack au-dessus du lac.

— Mon époux, répondit Roz avec un léger tremblement dans la voix.

Andy déglutit. Pourquoi ce simple mot le mettait-il dans un tel état ? La scène serait ensuite doublée avec la voix de Cheyenne, mais l'invitation que recelait cette unique réplique lui donna envie de se ruer dans l'eau pour enlever Roz de là. Jack laissa tomber sa cape et retira la ceinture qui portait son épée. Le reste de ses vêtements ne tarda pas à tomber également, et il s'engagea dans l'eau, impatient de rejoindre sa jeune épouse.

Le contraste entre le héros musclé et bronzé et la jeune femme pâle et tremblante était saisissant. Sous le sourire approbateur du réalisateur, Jack prit Roz dans ses bras et serra contre lui son corps nu et mouillé. Leur baiser passionné dura bien trop longtemps au goût d'Andy. Ce mec n'était quand même pas obligé d'en rajouter ? Abbie Marshall se tortilla sur sa chaise. Il était prêt à parier que Jack allait payer pour ce baiser, tout à l'heure.

À moins que Jack ne le fasse justement pour émoustiller sa femme. Le moins qu'on puisse dire, c'est que tous les mâles du plateau devaient être bien émoustillés, eux aussi, à l'heure actuelle.

Jack finit par prendre Roz dans ses bras pour la sortir de l'eau.

— Coupez ! Super prise, bravo. On fait la scène de la cape, et c'est bon pour ce soir.

L'assistante costumière vint envelopper Roz dans un peignoir, et quelqu'un lui tendit une boisson chaude. Andy eut envie de frapper quelque chose en voyant ses mains blêmes tremblantes et bleuies par le froid.

Jack s'épongea et enfila lui aussi son peignoir avant d'aller discuter brièvement avec le metteur en scène. Le plateau redoubla d'activité ; on venait d'y allumer un feu sur la rive du lac. Les assistants installèrent une couverture sur le sol humide avant de déposer la cape de Jack par-dessus. Au bord de l'eau, on déshabilla les deux acteurs pour leur passer un mélange d'huile et d'eau sur le corps. Roz rit nerveusement quand Jack la souleva dans ses bras.

— Sois sage, la taquina-t-il.

Andy aurait voulu se verrouiller les paupières quand le réalisateur lança le début de la scène, mais il ne put s'empêcher de regarder. Les corps nus à la lueur du feu, les mains et la bouche de Jack sur la peau de Roz, l'expression passionnée de son visage comme il s'impliquait à fond dans la scène.

Si le réalisateur ne criait pas bientôt « Coupez ! », Andy le ferait à sa place. Son érection furieuse lui faisait presque mal. Il était dans une colère noire et plus excité qu'il ne l'avait jamais été de toute sa vie. Comment avait-elle pu le mettre dans cet état ? Il ne savait plus s'il avait envie de tuer Roz ou de la baiser comme un fou.

— Super, les enfants. C'était chaud bouillant.

La voix du réalisateur avait du mal à dissimuler sa jubilation.

Jack se leva et aida Roz à enfiler son peignoir avant de mettre le sien. Il lui murmura les mots « Bon boulot » avant de déposer un baiser presque fraternel sur son front.

C'en était trop. Andy s'empara d'une pile de serviettes et se précipita vers Roz. Elle se tourna brusquement pour éviter un technicien qui venait éteindre le feu, et ils faillirent se percuter.

— Merci, murmura-t-elle en prenant les serviettes avant que ses yeux ne s'écarquillent en le reconnaissant.

Elle avait les joues rouges, les lèvres roses et encore humides de l'étreinte avec Jack.

Andy lutta contre l'envie de la jeter dans le lac pour laver d'elle toute trace de cet autre homme.

— Il te faut une bonne douche chaude, lui dit-il.

— Ça va. Je…

— Tout de suite.

Elle ouvrit, puis referma la bouche devant la fermeté de son intonation.

Andy regarda autour de lui. Les Jeep qu'utilisait le staff du plateau étaient garées le long du chemin, et il savait que la plupart avaient les clés sur le contact. Ignorant les protestations de Roz, il la poussa dans le véhicule le plus proche. Il fit rugir le moteur et s'engagea dans les bois à toute vitesse.

Andy s'arrêta devant le château. Il fit le tour pour ouvrir la portière de Roz et lui tendit la main.

— Mais enfin, qu'est-ce que tu… ?

Il la réduisit au silence en l'embrassant et continua de l'embrasser jusqu'à ce que son corps se laisse aller contre le sien. Il glissa alors une main sous le peignoir et caressa l'un de ses seins, puis il lui pinça le mamelon, lui arrachant un gémissement.

Il fallait qu'ils soient seuls avant qu'il ne perde totalement le contrôle. Andy réfléchit rapidement. Il ne pouvait prendre le risque de retourner à la caravane qu'elle partageait avec Frankie, mais, au château, il y avait un lit dans la chambre de la tour. Il passa un bras sous ses genoux et la sortit de la Jeep.

D'une épaule, il percuta la porte du château, qui s'ouvrit dans un craquement. Il la referma derrière eux d'un coup de pied, se dirigea vers le grand escalier, puis en direction du couloir menant à la tour est.

— Tu es fou ou quoi ?

— Absolument, c'est officiel, approuva-t-il en poussant la dernière porte avant de déposer Roz sur le lit.

Tous deux respiraient bruyamment. Bon sang, il manquait vraiment d'exercice s'il ne pouvait même plus porter une femme sur quelques volées de marches !

Elle avait les joues rouges, et ses yeux brillaient dans la faible lumière filtrant par les vitraux. Andy enroula une poignée de ses cheveux autour de son poing et lui pencha la tête pour prendre sa bouche. Cette fois, il se maîtrisa et l'embrassa avec tout son savoir-faire, lui arrachant de petits gémissements. Roz se cambra contre lui spontanément, effleurant ses seins contre sa poitrine. Il se dégagea d'elle dans un grognement.

— À la douche, ordonna-t-il.

— Quoi ? Tu plaisantes ? Tu ne peux pas commencer et tout arrêter comme ça !

La Roz qu'il connaissait était de retour, mais plutôt mourir que de poser une main sur elle avant que toute trace de Jack Winter ne soit effacée de son corps.

Il se débarrassa de ses vêtements et les laissa tomber à terre. On avait aménagé une minuscule salle de bain dans un coin de la chambre de la tour, où il y avait à peine assez de place pour deux.

Il vérifia la température de l'eau qui coulait au-dessus de la baignoire. Elle était tiède, mais toujours plus chaude que celle du lac. Andy poussa Roz sous l'eau, ignorant ses protestations, et écarta les cheveux de son visage.

— Seigneur, tu es magnifique.

Elle le fixa, visiblement tiraillée entre le désir et l'incrédulité. Comment pouvait-elle douter de sa beauté ? Quels abrutis d'amants avait-elle fréquentés et qui ne le lui avaient pas dit ?

Entre deux baisers, il lui lava les cheveux et commença à la savonner. Quelque chose atterrit entre eux dans la baignoire, et Roz partit à rire.

— Je crois que j'ai perdu ma meringue.

Andy rit aussi et épongea ses longs cheveux ; ce faisant, il se rappela la perruque qu'elle portait lorsqu'il l'avait rencontrée. Roz était déguisée. Elle se cachait. À un moment, il faudrait qu'ils parlent du meurtre de Paris et des raisons de sa cavale prolongée.

Mais pas ce soir.

— Et le reste de mon corps ? interrogea-t-elle comme il lui enlevait la serviette des mains.

Andy lui donna un nouveau baiser langoureux et lui sourit.

— Je vais te sécher avec ma langue.

La peau d'albâtre de Roz était un festin, un territoire inconnu qu'il avait hâte d'explorer. Il embrassa et lécha le moindre centimètre carré de ses bras et s'arrêta pour goûter ses seins avant de descendre vers son ventre musclé.

Curieux, il lui demanda :

— Tu fais quoi, comme sport ?

— Du *parkour.*

Elle gémit quand il découvrit un autre point délicieusement sensible.

— Arrête tes questions et embrasse-moi.

— Oui, madame.

Andy l'allongea au bord du lit et titilla de nouveau le point sensible, la faisant encore gémir.

Il s'arrêta entre ses cuisses, qu'il écarta de ses épaules. Il ne comprendrait jamais les hommes qui n'aimaient pas les cunnilingus. Ils devaient être fous.

Le premier coup de langue, long et lent, faillit la faire bondir du lit. Andy ignora ses murmures gutturaux et lécha encore, plus profondément, s'attardant sur son clitoris.

— Oh oui ! Oh mon Dieu !

Ses petits cris étouffés le motivèrent encore plus. Il était prêt à parier que personne ne s'était vraiment occupé d'elle depuis longtemps. Andy prit le tendre bouton du clitoris entre ses dents et mordilla doucement.

Le premier orgasme de Roz surgit de nulle part, et son cri aigu ravit Andy. Elle le prit par les cheveux, l'implorant d'arrêter. Il l'ignora et continua d'œuvrer avec sa langue et ses lèvres jusqu'à ce qu'une deuxième vague la submerge brutalement, balayant tout sur son passage.

Andy attendit qu'elle cesse de trembler avant de relever la tête.

— Comment…, comment as-tu… ?

Elle leva péniblement la tête.

Son expression confuse emplit Andy de fierté.

— Je ne fais que commencer, ma belle.

Il avança au-dessus d'elle, s'arrêta en chemin pour taquiner ses seins et l'embrassa de nouveau, lui faisant goûter son propre musc. Son sexe était dur comme un piquet. S'il ne la prenait pas bientôt, il risquait de se déshonorer. Elle gémit.

— Retiens cette idée, lui dit-il en descendant du lit.

Il commençait à faire trop sombre ici, avec un vague clair de lune pour toute lumière, mais il ne voulait pas allumer de lampe.

Il avait remarqué un bougeoir sur l'une des cheminées, tout à l'heure, et il pria pour que des allumettes se trouvent à proximité. Sa prière fut exaucée. La lueur de l'unique bougie projeta des ombres noires dans la pièce. Il approcha du lit la flamme chancelante.

Il ne la flattait aucunement quand il lui disait qu'elle était belle. Ses cuisses étaient une véritable invitation au péché. Une invitation qu'il ne pouvait refuser.

Protection. Une partie rationnelle de son cerveau fonctionnait encore, et il chercha son jean. Il y trouva son portefeuille et sourit. Trois préservatifs. Cela devrait suffire, mais il faudrait trouver une pharmacie demain.

Roz roula sur le côté pour le regarder et tapota le lit pour l'inviter à s'approcher. Il posa le bougeoir par terre et la rejoignit.

— Tu es…

— Si tu dis encore que je suis belle, je te mords.

Andy rit doucement.

— Vicieuse, à ce que je vois ?

Elle lui lança un regard de défi.

— Tu ne peux même pas imaginer.

Avec une rapidité qui le surprit, elle passa alors au-dessus de lui, et Andy se retrouva cloué sur le lit. Il résista à l'envie de riposter et attendit de voir ce qu'elle allait faire. Les petites mains de Roz lui caressèrent la poitrine, le ventre, tandis qu'elle souriait de contentement. Elle descendit ensuite le long de son torse jusqu'à se trouver au-dessus du pieu dressé.

— Capote.

Elle tendit la main.

— Seulement si tu demandes gentiment.

— S'il te plaît, chéri, donne-moi un préservatif.

Elle sourit devant sa gêne.

La garce. Elle allait payer pour ça, songea Andy. Mais, pour l'heure, il devait se concentrer pour se contrôler quand elle le touchait. Elle glissa sur le lit pour s'asseoir entre ses cuisses. Ses mains fraîches le caressèrent doucement. Andy serra les dents. *Retiens-toi. Ne jouis pas.* Comme si elle comprenait le soudain rapport de forces entre eux, Roz prit son temps pour dérouler le préservatif sur sa verge raide. Décidément, elle voulait le tuer. Il tapota le lit à côté de lui.

— Allonge-toi, dit-il.

— J'aime être au-dessus, objecta-t-elle.

— J'imagine, mais allonge-toi quand même.

Roz l'ignora et s'agenouilla au-dessus de lui, son sexe offert à quelques centimètres seulement de son gland turgescent. Elle leva les bras au-dessus de sa tête et entama une danse sensuelle, tout en ondulation et balancement, sans le quitter des yeux un instant.

Il avait envie de la fesser. Non. Il garderait ce plaisir pour plus tard. Au lieu de cela, il se redressa et l'attrapa d'une main par les poignets avant de basculer avec elle.

Elle le fixa, le souffle coupé. Ses yeux bleus pétillaient de joie.

— Tu n'as pas dit « s'il te plaît ».

Andy pencha la tête et lui mordilla le sein.

— Ça, c'est pour m'avoir rendu dingue.

Il appliqua le même traitement au deuxième sein.

— Et ça, c'est pour avoir failli me donner une attaque quand tu as sauté du haut de la tour.

Il lui écarta les cuisses avec ses genoux. Il allait mourir s'il ne la prenait pas rapidement. Il prit la base de son sexe dans une main et en frotta l'extrémité contre sa moiteur. Il n'allait pas faire long feu. Pas la première fois, en tout cas.

Il craqua en la voyant se passer la langue sur les lèvres. En un coup de reins, il s'engouffra dans la chaleur moite et accueillante de Roz.

Roz n'arrivait plus à respirer. Le moindre atome de son corps était focalisé sur le sexe qui venait de la pénétrer.

Elle croyait y être préparée. Elle se sentait tellement prête qu'elle avait cru qu'il pourrait faire ce qu'il voudrait et que ce serait l'agréable prolongement de ce qui avait précédé. Sauf que, maintenant, elle avait du mal à respirer.

Elle était emplie, empalée, envahie. Et Dieu sait si c'était bon. Andy McTavish s'était engouffré profondément en elle, et elle aurait voulu que cela ne cesse jamais. Tous ses nerfs frémissaient, et de petites étincelles de plaisir dansaient sous sa peau.

— Ça va ? demanda-t-il.

Étourdie, elle ouvrit les yeux, le découvrant dressé au-dessus d'elle tel un conquérant.

Elle tenta de rassembler ses esprits pour lui répondre. Pourquoi diable voulait-il parler ?

— Oui, haleta-t-elle.

Elle se tortilla, cambrant son corps contre le sien.

— Bouge, maintenant !

Il rit, et ce simple mouvement l'emplit de nouveaux frissons. Juste ciel, ça ne devrait pas être permis.

Il actionna alors ses hanches en un mouvement de va-et-vient qui enflamma encore plus le corps de Roz. Il était doux, contrôlé, quoique pas encore assez rapide. C'était la torture la plus exquise qu'elle ait jamais subie.

— Encore !

Elle enroula ses jambes autour de ses hanches et enfonça les talons dans ses fesses. Ils n'allèrent pas bien loin tant les muscles étaient durs, mais Andy rit doucement.

— Vos désirs sont des ordres.

S'il y avait là la moindre trace d'ironie, elle l'ignora. Elle ne pensait qu'à la chaleur et à la plénitude qui la retenaient captive. Elle avait déjà joui deux fois, ce qui était plus qu'à l'accoutumée, mais elle sentait que, s'il n'accélérait pas pour la faire décoller une nouvelle fois, elle allait le tuer.

— Maintenant.

Elle l'attira vers elle pour l'embrasser. Le tenant par les cheveux pour le maintenir en place, elle mêla sa langue à la sienne et lui montra ce qu'elle voulait qu'il fasse. Le goût de son propre suc sur ses lèvres aurait dû la repousser, mais ce fut le contraire. Il lui fit l'effet d'un aphrodisiaque qui la propulsa encore plus haut.

Elle en était réduite à le supplier.

— S'il te plaît.

Ces mots firent l'effet d'un détonateur. Il relâcha son contrôle et plongea en elle plus vite et plus fort, lui faisant bientôt perdre la tête. L'univers de Roz se réduisait désormais à l'odeur d'Andy, au contact de sa peau, au bruit de leurs corps l'un contre l'autre et à sa chaleur en elle.

Alors qu'elle pensait mourir s'il continuait plus longtemps, un ultime coup de reins eut raison d'elle. La tension se libéra avec tant de force qu'elle se demanda si elle allait y survivre, puis elle se laissa submerger par d'interminables vagues de plaisir.

Elle crut entendre Andy crier à son tour juste après elle.

12

La bûche crépita dans le feu, et Roz ouvrit lentement les yeux. Elle se sentait comme une poupée de chiffon. Depuis combien de temps n'avait-elle pas été détendue à ce point ? Les nombreuses douleurs, contusions et égratignures de son corps renforçaient cette douce sensation de flottement.

Elle fit l'effort de tourner la tête. Andy était là, il lui souriait. Trop content de l'avoir réduite à l'état de chiffe molle. Il ne manquerait pas de l'embêter avec ça. Plus tard. Quand elle aurait retrouvé de l'énergie.

— Comment tu te sens ? demanda-t-il, cherchant le compliment.

Elle avait envie de ronronner comme un chat, mais ne comptait pas flatter son ego.

— Je crois que je suis réchauffée, maintenant.

Le feu allumé dans la cheminée de la chambre de la tour imprégnait la pièce de sa chaleur. Un beau tas de bois était posé près de l'âtre, leur assurant de longues heures de confort si nécessaire. L'immense lit sur lequel ils étaient couchés était recouvert d'un velours à fils d'or et aux couleurs intenses, probablement cousu à la main. Il était d'un luxe indécent, mais pas aussi doux que la peau d'Andy. Elle posa la tête sur sa poitrine et écouta les battements de son cœur. Si fort et solide. Rassurant.

Hypnotisant. Comment s'était-elle retrouvée au lit avec cet homme ? C'était comme un fantasme, quelque chose d'irréel à quoi elle ne pouvait s'abandonner sans avoir à en envisager les conséquences. Mais, pour l'instant, Andy McTavish était à elle.

— Ça va, bébé ? insista-t-il.

Ah oui. Il voulait savoir comment elle se sentait.

— Pas mal, dit-elle en se léchant les lèvres et en le regardant suivre le mouvement de sa langue. C'est une excellente façon de se réchauffer. Je m'en souviendrai, la prochaine fois que je devrai faire une scène déshabillée.

Elle n'allait quand même pas le laisser se reposer sur ses lauriers.

Bien joué. Andy se redressa sur ses coudes, l'air outré.

— La prochaine fois ? Quelle prochaine fois ?

— Le réal était ravi de la scène, et je sais que Cheyenne n'aime pas faire ce genre de choses ; alors, il y en aura sûrement encore d'autres.

Fascinée, elle regarda les yeux d'Andy se plisser et ses narines se dilater. En un clin d'œil, il passa du lion détendu et repu à un prédateur affamé.

— Il n'y aura pas de prochaine fois. Tu ne feras plus de scènes déshabillées.

Il annonça cela comme s'il s'attendait réellement à ce qu'elle lui obéisse.

— Et surtout pas avec Jack Winter.

C'était maintenant à Roz d'être outrée.

— Pour qui te prends-tu, à me dire ce que j'ai le droit de faire ou non ? Tu n'es pas mon père.

— Dieu merci, répliqua-t-il avec un regard mauvais en direction du lit froissé où ils avaient fait l'amour.

Non. Où ils avaient baisé. Ç'avait été formidable, mais elle ne devait pas se leurrer. Ce n'était sûrement pas ce qu'on appelait faire l'amour.

C'était Andy McTavish. La tentation incarnée, un irrésistible spécimen de séduction masculine. Le simple fait de regarder son visage faisait battre le cœur de Roz. Son odeur épicée lui faisait chaud entre les jambes. Sa voix, avec ce délicieux accent, lui donnait la chair de poule. La moindre parcelle de son corps demandait à être léchée. Mais elle avait vu la manière dont il draguait toutes les femmes qu'il croisait à Genève. Il y avait même eu une rumeur sur sa relation avec la princesse Samara Shaloub Safar, à Paris. Cet homme ne serait jamais à elle. Il ne fallait pas l'oublier.

— Je te le redis, Roz : plus de scènes déshabillées.

Toute léthargie avait disparu. Il ne plaisantait pas.

— Tu délires ou quoi ? Qu'est-ce qui te fait croire que je vais obéir à tes ordres ?

Il afficha une expression déterminée.

— Tourner une autre scène de ce genre susciterait trop d'intérêt dans les médias. Tu dois faire profil bas. Je suis ici pour te protéger jusqu'à ce qu'Interpol…

Comment avait-elle pu être aussi bête ? Andy McTavish était un séducteur. Il se servait du sexe pour arriver à ses fins. Piéger la fille et la mettre en détention provisoire. Eh bien, il était hors de question qu'elle retourne là-bas. Hall la tuerait.

— Oublie ça.

Roz sortit du lit et s'aperçut qu'elle avait les jambes flageolantes. Luttant contre les tremblements de ses genoux, elle chercha ses vêtements. Il fallait qu'elle sorte d'ici.

— Roz, sois raisonnable. Reviens au lit, on parlera de tout ça demain matin.

Le sourire charmeur était de retour, la colère, envolée, mais elle ne retomberait pas dans le panneau.

— Raisonnable ? Franchement, tu crois vraiment

qu'en couchant avec une femme, tu pourras lui faire faire ce que tu veux après ? Tu n'es qu'un salopard !

Andy se leva, prêt à poursuivre la dispute ; elle tira alors vers elle le couvre-lit en velours et s'en enveloppa. Le tissu était imprégné de l'odeur d'Andy, ce qui la troubla et renforça sa détermination à la fois. Elle ne ferait pas partie de la longue liste des femmes qui succombaient à son charme.

— Tu es un bon coup, je te l'accorde. Apparemment, des années d'entraînement, ça paye.

Elle le regarda droit dans les yeux.

— Si tu allais plutôt faire une encoche de plus dans ton tableau de chasse et continuer à t'entraîner avec quelqu'un d'autre ?

Sans lui laisser le temps de répondre, elle traversa la pièce et descendit l'escalier en bois pour rejoindre la porte d'entrée du château. Elle ne portait peut-être qu'un couvre-lit, mais elle gardait la tête haute, refusant de lui montrer sa déception.

Consciente qu'Andy avait enfilé un jean et courait maintenant derrière elle, elle trotta jusqu'à la caravane qu'elle partageait avec Frankie. Risquant un coup d'œil par-dessus son épaule, elle vit qu'il était torse nu et n'avait même pas pris le temps de boutonner son jean.

Elle frémit. Même après qu'elle eut goûté à ce corps de rêve, il avait le pouvoir de bloquer en elle toute pensée rationnelle. Ses épaules étaient larges, avec des muscles saillants sous sa peau hâlée. Comment un Irlandais pouvait-il avoir un tel bronzage ? se demanda-t-elle histoire de penser à autre chose. Un léger duvet ombrait sa poitrine et se prolongeait en une fine bande descendant sur les muscles sculptés de son ventre. Pour des abdos, ça, c'étaient des abdos. Une vraie tablette de chocolat. Elle mourait d'envie d'y revenir pour en compter les carrés.

Le salopard.

Cette adorable bande de poils disparaissait dans son jean, qui bâillait de façon fort tentante. En un geste, elle pourrait le baisser, mettre les mains sur ce cul parfait… Non, stop ! C'est devant elle qu'elle devait regarder.

Roz ouvrit la porte et, prête à tout pour échapper au mâle enragé qui la poursuivait, sauta presque dans la caravane.

— Tout va bien ?

Frankie releva les yeux de la paperasse sur laquelle il travaillait.

Roz eut un bref élan de compassion pour le pauvre comptable qui devrait déchiffrer ses pattes de mouche pour savoir quel figurant avait travaillé combien de temps.

— Cheyenne est passée. Elle te cherchait.

Avant qu'elle puisse répondre, la porte de la caravane s'ouvrit de nouveau. Instinctivement, Roz se rapprocha de Frankie, qui se leva, prêt à la défendre.

Andy se planta devant eux, tel un prédateur prêt à reprendre sa proie pour en finir avec elle. Il les considéra tour à tour, les yeux plissés.

— D'accord. C'est donc ça.

Il posa les yeux sur Roz.

— Quand je pense…

Il ne termina pas sa phrase. À la place, un rictus vint lui tordre les lèvres.

— Tu te rends compte qu'il a presque deux fois ton âge, n'est-ce pas ?

Roz resta interloquée devant le sous-entendu. Frankie était comme un père pour elle. Comment Andy osait-il dire une chose pareille ?

— Mais je suppose que c'est davantage ton genre. Vieux et obéissant. Bonne chance avec celui-là. Surtout, fais-toi bien payer d'avance.

Sur ce, Andy claqua la porte et s'éloigna à grands pas. Par la fenêtre de la caravane, elle le regarda disparaître dans le noir.

Frankie retira ses lunettes.

— Tu veux me dire ce qui s'est passé ?

— Non.

Roz prit soudain conscience qu'elle était nue sous le couvre-lit. Ce qui venait de se passer était assez évident. Elle attrapa quelques vêtements et s'enferma dans la salle de bain miniature. Elle ne pleurerait pas. Elle ne pleura pas. Elle ne pleurait jamais.

Andy ferma son jean en retournant vers le château. Il avait la tête qui tournait. Que lui arrivait-il ? Même en pleine fureur, son esprit analytique lui repassait les événements de la soirée, et il grimaça en se rappelant sa jalousie dévorante et son désir incontrôlable. Il avait pratiquement kidnappé Roz sur le plateau. Quel sort lui avait donc jeté cette maudite femme ?

Andy Campbell McTavish ne perdait pas son self-control. C'était un joueur. Il dirigeait le jeu et décidait du moment où il prenait fin. Il aimait les femmes et prenait soin de la plupart de celles qu'il fréquentait, mais il ne faisait jamais de scène. Et il ne touchait jamais la femme d'un autre – sauf pour une mission.

Cet homme à demi nu dehors par une froide nuit de printemps, ce n'était pas lui. Roz Spring était une sorcière, une ensorceleuse. Qu'elle aille au diable !

Un morceau de gravier particulièrement pointu s'enfonça dans son pied. Il songea qu'il devrait retourner là-bas et mettre les choses au clair ce soir. Mais il ne le pouvait pas. Il avait besoin de réfléchir. Marchant plus prudemment, il retourna au château et monta à la chambre de la tour. Le feu crépitait toujours dans la cheminée, et l'atmosphère sentait encore l'amour.

Andy s'assit sur le lit et prit sa tête entre ses mains.

Réfléchis, mon gars. Réfléchis.

Une goutte de sang perla à son pied, tachant le parquet. Merde, il s'était coupé. Il se dirigea vers la salle de bain pour nettoyer la plaie. Un petit sourire amer lui vint en voyant la perruque détrempée au fond de la baignoire. Plus il fréquentait les femmes, plus il croyait tout savoir sur elles.

Jusqu'alors, il avait abordé ses relations avec les femmes comme une partie d'échecs, calculant ses déplacements et sa stratégie. Lorsqu'il était en mission, tout était soigneusement calculé. Jamais il n'avait été mis échec et mat de la sorte, et, pour tout dire, cela lui faisait un mal de chien.

Andy expira à fond et ferma le robinet. Roz n'était pas un jeu. C'était une sirène, et elle avait réussi à l'envoûter. Les messages échangés, tout son petit manège de séduction pour l'attirer dans ses filets s'étaient retournés contre lui. Il s'était attaché à elle.

Il pensait à elle tout le temps. Sans qu'il comprenne comment, ce qui avait commencé comme une mission avait fini par devenir réel, et voilà que, pour la première fois de sa vie, il ne savait pas quoi faire. Andy s'essuya le pied et revint dans la chambre en boitillant. Sa chemise était encore par terre, près du peignoir que Roz portait sur le plateau de tournage.

Il le ramassa, le pressa contre son visage et ferma les yeux.

— Tu n'es qu'un petit joueur, McTavish.

Il s'efforça d'oublier leur séance de sexe pour se concentrer sur ce qu'elle lui avait dit.

« *Salopard.* »

« *Une encoche de plus sur ton tableau de chasse.* »

Des mots blessants destinés à le repousser. Mais pourquoi ? Le sexe entre eux avait été époustouflant, quoique Roz puisse en dire. Elle avait décollé en quelques minutes seulement. Quels amants minables avait-elle eus jusqu'alors pour ne pas savoir qu'elle était belle ou qu'elle pouvait jouir autant ? Il désespérait parfois du genre masculin. Quelle bande de mufles !

Le souvenir de Roz essoufflée et tremblante suite à son dernier orgasme le bouleversait. Andy se repassa la scène dans sa tête. Bon sang, elle était vraiment splendide ! Il n'y avait pas eu de jeu ou d'artifice ; elle était naturellement sexy. Et ces petits bruits qu'elle faisait quand il... Son sexe se dressa de nouveau. Il baissa les yeux pour le regarder d'un air contrit.

— On est mal, hein ?

Andy retira son jean et se glissa entre les draps. Ce soir, il ne voulait pas retourner au mobil-home qu'il partageait avec les autres hommes. En outre, Fletcher risquait de l'y attendre avec une épée pour lui couper les couilles.

Fletcher. Il songea soudain à quelque chose. Il aurait juré que Fletcher en pinçait pour Cheyenne. Et pourquoi diable partageait-il une caravane avec Roz ? Il eut envie de l'étrangler en y pensant.

Si sa femme était rentrée chez eux couverte d'un simple drap, Andy aurait fait la peau du type concerné. Or, Frankie Fletcher n'avait pas bronché ; ce n'était pas une réaction normale.

Il y avait quelque chose entre eux, mais ils n'étaient probablement pas ensemble.

Il se tourna dans le lit pour prendre son téléphone. Il devait y avoir quelqu'un d'astreinte au QG de Moore. Andy composa le numéro et attendit.

— Reilly ? Tu fais des nuits, maintenant ?

Tara bâilla.

— L'un des gars a eu une intoxication alimentaire. Qu'est-ce qui t'amène à une heure pareille ?

— Je voudrais que tu fasses une recherche sur un certain Frankie Fletcher. Je ne sais pas dans quelle branche, mais c'est un ancien militaire. Il est conseiller technique sur des tournages de cinéma. Spécialisé dans les armes anciennes, ce genre de trucs.

— OK. Je vais regarder ça.

Elle raccrocha et Andy retourna au lit. Il fallait qu'il dorme avant la grande scène de bataille du lendemain. Après ça, il parlerait à Roz et tirerait les choses au clair.

13

— Écoutez-moi, bande de margoulins !

La voix tonitruante de Frankie résonna au-dessus de la marée d'hommes et de femmes attendant les instructions.

— Cette scène est l'une des plus importantes du film ; alors, il va falloir tout donner. Je veux vous voir vous battre comme des enragés. Je veux voir les épées valser, les lances se ficher dans leurs cibles, et vous en train de mourir dans d'atroces souffrances. C'est bien clair ?

— Oui, chef, marmonnèrent quelques acteurs à l'avant de la foule.

— J'ai dit : est-ce bien clair ? rugit Frankie.

— Oui, chef !

— OK, alors, à vos positions, et bonne chance à tous.

La foule se dispersa, et Andy se retrouva avec une poignée de combattants qui jouaient des plans rapprochés.

— Vous cinq, on a besoin de vous pour une scène sur les remparts. Andy, viens avec moi.

— Eh merde ! maugréa Andy dans sa barbe.

Peut-être s'était-il trompé sur leur relation, finalement.

Frankie lui lança un regard indéchiffrable.

— Tu n'auras pas besoin de cotte de mailles ce matin. J'ai autre chose de prévu pour toi.

Quoi que Frankie ait en tête, ça risquait de ne pas être agréable.

— Par ici.

Frankie se dirigea vers le plateau où les charpentiers avaient reconstitué un village local. L'histoire voulait que le village soit pris par des envahisseurs après un féroce combat. Ce serait l'une des scènes les plus sanglantes du film, avec beaucoup de risques de blessure.

Frankie était un sacré malin. Andy l'avait sous-estimé. Il espéra qu'il serait à la hauteur.

Le réalisateur était déjà en place.

— Bon, je veux de belles séquences bien paisibles avant que l'invasion commence.

Avec un sourire qu'on ne pouvait qualifier que de diabolique, Frankie jeta à Andy une tunique en laine.

— Tu es le paysan numéro quatre, et, aujourd'hui, tu vas te battre pour défendre ta vie et ta femme.

Sa femme ? Andy n'avait pas besoin d'un dessin pour comprendre où cela allait le mener. Il enfila la robe en laine et se tourna pour découvrir sa nouvelle épouse.

On avait fait quelque chose aux cheveux de Roz pour les rendre d'un roux encore plus vif. Malgré son habit informe, Roz était aussi belle que le jour où il l'avait vue pour la première fois à Paris – et presque aussi renfrognée.

— Vous deux, vous allez vous mettre au lit pour cette scène. C'est un assaut au petit matin. Toi, tu entends des cris et tu cours chercher ton arme. C'est la femme que tu aimes et tu es prêt à tout pour la défendre. Pigé ?

Andy approuva d'un hochement de tête. Près de lui, Roz était aussi tendue que la corde d'un arc. Il espéra qu'elle n'était pas armée. Il s'assit sur la palette couverte de fausse fourrure et enleva ses bottes. Roz retira sa cape et, vêtue seulement d'une longue chemise, qui dissimulait ses formes s'allongea près de lui à contrecœur.

— OK, un peu de tendresse, maintenant, ordonna le réalisateur.

Andy s'allongea et la prit dans ses bras. Elle cala la tête sous son menton et posa sa petite main sur la poitrine d'Andy.

— Frankie me le paiera, marmonna-t-elle dans la tunique.

Andy réprima un sourire et déposa un baiser sur le haut de sa tête.

— Super, les enfants. Maintenant, fermez les yeux. Vous êtes en train de dormir, n'oubliez pas.

Les lumières du plateau baissèrent, et la lueur du feu dansa bientôt dans le silence.

— Je m'excuse de m'être mal comporté, chuchota-t-il dans ses cheveux.

Roz ne dit rien, mais il crut sentir son corps se détendre une fraction de seconde. Il resserra ses bras autour d'elle et sentit un objet dur se presser contre son flanc. Roz avait ignoré l'interdiction d'emporter un téléphone sur les plateaux.

Il bougea un peu et se réinstalla plus confortablement. Voilà comment ils auraient dû passer la nuit dernière. Pas en dormant chacun de leur côté.

— Action !

Dehors, une femme hurla, et des enfants se mirent à pleurer.

Quand un Viking enfonça la porte et entra, Andy passa en mode combat. Il poussa Roz derrière le lit pour la protéger et chercha l'arme la plus proche qu'il eût à portée de main.

Un bâton en bois ne faisait pas le poids contre la lame d'un Viking, mais il frappa par en dessous et réussit à envoyer voler le bouclier de son adversaire.

Andy se jeta par terre pour s'en emparer. Entre ses mains, un bouclier était une arme. Il contra le prochain coup d'épée et esquiva le suivant. Roz hurla comme un deuxième envahisseur pénétrait dans la hutte.

Deux guerriers armés contre un paysan sans défense. Les dés étaient jetés. Les hommes se battaient avec une délectation évidente. Il s'agissait des deux meilleurs lutteurs que Frankie avait entraînés. Andy aurait aimé pouvoir leur offrir un meilleur combat, mais il était censé se battre et mourir.

Accroupie dans l'angle derrière le lit en palettes, Roz poussa un nouveau hurlement en voyant son homme se faire sauvagement assassiner. Elle avait de sacrés poumons, se dit Andy sans pouvoir s'empêcher de repenser aux petits cris qu'elle avait poussés avec lui, la nuit précédente.

— Coupez. Bravo !

Les lumières se rallumèrent, et, bientôt, les envahisseurs et l'équipe partirent semer le chaos ailleurs. Il ne restait plus qu'Andy et Roz.

Andy l'aida à se relever et chercha sa tunique dans le lit défait.

— Merci, murmura-t-elle sans croiser son regard.

— À propos d'hier soir…

La porte s'ouvrit de nouveau avec fracas, et Andy fit volte-face. Un nouvel envahisseur scruta le décor avant de fixer Roz. À quoi jouait ce type ? Il n'était pas au courant que la scène était terminée ?

— Le chef veut te voir, lui dit-il.

La voix de l'inconnu était étouffée derrière son casque, mais Andy y décela un soupçon d'accent américain. Son sang ne fit qu'un tour. Il n'avait pas entendu cette voix depuis un an, mais il la reconnut immédiatement.

— J'arrive, dit Roz en mettant sa cape, ignorant le danger.

— Quel chef veut la voir ? demanda Andy en avançant vers le bouclier abandonné à terre.

Ce n'était pas grand-chose, mais toujours mieux que rien, et il aurait besoin de tout ce qui lui tomberait sous la main s'il devait affronter Darren Hall.

Quand un ex-SEAL de la marine tournait mal, plus rien ou presque ne l'arrêtait. Et Hall était l'une des pires crevures qu'Andy ait jamais croisées. S'il mettait la main sur Roz, il la tuerait comme il avait massacré ce pauvre antiquaire parisien. Il était hors de question de laisser faire ça.

Si Roz devait sortir d'ici avec cette racaille, ce serait en le tirant par les pieds. Andy s'empara du bouclier et en frappa l'homme en pleine face.

Roz poussa un cri tandis que l'Américain titubait, puis se redressait avant de donner un coup de pied à Andy.

Le coup aurait renversé un éléphant. Andy poussa la table sur le chemin de l'homme et chercha des yeux ce qui pourrait lui servir d'arme autour de lui. Ses yeux tombèrent sur la torche. Un membre de l'équipe aurait déjà dû revenir pour l'éteindre.

Andy se demanda s'il se trouvait bien en face de Hall. Ce fumier de première.

Il devait mettre Roz en sécurité aussi vite que possible. Son expression terrifiée indiquait qu'elle venait de comprendre qu'on ne faisait pas semblant, cette fois. Ou bien avait-elle reconnu Hall ?

Andy fouetta l'air en agitant la torche devant lui, faisant reculer son adversaire.

— Sors de là, Roz, et file chercher Frankie. Dis-lui de t'emmener chez Niall.

Reilly lui avait transmis un rapport sur Fletcher. Il avait trempé dans quelques plans qu'on pouvait juger douteux, mais n'avait jamais fait de prison. Cet homme avait été un soldat du génie pendant dix ans, et cela suffisait pour Andy. Frankie protégerait Roz. Il en aurait mis sa main au feu.

— Je ne pars pas sans toi.

Hall attaqua de nouveau, et Andy faillit perdre sa torche. Il se ressaisit et visa l'homme au visage. Pas le temps de se battre à la loyale. Il devait faire sortir cette tête de mule d'ici.

Hall poussa un grognement étouffé et recula dans le mur de décor qui se renversa sous son poids. Lâchant la torche, Andy saisit Roz par le bras et la tira vers la porte. Ils ne disposaient que de quelques secondes pour s'enfuir.

Ils venaient juste de sortir quand Hall apparut de nouveau. Bon Dieu. Ce type était pire que Terminator.

Le premier coup de poing de Hall fit chanceler Andy. Il tituba sur place, puis se redressa.

— Tu n'as rien de mieux en stock ? dit-il pour narguer son adversaire, essayant de détourner son attention de Roz.

— Oh, si ! Je crois que ça devrait plus te plaire, répondit Hall avec un rictus en sortant de sa poche un Beretta M9.

Le coup de feu retentit dans le silence de la forêt. Andy entendit un cri étouffé et vit Roz s'écrouler à terre. Incrédule et pétrifié, il se précipita à sa rescousse.

Roz était touchée.

Roz ne pouvait pas bouger, respirer ou crier. Elle n'était plus qu'une masse de souffrance interminable.

Son dernier souvenir était le pistolet pointé sur elle, le coup de feu et le choc de la balle qui la touchait.

Je suis morte. Voilà ce que ça fait, de mourir. Je ne pensais pas que ça ferait aussi mal.

Elle allait enfin savoir qui avait raison. Y aurait-il un paradis, un enfer ou rien du tout ? Le mélange de bon, de mauvais et de Dieu sait quoi qu'avait été sa vie allait-il la mener vers le haut ou vers le bas ? Elle eut le temps de regretter toutes ses mauvaises actions et tout ce qu'elle n'avait pas eu le temps de faire. À sa grande surprise, Andy McTavish se trouvait en haut de la liste des choses qu'elle n'avait pas faites.

Où était la lumière blanche ? Elle aurait dû être là, maintenant. Elle se força à ouvrir les yeux, cherchant la lumière, et vit un ciel nuageux au-dessus d'elle. Il y avait des nuages dans la vie d'après ? Quelle déception !

Elle battit des paupières, et ses yeux se mouillèrent. Était-elle morte ? Pourquoi ne respirait-elle pas ? On lui avait tiré dessus.

Sa poitrine se souleva dans un élancement de douleur, et Roz tenta désespérément d'inspirer un peu d'air. Juste ciel ! Elle souffrait trop pour être morte, c'était clair.

Elle parvint à tourner la tête et vit Andy et Hall à terre, en train de se battre. Hall avait le dessus et poussait la tête d'Andy à un angle très inquiétant.

Elle tenta de crier. Aucun son ne sortit. Ses poumons en détresse refusaient de fonctionner, de produire le moindre son.

Ignorant la douleur dans ses côtes, elle essaya de se relever. Il fallait qu'elle aide Andy. Mais elle se sentit si faible et étourdie qu'elle comprit vite qu'elle ne pourrait lui être d'aucun secours.

Le téléphone. Elle pouvait appeler à l'aide. Elle chercha son portable dans sa poche. Il était fendu et tordu, avec l'arrière déformé par la balle qui y était logée.

Elle le fixa pendant de longues secondes avant que son esprit n'en tire la conclusion qui s'imposait. Son téléphone de quatre sous lui avait sauvé la vie. Qui eût cru qu'un portable puisse arrêter une balle ?

Maintenant que son cerveau avait intégré le fait qu'elle n'était pas morte, elle identifiait mieux les différentes douleurs qui la consumaient. Un point de sa poitrine la faisait atrocement souffrir, là où la balle avait enfoncé le portable contre ses côtes. Son dos et sa tête étaient meurtris par sa chute violente.

Mais elle était vivante. Il ne lui restait plus qu'à pouvoir inspirer suffisamment d'air pour appeler à l'aide en criant.

Hall enfonçait la tête d'Andy dans la terre tout en rugissant de douleur sous les sévices qu'Andy devait lui infliger en même temps. Sans être une spécialiste, elle avait l'impression que l'ancien SEAL était sur le point de le tuer.

Il lui fallut six inspirations laborieuses avant de pouvoir retrouver sa voix. Elle put enfin crier :

— Frankie ! Frankie ! Au secours !

Sa voix semblait trop faible et rauque pour porter ; elle s'efforça de crier à nouveau.

Au son de sa voix, Andy tourna la tête et la vit debout.

— Roz !

Il l'avait crue morte, comprit-elle. Il pensait que Hall l'avait tuée. Elle lui fit un geste de la main pour tenter de le rassurer sur son état.

Hall profita de la distraction d'Andy pour le frapper au ventre et à l'œil. La tête d'Andy partit en arrière, heurtant le sol avec une force qui fit grimacer Roz. Où était donc Frankie ?

Soudain, elle entendit un grondement au loin. Frankie arrivait en courant depuis le château et venait de voir la bataille qui se jouait à même le sol. Il avait un arc et une flèche entre les mains, et, sans ralentir sa course, il arma une flèche et tira.

La flèche vola à la vitesse de l'éclair et frappa Hall en pleine épaule. Sans la cotte de mailles et la protection de cuir que portait l'Américain, elle aurait mis un terme au combat. Hall s'écarta d'Andy en voyant arriver ce nouvel adversaire et sortit son pistolet. Il ne parut même pas prendre le temps de viser et tira. Frankie s'écroula.

Roz s'appuya à un arbre, suffocante, luttant pour rester debout. Non, pas Frankie. Pitié, non !

Hall se retourna alors vers Andy, l'arme pointée vers lui. Son doigt se resserra sur la détente.

La deuxième flèche le toucha à la cuisse au moment où il faisait feu, et la balle partit dans le sol, tout près de la tête d'Andy.

L'épaule ensanglantée, Frankie s'était redressé sur ses genoux et tenait son arc en un geste fier. Il hurla :

— Figurants, soldats, par ici !

Malgré le frémissement de douleur dans sa voix, son cri était plein d'autorité.

Andy roula sur le côté, faisant tomber Hall à terre, mais il était évident que l'Américain avait encore le dessus. Frankie ne pouvait plus tirer maintenant que les deux hommes étaient au sol, et Hall avait toujours le pistolet en main.

Une clameur sauvage annonça l'arrivée des figurants. Toujours vêtus de leurs costumes scandinaves et celtiques, ils déboulèrent d'un coin d'un château, beaux comme des anges aux yeux de Roz.

Le soulagement eut raison de ses dernières forces, et elle s'effondra à terre.

Andy la remit sur pied.

— Viens, il faut qu'on parte d'ici.

Il l'entraîna à l'écart du bruit de la bataille qui faisait rage derrière elle.

— Qu'est-ce qui se passe ? réussit-elle à dire dans un souffle étranglé.

Ses poumons rechignaient à lui fournir de l'oxygène pour parler. Andy continua de l'entraîner sans lui laisser le temps de se reposer, et il fallut à Roz plusieurs minutes pour comprendre qu'ils se dirigeaient vers le parking.

— Les gars vont s'occuper de Hall le temps qu'on s'en aille. On doit partir tout de suite.

Il la poussa dans sa Jeep. Il sauta derrière le volant et alluma le contact avant même qu'elle ait le temps de boucler sa ceinture.

— À mon avis, on a cinq minutes avant qu'il ne se remette à nos trousses.

14

Les routes de campagne défilèrent à toute allure, mais Andy conduisit pendant une heure avant d'accepter de s'arrêter. Il avait mal partout et aurait sûrement besoin de points de suture à l'arcade sourcilière, mais, au moins, ils étaient vivants.

Il avait failli la perdre. Bon Dieu, quel abruti il faisait ! Il savait pourtant que Hall la recherchait ; seulement, il avait été tellement obsédé par le désir qu'il n'avait pas pris les précautions nécessaires. Maintenant, il comprenait parfaitement pourquoi la devise « on ne couche pas avec les clientes » était le credo de Moore Enterprises. Cela l'avait rendu imprudent, et Roz avait failli en payer le prix fort.

Plus jamais ça, se dit-il. À partir de maintenant, il ferait du bon boulot. Il garderait ses distances et ne se laisserait plus distraire de la sorte.

Près de lui, Roz était en état de choc. Elle serrait ses deux mains pour dissimuler leur tremblement, mais le frisson qui agitait son corps était évident. Il mit le chauffage au maximum et la couvrit d'un manteau pour lui tenir chaud.

Il leur fallait un plan. S'il la laissait retourner à Londres, elle disparaîtrait de nouveau. Il devait l'emmener dans un lieu où il pourrait garder un œil sur elle.

Hall l'avait déjà retrouvée une fois ; on ne pouvait pas savoir ce qu'il ferait ensuite.

Devant eux, un panneau annonça une station-service. Il s'engagea sur la bretelle. Il avait oublié l'accoutrement dans lequel ils se trouvaient, jusqu'à ce qu'il constate l'expression ébahie d'une fille près de la machine à café. Il portait encore son costume de Celte, maculé d'un mélange de faux et de vrai sang, alors que Roz semblait sortie tout droit d'un film sur le roi Arthur.

— Chouettes déguisements, non ? dit-il avec un clin d'œil.

Bon Dieu ! Il faudrait qu'ils se dégottent des vêtements corrects dans la prochaine ville. Il remit son portefeuille dans sa poche et, deux gobelets de café et des viennoiseries en main, il avança vers la table où Roz était assise, dans un coin.

Toute sale et échevelée qu'elle était après sa rencontre avec Hall, elle n'avait rien perdu de sa beauté époustouflante. Le souvenir de son visage choqué dans ce bois de Tullamore hanterait ses rêves pendant un bon bout de temps. Quand le coup de feu avait retenti, il avait vraiment cru que c'était la fin, qu'elle avait été tuée.

Un élan de possessivité monta en lui comme il se remémorait leur nuit d'amour. Il voulait réitérer l'expérience. Il voulait l'avoir à nouveau dans son lit et, cette fois, il ne gâcherait pas tout.

Sa décision était prise : il allait faire une entorse à la règle et l'emmener chez lui, à *Lough Darra*. Lorsqu'il avait rallié l'armée, il avait donné une adresse à Belfast et n'avait jamais mentionné la richesse de sa famille. Il était Andy McTavish tout court ; rien à voir avec la riche famille Campbell McTavish qui élevait des chevaux. Il avait toujours strictement préservé tout ce qui concernait ses parents. Aucun lien entre eux et lui n'était connu.

Personne ne chercherait Roz là-bas. Ses parents allaient l'adorer, et elle pourrait s'y cacher pendant des mois.

La perspective de passer du temps seul avec Roz le réjouit. C'était la solution parfaite – à condition qu'il parvienne à la convaincre.

— On se trouve des fringues neuves, puis je t'emmène chez moi.

— À Londres ?

Elle posa son gobelet de café.

— Non. Mon vrai chez-moi, à *Lough Darra*.

Il enchaîna :

— Écoute. Tu as un ex-soldat des forces spéciales à tes trousses. Il fera surveiller tous les ports et les aéroports d'Irlande pour te retrouver. Et tu ne peux pas retourner avec Frankie.

Andy eut envie de se mettre des gifles en voyant Roz se décomposer. Il était un peu sournois de jouer la carte de la culpabilité, mais elle devait voir les choses en face. Elle était seule et sans un sou dans un pays étranger, sans nulle part où aller.

— Je vais contacter Niall. Il veillera à ce qu'il n'arrive rien de fâcheux à Frankie.

Le regard de Roz se fit soupçonneux.

— Et qu'est-ce que tu gagnes, dans l'histoire ?

Il était temps d'être honnête.

— Une fiancée.

Elle ouvrit les lèvres, puis les referma.

— Tu es en train de me demander de t'épouser ?

Il ne sut interpréter son expression, mais sa voix était crispée.

Évidemment, elle ignorait tout de sa situation et devait se dire qu'il se payait sa tête.

— Non, bien sûr que non. C'est pour mes parents.

Elle reprit son gobelet et avala une gorgée de café avant de répondre :

— Oui, j'imagine très bien pourquoi tu peux avoir besoin d'une fausse fiancée. Ta technique mériterait vraiment d'être perfectionnée, sans quoi tu n'en trouveras jamais une par les moyens ordinaires.

Aïe ! Il ne l'avait pas volée, celle-là.

— Mes parents veulent que je me pose. Je suis à la maison depuis moins d'une semaine, et ils m'exhibent déjà comme un étalon dans une foire aux bestiaux.

Elle eut un petit sourire ironique.

— Pauvre chou. J'en suis navrée pour toi.

Il lui prit la main.

— S'il te plaît, Roz. Si je ne te trouve pas un lieu sûr, Niall ou Interpol s'en chargeront. C'est fini, la cavale.

— C'est du chantage.

Roz dégagea sa main et croisa les bras sur sa poitrine. Andy contempla son reflet tandis qu'elle regardait par la fenêtre. Il avait toujours pensé qu'elle ressemblait comme deux gouttes d'eau à sa sœur Sinead, mais il existait de subtiles différences.

Roz avait une petite cicatrice sous le menton. Ses pommettes étaient un peu plus saillantes et ses ongles étaient courts, sans vernis. Il commençait à réaliser qu'il y avait tout un monde de souffrance et de colère derrière la façade dure et insouciante qu'elle affichait.

Elle se tourna soudain pour lui faire face.

— C'est d'accord. Je veux bien le faire.

— Super.

Andy sourit, attendant la suite. Avec Roz, il y avait toujours un mais.

— Mais j'ai besoin de fringues. Ta maison est chicos, n'est-ce pas ?

Pour lui, *Lough Darra* était juste sa maison, mais il supposa qu'elle pourrait sembler « chicos » à un étranger. Il acquiesça.

— Dans ce cas, j'ai besoin d'une nouvelle garde-robe.

Je ne peux pas débarquer sapée comme ça. Oh ! Et je veux une bague.

Il déglutit.

— Une bague ?

Roz ne se priva pas d'afficher sa jubilation.

— Oui, une belle grosse bague bien chère, du genre que tu m'achèterais si j'étais vraiment ta fiancée.

Elle s'adossa sur la banquette, s'attendant à ce qu'il refuse. Mais il ne comptait pas faire machine arrière.

— Ça marche. Allez, on y va.

Seulement, ils ne pouvaient pas aller faire du shopping vêtus comme deux figurants de *Braveheart*. Les vigiles les arrêteraient avant même qu'ils entrent dans la première boutique. Ils s'arrêtèrent donc d'abord dans un magasin d'usine au bord de l'autoroute, où il acheta une robe pour Roz. Lorsqu'il revint à la voiture vêtu d'une chemise neuve bon marché et d'un jean sombre, Andy laissa Roz lui nettoyer ses blessures avec des lingettes pour bébé, appréciant ce doux contact.

Pendant qu'il conduisait, Roz effectua des manœuvres compliquées pour s'extirper de son costume et se glisser dans sa nouvelle robe sans montrer un centimètre carré de chair.

— Arrête de reluquer ! lui lança-t-elle. Je te vois me regarder dans le rétro.

Andy garda les yeux braqués sur la route et retint un sourire.

Une fois qu'ils furent arrivés à Belfast, il se souvint vaguement d'une boutique où une de ses ex s'habillait et emmena Roz chez Cruise. Elle effleura les beaux tissus du bout des doigts, jusqu'au moment où elle vit les prix. Là, elle se rendit immédiatement au rayon des promotions pour voir ce qu'il restait des articles de la saison dernière. Après un nouveau coup d'œil aux étiquettes, elle s'écarta également de ce rayon.

Andy se rappela sa garde-robe dans son petit appartement londonien : des vêtements bon marché, et des chaussures et des gants de qualité. Il se maudit de ne pas y avoir songé plus tôt. Roz ne dépenserait jamais cet argent de son plein gré. Il allait devoir le faire pour elle.

— La valise de mon amie a été perdue sur le vol qui l'a amenée ici, dit-il discrètement à la vendeuse. Pourriez-vous l'aider à se refaire toute une garde-robe ?

Andy posa sa carte de crédit sur le comptoir.

On emmena Roz dans un salon d'essayage, où on lui passa une tenue après l'autre. Par deux fois, il l'entendit rire devant certaines sélections trop chics pour elle, mais ils finirent tout de même par sortir de la boutique avec une demi-douzaine de sacs.

Elle avait le rose aux joues, et ses yeux brillaient d'une manière inhabituelle.

— Et ensuite ? interrogea-t-elle.

Ils passèrent devant une boutique de lingerie, et Andy s'arrêta avec un air mélancolique. Des bandes de dentelle et de satin étaient savamment disposées sur une méridienne en velours, et le mannequin en vitrine portait une guêpière à armatures qui lui rappela Lottie LeBlanc.

Il imagina Roz corsetée de la sorte et sentit son sexe durcir. Andy prit les sacs des mains de Roz et lui fit un signe de tête en direction de l'entrée.

— Vas-y, tu as une heure. Prends tout ce qui te plaira.

Il trouva un café à proximité, d'où il pourrait surveiller l'entrée de Lingerie Orchidée, et s'y installa pour l'attendre. Il devait transmettre son rapport, ce qui ne le réjouissait pas vraiment.

— Andy, répondit presque immédiatement la voix au bout du fil. Au rapport. J'ai entendu dire qu'il y avait eu des coups de feu sur le tournage d'un film à Tullamore.

On pouvait faire confiance à Niall pour être au courant de tout.

— Comment as-tu su que… ?

— Parce que c'est un tournage de cinéma et que Jack Winter est l'un de nos clients, bordel !

Andy ferma les yeux. Jack n'avait pas été impliqué dans la fusillade, mais les médias ne tarderaient pas à en faire des gorges chaudes.

— Désolé, chef. Hall a débarqué sans crier gare.

— Est-ce que Roz… ?

— Elle va bien, le rassura Andy. Je l'emmène en lieu sûr, le temps que tout ça se calme.

On ne contentait pas Niall si facilement.

— Où ça, en lieu sûr ?

— À *Lough Darra*.

Andy entendit un soupir, suivi d'un lourd silence.

— Bon, je vais être direct : tu emmènes une ancienne dominatrice chez toi ?

— Oui, maugréa Andy.

— Et comment comptes-tu expliquer ça à tes parents ?

Niall était la seule personne de son entourage professionnel à avoir rencontré ses parents. Et même à savoir qu'ils existaient.

— En leur disant qu'elle est ma fiancée.

Andy écarta le téléphone de son oreille pendant que Niall lui disait sa façon de penser. Il ne pouvait pas lui en vouloir. Il n'était même pas midi, et tout partait déjà en vrille.

— Je compte sur toi pour qu'elle ne fasse pas d'autres conneries, le temps que j'arrange tout ça.

— Ne t'en fais pas. Roz sera sous mon contrôle jour et nuit.

Niall ricana avant de raccrocher.

Andy jeta un coup d'œil à sa montre. Une heure était passée, et il ne voyait toujours pas Roz. Il prit les sacs et entra dans la boutique.

Derrière un rideau, il entendit deux femmes rire dans le salon d'essayage. L'une d'entre elles était Roz.

— Non, dit-elle. Il est hors de question que j'achète ça.

— Mais il est parfait. Regardez un peu les courbes qu'il vous fait.

— Il coûte plus de deux cents livres.

Andy avait très envie de voir ce qui se cachait derrière le rideau de velours et se souciait assez peu du prix évoqué.

— Elle le prend, déclara-t-il.

La vendeuse se retourna, et Roz passa la tête par le rideau.

— Merci, mais j'ai déjà acheté assez de trucs comme ça.

Il ne voulut pas souligner ce qu'il avait déjà dépensé. À deux cents livres près, cela ne ferait pas une grosse différence.

— Emballez-le, chuchota-t-il à la vendeuse.

Il tendit de nouveau sa carte de crédit. Inutile de tiquer. Ils devaient encore aller chez le bijoutier, et il n'avait aucune idée de la somme que cela allait lui coûter.

Lorsqu'ils sortirent de la boutique, Roz était rayonnante. Elle avait mis l'une des tenues achetées chez Cruise, une robe moulante mettant son corps en valeur, avec une paire de bottes en cuir.

— Terminé ? demanda-t-il.

Elle le toisa avec des yeux ronds.

— Tu plaisantes ou tu es idiot ? Il me faut du maquillage.

Il la regarda. Elle avait un teint naturellement pâle, avec la peau de pêche que les marchands de cosmétique promettaient à toutes les naïves qui achetaient leurs produits ; ses lèvres étaient souples et charnues.

— Je te trouve très bien comme ça. De quoi aurais-tu besoin ?

Roz lui lança un petit baiser dans le vide.

— Bon, tu te rattrapes un peu. Mais il me faut vraiment deux ou trois trucs. Crois-moi, je peux faire mieux.

Ses yeux étaient un peu cernés ; il supposa qu'elle devait vouloir dissimuler cela avec du fond de teint.

— À mon avis, c'est une perte de temps, mais allons toujours faire un petit tour au Castle Court Centre.

Vingt minutes plus tard, elle avait une trousse de maquillage bien remplie et un sourire malicieux sur les lèvres. Andy lui prit le bras et l'emmena alors chez un bijoutier.

Les vitrines illuminées regorgeaient de bagues toutes plus scintillantes les unes que les autres. Il fit halte devant l'entrée. S'il allait lui passer une bague au doigt, ce serait un moment peu ordinaire.

— On se dégonfle ? l'aiguillonna Roz avec un sourire.

— Non. Mais ce n'est pas mon style de magasin. Allons ailleurs.

Roz avisa l'entrée de chez Malcolm's avec appréhension. L'extrême sobriété des vitrines indiquait un haut degré de raffinement, mais les bagues exposées avaient plus de style que celles des bijoutiers de la grande avenue.

Elle entra, guidée par la main d'Andy dans son dos. Trois hommes en costume s'étaient déjà arrêtés pour le saluer. Leur fort accent de Belfast était difficile à comprendre, mais elle saisit qu'ils demandaient à Andy des nouvelles de son père.

Andy leur avait répondu avec aisance. Roz était douée pour déchiffrer le langage corporel. Malgré son jean bon marché et sa barbe de trois jours lui donnant un air négligé, il parlait d'égal à égal avec ces hommes qui portaient des costumes de luxe et des attachés-cases en cuir hors de prix.

Roz n'osait pas penser à tout ce qu'elle lui avait déjà fait dépenser jusqu'ici, mais elle se sentait un peu coupable de lui avoir réclamé une nouvelle garde-robe. Elle ne s'attendait nullement à ce qu'il engage de telles dépenses. Deux jeans et une robe achetés chez Marks & Spencer lui auraient largement suffi. Elle caressa la manche de la robe en laine qui épousait ses formes en leur conférant un style et une classe inhabituels. Si cette robe avait coûté cher, elle le valait bien.

Une femme à forte poitrine marchant dans la rue s'arrêta pour jeter un coup d'œil à Andy, puis elle sourit et fit un signe de tête en direction du pub le plus proche. Roz fronça les sourcils. Cette femme ne voyait-elle donc pas qu'elle était avec lui ? Avec ses cheveux roux, elle passait pourtant difficilement inaperçue, mais cette poufiasse semblait la trouver invisible.

— Bon, on entre, oui ou non ? s'impatienta-t-elle.

— Tu as hâte que je te passe la bague au doigt, hein ? Il y en a tellement qui ont essayé…

— Je te mettrais plutôt un anneau ailleurs.

Bon sang, il ne fallait pas qu'elle retombe dans le piège de la séduction. La poufiasse venait de lui rappeler à qui elle avait affaire. Andy McTavish draguait toutes les femmes qu'il croisait. Et toutes craquaient pour lui. Il était l'incarnation de l'idéal masculin. Et il le savait.

Voilà une image qui devrait suffire à protéger son cœur. Elle ne pouvait pas se permettre de tomber amoureuse. Son unique avantage était sa conscience de n'être qu'une mission pour lui, rien de plus. Andy connaissait la vraie Roz Spring. Il n'était pas du genre à se laisser berner par une combinaison de latex, un trait d'eye-liner et une voix autoritaire, ou à la prendre pour une déesse du BDSM.

Il ne tomberait pas amoureux d'elle. Donc, elle non plus. C'était simple. Tout le monde serait content.

— La plupart des femmes estiment que je n'ai pas besoin d'anneau pénien, mais si tu insistes…

Les mots d'Andy la tirèrent brusquement de sa rêverie.

Elle se ressaisit et répondit de sa voix la plus cassante :

— Je ne suis pas sûre qu'ils aient des modèles assez petits, mais on peut toujours demander.

— Ce n'est pas le bon magasin pour ça.

Andy arbora un sourire de défi.

— Cela dit, on peut toujours aller dans Gresham Street pour en trouver un tout à l'heure, si tu veux.

Elle ne voulut pas demander, devinant la réponse, ce qu'on trouvait dans Gresham Street.

La lumière était tamisée à l'intérieur du magasin. Les bijoux y étaient présentés dans des compartiments discrets. Machinalement, elle imagina trois moyens différents d'y voler de la marchandise. Son père, lui, en aurait bien trouvé six. Mais tout ça était derrière elle, désormais.

Elle n'entendit pas la conversation entre Andy et le responsable, et fut surprise lorsqu'on soumit à son appréciation tout un plateau de bagues.

Elles étaient magnifiques. Anciennes et de grande valeur. Il y avait un délicat anneau de diamants. Un rubis solitaire sembla lui faire de l'œil, et elle frémit. Après le vol du Feu de l'automne dans le musée de sa sœur, elle ne voulait plus voir un seul rubis. Elle avait commis une énorme erreur en prenant cette pierre, erreur qu'elle payait encore.

Elle posa de nouveau les yeux sur le plateau. Un trio de perles noires lui plaisait bien. Ainsi qu'une bague d'éternité qui semblait plus ancienne que le château de Charleville. Elle prit un saphir flanqué de deux diamants et l'essaya. Il lui allait comme s'il avait été fait sur mesure.

Elle admira la façon dont il captait la lumière jusqu'au moment où elle vit la petite étiquette affichant le prix : dix-sept mille livres. Roz frissonna et reposa la bague sur le plateau.

Les perles étaient jolies, et elle s'imaginait bien les porter. Celle-ci ne coûtait que trois cents livres. Ça irait très bien. Elle se tourna vers le responsable pour lui dire qu'elle avait fait son choix quand elle vit Andy en train de ranger sa carte de crédit. Il ouvrit la boîte en velours contenant le saphir et en sortit la bague.

— C'était celle-ci et pas une autre, dit-il.

Extrêmement embarrassée par le regard du vendeur, elle laissa Andy passer le saphir à son doigt et la prendre dans ses bras pour l'embrasser.

D'un baiser chaud, possessif et bien trop bref.

Il releva la tête.

— Plus tard, chérie, dit-il.

Roz fut la seule à saisir l'ironie dans sa voix.

15

Alors qu'ils conduisaient vers le nord, le ventre d'Andy se mit à gronder. Avaient-ils mangé, aujourd'hui ? Il ne s'en rappelait pas. Roz regardait le paysage défiler sans dire un mot. C'était une pure citadine. Il se demanda comment elle se ferait à *Lough Darra*.

— On doit se caler sur notre histoire avant d'arriver.

— OK.

Elle hocha la tête. Voilà qui lui était familier : inventer une histoire, se cacher derrière un personnage.

— On va coller à la réalité autant que possible. On s'est rencontrés à Paris, quand je bossais pour les O'Sullivan.

Roz fronça les sourcils à ce souvenir.

— On s'est retrouvés à Londres il y a quelques mois, et on s'est contactés tous les jours depuis. Quand je suis retourné en Irlande, je te manquais tellement que tu as sauté dans le premier avion pour me rejoindre.

— Pas de problème. Et à Londres, je vis où ? Oh ! à Chelsea, s'il te plaît ! J'ai toujours voulu être une bourgeoise.

Roz battit outrageusement des cils en le regardant.

Andy se retint de rire et secoua la tête. Il était certain que sa mère avait des amis à Chelsea, ce qui pourrait mener à toutes sortes de complications.

— Non. Tu habites à Greenwich.

— D'accord. Et je t'appelle comment ? Est-ce que je te donne un petit surnom affectueux ?

— Non, pas de surnom, répondit Andy, horrifié à cette idée.

Connaissant Roz, elle allait sûrement trouver quelque chose d'exotique pour le ridiculiser malgré tout. Il verrait cela plus tard ; il faudrait d'abord convaincre ses parents et le personnel de maison. Ils étaient presque arrivés. Il quitta la petite route de campagne et franchit le portail du domaine. Il faudrait qu'il pense à améliorer la sécurité des lieux. Un portail ouvert représentait une invitation à entrer. S'il mettait la main sur les jeunes qui avaient tenté de cambrioler la maison, il leur donnerait une leçon qu'ils ne seraient pas près d'oublier.

— C'est là ?

Roz observa les alentours tandis qu'ils montaient l'allée bordée de grands arbres.

Il gara la Jeep devant la maison et non à l'arrière comme il le faisait habituellement. De là, on voyait les jardins qui s'étendaient jusqu'au lac, dont les eaux scintillaient sous les rayons du soleil. Pour quiconque n'avait pas vécu ici depuis son enfance, cette vue était assez spectaculaire.

Elle se tourna pour le regarder, les yeux ronds comme des soucoupes.

— C'est une blague. Ne me dis pas que tu habites réellement ici ?

— Ce n'est qu'une maison.

— C'est ça, et le château de Charleville est un charmant petit cottage. Bon sang, Andy, je suis hyper stressée. Et si tes parents ne m'aimaient pas ? Et s'ils…

— Viens là.

Il l'attira dans ses bras. Le léger tremblement qu'il perçut dans les épaules de Roz stimula sa fibre protectrice, mais il s'abstint de le mentionner.

— Ils vont t'adorer. N'oublie pas que je suis totalement fou de toi.

Pour une fois, Roz resta sans voix, et ses joues rosirent subtilement. Elle était gênée et déstabilisée, mais se ressaisit rapidement.

— J'ai hâte de te voir faire semblant d'être amoureux de moi.

— Maintenant ?

Andy prit sa tête entre ses mains et déposa un doux baiser sur ses lèvres. Son idée était seulement de lui donner un petit baiser pour la rassurer. Mais un désir brûlant s'éveilla immédiatement en chacun d'eux.

Dans un doux murmure, Roz ouvrit ses lèvres à celles d'Andy, et ils s'abandonnèrent à leur envie. Le baiser s'éternisa. Il n'existait plus que Roz et les courbes de son corps contre le sien. Il se mit à maudire la robe qu'elle portait. Il avait envie de toucher sa peau. Il lui caressa la hanche, puis passa une main sous le bord de sa robe avant de remonter en dessous. Des bas et des porte-jarretelles. Juste ciel, elle voulait sa mort.

Des coups frappés à sa vitre le ramenèrent à la réalité.

— Andrew. C'est toi ?

Roz s'écarta brusquement de ses bras. Bon sang, que faisait-elle encore ? Laisser Andy McTavish l'attendrir était la pire idée qu'elle ait jamais eue, et Dieu sait si elle en avait eu de mauvaises.

Elle tourna la tête pour voir qui les avait interrompus.

Une petite femme élégante aux cheveux blancs et courts les regardait avec un grand sourire. Elle portait un pantalon bien taillé, une chemise blanche, des bottes en caoutchouc et une veste en peau de mouton. Il y avait quelque chose de familier dans ses yeux.

— Maman, dit Andy d'une voix qui ressemblait étrangement à un râle.

Oui, c'était bien ça. Les yeux marron de cette femme étaient la version féminine de ceux d'Andy.

Super. Elle venait de se faire surprendre en plein pelotage dans la voiture par la mère d'Andy. Roz sentit le rouge lui monter aux joues.

— Idiot, grogna-t-elle. C'est ta faute, aussi.

Il lui sourit sans l'ombre d'un remords.

— Viens, je vais te présenter ma mère. Elle va t'adorer.

À d'autres. Les mères d'hommes comme Andy n'aimaient pas les femmes comme elle. En un regard, elle l'aurait cataloguée. Pas de la même classe sociale. Pas de son monde.

Ce genre de richarde était un véritable appel au vol, avec plus d'argent que de bon sens. Roz regarda Andy soulever sa mère de terre pour l'étreindre et l'embrasser sur les deux joues avant de lui dire de boutonner sa veste.

— Repose-moi donc, grand fou, dit-elle en lui taquinant la joue du bout des doigts. Tu aurais dû me dire que tu venais avec quelqu'un. Allons, présente-moi ton amie.

Elle sourit à Roz avec un regard tout à fait accueillant, mais Roz crut discerner un soupçon de désapprobation dans ces mots si modulés.

Andy rougit à son tour. Il afficha son sourire habituel, celui du pirate qui s'apprêtait à délivrer une belle prisonnière et à l'embrasser comme un fou, mais il y avait comme une ombre sur ses pommettes saillantes. Il passa un bras autour de Roz pour la serrer contre lui. Cela ressemblait au geste d'un amoureux, mais Roz y sentit une poigne l'empêchant de s'enfuir.

— Maman, je te présente Roz O'Sullivan. Roz, voici ma mère, madame Dougal Campbell McTavish.

La vieille dame fronça les sourcils.

— Pourquoi tant de manières ?

Elle se tourna vers Roz.

— Appelez-moi Poppy, mon petit. Comme tout le monde.

Elle avança vers elle. Poppy était petite, elle parvenait à peine au menton de Roz, mais elle lui donna une accolade de bienséance.

— Ravie de vous connaître.

Elle avait les mains froides et sentait la lavande et l'essence de térébenthine.

Malgré la fraîcheur de ses doigts menus, son étreinte était chaleureuse, et Roz se sentit étrangement décontenancée. Jamais elle n'avait été étreinte par une maman, et cela avait dû lui manquer.

Reprends-toi, se dit-elle. *Ce n'est qu'une partie de l'embrouille.*

Poppy recula et observa Roz attentivement.

— Roz O'Sullivan ? Je ne comprends pas que je n'aie jamais entendu parler de vous avant cette semaine, ma chère.

Voilà une perche joliment tendue. Roz se redressa et bomba le torse.

— En réalité, c'est Roisin Philomena O'Sullivan-Spring. Andy n'indique jamais mon nom en entier.

L'exclamation d'Andy vint interrompre le subtil interrogatoire de sa mère.

— Philomena ? Tu ne m'as jamais dit que tu t'appelais Philomena. Désolé, tout est fini entre nous. Je ne peux pas sortir avec une fille qui porte un prénom pareil.

Poppy avait froncé les sourcils, l'air concentré.

— Philomena O'Sullivan, ça me dit quelque chose.

— C'est le nom de ma grand-mère, répondit Roz.

Son père lui avait raconté qu'on lui avait donné le prénom de la mère de sa mère, quand Sinead avait pris celui de Jane Spring. Il avait maudit cette décision chaque fois qu'il mentionnait sa grand-mère O'Sullivan quand Roz était petite.

D'après lui, cette femme avait un cœur de pierre. Elle avait coupé tous les ponts avec sa fille quand celle-ci avait refusé de rompre avec le père de Roz.

Certes, Peter Spring n'était pas le meilleur père au monde. Il en était même très loin. Mais il avait fait de son mieux et, à sa manière, il l'avait aimée. Philomena O'Sullivan, elle, n'avait aimé personne, et certainement pas sa fille.

L'idée de sa famille bancale aida Roz à retrouver son assurance. Elle ne faisait pas partie de ce monde. Elle se cacherait ici jusqu'à ce que Hall lui fiche la paix, et peu importait si ces gens-là l'appréciaient ou non.

— Mais bien sûr. Andy m'avait dit que vous étiez de la famille O'Sullivan. Bienvenue à *Lough Darra*, dit Poppy.

Elle prit la main de Roz au creux de son bras et se dirigea vers la maison. Andy prit sa mère par l'autre bras et cala son pas sur le sien pour la suivre dans l'allée.

— Alors, dites-moi, comment avez-vous rencontré mon fils ?

Roz trébucha légèrement, mais reprit vite un pas normal.

— Oh ! Andy vous le racontera beaucoup mieux que moi.

Allez, à lui de se dépatouiller, cette fois.

Andy n'éprouvait aucun scrupule à mentir à sa mère.

— Nous nous sommes rencontrés à Paris l'an dernier, et je n'ai cessé de la pourchasser depuis. Elle est revenue s'installer à Londres il y a quelques mois. À partir de là, je ne l'ai plus laissée partir, dit-il tendrement.

— Vous êtes donc bons amis ? demanda Poppy.

— Un peu plus que ça.

Andy s'arrêta, prit la main de Roz et l'embrassa. Sa bouche était chaude contre sa peau fraîche.

— Je ne veux plus jamais qu'elle s'en aille. Maman, je te présente ma fiancée.

— Ta quoi ? s'écria Poppy avant de jeter ses bras autour de Roz. Oh ! ma chérie, vous auriez dû me le dire tout de suite. Je sens que je vais vous adorer.

Cette fois, son accolade n'avait rien de formel ; elle était cent pour cent enthousiaste.

— Je vais avoir une belle-fille. Quelle joie !

Il n'avait pas à se sentir coupable. C'était une mission, n'est-ce pas ? C'était pour la sécurité de Roz. Sa mère avait déjà vu des filles aller et venir ; ça n'était donc pas l'affaire du siècle. Mais l'expression de joie sur son visage lui fit plus mal qu'un coup de pied à l'entrejambe. Était-il fou ? Comment avait-il pu croire qu'il s'agissait d'une bonne idée ?

Quant à Roz, elle était comme un lapin pris dans les phares. Elle lui lança un regard noir. Il était temps de venir à son secours. Il rattrapa les deux femmes.

— Tu sais, c'est tout nouveau pour nous aussi ; alors, on devrait peut-être rester discrets pour le moment ?

— Allons donc ! Sais-tu depuis combien de temps j'attends ça ? Attends un peu que je raconte ça à Hilary Adams.

Merde. La meilleure amie de sa mère était la plus grande commère du comté. La nouvelle aurait fait le tour de la ville avant l'heure du dîner. Andy eut un sourire forcé.

Il prit les sacs dans la voiture et les suivit à l'intérieur. Ils étaient à peine entrés dans le hall que deux boules d'énergie se précipitaient bruyamment vers eux. Mini et Maxi, les deux cockers anglais de sa mère.

— Couché.

Il prit une voix aussi autoritaire que possible, mais les chiennes l'ignorèrent et continuèrent de sauter sur Roz, laquelle s'était figée sur place. Elle tendit timidement la main pour caresser l'un d'entre eux.

— Du calme, mes jolies.

Poppy frappa dans ses mains, et les chiennes s'assirent, obéissantes, attendant l'ordre suivant.

— Désolée. Andy, emmène donc Roz à la bibliothèque pendant que je fais apporter des rafraîchissements.

Il posa les sacs au pied de l'escalier et fit entrer Roz dans la salle remplie de livres. C'était l'endroit préféré da sa mère, surtout parce qu'il était aussi le plus chaud.

Roz émit un sifflement.

— Sacré nom de Dieu, cette pièce est plus grande que mon appart à Londres. Tu vis vraiment ici ?

Andy brûlait d'envie de la reprendre dans ses bras. Le dernier baiser avait été bien trop court. Il emmena Roz jusqu'au canapé devant le feu de cheminée. Le cuir en était usé et craquelé à certains endroits, témoignant des générations de McTavish qui s'y étaient blottis avec un livre au fil des décennies. Il s'assit et l'attira sur ses genoux.

— Je te ferai visiter tout à l'heure, mais, pour l'instant, permets-moi de te dire que j'adore cette robe.

Ses doigts soulevèrent l'ourlet du vêtement pour se glisser dessous. Si l'on avait inventé quelque chose pour mettre les hommes au supplice, c'étaient bien les bas et les porte-jarretelles. Et elle portait les deux.

— Arrête.

Roz lui donna une tape sur la main.

— Ta mère va revenir dans un instant. Et si tu crois que je vais…

La porte s'ouvrit, et Andy entendit le tintement des verres. Maggie suivait sa mère, portant un plateau avec du champagne et un seau à glace. Il s'empressa d'aller l'aider et posa le plateau sur la table. On ouvrit le champagne avec un bruit fort plaisant, et sa mère en servit quatre verres.

— Maggie, aurais-tu cru voir enfin ce jour arriver ?

Sa joie était si évidente que la culpabilité assaillit Andy. Il ignorait combien de temps ils resteraient ici et comment réagirait sa mère quand les « fiançailles » seraient rompues.

Poppy leva son verre.

— Je porte un toast à la nouvelle génération de *Lough Darra*.

— À la nouvelle génération, renchérit Maggie en trinquant avec sa patronne.

Roz était étrangement silencieuse, et Andy eut soudain envie de se mettre une claque tant il était bête. Comment avait-il pu ne pas remarquer à quel point elle était pâle ? Elle avait été agressée, blessée et fiancée en moins d'une demi-journée. De quoi vous faire tourner la tête.

Poppy but une gorgée de champagne et dit :

— Allons nous asseoir au coin du feu, ma chère, et vous me parlerez un peu de vous.

Elle lança un regard de biais à Andy.

— Les hommes sont si peu doués pour parler des choses importantes.

Ils retournèrent vers le canapé, et Andy attira Roz près de lui, un bras sur le dossier du canapé. Roz s'installa contre lui et posa une main sur sa cuisse comme s'ils faisaient ce geste tous les soirs.

— Alors, ma chère, dites-moi comment vous avez rencontré mon bon à rien de fils, questionna Poppy. Était-ce romantique ?

Roz sourit, et Andy se prépara au pire. Sa petite femme mijotait quelque chose.

— Nous nous sommes rencontrés à Paris, l'année dernière, à la tour Eiffel. Andy m'a offert un ticket pour monter à son sommet.

Poppy poussa un soupir ravi.

— Comme c'est romantique !

Le sourire de Roz se fit malicieux.

— Malheureusement, c'était un ticket pour emprunter les marches, et non l'ascenseur. J'ai dû monter environ deux mille marches pour parvenir en haut. Il devait penser que j'avais besoin d'exercice.

Andy la regarda en plissant les yeux et en se promettant de se venger.

— Oh ! Quel mufle ! Vous avez une silhouette parfaite. Comment a-t-il pu dire ça ?

Poppy semblait profondément offusquée.

— Et lorsque nous nous sommes revus à Londres, cette année, il s'est plaint de ce que j'avais pris du poids.

Si elle voulait jouer à ça…

— Avoue que tu avais un joli petit ventre rond, dit-il. Qui t'allait très bien, d'ailleurs.

Roz faillit avaler son champagne de travers.

— Non, je ne trouve pas.

— Mais si. J'aimerais bien te revoir comme ça.

Il la taquinait, bien sûr, et, pourtant, l'idée de la revoir ronde et enceinte n'était pas sans charme à ses yeux.

— Chiche ?

Elle fut assez raisonnable pour ne pas répondre à cette provocation.

— Encore un peu de champagne, mes chéris ?

La question de Poppy vint rompre la tension qui s'installait.

Elle remplit leurs verres et insista pour porter un nouveau toast.

— Vous ne pouvez pas savoir comme je suis heureuse de vous avoir ici. Dougal va être ravi de vous rencontrer.

Ce serait bien la première fois. Andy n'avait jamais vu son père être ravi devant autre chose que des chevaux.

— Il sera là pour le dîner. Andy a dû vous dire qu'il était souffrant.

— En effet, murmura Roz en buvant une nouvelle gorgée de champagne.

Andy sentit que ses forces déclinaient.

— Roz a vraiment hâte de faire sa connaissance, pas vrai, chérie ? Mais elle s'est levée à quatre heures du matin et…

— Seigneur, vous ne devez plus tenir debout, ma pauvre. Si vous alliez poser vos affaires et faire une petite sieste avant le repas ?

Soulagé, Andy se leva et prit le verre des mains de Roz. Elle était vraiment épuisée. Une sieste leur ferait le plus grand bien à tous deux.

— Bonne idée. On va monter s'installer et se reposer un peu.

— À tout à l'heure, alors. Maggie a préparé la chambre bleue pour Roz.

Sa mère les avait placés dans des chambres séparées ? Ce devait être une plaisanterie.

Andy s'apprêtait à protester quand sa mère lui sourit avec tendresse.

— La tradition veut que la maîtresse de maison occupe la chambre bleue.

Certes – si elle était veuve, si elle avait quatre-vingt-dix ans ou si son mari ronflait comme une brute. Sauf qu'Andy ne voulait pas que Roz dorme à cinq minutes de marche de sa chambre.

— Je suis sûr que Roz ne veut pas que tu te donnes autant de mal.

— Allons donc. Ce n'est rien du tout.

Andy ramassa les sacs de shopping et accompagna Roz à l'étage.

— Ta mère est une femme très raffinée.

— Oui, on peut dire ça, grommela Andy avant de s'arrêter sur le palier. Veux-tu voir ma chambre d'abord ?

— Non, merci, ça ira. Montre-moi plutôt la bleue.

Ils parcoururent l'immense couloir, et il ouvrit la porte située tout au fond.

— La chambre bleue, madame. Aurez-vous besoin d'autre chose ? D'aide pour vous déshabiller, peut-être ?

Roz s'arrêta dans l'encadrement de la porte.

— Oui, une chose.

Andy remercia le ciel et avança de deux pas dans la chambre.

— Je voudrais utiliser ton téléphone pour prendre des nouvelles de Frankie.

Il fouilla dans sa poche et lui tendit son nouveau BlackBerry.

Elle composa rapidement le numéro et s'écarta de lui.

— Frankie, c'est moi. Comment ça va ? Oui. Oui. D'accord, ça marche.

Roz raccrocha, les sourcils froncés.

— Il dit qu'il va bien, mais je l'ai senti un peu bizarre.

— Il doit être encore stressé après l'épisode avec Hall.

Roz acquiesça.

— Je sais. Mais…

Elle se mit à tituber, et Andy se rua vers elle. Quel goujat il faisait ! Elle était peut-être forte, mais elle n'était pas formée à ça. Même les soldats expérimentés n'étaient pas habitués à se faire tirer dessus tous les jours.

— Déshabille-toi et va dormir.

Elle se pencha pour retirer ses bottes et poussa un petit cri.

— Aïe ! Mes côtes…

— Attends, je vais t'aider.

Bon sang, il aurait dû se rendre compte qu'elle n'avait tenu qu'à l'adrénaline jusqu'ici. Il n'avait pas eu réellement l'intention de la déshabiller, mais force était d'admettre qu'elle n'allait pas y arriver seule. Serrant les dents, il passa la robe par-dessus sa tête en procédant aussi délicatement que possible.

Il découvrit avec stupeur l'énorme bleu sur son buste et se rappela qu'elle avait vraiment frôlé la mort.

— Je vais appeler un médecin.

— Non.

Roz aurait dû l'émoustiller, dans la tenue où elle se trouvait maintenant (soutien-gorge et slip en dentelle, avec un porte-jarretelles tenant ses bas), mais il ne pouvait détourner son regard de la grosse ecchymose violette qui s'étalait sur ses côtes. Elle aurait eu le même genre de marque si on l'avait frappée avec un marteau.

Il avait peur de la toucher.

— Pas de médecin, insista-t-elle.

Il dégrafa son soutien-gorge et l'installa dans son lit.

Elle battit des paupières, les ferma, puis les rouvrit.

— D'habitude, je suis plus coriace que ça.

— C'est sûr, se faire tirer dessus, échapper à un psychopathe et boire du champagne quand on a le ventre vide, c'est un jeu d'enfant. Vous n'êtes plus à la hauteur, Spring.

Malgré sa tentative de plaisanterie, Andy avait la voix rauque.

Elle ouvrit un œil et le regarda.

— Je t'emmerde, McTavish.

Elle se pelotonna alors dans son lit et ferma les yeux pour de bon. Andy hésita. Elle était si pâle, si fatiguée, et c'était sa faute. Il était censé prendre soin d'elle. Au lieu de cela, il l'avait laissée frôler la mort. Perdre un client serait grave, mais perdre Roz ? Il préférait ne pas y penser. Cela lui donnait envie de tuer quelqu'un - Hall, de préférence.

Roz poussa un petit ronflement. Elle dormait déjà. Lui aussi commençait à ressentir la fatigue, et les douleurs récoltées dans la bagarre se réveillaient. Il avait besoin d'une douche et d'un peu de sommeil. Dans cet ordre.

Il n'avait jamais vraiment pensé à se poser, et ce n'était certainement pas ainsi qu'il aurait pensé célébrer ses fiançailles. Andy avisa la place à côté d'elle avec convoitise. Ce couloir était décidément bien long. Il pouvait toujours se coucher auprès d'elle. Pour s'assurer qu'elle allait bien.

Tu es un salopard, McTavish.

Roz et lui dans le même lit ne pouvait mener qu'à une seule conclusion. Elle nue et haletant son nom, pendant qu'il ferait tout pour rattraper sa bévue de la nuit dernière au château de Charleville.

Malgré l'épuisement, il sentit son sexe durcir et soupira. S'ils voulaient se reposer, il faudrait dormir dans des chambres séparées.

16

La sonnerie d'une cloche réveilla Roz. Elle se redressa en sursautant, prête à affronter le danger malgré sa fatigue, et grimaça sous l'élan de douleur qui lui transperça les côtes. Elle entendit la cloche résonner de nouveau quelque part dans les entrailles de la maison.

Maison… C'était plutôt un château. Elle s'était déjà sentie terrifiée en le voyant apparaître au bout de l'allée. Ce fut pire une fois qu'elle avait vu l'intérieur tout en marbre, vitraux et acajou. La bibliothèque contenait davantage de livres que la plupart des bibliothèques municipales qu'elle avait fréquentées, dont une bonne moitié semblait être des ouvrages anciens de grande valeur. Elle se laissa retomber sur le lit et contempla le plafond. Voilà. Même le plafond n'était pas ordinaire. Il était couvert de petits chérubins sur un fond bleu et or.

À quel point Andy était-il riche ? Et s'il était si riche que ça, pourquoi s'embêtait-il à travailler comme garde du corps pour Niall Moore ?

Roz avait tristement conscience des lacunes de son éducation. Quand elle était petite, l'appartement qu'elle partageait avec son père avait été mis à sac la nuit précédant ses examens de fin d'année. Elle avait à peine dormi deux heures avant de se rendre à l'école. Elle ne possédait pas le moindre diplôme. Elle savait cependant pirater des ordinateurs. Et Roz avait mené sa petite enquête sur Niall Moore.

Elle savait que Moore Enterprises était considérée comme la meilleure société de son genre en Europe, que Niall avait de bons revenus et menait une vie aisée. Mais cela n'avait rien à voir avec ici. De toute évidence, ce n'était pas avec son salaire de Moore Enterprises qu'Andy entretenait cette maison.

Que lui avait-il encore caché ? se demanda-t-elle en se levant et en découvrant une salle de bain à l'ancienne qui jouxtait sa chambre.

En tout cas, Andy ne lui avait pas menti sur l'état de la plomberie. Les tuyaux gargouillaient, et la douche surplombant la baignoire était très bruyante. Le filet d'eau qui finit par en sortir n'était pas très chaud, mais c'était tout de même mieux que les douches de fortune sur le tournage du film.

Elle ne savait pas du tout quoi mettre pour le dîner, mais se douta qu'un jean ne conviendrait pas. Roz déballa ses habits neufs et choisit une robe noire très sobre.

Elle aurait aimé titiller Andy avec une autre paire de bas, mais elle aurait trop de mal à se baisser pour les enfiler, avec ses côtes meurtries. Elle resterait donc jambes nues.

Elle avait fini de s'habiller quand il frappa à la porte.

— Je suis venu t'escorter pour aller dîner…, commença-t-il avant de s'interrompre, stupéfait.

Il la regarda de pied en cap et poussa un sifflement.

— Waouh ! Tu es superbe.

— Tu n'es pas mal non plus, dit-elle.

Elle n'allait pas lui avouer que le fait de le voir en smoking lui coupait le souffle et lui faisait chaud en bas du ventre. Andy était sexy en jean, mais il était absolument irrésistible en tenue habillée.

Il lui tendit son bras.

— Viens manger. Je vais te faire visiter, sinon tu vas te perdre dans ce labyrinthe.

— Je laisserai des miettes de pain derrière moi pour retrouver mon chemin, répondit-elle.

— Es-tu Hansel ou Gretel ? enchaîna-t-il en l'emmenant vers l'escalier.

— Plutôt la méchante sorcière.

Elle n'avait rien d'une enfant démunie que son père aurait abandonnée dans les bois.

— La sorcière a plutôt mal fini, remarqua Andy.

— Elle était bête et bigleuse. Pas moi.

— Nous mangeons dans la salle du petit-déjeuner, dit Andy en la guidant vers la porte.

Roz resta interdite. La table ronde était certes d'une taille raisonnable pour quatre personnes, mais elle était en acajou ancien et couverte d'une nappe finement brodée. Un grand lustre à pampilles de cristal était suspendu au plafond. La table était dressée avec beaucoup trop de fourchettes et de couteaux différents, et des verres en cristal.

— Maman tient à faire bonne impression sur toi, murmura-t-il à son oreille. Moi, j'ai de la chance quand on me fait une place dans la cuisine.

Roz aurait largement préféré manger dans la cuisine. Elle se demanda si on la reléguerait à l'arrière-cuisine si elle ne se comportait pas comme il faut.

— Eh bien, fais-la donc entrer, que je puisse la voir ! lança une voix irascible dans un coin.

Elle avait réussi à ne pas voir le vieil homme assis dans un fauteuil, en train de lire un journal.

— Ne t'en fais pas, il va t'adorer, chuchota Andy.

Dougal Campbell McTavish ne l'adora pas.

Andy installa Roz à table, le dos à la cheminée où crépitaient des bûches.

Dès qu'Andy eut aidé son père à prendre place au bout de la table, l'inquisition commença.

— Donc, vous êtes de Londres ?

Son intonation indiquait clairement que ce n'était pas un bon point pour elle.

Poppy tendit le bras vers la soupière au centre de la table et servit une louchée à Roz. Au grand soulagement de l'invitée, il n'y avait pas une armée de domestiques plantés autour d'eux. Maggie avait apporté la soupe, et Andy et Poppy étaient tout de suite venus l'aider.

— Oui, répondit Roz en souriant. Mais je suis née en Irlande.

— Et votre famille ?

Bien sûr, voilà où il voulait en venir. Était-elle une bonne jument poulinière pour perpétuer la lignée ? Elle fut tentée de dire la vérité, rien que pour voir la tête de Dougal, mais elle avait besoin de rester ici et de s'intégrer un minimum.

Tu es riche, tu es riche, se répéta-t-elle intérieurement. Il était temps d'entrer dans son personnage.

— Mon père a une compagnie de technologies de l'information. Ma mère est morte quand j'avais quatre ans.

Poppy s'en émut avec sincérité.

— Oh mon Dieu ! Votre pauvre père. Comment s'en est-il remis ?

Elle élabora une histoire pendant que Maggie apportait du chevreuil rôti, des carottes, du chou et des pommes de terre nouvelles.

— Mal. Il était au plus bas. Bien entendu, les O'Sullivan ont tenté de l'aider autant qu'ils le pouvaient. Ils ont pris ma sœur Sinead pour l'élever chez eux.

Elle regarda Poppy pour voir quel couteau et quelle fourchette elle utilisait parmi les trois couverts disponibles.

— Moi, je suis restée avec mon père. Je ne pouvais pas supporter de me séparer de lui.

À côté d'elle, Andy se mit à tousser. Il passa la main sous la nappe et lui pressa la jambe en signe d'avertissement. Elle lui pinça le dos de la main, et le geste d'Andy se transforma en une caresse sur sa cuisse. Elle était consciente qu'il fallait éviter tout mensonge outrancier. Et se contenter de déformer un peu la vérité pour que le mensonge soit crédible.

Dougal mâcha un morceau de viande avant de demander :

— Les O'Sullivan ? Ceux de la compagnie aérienne ?

Roz acquiesça en mangeant une bouchée. Elle n'avait jamais rien goûté de tel auparavant ; c'était simple, mais plein d'arômes.

— Oui, Tim O'Sullivan est mon oncle.

Voilà bien quelque chose qu'elle n'aurait jamais pensé reconnaître en public.

La main droite d'Andy tenait son verre de vin. La gauche dessinait de petits ronds sur la peau douce de la cuisse de Roz, la déconcentrant quelque peu.

— C'est un nouveau riche, grogna Dougal en coupant sa viande. Mais il s'y connaît en chevaux.

— C'est ce qu'on m'a dit, oui, dit-elle en essayant d'ignorer la main qui effleurait maintenant sa culotte humide.

Elle serra les cuisses et lança un bref regard à Andy, regrettant un peu de ne pouvoir ouvrir ses jambes pour le laisser faire tout ce qu'il voudrait. Il était tellement doué pour ça.

— Reprenez donc un peu de chevreuil, intervint Poppy. Tout ce qui se trouve sur cette table provient de notre ferme. À part le vin, naturellement. Nous n'avons jamais réussi à faire du bon vin.

— Tout, vraiment ?

Roz contempla la table avec surprise. Dans son monde, la nourriture provenait du supermarché du coin. Elle avait un jour réussi à faire pousser une laitue et des radis dans une jardinière de balcon, mais le reste ? Elle était pratiquement sûre que le chevreuil était une sorte de daim. Et le pain, et le beurre ?

— Êtes-vous amatrice de chevaux vous-même ? questionna Dougal.

Tout ce qu'elle savait des chevaux, c'est qu'ils mordaient par un bout et déféquaient de l'autre. Et que Nagsy aimait les carottes. Elle haussa timidement les épaules.

— Un peu.

— Eh bien, profitez donc de votre séjour ici pour faire une balade. Andy vous en trouvera un qui se monte facilement. Flamant, peut-être, ou Faucon.

— S'agit-il de chevaux ou d'oiseaux ?

Il la regarda fixement.

— Très drôle. À ce que je vois, vous avez hérité du sens de l'humour de Tim O'Sullivan.

Poppy intervint :

— Voyez-vous souvent votre oncle Tim ?

Andy continuait de la tourmenter sous la table. Son index effleurait maintenant le clitoris de Roz, qui battait entre ses jambes.

— Pas beaucoup, non. J'ai travaillé un certain temps en Europe.

Roz posa ses couverts avec un certain soulagement et pinça Andy à la hanche. Ce repas était déjà bien assez pénible sans qu'il la mette ainsi en difficulté. Elle sortit son pied de sa chaussure et le passa sur son mollet.

À son soulagement – et avec un peu de regret aussi –, il cessa sa délicieuse torture tout en prenant une gorgée de vin. Poppy ramassa les assiettes, et Roz, affreusement gênée par sa robe remontée jusqu'en haut de ses cuisses, dut rester assise sans lui proposer son aide. Le moindre mouvement révélerait l'état dans lequel Andy l'avait laissée. Pour le dessert, on servit des poires pochées avec de la crème fraîche, également de la ferme, qu'elle dut manger en se servant de nouveaux couverts.

Dougal revint à l'attaque :

— Andrew est allé à l'Université de Queens. Et vous, laquelle avez-vous fréquentée ?

Les doigts de Roz se crispèrent sur son couteau. L'espace d'un instant, elle envisagea de le planter dans le ventre du vieux renard. Ou au moins dans son assiette. De lui ficher une frousse qui lui donnerait une nouvelle attaque. Il semblait clair qu'il ne la trouvait pas assez bien pour son fils.

Andy dut sentir le danger et passa un bras autour d'elle en un geste qui dut paraître tendre et affectueux alors qu'il n'était que tension.

Elle le pinça gentiment, et il rit.

Roz ne pouvait avouer qu'elle n'avait même pas passé son bac, qu'elle n'avait jamais fréquenté les bancs de l'université. Quelles facultés y avait-il à Londres ? Elle ne savait plus. Elle se souvint uniquement de Polytechnique, mais se douta que ça ne ferait pas l'affaire.

— Oh ! dit-elle avec désinvolture, je suis allée à la Sorbonne et à Oxford.

Elle était effectivement entrée une fois à la Sorbonne, où elle s'était fait passer pour une jeune chercheuse afin d'y retrouver un de ses clients soumis. L'homme ne s'était pas présenté, et elle avait failli se faire arrêter. Cela lui avait servi de leçon : il fallait toujours se faire payer d'avance.

Et elle avait un vague souvenir d'un week-end brumeux à Oxford, où son père était allé rendre visite à une nouvelle petite amie. Dougal parut impressionné et cessa son questionnement. Andy en profita pour la caresser entre les omoplates, un point sensible qui la faisait toujours frémir.

Elle arrêta de manger, n'ayant plus d'appétit – du moins, pour la nourriture.

— Vous voudrez bien m'excuser si je ne reste pas pour le café ? La journée a été longue, je suis épuisée.

Poppy s'inquiéta gentiment de sa pâleur, tandis que Dougal, levant les yeux de son assiette, grommelait quelque chose comme « petite nature » avec un geste lui donnant congé.

— Je l'accompagne à sa chambre, dit Andy.

La lueur brillant dans ses yeux signala à Roz qu'il ne comptait pas la laisser seule là-bas.

— Je te sers un café, ne tarde pas trop, ajouta Poppy, ne s'embarrassant pas de subtilité pour lui signifier qu'elle attendait son retour.

Une main chaude et rassurante posée sur le dos de Roz, il l'accompagna hors du salon.

— « Il va t'adorer », singea-t-elle avec une grimace dès qu'ils furent sortis. Eh bien, dis donc, ce n'est pas gagné.

Andy grimaça à son tour.

— Désolé, je ne m'attendais pas à ce qu'il te donne autant de fil à retordre. D'habitude, il est assez sympa avec les filles que j'amène ici.

Très agréable.

— J'imagine, avec les filles qui sont du même milieu social.

Il était évident qu'elle n'entrait pas dans ces cases.

— Ne t'en fais pas, il va se radoucir. Dans quelques jours, il n'y en aura plus que pour toi.

Ils étaient arrivés devant la porte de la chambre. Il fit pivoter Roz, prit son visage entre ses mains et l'embrassa.

Le baiser était léger, doux, presque tendre. Leurs corps ne se touchaient pas. Mais il alluma quelque chose en elle.

Quelque chose qu'elle connaissait – ici, dans cette monstrueuse maison. Quelque chose de vrai, de sincère et de familier. Et ô combien tentant.

Elle se colla à lui, avide de sentir ses seins sur son corps ferme.

Andy grogna en la retenant.

— Non, s'il te plaît. Je dois descendre retrouver ma mère, et de préférence sans avoir la trique. Et puis, tu as encore mal.

Un sourire coquin aux lèvres, elle attira la tête d'Andy vers la sienne. Elle n'essaya pas de le toucher ailleurs, mais ouvrit la bouche pour inviter sa langue à caresser la sienne, l'embrassant avec tout le savoir-faire qu'elle possédait.

Les bras tremblants, il maintint la distance entre eux sans repousser Roz pour autant. Son baiser se fit plus fougueux, et elle se laissa aller à en profiter pleinement. Elle aurait pu l'embrasser pendant des heures sans en demander davantage à la vie.

Elle perdit toute notion du temps et se sentit frustrée quand il s'arracha à ses lèvres.

— Merci du cadeau, marmonna-t-il.

Elle baissa les yeux et rit en voyant la bosse qui tendait le tissu de son pantalon.

— Sorcière ! Je te revaudrai ça.

— Ah oui ? J'espère bien.

Roz commençait à espérer qu'il le fasse réellement.

— Compte sur moi.

Il lui coula un regard entendu avant de déposer un petit baiser sur ses lèvres. Il la poussa ensuite dans sa chambre et descendit l'escalier.

Elle le regarda partir jusqu'à ce qu'il disparaisse de sa vue, puis ferma la porte et poussa un soupir. Ses mamelons avaient durci, et elle serra les cuisses pour contenir l'élancement qui battait entre ses jambes depuis ce baiser. Andy ne serait pas le seul à avoir besoin d'une douche froide.

Bon sang, comment allait-il pouvoir faire face à ses parents avec un braquemard comme le Spire de Dublin ? L'interrogatoire que Roz venait de subir n'était rien en comparaison de celui qui l'attendait maintenant. La deuxième dame de *Lough Darra* était une voleuse, une menteuse et Dieu sait quoi encore. Et il se sentait totalement incapable de mentir de nouveau à sa mère en la regardant dans les yeux. Merde, merde !

Il ne voyait qu'une chose à faire. Il sortit son téléphone de sa poche.

— Reilly ?

— Identifiez-vous et soyez conscient que je risque de vous tuer, murmura-t-elle.

Andy grimaça en entendant du bruit derrière elle, comme si elle était au restaurant. Reilly avait-elle un rencard ?

— J'ai besoin d'être appelé dans dix minutes.

Reilly s'excusa de quitter la table et, quelques instants plus tard, le brouhaha de la salle disparut. Cette fille forçait l'admiration. L'éloquence avec laquelle elle venait de débiter une bonne vingtaine de jurons aurait suffi à faire détaler un bataillon de rangers dans les jupons de leur mère.

— Tu me dois ton premier-né, grogna-t-elle.

— D'accord, tu pourras être la marraine.

— Si ce n'est pas officiel, ç'a intérêt à être important.

— C'est personnel.

— Ah ?

Plusieurs secondes passèrent avant qu'elle n'éclate de rire.

— Flynn Grant me doit une caisse de vin. Je lui ai dit

que tu aurais bientôt besoin de quelqu'un pour protéger ton petit cul. Je n'arrive pas à croire que j'ai gagné !

— Reilly, j'ai juste besoin d'un coup de fil, pas que tu me donnes un rein. Sois sympa.

— C'est bon.

Elle raccrocha, et Andy sourit.

Les rangers se serraient toujours les coudes. La solidarité entre eux était naturelle et immuable. Et au moins son sexe avait-il retrouvé une dimension décente. Il descendit retrouver ses parents.

Sa mère était en train de servir le café.

— Nous parlions de Roz. Quelle adorable jeune femme !…

— Sacré caractère, déclara son père.

— Oui, c'est vrai, reconnut Andy en prenant la tasse de café que lui tendait sa mère.

— Andrew, est-ce que tu l'aimes ?

Poppy arborait une expression pensive qui poussa Andy à réfléchir. Il ne connaissait pas Roz. Certes, sur le papier, il savait tout d'elle. Mais il ne connaissait pas la véritable Roz.

Quels que soient ses sentiments, il ne pouvait pas mentir à sa mère.

Son portable vibra dans sa poche. Il ferait un gros bisou à Reilly la prochaine fois qu'il la verrait.

— C'est le boulot, dit-il en s'excusant d'un haussement d'épaules. Désolé, je dois répondre. On discutera après.

Il quitta précipitamment la pièce et gravit les marches de l'escalier, le téléphone collé à l'oreille.

— Tu es un amour. Je te laisserai peut-être profiter de mon corps la prochaine fois qu'on se verra.

— Merci, mais je passe mon tour. Tu n'es pas mon genre, grogna la voix de Niall Moore au bout du fil.

Merde. Andy fit la grimace.

— Désolé, patron. J'ai cru que c'était Reilly.

— Continue sur ce chemin et tu te perdras pour de bon. Ça t'arrive de ne pas penser au cul ? Non, finalement, je préfère ne pas connaître la réponse.

Il devait y avoir un problème pour que Niall le contacte à cette heure.

— Qu'est-ce qui se passe ?

— Tu veux la mauvaise nouvelle ou la mauvaise ? Hall est passé à travers un barrage de police il y a quelques heures.

— Merde.

Hall était une crevure, mais il était malheureusement très doué et difficile à attraper.

— Les mecs d'Interpol ont bien les boules, eux aussi. Je leur ai dit qu'on avait retrouvé la fille. Ils veulent la mettre sous protection de témoin jusqu'à ce qu'on leur ramène Hall.

Andy se figea. Ils voulaient Roz ? Si elle partait en détention protégée, Dieu sait quand il la reverrait. Des mois ? Des années ? Et il ne pourrait pas la contacter sans menacer sa sécurité.

Roz allait partir pour de bon.

— Quand peux-tu l'amener à Paris ?

Andy essaya de gagner du temps.

— On a quitté Tullamore précipitamment. Elle va avoir besoin de nouveaux papiers pour voyager. Et elle est encore choquée et blessée après ce qui s'est passé hier. Hall lui a tiré dessus presque à bout portant. Sans son téléphone, elle…

Il ne prit pas la peine de terminer sa phrase. Ils avaient tous deux connu le danger, mais eux étaient des professionnels. Roz, non.

— Compris. Tu veux du renfort ?

— Non. Ça ne ferait qu'attirer l'attention si un autre agent se pointait.

— Je pourrais envoyer Reilly ! lança Niall sans dissimuler l'amusement dans sa voix.

Andy imagina la tête de sa mère en voyant l'ancienne ranger débarquer ici. Si Roz était un peu brut de décoffrage, Reilly, elle, aurait besoin d'un bon formatage avant de poser un pied dans le domaine familial.

— C'est gentil, mais j'ai déjà assez de soucis comme ça.

— Est-ce que Roz coopère bien ?

— On peut dire ça. Elle a survécu à un interrogatoire de Dougal sans broncher.

— Eh bien, Interpol va s'amuser avec elle ! Bon. Tu peux la garder pendant environ une semaine ? Le temps que j'organise tout ça.

— Pas de problème.

Andy raccrocha et balança le téléphone sur le lit. Comment allait-il dire à Roz qu'elle allait se retrouver en détention de protection ?

Il ôta sa veste et la posa sur le dossier d'une chaise avant de desserrer sa cravate. Il pouvait encore aller voir Roz, mais il faudrait alors le lui dire, et il n'en avait pas envie. Pas déjà.

Espèce de lâche.

C'était pourtant le moindre de ses défauts. À contrecœur, il ouvrit la porte et se dirigea vers la chambre bleue.

Il frappa doucement à la porte, mais n'obtint pas de réponse. Il ouvrit alors et jeta un œil à l'intérieur.

Une lampe de chevet projetait des ombres sur les murs. Roz était couchée au milieu du lit, vêtue d'une chemise de nuit de soie rose. Elle était vraiment magnifique. Sa peau était laiteuse comme de la crème. Un nuage de cheveux roux s'étalait sur l'oreiller. La seule ombre au tableau était le fait qu'elle dormait. Il l'avait imaginée ainsi des milliers de fois. À ceci près qu'elle aurait dû se trouver dans son lit à lui, et non dans une chambre d'amis.

Elle gémit doucement dans son sommeil et frissonna. Andy fut pris d'un profond désir de la réchauffer, de la rejoindre dans ce lit et de passer la nuit à la tenir simplement dans ses bras. Non. Il s'attendrissait trop. Ce n'était qu'une mission parmi tant d'autres. Il ne devait pas s'impliquer de la sorte. Andy remonta la couverture sur elle et éteignit la lampe.

Il était presque arrivé à la porte quand il l'entendit gémir de nouveau.

— Hall, non. Non.

Elle s'agita dans le lit.

Elle avait besoin de lui. Au diable les chambres séparées ! Il ne pouvait pas la laisser comme ça. Il se déshabilla rapidement et se glissa dans le lit pour la rejoindre.

— Chut, chut…, murmura-t-il tandis qu'elle se blottissait dans ses bras.

Sa peau était chaude et parfumée de son odeur. Il ne put s'empêcher d'être ému par sa minceur et la fragilité de ses os. Quand elle était éveillée, la force de son tempérament faisait oublier qu'elle était une petite femme sans formation militaire à son actif. Elle avait besoin d'être protégée.

Andy l'attira plus près de lui. Il ne se rappelait plus la dernière fois où il avait câliné une femme autrement que dans une stratégie de séduction. Un sentiment de honte l'envahit. Le jeu était amusant sur le coup, mais lui laissait ensuite une impression de vide. La main de Roz vint se poser sur sa poitrine. Ce geste innocent éveilla immédiatement son membre, qui se dressa. Oh non ! Comment allait-il pouvoir rester ainsi auprès d'elle ? Il bougea légèrement, essayant de mettre un peu d'espace entre eux, mais Roz s'accrocha à lui. Maintenant, elle avait la cuisse sous ses testicules. *On se calme.*

Parfaitement immobile, il commença à compter à rebours à partir de cent. Les moutons, les chèvres, les chevaux, peu importe, du moment que cela le distraie des images qui envahissaient son cerveau. Une Roz nue et déchaînée le chevauchant comme un étalon. La tête renversée en arrière, la chevelure en bataille, les lèvres mouillées de ses baisers et les yeux révulsés par la passion.

Non. Ça n'allait pas marcher davantage. C'était de la torture pure et simple. Son excitation commençait à devenir douloureuse. Il ne pouvait pas rester ici, il allait devoir partir.

Dans un doux murmure, elle leva alors la tête de sa poitrine et le regarda. Un léger clair de lune filtrant à travers les rideaux éclairait faiblement son visage. Elle avait le regard sombre, une expression entendue.

Sirène.

En une invitation muette, Roz effleura les lèvres d'Andy des siennes et reposa sa tête sur l'oreiller.

Il se mit à genoux et parcourut de sa paume la chemise de soie. Elle était magnifique, mais il voulait la voir nue.

Il posa un doigt sur ses lèvres, lui intimant le silence, avant de la soulever et de passer délicatement la chemise par-dessus sa tête, puis de la jeter par terre.

Les ecchymoses sur ses côtes lui rappelèrent brusquement ce qu'elle venait de vivre. Pas étonnant qu'elle fasse des cauchemars. Il était déterminé à les lui faire oublier.

— On va jouer à un petit jeu. Je vais te donner du plaisir, mais tu ne dois faire aucun bruit. Aucun.

Roz ouvrit la bouche, puis la referma avant de hocher la tête. Tenté par ses seins, Andy posa la bouche sur un mamelon et commença à le sucer. Elle passa une main dans ses cheveux, l'invitant à continuer. Il passa à l'autre sein, le suçant, le goûtant, le léchant jusqu'à ce qu'il soit aussi dur que l'autre.

Il s'assit sur ses talons pour contempler le festin qui s'offrait à lui. Il voulait la manger de la tête aux pieds.

Prenant un de ses pieds dans sa main, il le leva et déposa un baiser au creux de sa cheville. Il remonta ensuite le long du mollet et lécha la chair tendre derrière le genou.

Elle frémit, mais ne protesta pas quand il s'aventura le long de l'intérieur de sa cuisse. Les halètements de Roz le ravissaient. Il s'immisça alors entre ses jambes et lécha sur toute la longueur sa chair humide.

Roz se cambra sur le lit tandis qu'un gémissement étouffé s'échappait de sa bouche entrouverte.

Oh oui, elle aimait ça. Il lécha avec plus d'ardeur, maintenant fermement ses cuisses pour qu'elle ne puisse se dérober. Du bout de la langue, il tourna autour de son clitoris, la titillant sans lui donner tout à fait ce qu'elle voulait. Les mains agrippées dans ses cheveux, elle tentait désespérément de guider sa tête vers le point sensible.

En temps normal, il lui aurait donné ce qu'elle voulait et l'aurait satisfaite avant de prendre son propre plaisir, mais pas encore. Il en voulait davantage.

Il sourit en l'entendant pousser un grognement de frustration. Il voulait lui faire perdre la tête. Avec sa bouche, avec ses mains, il honora la moindre partie de son corps, savourant son goût et son odeur, léchant sa sueur salée en une délicieuse torture qu'il s'infligeait.

Roz balança la tête de gauche à droite, dans des mouvements de plus en plus incontrôlés. Elle ouvrit la bouche pour protester. Il posa un doigt sur ses lèvres. Le message était clair : *Pas un bruit ou j'arrête tout.*

Son expression mutine lui donna envie de rire.

— Tu veux jouir, oui ou non ?

Elle le regarda en plissant les yeux, semblant lui promettre une revanche, mais il l'ignora.

— Retourne-toi.

Roz se retourna sur le ventre. La vue de son cul bien rond l'emplit de joie. Il détestait les femmes maigres. Il se mit à pétrir ces superbes fesses avec émotion. Roz possédait les courbes qui hantent les rêves dont on s'éveille le ventre humide. Il pencha la tête et mordit sa chair somptueuse.

Elle poussa un petit cri et tenta de se dérober.

Andy lui donna une petite tape, et elle se calma. Il était conscient qu'elle ne pouvait en supporter davantage, que ce silence imposé la mettait au supplice.

— Pauvre chérie, murmura-t-il.

Roz n'était pas la seule à souffrir. Son sexe était douloureux. Il fallait qu'il la possède rapidement. Lorsqu'elle se retourna de nouveau, il la laissa faire. Comment avait-il pu oublier cette bouche ?

Andy se baissa pour se retrouver peau contre peau avec elle. Elle lui attrapa la tête et l'attira vers elle en le tenant pour enchevêtrer sa langue avec la sienne. Ses lèvres avaient un goût de menthe mêlé à son propre goût à elle. Roz se cambra contre lui, impatiente. Il s'écarta d'elle en grognant. Bordel de merde ! Comment avait-il pu oublier d'acheter le nécessaire ?

Andy se pencha pour attraper son pantalon et son portefeuille. Il maugréa dans sa barbe en y trouvant un unique sachet plastifié. Il faudrait en profiter à fond. Il déchira le plastique et enfila le préservatif. Fini de jouer. Il écarta les cuisses de Roz avec ses genoux et bascula son poids sur un de ses bras. Une main à la base de son membre, il en frotta l'extrémité sur l'ouverture qui l'attendait et s'y engouffra.

Elle était trempée et étroite. La chaleur qui enveloppait maintenant son sexe était incroyable. Andy se retint d'aller plus vite et plus fort. Si Roz était impatiente auparavant, il comptait à présent la rendre folle. Bougeant les hanches, il effectua un long et lent mouvement de va-et-vient pour faire monter la pression.

Roz enroula ses jambes autour de lui, l'encourageant à poursuivre.

Il n'y avait plus qu'elle. Chaque mouvement de bassin faisait monter la tension sensorielle qui l'écrasait déjà. Il aurait voulu que cela ne cesse jamais ; rester ainsi enfoui en elle. Leurs regards se croisèrent, se fixèrent. Ses testicules se serrèrent. Il augmenta la cadence et la force de son mouvement.

— Oh mon Dieu, Andy !

Le cri de jouissance de Roz brisa le silence.

Il se moquait bien de cette règle, maintenant. Un picotement envahit les terminaisons nerveuses de sa colonne vertébrale, annonçant l'apogée. Les yeux grands ouverts, il donna un dernier coup de reins, s'enfonçant en elle, et son orgasme le secoua de la tête aux pieds.

17

Le lendemain matin, Roz s'éveilla souriante. Son corps rayonnait encore du souvenir du plaisir et de la satisfaction. Elle s'étira, appréciant les effets secondaires d'une merveilleuse nuit d'amour avant que son esprit ne rattrape son corps.

Elle se raidit brusquement. Qu'avait-elle fait ?

Elle avait fait l'amour avec Andy McTavish. Du moins, si ce n'était pas l'amour, quelque chose qui s'en rapprochait furieusement. Bien trop près et bien trop dangereusement. Elle savait repérer les manipulateurs, et Andy était le meilleur qu'elle ait jamais vu. Elle ne pouvait pas se permettre de tomber amoureuse. Ce serait courir droit à la catastrophe.

En plus, ce salopard l'avait de nouveau amenée à se soumettre à lui. Elle se tortilla, gênée, en repensant aux détails de la nuit passée. Elle aimait diriger les opérations. Elle donnait les ordres, et son amant obéissait. Voilà comment ça se passait.

Certes, il s'était écoulé un certain temps depuis la dernière fois qu'elle avait eu une relation. Peut-être manquait-elle juste d'entraînement, raison pour laquelle elle avait autorisé Andy à prendre le contrôle. Elle se sentit vaguement coupable de l'avoir laissé lui donner autant de plaisir alors qu'elle s'était contentée de suivre ses ordres. Elle n'était pas soumise. Personne ne lui donnait d'ordres. Pas même Andy McTavish.

Pleine de résolution, elle chercha son téléphone sous son oreiller avant de se souvenir qu'elle n'en avait plus. Elle n'allait pas s'en plaindre (l'appareil lui avait tout de même sauvé la vie), mais elle n'avait plus de moyen de connaître l'heure. Elle ne portait pas de montre pendant la scène de bataille.

Était-ce seulement hier matin ?

Il lui faudrait de nouveau emprunter le portable d'Andy pour prendre des nouvelles de Frankie. En attendant, le jour filtrait déjà entre les rideaux ; il était temps de se lever. Elle sortit du lit en grimaçant, mais se dit que cela devrait aller mieux d'ici une heure ou deux. Et l'immense baignoire qui se trouvait juste à côté devrait l'aider à apaiser ses douleurs.

Roz ouvrit les rideaux et eut le souffle coupé en découvrant la vue s'offrant à elle. Jusqu'ici, elle n'avait pas pleinement pris conscience de la beauté de l'Irlande. On avait beau l'appeler l'île d'Émeraude, cela ne suffisait pas à lui rendre justice. Le soleil se reflétait sur un lac derrière lequel des collines moutonnaient jusqu'à l'horizon sans qu'un seul bâtiment vienne interrompre ce patchwork de champs et de haies.

Un troupeau de vaches paissait dans le lointain. Ou bien s'agissait-il de chevaux ? Elle plissa les yeux. Ce n'était assurément pas des moutons, c'est tout ce qu'elle pouvait en dire. L'œil de la citadine avait ses limites.

Elle se perdit dans la maison en descendant pour le petit-déjeuner, qu'elle trouva finalement servi dans la salle à manger. Poppy était là, buvant un thé et grignotant un toast.

Elle devait être en train de l'attendre, car, dès que Roz apparut, elle bondit sur ses pieds pour l'embrasser et insista pour qu'elle mange quelque chose.

Roz détestait sauter des repas et comptait bien manger, mais elle apprécia de se faire solliciter de la sorte. Poppy devait penser que Roz allait se passer de petit-déjeuner ; elle l'entraîna vers la desserte, où un petit réchaud abritait des œufs, du bacon, des saucisses, des champignons, du pain irlandais poêlé et des galettes de pomme de terre.

— Profitez-en. Andy compte vous faire faire le tour de la propriété et vous n'aurez pas forcément le temps de manger.

Elle marqua une pause.

— Y a-t-il autre chose que vous aimez prendre au petit-déjeuner et que nous aurions oubliée ?

Roz n'osa pas lui dire que, d'habitude, son petit-déjeuner consistait en un simple bout de pain ou un bol de cornflakes avec du lait. Elle prit des œufs, du bacon, des champignons et des toasts, avec un pincement au cœur pour ce pauvre Frankie. Lorsqu'elle s'assit, Poppy lui avait déjà servi une tasse de café.

Était-ce ainsi que vivaient les riches ? Cela lui paraissait bien trop compliqué.

— Mangez, profitez d'être jeune et active. Ce ne sera plus la même chose quand la ménopause s'en mêlera et viendra vous coller des kilos en trop.

Tandis que Roz mangeait, Poppy énuméra tout ce qu'elle avait prévu pour la distraire durant les deux prochaines semaines.

— Après ça, on verra. Je suis sûre que, d'ici là, vous aurez commencé à organiser le mariage.

Roz posa sa fourchette. Poppy croyait-elle vraiment qu'ils iraient si vite en besogne ?

— Oh ! nous n'en sommes pas encore là, dit-elle.

La dernière chose qu'elle voulait, c'était bien que Poppy se lance dans des projets de mariage.

Une fois le petit-déjeuner terminé, Poppy lui fit visiter la maison. Roz eut toutes les peines du monde à mémoriser le plan des lieux. Il y avait décidément bien trop de pièces. La plupart étaient inoccupées, et seule une demi-douzaine étaient ouvertes et chauffées, mais le luxe suranné qui y régnait l'impressionna vivement. Jamais elle n'avait vu de ses yeux un endroit pareil. Devant l'abondance d'antiquités emplissant chaque pièce, elle se sentit soudain trop apprêtée.

Elle portait une belle robe en jersey avec des escarpins et se rendit compte qu'un simple jean aurait été plus approprié. Poppy portait un vieux pantalon de tweed et une paire de tennis usés. En France, Roz avait eu plus de facilité à s'adapter et à se fondre dans le décor. Les fautes de goût pouvaient vous faire passer pour un Anglais nouveau riche.

Mais il n'en allait pas de même avec les vieilles familles aristocratiques. Elle prit la résolution de faire plus attention à la façon dont les gens se comportaient ici.

Une fois, elle avait failli se rendre dans une demeure ressemblant au standard de *Lough Darra*, lors d'une soirée BDSM dans un château près de Versailles, mais elle n'avait pas pu y entrer.

Elle roulait en direction du château quand une voiture de police lui avait fait signe. Instinctivement, elle avait accéléré. Après une course-poursuite dans la banlieue de Paris, elle avait été arrêtée. Bien qu'elle n'eût rien fait d'autre que prendre la fuite, ce qu'elle aurait pu expliquer, les policiers n'avaient pas eu l'air impressionnés par la collection d'accessoires et de sex-toys trouvés dans son coffre. Les menottes et les cravaches les avaient particulièrement intéressés, et elle avait passé trois jours en garde à vue avant de les convaincre que son délit le plus grave avait été de conduire avec un feu arrière cassé.

Bizarrement, cette soirée avait marqué le début d'un changement majeur dans son existence. Elle avait alors pris conscience qu'elle ne voulait plus vivre en suspecte permanente. Qu'elle ne voulait plus avoir à s'enfuir dès qu'elle voyait un policier. Qu'elle voulait juste vivre une vie normale.

Ou une vie comme celle-ci.

Pendant que Poppy lui racontait l'histoire d'un grand vase chinois dans le salon de l'aile ouest et qu'une domestique nettoyait les cendres de la cheminée, Roz fut submergée par le contraste entre cette maison et son minable appartement de Peckham.

Voilà la vie qu'elle aurait eue si les O'Sullivan avaient pris la peine de s'occuper d'elle. Si Sinead leur avait parlé d'elle. Au lieu de subsister au jour le jour, sans éducation, sans stabilité, sans avoir toujours le ventre plein, elle aurait pu vivre de cette manière.

Roz s'assit sur un divan tapissé de soie, et l'une des chiennes, Maxi sûrement, monta sur elle et se mit à lui lécher le visage. Roz enfouit son nez dans les poils du chien. Elle n'avait jamais eu de chien. Ils n'avaient jamais eu de maison pour pouvoir en accueillir un. Elle n'avait jamais eu le genre de vie où l'on pouvait envisager d'adopter un animal. Aucune bête ne lui avait jamais fait la fête ainsi, en haletant de joie rien qu'en la voyant.

Elle sentit la colère se réveiller en elle. Elle aurait pu avoir un chien comme celui-ci. Une existence comme celle-ci. Mais elle n'avait connu que la précarité. La vie était injuste. Elle y était pourtant habituée.

Andy arriva, précédé de Mini.

— Ah ! tu es là. Je voulais t'emmener faire un tour à cheval.

Roz s'efforça de ne rien laisser paraître de ses émotions.

— D'accord. Mais passe-moi d'abord ton téléphone, que je donne un petit coup de fil à Frankie.

Il le lui tendit.

— Va enfiler un jean, je m'occupe de te trouver des bottes et une bombe.

Une fois dans sa chambre, Roz composa le numéro de Frankie, qui sonna dans le vide. Curieux. Elle rappela, au cas où elle se serait trompée de numéro. Cette fois, on décrocha au bout de six sonneries.

— Allô ? chuchota une voix de femme. Qui est à l'appareil ?

Il fallut quelques instants à Roz pour reconnaître la voix.

— Cheyenne ? C'est Roz, je voudrais parler à Frankie.

Un sanglot monta dans la voix de Cheyenne.

— Ça va aller, il va se remettre, dit-elle, l'air d'essayer de s'en convaincre elle-même.

Elle comprit subitement. Pas étonnant que Frankie lui ait semblé bizarre, hier soir.

— Qu'ont dit les médecins ?

— Qu'il aurait dû rester un peu à l'hôpital. Il a trois côtes cassées, le nez cassé et des déchirures musculaires. Apparemment, la cotte de mailles et la chemise en cuir lui ont sauvé la vie. Mais il n'a pas voulu rester à l'hôpital. Il disait qu'il s'y sentait trop vulnérable, un truc de ce genre.

Il y avait décidément des machos partout.

— Où est-il ?

— Dans mon mobil-home. Il dort. J'ai dit au médecin que je gardais un œil sur lui et que je lui ferais prendre ses médicaments. Il ne peut pas reprendre le boulot pour l'instant. Il arrive à peine à manger tout seul et refuse de croire qu'il n'est pas Superman.

Cela ne surprit pas Roz.

— Dis-lui que j'ai appelé pour prendre de ses nouvelles et qu'il se repose bien.

Elle s'efforça de mettre du sourire dans sa voix.

— C'est l'occasion pour toi de libérer ta domina intérieure et de lui faire faire ce que tu veux.

Cheyenne eut un petit rire.

— En fait, j'espérais plutôt que ce soit dans l'autre sens.

— Quand il ira mieux, alors.

Roz raccrocha. C'était du Frankie tout craché, de prétendre que tout allait bien alors qu'il avait été blessé à cause d'elle. Comment allait-il diriger son équipe, maintenant ? Plus de salaire, alors que les factures s'accumulaient.

Au moins avait-elle quelques jours de réflexion pendant que Cheyenne veillait sur lui, mais ce serait à Roz de trouver une solution à long terme. Elle ne pouvait laisser Frankie souffrir pour avoir voulu lui sauver la vie.

L'idée de Frankie sur la vente de Nagsy à Tim O'Sullivan lui revint en tête. C'était une idée folle, mais, pour l'heure, c'était aussi le seul plan qu'elle eût sous la main. Mais, avant cela, elle devait apprendre à monter à cheval, ce qui ne la réjouissait guère.

— Trouve une paire à ta taille et enfile-les.

Andy désigna une rangée de bottes de cheval alignées contre le mur de la sellerie.

— Je vais te chercher une bombe et une protection dorsale.

Les bottes étaient usées, mais faites de cuir et cousues à la main. D'autres paires en caoutchouc étaient disponibles un peu plus loin. Au-dessus des bottes se trouvait une étagère remplie de casques noirs et de bombes recouvertes de velours.

Tandis que Roz cherchait chaussure à son pied, Andy sortit une paire de jambières en daim et les enfila. Elle sentit sa bouche s'assécher. Ce pantalon découpé lui faisait un petit cul irrésistible. Elle ne put s'empêcher de l'imaginer avec cet accessoire, mais sans son jean, et de songer à la douceur du daim contre l'intérieur de ses cuisses.

On se calme, ordonna-t-elle à sa libido. Il ne fallait surtout pas qu'elle aille plus loin dans sa relation avec Andy, sans quoi elle risquait de souffrir.

— Je ne savais pas qu'il y avait des chevaux roux, dit-elle depuis l'autre côté de la porte.

Maintenant que l'échéance approchait, elle se sentait de plus en plus stressée à l'idée de monter. Ce cheval lui semblait gigantesque.

— Elle n'est pas rousse, elle est alezane. Son nom complet est *Lough Darra* Diamond, mais tu peux l'appeler Minty.

Il emmena le cheval dans une sorte d'arène couverte très éclairée, dont le sol était tapissé de copeaux de bois, avec des miroirs sur tout un pan de mur et un petit balcon pour les spectateurs.

Roz le suivit avec réticence. Finalement, elle n'avait plus très envie d'apprendre à monter à cheval. Minty frappa des pieds. Ses sabots étaient moitié moins larges que ceux de Nagsy, mais tout de même suffisamment pour provoquer de sérieux dégâts. La jument sentait le cuir et le cheval, et son dos arrivait au niveau des yeux de Roz.

— Je ne crois pas que…, commença-t-elle.

Trop tard. Andy l'avait déjà prise par la jambe gauche pour la faire monter en selle.

Roz s'abstint de terminer sa phrase. Maintenant qu'elle se trouvait là, elle allait essayer. Si elle voulait pouvoir convaincre Tim O'Sullivan qu'elle possédait un cheval capable de remporter la Gold Cup, il faudrait qu'elle sache se débrouiller en selle. Elle écouta attentivement les conseils d'Andy sur la façon de tenir les rênes.

— Tiens-les avec une légère tension pour ne pas lui brutaliser la bouche. Sois douce avec ses lèvres.

Elle ne put s'empêcher de repenser au contact de ses lèvres à lui, la nuit dernière, quand il l'avait fait fondre d'un baiser. D'ici, elle pourrait se pencher pour embrasser cette bouche parfaite. Et le faire cesser de parler de chevaux.

Andy poursuivit.

— Maintenant, tiens-toi droite et imagine une ligne droite entre tes oreilles, tes épaules, tes hanches et tes talons. Voilà, comme ça.

Il prit la longe et fit marcher Minty dans l'arène.

Elle était si haut perchée ! C'était vraiment grand, un cheval. Le sol lui semblait à des kilomètres d'elle, et elle avait l'horrible impression que, si elle chutait, Minty allait la piétiner avec ses énormes sabots.

Elle savait que c'était stupide. Elle était tombée de bien plus haut en faisant du *parkour*, mais c'était différent. Minty bougea légèrement, et Roz lâcha les rênes pour se cramponner à sa crinière.

— Ne fais pas ça, lui ordonna Andy.

— Pardon, elle m'a surprise. Tout ça est nouveau pour moi. C'est où, déjà, la pédale de frein ?

Andy la considéra, les yeux plissés.

— Bon, on va s'y prendre autrement, dit-il.

Il lui prit les rênes des mains et les noua hors de portée de Roz. Puis il lui retira ses étriers, la laissant campée sur le dos du cheval sans aucune prise.

— Euh, c'est quoi, l'idée ? demanda Roz.

— Je vais diriger le cheval. Tu dois rester droite et en équilibre. Apprendre à bouger avec ta monture. Écarte les bras s'il le faut, mais ne te tiens à rien. Trouve ton équilibre avec tes jambes.

Minty se mit à marcher en rond tandis que Roz essayait de s'adapter au mouvement, tout en réfléchissant à de nouveaux moyens de torturer Andy. Son expérience de dominatrice lui avait appris nombre de choses intéressantes permettant de réduire un homme à l'état de carpette. Elle lui frotterait les testicules avec du baume chauffant. Lui mettrait des pince-tétons chargés de poids. Du gingembre fraîchement pelé. Une ceinture de chasteté. Oh oui ! Voilà qui mettrait Andy au supplice.

— C'est beaucoup mieux, dit-il, la ramenant à la réalité. Maintenant, on va essayer le trot.

Il fit claquer le fouet, et Minty accéléra, faisant rebondir Roz qui faillit tomber de sa selle. Elle se pencha en avant et agrippa de nouveau la crinière.

— Redresse-toi, ordonna Andy. Trouve ton équilibre. Garde bien tes fesses ancrées à la selle, ressens le mouvement.

— Je ne sens que ça, enfoiré, marmonna-t-elle.

Andy éclata de rire.

— Maintenant, pendant qu'elle trotte, je veux que tu me récites l'alphabet à l'envers.

Elle se risqua à détourner les yeux des oreilles de Minty pour regarder Andy.

— Tu plaisantes ?

— Vas-y, fais-le.

Il ne semblait pas décidé à changer d'avis.

Elle commença à contrecœur :

— « Z », « Y », « X », « W ».

Elle s'arrêta. Ce n'était pas aussi simple qu'on aurait pu le croire. Elle dut se concentrer pour se rappeler la suite.

— « V », « U », « T », « S », « R ».

Nouvelle pause pour retrouver l'ordre des lettres. Andy claqua doucement du fouet, et le cheval continua de tourner au petit trot. Elle parvint enfin jusqu'à « C », « B », « A ».

— Bien, commenta Andy. As-tu remarqué que tu étais beaucoup plus détendue ?

Bon sang, c'était exact ! Elle était si concentrée sur son alphabet qu'elle en avait oublié toute tension sur le dos du cheval.

— Cette fois, on va passer au petit galop. Et tu vas fermer les yeux.

Avait-il perdu la tête ?

— Tu te fous de moi ? Je ne ferai pas ça.

— Oh que si ! Fais-moi confiance, il ne t'arrivera rien de fâcheux. Et je sais que tu en as le courage.

Son ventre se noua, mais elle ne voulait pas capituler. Elle ferma les yeux avec détermination.

— OK, on y va, dit-elle.

Elle entendit le fouet claquer, et Minty avança plus vite, passant du trot désormais familier à un petit galop chaloupé. Roz lutta contre son envie de s'agripper à elle et se concentra sur sa posture.

— C'est bien, la félicita Andy, mais détends-toi un peu. Tu ne vas pas à la potence.

— Facile à dire, maugréa-t-elle.

— Maintenant, les yeux toujours fermés, dis-moi dans quel ordre Minty bouge ses jambes.

— Tu te fiches de moi ? grogna-t-elle tout en gardant les yeux fermés et en se concentrant sur les mouvements qu'elle sentait sous elle.

Au bout d'un temps indéfini, elle se lança :

— Patte arrière droite en premier, puis patte arrière gauche et patte avant droite ensemble, et patte avant gauche.

— Bravo, petit génie. Je n'ai jamais vu quelqu'un réussir à saisir ça du premier coup. Sauf qu'on dit « jambe », pour un cheval.

Elle se sentit fière d'elle.

— Ouvre les yeux.

Elle fut surprise de voir la vitesse à laquelle elle allait. Si elle avait su que Minty avançait à cette allure, elle aurait paniqué. Mais maintenant, cela lui convenait.

— Bravo, tu as fait du bon travail, dit Andy. Je crois

qu'on peut arrêter pour aujourd'hui. Tu mérites une récompense.

Elle s'était montrée sidérée, contente et légèrement déstabilisée. Autant de réactions qu'il adorait voir chez ses soumises. À ceci près que Roz n'était pas sa soumise. Pourtant, Dieu sait qu'il bouillait d'envie de prendre ses fesses à pleines mains.

C'était sa première fois en selle, mais Roz avait l'instinct d'une bonne cavalière. Elle avait obéi à ses ordres, fait tout ce qu'il lui avait dit et montré un véritable talent d'équilibre et d'attention au cheval.

— Super, dit-il en l'aidant à descendre de sa monture.

Il mena Minty à l'écurie, la dessella et attrapa de quoi la nettoyer. Roz voulut l'aider. Il lui montra comment brosser le cheval pour enlever les traces de la selle. Il prit les pieds de l'animal un à un pour les nettoyer et expliqua à Roz comment faire. Elle se montra d'abord hésitante en soulevant le sabot de Minty, mais mania ensuite le cure-pied avec assurance.

— C'est ça, voilà, très bien.

Le sourire euphorique de Roz l'émut soudain. Elle aimait ça, elle aimait vraiment ça. Animé d'un soudain élan pervers, il décida d'aller plus loin. Il prit une fourche et la lui tendit.

— Tiens.

Elle le considéra, perplexe.

— Pour quoi faire ?

— Pour nettoyer derrière Minty.

Il hocha la tête en direction des tas de crottins répandus dans l'écurie. L'outil à quatre dents était parfait pour cette tâche.

Elle eut une moue de dégoût.

— Là, tu vas un peu trop loin. Pourquoi ne le fais-tu pas toi-même ?

— C'est ton cheval, pour l'instant. Ça ne te prendra pas longtemps. Retrouve-moi à la maison quand tu auras fini.

Sur ce, Andy se dirigea vers la porte en sifflotant.

Au fracas que fit la fourche en tombant par terre, il eut confirmation du vif mécontentement de Roz.

Il toussa pour dissimuler son rire, mais la bordée de jurons qu'il entendit dans son dos lui indiqua qu'elle était sur le point de craquer. Andy se retourna.

— Tu n'aurais pas dû faire ça. Je vais l'installer dans son box. Que tout soit nickel quand je reviendrai.

Lorsqu'il revint, Roz était toujours à l'endroit où il l'avait laissée, la fourche à ses pieds. Quelle entêtée ! Mais il adorait qu'on lui résiste.

— Eh bien, pas encore fini ?

Elle répliqua en des termes peu catholiques.

— On peut gérer ça autrement.

Elle le fixa, les yeux étrécis, avec un rictus de défi.

— Vas-y, annonce la couleur.

Voilà qui ressemblait à un beau défi.

Il la saisit vivement par le poignet et la fit sortir du manège. C'était l'heure du déjeuner. Les lads devaient déjà être à la cuisine. La sellerie serait sûrement vide.

Quelque chose dans l'odeur du cuir provoqua un effet immédiat sur son sexe. En avait-il toujours été ainsi ? Il se rappelait seulement avoir toujours aimé les odeurs d'écurie. Il la poussa à l'intérieur et referma la porte derrière eux.

Dans la pénombre de la sellerie, il vit le doute traverser le visage de Roz avant que sa bouche ne se durcisse.

— Tu n'es pas mon chef. Je n'ai pas à suivre tes ordres.

— En effet, approuva-t-il, mais je suis ton moniteur, et, tant que nous sommes ici, c'est moi qui commande.

Roz eut un grognement incrédule.

— Donne-moi la fessée, tant que tu y es.

— C'est bien mon intention.

Andy avança vers elle sans dissimuler son amusement. Qu'elle en soit consciente ou non, c'était une invitation.

Outrée, elle leva les yeux vers lui, ses yeux bleus emplis de fureur et d'un soupçon d'autre chose.

— Ose un peu, pour voir.

— Je vais me gêner.

Andy posa les mains sur sa taille, puis sur ses hanches avant d'empoigner ses deux fesses pour l'attirer contre lui. Il se frotta légèrement contre elle et sentit son membre durcir.

— C'est un cul de vierge, ça, ma parole. Tu n'as jamais eu envie de savoir ce que ça faisait ?

— Pas du tout. J'ai toujours cru qu'il valait mieux donner que recevoir, dit-elle avec un sourire mielleux.

Cette réponse sarcastique était typique de Roz, mais le rouge qui lui montait aux joues fit hésiter Andy.

Il décida de pousser un peu l'expérience, et baissa la tête pour l'embrasser dans le cou et lui mordiller le lobe de l'oreille.

Elle poussa un soupir qui le ravit.

Serrant ses fesses entre ses mains, il la pressa plus fort contre lui. Son sexe était devenu dur comme l'acier.

— Tu sais l'effet que tu me fais ? Et surtout l'effet qu'une soumise avec un cul pareil me fait ?

— Soit tu as une énorme boucle de ceinture, soit ça t'excite à fond. Quel dommage que je ne sois pas une soumise ! rétorqua-t-elle.

Andy se concentra sur sa bouche, où il déposa de petits baisers en bordure de ses lèvres sans lui donner vraiment ce qu'elle attendait.

— Comment peux-tu le savoir si tu n'as pas essayé ?

Roz avait joué un rôle ou un autre durant toute sa vie. Elle avait certes joué les domina à Paris, sans pour autant y mettre beaucoup de cœur. Ce n'était qu'une composition de plus. Peut-être pourrait-il l'aider à en savoir plus. Il ôta à regret une main de ses fesses et passa un pouce sur un de ses mamelons. Sous le coton de sa chemise, les deux tétons pointaient vaillamment.

Andy déboutonna la chemise de Roz. Elle portait un soutien-gorge de satin et de dentelle rose pâle qui faisait admirablement pigeonner sa poitrine. Il embrassa goulûment la vallée entre ses deux seins qui se soulevaient rapidement sous son souffle précipité.

— Andy ! dit-elle d'une voix rauque tout en se cambrant contre lui, avide de plus de contact.

Bon sang, il irait en enfer pour ça, mais ce cul était trop tentant.

— Ça vient, ma belle, mais d'abord…

Il aurait adoré la coucher sur ses genoux, mais l'ecchymose sur ses côtes était trop récente, quoique commençant à verdir sur le contour. Il avait peur d'y exercer la moindre pression.

Andy l'emmena au fond de la sellerie, où étaient rangées les selles.

— Mets tes mains là.

Il tapota l'assise d'une selle.

Debout derrière elle, il écarta ses cheveux d'une épaule afin de voir son visage.

— Les pieds écartés.

Il inséra une cuisse entre celles de Roz pour accentuer l'écartement. Une paume entre ses omoplates, il la fit se pencher en avant.

— Comment te sens-tu ? demanda-t-il.

— Bizarre, et bizarrement excitée, aussi, reconnut-elle.

— Continue comme ça. Je te promets de ne pas te faire mal.

Enfin, pas trop, ajouta-t-il intérieurement. Dans cette position, il ne savait pas s'il avait envie de la baiser ou de la fesser. Les deux, probablement.

— Tu m'arrêtes quand tu veux, mais je te garantis que tu n'en auras pas envie.

— Petit prétentieux, murmura-t-elle.

Le premier coup tomba au milieu de sa fesse droite. Elle sursauta vivement, mais ne cria pas. Il frotta gentiment la zone avant de lever à nouveau la main. Il trouva bientôt son rythme, alternant légers coups sur les fesses et frictions réconfortantes.

Le souffle de Roz s'accéléra, et Andy augmenta la force des coups tout en guettant l'expression de son visage et de son corps au cas où il irait trop loin.

Son sexe implorait une libération. Jamais il n'avait bandé aussi fort de toute sa vie. Il s'arrêta pour embrasser Roz en écartant les mèches de cheveux humides collées à son visage.

— Encore six. Tu vas tenir le coup ?

Elle tourna la tête et lui sourit.

— Ah ! Parce que tu as commencé ? Je croyais que c'était un massage après avoir monté à cheval.

La morveuse. Elle allait sentir passer les six prochains.

Dans la pénombre de la salle, on entendit clairement le claquement de la main d'Andy sur les fesses de Roz. Son souffle saccadé tourna au gémissement, puis au cri lors du coup final.

Elle s'effondra alors sur la selle, et Andy la prit dans ses bras. Elle avait les yeux brillants et une expression un peu absente. Jamais elle n'avait été aussi belle.

Comment diable avait-il fait ? La délicieuse chaleur de ses fesses se heurtait à son indignation à l'idée qu'il lui ait mis la fessée. Que lui avait-il pris de permettre cela ?

Au fond, elle le savait très bien. C'était à cause de la leçon d'équitation, quand elle s'en était remise à lui et avait accepté d'obéir à ses consignes sans poser de questions. Il ne l'avait pas déçue. Sans être une experte, elle sentait qu'elle était allée plus loin en une seule leçon que beaucoup de gens en plusieurs ; grâce à Andy.

Ces instructions avaient ouvert la porte à son côté soumis, côté dont elle ne soupçonnait pas l'existence, l'autorisant à s'en remettre pleinement à lui, en toute confiance.

Elle sourit. Elle avait aussi un côté provocateur et n'avait pu résister à la tentation de le narguer. Il avait eu l'air si outré quand elle lui avait demandé s'il avait seulement commencé.

Elle avait vraiment hâte de le provoquer à nouveau.

18

Andy était rentré depuis moins d'une semaine. Comment sa mère avait-elle fait pour rameuter vingt personnes autour d'un déjeuner en si peu de temps ? Elle aurait plutôt intérêt à ménager sa santé. Quel genre de torture comptait-elle lui infliger aujourd'hui ? Le crissement de roues sur le gravier lui indiqua que les invités commençaient à arriver.

Il se hâta jusqu'à la chambre bleue et frappa à la porte avant d'entrer. Roz était debout devant le miroir, et tous les vêtements qu'elle possédait étaient étalés sur le lit.

Elle portait un soutien-gorge de soie gris qui lui remontait superbement la poitrine, et un string miniature qui ne dissimulait presque rien. Elle brandit une robe devant elle avant de l'écarter.

— Je n'ai rien à me mettre, se plaignit-elle avant de prendre une autre tenue.

— Ce n'est pas ce que me dit ma carte de crédit.

Roz lui décocha un regard noir.

— C'est facile pour toi. Tu connais tous ces gens. Moi, quand je vais descendre, ils vont tous me juger.

Voilà donc ce qui la faisait ainsi paniquer. Andy traversa la pièce et lui enleva le vêtement des mains pour le poser sur son épaule. Il la fit pivoter vers le miroir.

— Ces gens sont mes amis, et ils vont rencontrer la

nouvelle occupante de *Lough Darra*. Alors, oui, bien sûr, ils vont te juger. Je serais hypocrite si je te disais le contraire.

Roz ferma les yeux. Elle était aussi tendue que la corde d'un arc, et il la soupçonna de lutter contre les larmes. Roz ne pleurait jamais.

— Ouvre les yeux et regarde-moi.

Elle les rouvrit à contrecœur pour croiser son regard dans le miroir. Andy prit ses seins dans ses paumes, s'émerveillant de ce qu'ils se logent si parfaitement au creux de ses mains. Il adorait les femmes, surtout celles qui avaient des formes. Il préférerait toujours une femme ronde et épanouie à celle qui passait sa vie entre deux régimes.

Il pinça un de ses mamelons jusqu'à ce qu'il pointe.

— C'est vrai, ils vont te juger, mais je veux que tu te souviennes que tout ça est à moi et que tu es superbe.

En l'absence de réponse, il pinça plus fort, attendant une réaction.

— Petit salaud, souffla Roz tandis que la passion s'allumait déjà dans ses yeux de saphir.

Andy rit. Il n'attendait pas ce genre de réponse, mais, si elle se sentait en colère contre lui, elle redouterait moins d'affronter les autres.

— Une dame distinguée ne doit pas parler comme ça sans s'attendre à quelques représailles.

Tenant toujours ses seins, il l'attira contre lui tout en lui caressant le ventre.

Roz ferma les yeux et se laissa aller dans ses bras.

Il glissa les doigts dans le petit bout de soie. Seigneur, elle était déjà mouillée. Roz bascula la tête sur l'épaule d'Andy, et son souffle s'accéléra comme il lui titillait le clitoris.

Son membre se gonfla en entendant la belle rousse gémir doucement. Il se frotta contre elle pour lui témoigner son désir. L'odeur de son sexe emplit ses narines. Il avait envie d'enfouir son visage entre ses cuisses pour la dévorer. Mais là n'était pas le but de la manœuvre. Il s'agissait de lui donner une leçon de confiance en elle.

Elle était magnifique. Aucun homme parmi les invités ne resterait indifférent en la voyant. Pourquoi doutait-elle ainsi d'elle-même ? Il délaissa le tendre bouton pour plonger un doigt en elle.

— Oh mon Dieu !

Elle se cambra sous sa main, cherchant davantage de pression.

Andy inséra un deuxième doigt en elle et opéra un lent va-et-vient pour faire monter la pression, mais sans la faire jouir. Les muscles intérieurs de Roz, avides de plus de sensations, se serrèrent sur ses doigts.

L'envie de la pénétrer pour de bon était presque irrésistible. Son sexe était dur contre sa braguette, presque douloureux. Andy retira ses doigts, et elle ouvrit brusquement les yeux.

— Tu ne peux pas arrêter comme…

— Oh si !

Il replongea ses doigts en elle avec plus de force, lui donnant la pression qu'elle attendait, et l'amena un peu plus haut avant de les retirer une nouvelle fois. Il se concentra alors sur son clitoris, qu'il frotta légèrement jusqu'à ce qu'elle se tortille comme une folle contre lui.

Il arrêta de nouveau.

Elle se démenait encore en le maudissant. Il ignora les insultes murmurées.

— Ouvre les yeux et regarde-moi.

Il abaissa les bretelles de son soutien-gorge, exposant ses seins, qu'il prit à pleines mains.

— Tant qu'on est ensemble, tout ça est à moi.

Il passa les mains sur sa taille et poursuivit ses caresses plus bas. Le petit bout de soie gris avait pris une teinte plus sombre tant il était mouillé. Il glissa une main entre ses cuisses.

— Ça aussi, c'est à moi.

Cette fois, elle eut un regard rebelle, mais se tut. Changeant de tactique, il repoussa ses cheveux par-dessus son épaule et commença à l'embrasser dans le cou et le creux de la clavicule. Elle battit des cils, fermant presque les yeux. Son souffle s'accéléra sous sa poitrine frémissante.

— Cesse de t'inquiéter de ce que les autres pensent de toi. Quand tu descendras, tous les hommes te désireront et toutes les femmes seront jalouses de toi.

— Andy, je…

— Chut. Quelle que soit la façon dont tu te vois, tu seras magnifique.

Elle hocha légèrement la tête. Cela n'avait rien d'une approbation convaincue et enthousiaste, mais, avec Roz, les choses ne venaient pas facilement. Le sang battait dans ses veines, et le sexe d'Andy palpitait, attendant un soulagement.

Il ne pouvait pas descendre dans cet état, et elle non plus. Il la lâcha doucement et alla chercher le tabouret ancien dans l'alcôve. L'objet avait la hauteur idéale pour ce qu'il souhaitait en faire. La leçon n'était pas encore terminée.

Il plaça le tabouret devant le miroir et sourit en voyant Roz comprendre ce qu'il avait en tête. Elle avait envie de lui. Terriblement. Il l'avait amenée à la limite du plaisir à plusieurs reprises, jusqu'à ce qu'elle en tremble, mais allait-elle se soumettre à lui de cette façon ?

— Enlève-moi ça. Je veux que tu sois nue.

Désir et défiance s'affrontaient en elle. Si un regard pouvait tuer, Andy aurait été un homme mort. Le menton relevé, elle dégrafa son soutien-gorge et le lança sur le lit. Elle s'extirpa ensuite de son string, et il retint son souffle. Il avait beau l'avoir déjà vue nue, cela l'émerveillait toujours autant. Comment pouvait-elle ne pas voir qu'elle était belle ?

Un léger duvet roux couvrait son mont de Vénus, et la peau laiteuse de ses cuisses lui donnait envie d'en lécher le moindre centimètre carré. Il commençait à avoir mal entre les jambes et n'avait plus qu'une hâte : se débarrasser de ses vêtements. Il attrapa un préservatif et défit précipitamment sa ceinture. Il aurait aimé qu'ils aient plus de temps devant eux pour s'amuser, mais cela devrait être remis à plus tard.

— Gentille fille, dit-il comme elle se penchait sur le tabouret.

Là, il lui écarta les cuisses et tint son sexe brandi devant l'ouverture qui s'offrait à lui. Il détourna les yeux de ce dos et ce cul superbes pour contempler leur reflet dans le miroir.

Lui, tout habillé. Roz, totalement nue, attendant son plaisir. Un parfait portrait de soumission, à ceci près que c'était lui qui se sentait assujetti.

Il glissa un doigt en elle, heureux de l'entendre gémir bruyamment et de la voir se tortiller. Lentement, il s'immisça alors pour de bon dans sa chair humide. Ses testicules se serrèrent, menaçant d'exploser tels ceux d'un adolescent surexcité lors de son premier rapport. Le désir permanent et brutal qu'il avait pour elle était plus que du sexe. Andy se retira presque entièrement avant de s'enfoncer à nouveau.

— Oh, Andy ! Oui, comme ça.

Pas de temps pour les gentillesses. Ce serait un coup bref et intense. Il la saisit par les cheveux et lui tira la tête en arrière, la forçant à contempler leur reflet. Il effectua un va-et-vient soutenu et rapide qui les fit vite haleter.

Son instinct réclamait la femme à cor et à cri. La baiser. La posséder. Son besoin de marquer Roz se faisait d'une intensité croissante. Il avait envie de la mordre, idée qui l'horrifia et l'excita à la fois. Ralentissant la cadence, il se pencha au-dessus d'elle, la plaquant sur le tissu rayé.

Il donna des coups de langue dans le creux entre son cou et son épaule, et mordit.

— Plus fort, souffla-t-elle en tremblant contre lui.

Roz, prête à tomber, semblait avoir perdu la tête et délirer.

Il mordit encore, suçant sa chair et la caressant de sa langue. Lorsqu'il s'écarta, la marque était frappante sur la peau claire de Roz. Sa marque, sur sa femme. Il se redressa et donna un nouveau coup de reins qui la fit monter au sommet.

Elle tremblait sous lui et poussa un cri étouffé dans la tapisserie du tabouret. Alors qu'il continuait ses coups de boutoir, il sentit son fourreau étroit et brûlant convulser autour de lui. C'en était trop : il ne pouvait plus se retenir. Il se laissa aller avec un râle de libération.

Andy s'agrippa à elle jusqu'à ce que les battements fous de son cœur s'apaisent un peu. Il releva alors la tête. Il était trop grand, trop fort et trop lourd pour elle.

— Je ne t'ai pas fait mal ? demanda-t-il, inquiet.

Le petit soupir satisfait qu'il entendit le rassura, et il se détendit, fermant les yeux, savourant l'odeur musquée de la peau de Roz et la sensation de sa peau humide. Ce qu'il avait ressenti avec elle représentait bien davantage que la somme de toutes ses expériences sexuelles précédentes. Roz était une sirène. Elle l'avait attiré dans ses filets, avait nourri ses fantasmes, et il était maintenant aussi désemparé qu'elle pouvait l'être.

Andy ignora le regard noir de sa mère lorsqu'ils arrivèrent en retard à l'apéritif. Mais son expression se radoucit dès qu'ils furent entourés de leurs amis et connaissances, tous aussi impatients de rencontrer la nouvelle maîtresse de maison.

Roz supporta bien toute cette attention, même si Andy voyait à la tension de ses épaules qu'elle n'appréciait guère la situation. Devant un public conquis, elle narra de nouveau l'anecdote de leur rencontre à la tour Eiffel, sa version étant bien sûr édulcorée par rapport à ce qui s'était réellement passé.

Elle poussa le bouchon un peu plus loin en racontant comment il l'avait poursuivie pendant presque un an avant qu'elle n'accepte ses faveurs. Quoique légèrement agacé, il la laissa savourer sa petite victoire et lui coula un regard promettant une revanche ultérieure.

Roz battit des cils devant lui avant de faire allusion à sa réputation avec la gent féminine, et tout le monde partit à rire. Ils lui auraient mangé dans le creux de la main.

— Tu t'es fait mettre le grappin dessus, cette fois, mon garçon, le taquina son vieil oncle.

Même son père rit à cette plaisanterie. Dougal commençait à croire qu'il avait enfin le fils sédentaire qu'il désirait avoir ici. Andy ne savait pas comment il allait lui annoncer qu'ils partiraient d'ici une semaine.

Un gong frappé dans l'entrée signala l'heure du déjeuner. Alors qu'ils avançaient dans le vestibule, on sonna à la porte. Maggie alla ouvrir, et une jolie brune au teint mat lui présenta un grand sourire. Avisant Andy, elle s'élança vers lui et lui colla un baiser humide sur les lèvres.

Quelqu'un toussa derrière eux, et la brune s'écarta de lui en riant. Ariana McMahon n'avait pas du tout changé depuis la dernière fois qu'il l'avait vue, deux ans auparavant.

— Désolée, mais je suis tellement contente de te voir ! Mon répondeur ne marche pas très bien. Quand comptais-tu me dire que tu étais rentré ?

Merde. Comment allait-il pouvoir se sortir de ce pétrin ?

Gentiment, mais fermement, il s'extirpa de l'étreinte d'Ariana.

— Tu arrives juste à temps pour le déjeuner.

Hôtesse irréprochable, Poppy avança et prit Ariana par le bras pour l'emmener vers la salle à manger.

— Je vais demander à Maggie d'ajouter un couvert.

Sa mère avait beau les avoir placés côte à côte, Roz aurait aussi bien pu se trouver à mille kilomètres d'Andy. Elle se montrait polie et aimable quand on lui posait une question, mais glaciale avec lui. Était-elle fâchée à cause du baiser d'Ariana ? Roz savait pourtant que ces fiançailles étaient fausses. S'il n'y avait rien de sérieux entre Ariana et lui, il ne pouvait cependant ignorer les ondes hostiles qui déferlaient sur lui.

De l'autre côté de la table, Ariana le regardait avec stupeur. Poppy avait dû lui apprendre la nouvelle, et cela ne plaisait pas du tout à la jolie brune. Encore une affaire qu'il devrait régler.

Ils avaient été amants il y a bien longtemps, mais tous deux passaient tant de temps à l'étranger que cette relation s'était avérée impossible à la longue. Ils avaient pris l'habitude de se retrouver quand ils rentraient, juste pour prendre du bon temps. Du moins, voilà comment il voyait les choses. Mais, à regarder Ariana en ce moment, il se rendit compte qu'il avait très mal jugé la situation.

Une fois le plat principal débarrassé, Maggie apporta une immense pièce montée décorée de sucre filé. Elle n'avait pas oublié que les profiteroles étaient le dessert préféré d'Andy, et cette création était spectaculaire.

Dougal servit le champagne et fit tinter son verre, réclamant l'attention des convives.

— Mes chers amis, ces dernières années ont été riches en événements pour Poppy et moi. Nous avons connu un immense chagrin à la mort de notre fils, Robert, qui était une force vive de la modernisation de *Lough Darra*. Nous entrons maintenant dans une nouvelle phase. Vous ne l'avez peut-être pas remarqué, mais Poppy et moi avons pris un peu d'âge, et nous pensons qu'il est temps pour nous de passer les rênes.

Il lança un regard de l'autre côté de la table.

— Andy a toujours eu le chic pour me surprendre et, cette semaine, il s'est surpassé en nous apportant une nouvelle pouliche. Roz est une femme de caractère, qui nous a prouvé qu'elle savait s'y prendre avec mon fils. Je leur souhaite un long et heureux parcours ensemble.

Applaudissements et tintements de verre vinrent saluer son discours. Bon sang ! Andy avait la larme à l'œil. Son père venait d'annoncer qu'il lui léguait le domaine s'il le souhaitait, et il ne savait vraiment pas comment il allait lui annoncer la vérité.

Il glissa une main sous la table, cherchant celle de Roz, mais dut serrer les dents quand elle lui enfonça ses ongles dans le poignet.

Décidément, elle était pire qu'une chatte sauvage. Ce qui s'était passé dans le hall n'était pourtant pas sa faute. Comment aurait-il pu savoir qu'Ariana allait débarquer ? Roz était peut-être en colère contre lui, mais il ne supporterait pas ce genre d'attitude de sa part.

Andy se dressa et leva son verre.

— J'aimerais que vous vous joigniez tous à moi pour ce toast. À ma Roz chérie, qui m'a fait mariner pendant toute l'année dernière. Puisse-t-elle apprécier tout ce que *Lough Darra* a à offrir.

Il s'en assurerait personnellement.

Il se pencha pour l'embrasser, sachant qu'elle ne pourrait refuser sans causer une scène plus qu'embarrassante. Non content d'un baiser de pure forme, il en profita pour forcer un peu la bouche de Roz et glissa sa langue contre la sienne. Quand il rompit le baiser et s'écarta, elle le fusilla du regard.

— Tu me le paieras, murmura-t-elle.

Andy lui sourit.

— J'y compte bien.

Après le déjeuner, Poppy emmena plusieurs de ses invités se promener dans les jardins tandis que son père se dirigeait vers les écuries pour montrer aux autres sa dernière acquisition. Andy regarda Roz partir à l'étage. Il voulait lui parler, mais ne pouvait le faire tout de suite.

— J'espère que je n'ai pas froissé ta fiancée, dit Ariana.

— Tu as l'habitude de bécoter tous les garçons lors de leur repas de fiançailles ?

Elle le dévisagea.

— J'aurais préféré être au courant avant de me ridiculiser ainsi. Je suis rentrée d'Afrique hier soir, et j'ai trouvé l'invitation on ne peut plus floue que Poppy avait laissée sur mon répondeur. Mais il n'y avait pas un mot sur toi. Rien qui puisse laisser croire que tu jouais au jeune ménage avec quelqu'un d'autre.

Même lorsqu'ils étaient ensemble, leur relation n'avait jamais été sérieuse. Ariana n'avait aucun droit de se comporter de la sorte. Et il était hors de question qu'il lui révèle la vérité sur sa relation avec Roz.

— Désolée, mais ton entrée était quelque peu maladroite. Roz vient juste d'arriver ; elle ne connaît personne ici.

— De la même façon que personne ne sait rien d'elle, apparemment ! Je n'ai jamais entendu parler d'elle avant aujourd'hui. Que se passe-t-il ? Oh ! Avant que tu ne me fasses une réponse à deux balles, rappelle-toi à qui tu parles, OK ? Pas à une bimbo blonde ramassée dans un bar.

— Je ne ramasse pas de bimbos.

— Ah bon ? Tu leur fais passer un test de QI, avant ?

Jamais Andy ne l'avait vue d'une telle humeur. Ariana était blessée, jalouse, et il avait du mal à supporter qu'une autre femme soit de nouveau en colère contre lui.

— J'aurais peut-être dû te le dire, c'est vrai. Mais tout est allé très vite avec Roz.

En une semaine, pour tout dire. Il ferma les yeux en se remémorant l'instant où il avait revu Roz dans l'agence du prêteur sur gages. Mais, même sans elle, jamais il ne se serait fixé avec Ariana.

— Tu m'avais dit que tu ne t'engagerais jamais avec quelqu'un, à cause de ton boulot.

— C'est vrai.

Jusqu'ici, sa vie s'était résumée à parcourir le monde ou essayer de le sauver. Rien n'avait changé.

Ariana poussa un soupir tendu.

— Je t'ai attendu. Je croyais qu'en te laissant ta liberté, tu finirais par revenir.

Une pensée se cristallisa soudain dans l'esprit d'Andy. Il ne voulait pas de cette vie. Ce n'était pas pour lui. Il ne voulait pas d'une existence tracée par quelqu'un d'autre. Il ne voulait pas faire partie d'une nouvelle génération de McTavish qui se sacrifiait pour quelques hectares de terre ou une maison en ruine. Qu'elle en soit consciente ou non, Roz était comme lui. Ils faisaient la paire.

— Je suis désolé.

Il ne trouva rien d'autre à dire.

Ariana cligna des yeux, puis hocha la tête.

— Je suis désolée, moi aussi.

Andy fut tenté de la serrer dans ses bras, mais cela risquait de compliquer encore les choses. Il se contenta de lui donner une tape amicale sur l'épaule.

— Que vas-tu faire, maintenant ?

— Je participe à l'organisation de la grosse collecte de fonds la semaine prochaine. Mais, après ça…, je ne sais pas. Je retournerai peut-être en Afrique. On ne se reverra plus.

Il ne voulait pas que leur amitié se termine ainsi.

— Tu as promis à Poppy de venir dîner demain soir.

Ariana secoua la tête.

— Ce sera la dernière fois.

Elle se dirigea vers la porte et partit sans se retourner.

19

Le lendemain matin, Roz fut presque soulagée que Dougal insiste pour l'emmener faire le tour du domaine. Non qu'elle voulût fournir davantage d'occasions au vieil homme de la cuisiner, mais au moins n'aurait-elle plus le temps de penser à Andy et Ariana.

Même leurs prénoms s'accordaient à merveille. Andrew et Ariana. Ariana et Andy. Ils allaient vraiment bien ensemble. Tous deux beaux, grands et pleins d'assurance. Roz savait que cet interlude avec Andy n'était rien de plus qu'un interlude. Elle n'était pas sa fiancée et n'avait rien à attendre de lui. Certes, ils baisaient comme des dieux ensemble, mais elle soupçonnait qu'Andy baisait comme un dieu avec n'importe qui. Il avait de quoi la chambouler, mais elle, non.

Elle l'avait laissé la fesser et avait aimé ça. L'intensité de la connexion qui s'était nouée entre eux avait été une révélation. Lorsqu'il était venu dans sa chambre, elle s'était soumise à ses ordres.

Ce qui ne lui était jamais arrivé auparavant. Andy lui faisait un effet unique. Elle commençait à l'avoir dans la peau ; il allait falloir l'en déloger.

Dougal marchait à ses côtés en s'aidant d'une canne. Il avait beau se plaindre de sa lenteur, l'homme avançait tout de même d'un bon pas, refusant de laisser sa faiblesse l'empêcher de faire ce qu'il désirait. Une vieille chienne lévrier trottait près de lui, ombre silencieuse de son maître.

Heureusement pour Roz, Dougal se montrait aussi peu loquace dehors qu'à table. Il la mena à travers l'immense propriété.

— Poulailler, dit-il en désignant une cabane en bois sur pilotis.

Elle était entourée de barrières, mais le portail était ouvert, et quelques dizaines de poules étaient éparpillées dans le champ, picorant le sol ou se pourchassant les unes les autres. L'une d'entre elles extirpa un ver de terre et l'avala avec avidité. Roz n'avait jamais vraiment réfléchi à la provenance des œufs, outre le fait qu'elle refusait d'acheter ceux des poules élevées en batterie et n'avait jamais vu ces volatiles de ses propres yeux.

— Je peux jeter un œil à l'intérieur ? demanda-t-elle.

— Bien sûr.

Dougal tint le lévrier par la laisse pour l'empêcher de suivre Roz. Elle gravit la petite pente en bois menant au poulailler. À l'intérieur se trouvaient des rangées de compartiments emplis de paille, dont deux comportaient des œufs. Elle en toucha un. Il était tiède. D'une fraîcheur telle qu'il avait encore la chaleur de la poule. Une poule installée dans un coin se mit à caqueter d'un air menaçant. Roz ne s'approcha pas davantage.

Il y avait un je-ne-sais-quoi d'apaisant dans l'odeur et la pénombre du lieu. Quelque chose de vrai.

Elle sortit du poulailler en clignant des yeux quand elle retrouva le soleil et elle reprit sa promenade avec Dougal.

Le jardin potager était immense, regorgeant de légumes qu'elle n'avait jamais vus pousser. Elle resta les yeux ronds devant les choux-fleurs, choux, brocolis, betteraves et carottes.

— Qu'est-ce que c'est, ça ? questionna-t-elle en montrant les pousses vertes qui occupaient tout un côté du potager.

Dougal la considéra avec stupeur.

— Des pommes de terre.

Bon sang ! Voilà qu'elle commençait à se trahir.

— J'ai grandi à Londres : nous n'avons jamais eu de jardin potager.

Il l'emmena ensuite dans les prés qui entouraient la maison.

— Voici nos vaches laitières, des Jersey et des prim'Holstein. Ce sont elles qui nous fournissent tout notre lait pour boire, pour le beurre, le fromage, et on en vend même au laitier du coin. Je vous montrerai la salle de traite, tout à l'heure.

Il y avait également des bœufs, des chèvres, des moutons et des daims. Elle adora le verger et ne put s'empêcher de songer comme il devait être agréable de vivre à *Lough Darra*. Il y avait là quelque chose qui l'attirait. Le rythme lent et prévisible des jours contrastait totalement avec son existence habituelle.

Comme Andy avait de la chance !... Et il ne s'en rendait même pas compte. Il trouvait tout cela naturel.

— Avez-vous apprécié de monter Minty ? demanda Dougal, montrant ainsi qu'il était au courant de tout ce qui se passait malgré sa prétendue intention de passer la main.

Que pouvait-elle dire de pertinent à ce sujet ?

— Oui, c'était bien. Comme je manquais un peu d'entraînement, Andy m'a fait revoir les bases.

Dougal émit un grognement.

Lorsqu'elle revint à la maison, Andy n'était pas en vue. Quoi qu'il fasse, cela ne la regardait pas, se rappela-t-elle. Il était libre et pouvait passer son temps avec qui il voulait.

Elle posa tout l'après-midi pour Poppy, qui insista pour peindre son portrait jusqu'à ce qu'il soit l'heure de se changer pour dîner.

La salle à manger brillait de mille feux lorsque Roz arriva en bas. Sa jolie robe bleu marine lui parut un tantinet trop classique pour la circonstance. Les hommes portaient des vestes de costume noires et les femmes, des robes en soie moulantes et des bijoux étincelants.

Resplendissante dans sa robe de satin noir ornée de perles, Poppy vint l'accueillir.

— Vous êtes très élégante, ma chère. Venez donc rencontrer vos futurs voisins.

Bien entendu, Ariana était présente, vêtue d'une robe blanche qui mettait en valeur sa peau bronzée, et arborant une petite fortune en diamants. Elle salua Roz chaleureusement et la présenta à plusieurs filles des environs, ainsi qu'à leurs frères.

Avec combien de ces filles Andy avait-il couché ? se demanda Roz. Non, cela ne la regardait pas. Elle prit place à table à côté d'Andy, Ariana de l'autre côté de lui.

Elle avait une faim de loup, mais attendit de voir quelle cuillère les autres prenaient avant de commencer à manger. Comme d'habitude, la soupe était délicieuse.

Lorsqu'elle prêta attention à la conversation, Ariana faisait rire la tablée à gorge déployée.

— Une fois, alors que je mangeais chez un chef de tribu en Namibie, j'ai essayé de planter une fourchette dans ce qui s'est révélé être un œil de mouton et que j'ai envoyé voler droit sur lui.

Andy éclata de rire.

— Ça ne m'étonne pas du tout. Tu as toujours été maladroite. Tu te souviens de la fois où tu as trébuché en allant chercher ton prix auprès du doyen et où tu as fini par lui baisser son pantalon ?

Un homme brun avec un fort accent du Nord crut malin d'ajouter :

— Tu peux baisser le mien quand tu veux.

Ariana le fixa, les yeux plissés.

— Un autre commentaire de ce genre, Rory Baxter, et je dis tout à ta mère sur ce que tu as fait avec les jumelles Hayes.

Rory leva les mains, capitulant sous la menace.

— Pitié, pas ça. Ma mère est terrifiante, le pire exemple de mère irlandaise que j'aie jamais vu.

— J'échangerais la mienne contre la tienne quand tu veux, répliqua Ariana. Andy ne sait pas la chance qu'il a d'avoir Poppy.

— Tu ne l'as pas vue quand elle est en colère, dit Andy. Tu étais là, la fois où elle était juge au gymkhana et où quelqu'un a frappé un poney ? J'ai cru que le sang allait couler.

Et tous de partir à rire autour de la table. Roz se sentait devenir invisible. Elle n'avait pas moyen de se mêler à la conversation. Tous ces gens se connaissaient, avaient une histoire ensemble. C'est Ariana qui remarqua combien elle était silencieuse.

— Alors, dis-nous donc ce que tu faisais à l'université ? Je suis tellement jalouse de savoir que tu es allée à la Sorbonne. Tu dois être excellente en langues étrangères.

Voilà qui était pire. Tous les yeux se tournèrent vers elle, attendant des anecdotes sur la vie étudiante à Paris. Roz haussa les épaules.

— Oh ! c'était seulement l'université, tu sais. Rien de spécial, à part que c'était en français.

Ariana lui lança un regard intrigué.

— Oui, je suppose que ce doit être un peu pareil dans toutes les universités, dit-elle avec un sourire. Qu'étudiais-tu, exactement ?

Ariana avait-elle des doutes ? Que dire ? Elle n'en avait pas la moindre idée.

— La philosophie, s'entendit-elle dire.

— Oh ! j'aimerais vraiment savoir ce que les Français disent de notre George Berkeley, soupira Ariana.

Qui diable était ce Berkeley ? Pourquoi n'avait-elle pas plutôt répondu qu'elle étudiait l'informatique ? Elle aurait pu parler d'ordinateurs sans se ridiculiser.

Roz se concentra sur son assiette et écouta la conversation se prolonger sans elle. Rory était avocat à Belfast, et Ariana dirigeait une agence humanitaire. Roz ne parvenait même pas à les détester.

Ce n'était pas leur faute. C'étaient des gens tout à fait aimables qui avaient grandi ensemble et se connaissaient depuis toujours. C'était elle, l'intruse, celle qui n'était pas à sa place. Et elle n'avait pas envie d'être là ; c'était Andy qui l'avait entraînée dans cette situation.

Il ne lui devait rien. Probablement interférait-elle dans son histoire avec Ariana. Il assurait sa sécurité jusqu'à ce que Hall soit arrêté, rien de plus. Il n'était pas son fiancé. Elle était bête, voilà tout.

Naturellement, sa façon d'ignorer Andy ne ferait qu'attirer l'attention. Elle sentait les regards sur elle, des regards qui se demandaient ce qu'il pouvait bien lui trouver. Elle était l'étrangère qui détonnait dans le tableau. Il aurait au moins pu faire semblant d'être amoureux d'elle.

Au lieu de cela, il flirtait avec Ariana, laquelle finirait sûrement par décrocher un prix Nobel, ainsi qu'avec Isobel et une autre fille dont elle ne se rappelait plus le nom. Sa colère augmenta au fil du repas. Lorsqu'on servit le café, elle renversa le pot de lait. Une coulée du liquide pâle se répandit sur l'avant de sa robe bleu marine. Ce fut la goutte d'eau qui fit déborder le vase. Elle s'excusa, monta dans sa chambre et enfila une robe rouge moulante qui soulignait avantageusement la moindre de ses courbes. Elle n'était peut-être pas née avec une cuillère en argent dans la bouche, mais elle avait ses propres talents.

Et il était temps qu'Andy en ait conscience. Elle allait lui montrer qu'elle se moquait bien de lui. Tous les hommes de la soirée seraient bientôt à ses pieds.

Le temps qu'elle soit prête, on avait terminé le café, et les invités étaient passés au grand salon. Plus tôt, Poppy lui avait dit qu'elle allait débarrasser le centre de la pièce afin de laisser de l'espace pour danser.

Cette maison était tellement vieux jeu que Roz n'aurait pas été surprise d'apprendre que Poppy avait engagé un quatuor à cordes pour l'animation musicale, mais elle entendit bientôt la chanson *So What* derrière la porte. À moins qu'on ait invité Pink en personne, ce devait être le fruit d'une sono moderne. Bien entendu, il était également possible qu'une personne comme Poppy soit amie avec la chanteuse. Roz ajusta la robe sur ses hanches et s'assura que son soutien-gorge était suffisamment serré pour magnifier sa poitrine. Elle contempla son reflet dans le grand miroir du hall. Yeux charbonneux, cils ultra-longs et bouche écarlate. Parfait.

Respire, respire, respire. Elle était Roz Spring. Une déesse.

Il était temps de passer à l'action.

Roz ouvrit grand la porte, attendit trois secondes, puis entra dans la pièce d'un pas chaloupé, laissant ses talons hauts faire rouler délicieusement ses hanches. Elle se déplaça ostensiblement devant les hommes pour rejoindre la sono.

Andy était là, en train de discuter avec Lily et Ariana. Non, il ne discutait pas, il flirtait plutôt. Elle pouvait décrypter le langage corporel et savait quand les femmes désiraient un homme. En l'occurrence, celles-ci étaient conquises d'office.

— Pourriez-vous mettre *Halo* de Beyoncé ? demanda-t-elle au blond qui la regardait, sidéré, derrière sa pile de CD.

Il bredouilla quelque chose et lâcha deux disques avant de fouiller dans sa pile.

Oui, ça marchait. C'était incroyable. Ce type était assis en face d'elle pendant le dîner et l'avait à peine remarquée. Une robe rouge, une couche de rouge à lèvres et un changement d'attitude plus tard, il fondait littéralement devant elle.

Roz n'avait jamais compris ce que les hommes pouvaient lui trouver. Elle avait des mensurations ordinaires, des seins un peu plus petits qu'elle ne l'aurait souhaité, des hanches un peu larges, des lèvres d'une forme bizarre.

Elle aimait bien ses jambes, qui étaient fines, mais trouvait ses mollets un peu trop musclés. Bref, rien d'extraordinaire. Lorsqu'elle se lançait dans une arnaque quelconque, elle n'avait aucun mal à se faire passer pour madame Tout-le-Monde. Elle se fondait aisément dans la masse.

Mais lorsqu'elle adoptait son attitude de domina, elle avait le pouvoir de réduire les hommes à l'état de carpette.

Andy pensait-il qu'elle n'était qu'une pauvre fille ayant besoin de sa protection ? Elle allait lui montrer si elle avait besoin de lui.

La musique commença, et Roz s'élança au milieu de la piste de danse improvisée. Elle repéra Rory en pleine discussion avec Brenda, qui le dévorait des yeux, comme fascinée. Elle intercepta son regard et fit signe à l'homme d'approcher.

Comme hypnotisé, il abandonna Brenda et vint immédiatement la rejoindre.

— Vous êtes resplendissante, dit-il à Roz.

— Merci, répondit-elle d'une voix grave. Vous n'êtes pas mal du tout, non plus. Vous aimez danser ?

— J'adore ça, dit-il en la prenant dans ses bras.

Avec ses talons de dix centimètres, elle était presque aussi grande que lui. Elle ne le laissa pas la serrer trop étroitement, mais se mit à onduler lentement sur la musique. Tout en dansant, elle lui sourit.

— Vous dansez bien.

Il était stupéfié. Elle savait d'expérience qu'il lui aurait obéi sur-le-champ si elle lui avait ordonné de se mettre à genoux. Ce n'était ni le lieu ni le moment, mais elle le tenait dans ses filets. Lorsque la musique prit fin, elle s'écarta doucement de lui.

Elle lança un regard circulaire dans la salle. Tous les hommes la regardaient. Elle soutint quelques regards, leur indiquant subtilement qu'ils pouvaient approcher. Quelques instants plus tard, elle était au centre d'un groupe d'hommes cherchant tous à retenir son attention.

Tout en faisant semblant de s'intéresser à la conversation avec sa vieille tante, Andy gardait un œil sur Roz. Il aurait dû se douter qu'il allait payer la petite fantaisie d'Ariana lors du déjeuner de la veille. Roz venait de le refroidir, totalement.

Il était censé la requinquer, lui redonner confiance en elle, pas lui saper le moral ou l'humilier. Roz était un diamant brut. Il connaissait son cas. Tout ce qu'elle avait raconté à sa famille sur la Sorbonne et sur Oxford n'était que mensonge.

C'était une étrangère qui essayait de s'intégrer. Il se moquait bien qu'elle ne possède pas de diplôme. Lui-même avait détesté faire des études. De nombreuses manières, elle avait davantage sa place ici que lui.

Après ce repas désastreux, elle s'était enfermée dans sa chambre et avait refusé de lui ouvrir quand il avait voulu s'excuser. Le lendemain matin, elle avait invoqué un mal de tête jusqu'à ce qu'il parte effectuer une course pour son père à Belfast.

Comme par miracle, elle s'était sentie mieux dès qu'il était parti et avait passé la journée à poser pour Poppy et à admirer les bêtes de son père. Dougal déclara qu'elle avait le coup d'œil pour les animaux. Compliment suprême quand il provenait de lui. Ses parents commençaient déjà à succomber à son charme, tant et si bien qu'ils n'avaient même pas remarqué ce qu'elle avait vécu durant la dernière heure. Mais cela n'avait pas échappé à Andy. Roz venait de révéler qui elle était vraiment. Une ensorceleuse en robe rouge, qui faisait bander tous les hommes de cette pièce. Y compris lui. Ce maudit Rory avait osé poser les mains sur la peau nue de son dos quand ils dansaient. Andy l'avait fixé d'un regard noir jusqu'à ce que, sentant finalement le danger, Rory remette enfin les mains dans ses poches.

Andy avait envie de tuer tous les mâles présents dans la salle. Pourtant, il souriait poliment et opinait du chef en écoutant sa tante déblatérer sur les prix de l'immobilier. Lorsque Poppy interrompit sa tante suffisamment longtemps pour lui permettre de s'éclipser, Andy prit son verre et se dirigea vers le groupe qui s'esclaffait à l'autre bout de la pièce.

Ariana l'intercepta.

— Je ne pense pas qu'elle ait besoin d'aide.

— Ce n'était pas mon intention.

Elle haussa un sourcil et arbora un rictus.

— Je n'y crois pas. Andy McTavish est jaloux. Je rêve, il faut qu'on me pince.

— Ne me tente pas, tu n'aimerais peut-être pas trop le résultat.

Andy ignora son rire et inspira profondément. Elle avait raison : il ne pouvait pas débouler là-dedans comme un chien dans un jeu de quilles. Roz pourrait se fâcher, mais il était prêt à parier qu'elle ne ferait pas une scène devant ses nouveaux amis.

Il quitta la pièce et alla chercher Maggie.

— Je voudrais que tu me rendes un service. Attends exactement dix minutes et donne ça à Roz.

Andy lui tendit un morceau de papier plié. Il ne se battait pas à la loyale, mais elle non plus. Il s'installa dans la bibliothèque, tira les rideaux et éteignit les lampes, excepté la petite posée à côté du vieux téléphone. Après réflexion, il verrouilla la deuxième porte. Il ne voulait pas risquer d'être dérangé. Il avait besoin de temps seul à seule avec Roz.

Il se tenait dans la pénombre de l'alcôve quand la porte s'ouvrit. Une silhouette moulée de rouge se précipita vers le téléphone et décrocha le combiné.

— Frankie ? Comment as-tu eu ce numéro ?

Andy referma la porte et glissa la clé dans sa poche.

Elle se tourna, le combiné toujours en main. Il ne lui fallut que quelques instants pour se rendre compte qu'elle était tombée dans un piège. Sans broncher, elle reposa le combiné et passa devant Andy pour atteindre l'autre porte.

— Fermée, dit-il.

Elle marmonna quelque chose et lâcha la poignée. Roz se tourna alors, redressa les épaules et marcha vers lui en se déhanchant avec l'assurance d'un mannequin sur un podium. Elle tendit sa paume ouverte.

— La clé.

— Un baiser, et je considérerai la demande.

Il savait qu'il la provoquait, mais il s'en moquait. Tout était préférable au fait d'être ignoré.

Roz lui coula un sourire mielleux.

— Je t'embrasserai quand l'enfer aura gelé. Allons, sois mignon et donne-moi cette clé, tu veux ? Je suis sûre que miss Bisou t'attend impatiemment.

— Ariana ?

Il fit semblant de ne pas comprendre.

Le léger battement d'une veine dans le cou de Roz et le soupçon de rouge qui lui était monté aux joues trahirent son exaspération.

— Et pourquoi donc m'attendrait-elle ? demanda-t-il.

Un bruit d'impatience s'échappa de la gorge de Roz tandis que la colère gagnait ses yeux bleus. Elle allait exploser.

— Tu l'as embrassée le jour de notre repas de fiançailles. Tu as passé tout ton temps à parler avec elle de ce Berkeley à la noix et tu t'es empressé de filer à Belfast pour pouvoir te rabibocher avec elle.

— On t'a déjà dit que tu étais belle quand tu étais en colère ?

Ces derniers mots furent de trop.

Andy s'étonna à peine de recevoir un coup en pleine joue. Roz n'eut pas le temps de réitérer son geste. Il l'attrapa par le poignet et lui tordit le bras dans le dos. Elle trébucha sur ses talons aiguilles, et il en profita pour immobiliser son second bras et l'attirer contre lui.

Roz se tenait raide et inflexible entre ses bras ; sa poitrine se soulevait et retombait rapidement, attirant son attention sur les magnifiques seins qu'il avait convoités toute la soirée.

— Ma tête est par ici ! aboya-t-elle.

— Je sais.

Il dirigea son premier assaut sur la mâchoire de Roz, qu'il effleura du bout des lèvres. Prenant son temps, il glissa ensuite dans son cou, qu'il mordilla tendrement. Il souffla doucement sur la veine qui palpitait, la faisant trembler. Mais elle ne cédait pas si facilement.

— Si tu crois que tu vas te faire pardonner en m'embobinant avec quelques baisers…

— Je n'ai aucune intention de t'embobiner. À vrai dire, je crois plutôt que tu mérites une punition.

— Quoi ?

Andy profita de son indignation. Il lui lâcha les mains et la souleva pour la balancer sur son épaule, lui assenant au passage une bonne claque sur les fesses. Ignorant les coups dans son dos, il la porta dans le coin de la bibliothèque et, de sa main libre, trouva la serrure qui permettait de faire pivoter tout un pan d'étagères.

— Salaud ! Où m'emmènes-tu ?

Andy fit de la lumière et descendit un petit escalier. Derrière lui, il entendit le bruit des étagères se remettant en place.

— Je me suis dit que tu aimerais faire un petit tour dans mon donjon.

La chambre secrète était l'une des parties les plus anciennes de la maison. Son père pensait qu'elle était destinée à servir de cave à vin pour dissimuler tout ce qui risquait d'être dérobé durant les guerres napoléoniennes. Par chance, Dougal n'avait jamais pris la peine de s'occuper de ce lieu.

En voyant certains des instruments de métal rouillé accrochés au mur, Andy s'était demandé s'il avait quelque ancêtre à la libido débridée, à moins qu'il ne s'agisse d'un tueur en série. Quoi qu'il en soit, il s'était depuis longtemps approprié cet endroit. La plupart des équipements étaient assez innocents, mais, avec un peu d'imagination, il y avait de quoi s'amuser.

Roz cracha comme un chat sauvage quand il la posa sur une banquette en tissu.

— Tu es complètement barge ou quoi ?

20

Elle regarda autour d'elle. Dénuée de fenêtre, la pièce était illuminée par des éclairages encastrés et semblait luxueuse et moderne.

Il y avait un cadre en bois sombre dans un coin, une banquette tapissée, un grand canapé où étaient jetées des couvertures rouges donnant envie de les toucher, et des crochets flambant neufs aux murs et au plafond.

— Non, mais qu'est-ce que tu crois, espèce de brute épaisse ?

Roz ne comptait pas le laisser s'en tirer à si bon compte.

— Tu ne peux pas m'emmener de force dans ta caverne de mâle en rut, comme ça.

Andy eut un sourire sardonique qui la fit frémir intérieurement.

— C'est pourtant ce que j'ai fait. Tu as largement eu le temps de t'exhiber. Maintenant, il est temps de payer la note.

— Je commençais à m'amuser pour la première fois de la soirée. Jusqu'ici, tout le monde m'avait ignorée, y compris toi.

Elle constata avec étonnement combien cela la blessait.

Il la regarda fixement.

— À présent, tu vois, je suis loin de t'ignorer.

Il émanait de lui une telle intensité qu'elle sentit

quelque chose s'allumer en elle. Il faisait assez chaud dans la pièce pour qu'elle s'y sente trop couverte. Elle soupçonnait d'ailleurs Andy de compter y remédier sans tarder, et une partie d'elle-même trouvait cette idée bienvenue.

Ce qu'elle s'abstiendrait bien de lui dire. Il était temps de le remettre à sa place. Elle se redressa de façon à pouvoir le regarder droit dans les yeux. Hélas, il était toujours plus grand qu'elle.

— Soyons clairs, dit-elle Tu es beau mec, et je pense qu'avec la formation adéquate, tu ferais un bon soumis. Mais je n'ai pas le temps de te former.

Elle parla avec le ton de certitude absolue qu'elle utilisait avec tout nouveau soumis. L'une des choses que son père lui avait apprises, c'était que les gens réagissaient en fonction de votre attitude. Naturellement, lui pensait plutôt à s'habiller en policier pour forcer les gens à laisser leur voiture, leurs emplettes ou leur carte de crédit, mais cela fonctionnait aussi dans d'autres circonstances. Qu'elle adopte l'attitude « obéis ou meurs », et les hommes faisaient toujours ce qu'elle désirait.

Toujours.

Andy éclata de rire.

— Oh ! Roz, tu es magnifique. Je pourrais te regarder commander n'importe quel homme dans cette maison, mais pas moi. Tant que nous sommes ici, c'est moi le chef.

Il la souleva de terre et embrassa sa bouche ouverte avant qu'elle puisse répliquer.

Ce baiser était brûlant et possessif, et en disait plus long que les paroles d'Andy.

— Tu es vraiment complètement…

Il l'embrassa de nouveau sans lui laisser le temps de terminer sa phrase, et avec encore plus de fougue.

— Et maintenant, il est temps que tu comprennes qui est le patron.

Il la reposa sur ses pieds et baissa lentement la fermeture éclair de sa robe. Vu sa forme, elle tomberait par terre dès qu'elle serait entièrement ouverte. Lorsque la main d'Andy atteignit les hanches de Roz, la robe ne tenait plus que par la pression de sa poitrine. Si elle le repoussait, le vêtement tomberait par terre.

Roz était tiraillée entre l'envie de voir sa tête quand la robe tomberait, et la douce sensation d'être entre ses bras.

Ils allaient baiser. Comme des bêtes, sûrement, mais elle avait encore plus envie du contact de sa peau sur la sienne que de jouir.

Jouir, c'était facile. Elle pouvait faire ça toute seule avec ses doigts et quelques images piquantes, pas forcément d'Andy, d'ailleurs. On n'avait qu'à lui donner un lapin à piles et elle avait son orgasme en une minute. C'était une réaction physique. Rien de plus. Il suffisait de faire ci ou ça à telle pression durant tel laps de temps, et l'affaire était dans le sac.

Mais la chaleur, l'odeur et le contact d'un être humain qui vous tenait dans ses bras… C'était beaucoup mieux, et elle ne voulait pas perdre ça. S'il voulait se persuader qu'il pouvait la dominer, c'était un piètre prix à payer pour satisfaire l'appétit de sa peau.

Andy la repoussa juste ce qu'il fallait pour que la robe tombe à terre et dégrafa son soutien-gorge. Elle songea brièvement que son geste était bien trop expert en la matière.

Mais le feu de ses yeux quand il la regarda était bien réel. Ses mamelons durcirent sous son regard intense, et il les toucha du bout des doigts, l'air émerveillé.

— Quelles beautés ! Je vais m'occuper d'eux.

Elle était maintenant debout devant lui, ne portant plus qu'une minuscule culotte rouge et des bas gris autofixants. Elle faisait un mètre soixante-quatorze ; quand elle portait des talons hauts, elle était plus grande que la plupart des hommes. Mais Andy la dépassait encore de quelques centimètres et, à côté de sa silhouette forte et sèche, elle se sentait petite et fragile.

Une expression avide et déterminée se lisait dans ses yeux bruns. Il allait l'avoir.

Roz ne savait plus si elle était affreusement excitée ou exaspérée. Bon sang, elle n'était pourtant pas l'une de ces dociles petites filles de campagne qui se traînaient à ses pieds. Il ne l'impressionnait pas, avec toutes ses manières de grand seigneur du manoir. Mais la fermeté de sa bouche et le frémissement de ses narines étaient irrésistibles.

— Très joli, dit-il d'une voix un peu rauque. D'habitude, j'aime bien les porte-jarretelles, mais ces bas te vont très bien. Maintenant, enlève ta culotte.

— Quoi ?

— Tu m'as bien entendu.

Il voulait qu'elle enlève sa culotte et se retrouve nue devant lui en pleine lumière ? Qu'elle se rende disponible et vulnérable à tout ce qu'il comptait lui faire ? Avait-il perdu la tête ? C'était hors de question.

— Ce n'est pas juste. Je suis presque nue et tu es tout habillé.

La vitesse à laquelle Andy retira sa chemise fut presque comique. Les boutons volèrent à travers la pièce. Un peu tard, il réalisa qu'il avait oublié d'enlever ses boutons de manchette, et il dut repasser la chemise pour pouvoir s'en libérer. Il laissa les boutons dorés tomber par terre sans se soucier de regarder où ils atterrissaient.

Son buste était vraiment magnifique. Les muscles en étaient bien définis, et sa peau était bronzée et satinée. Le fin duvet de poils l'empêchait de ressembler à un mannequin trop lisse. La poitrine haletante, il la regarda dans les yeux.

— À toi, maintenant.

Roz passa un doigt sous l'élastique et fit glisser son sous-vêtement. De quelques centimètres plus bas. Elle se trémoussa alors légèrement, et la culotte tomba à ses pieds.

— Je garde les bas, dit-elle.

— Jusqu'à ce que je les arrache, la prévint-il.

Il les avait payés ; il avait donc le droit d'arracher ce qui lui appartenait, mais Roz, elle, n'avait pas l'habitude de porter de si belles choses. Elle ne voulait pas les abîmer. Elle les fit donc, pour le provoquer, rouler sur ses cuisses à la façon d'une strip-teaseuse. Elle jubila de voir ses yeux se plisser tandis qu'il suivait le moindre de ses mouvements. Elle le tenait. Les hommes étaient tellement prévisibles.

Mais, dès qu'elle eut retiré ses bas, il l'attira contre lui d'une main ferme. Elle avait les seins pressés contre sa poitrine et retint son souffle au contact de cette peau parfaite.

Il avait juste ce qu'il faut de poils pour chatouiller ses seins au point de les faire durcir, et la chaleur de son corps l'envahit immédiatement.

À sa grande surprise, il la fit se retourner pour qu'elle lui tourne le dos et s'empara d'une corde. Elle était rose et avait le parfum caractéristique du chanvre.

— Je n'aime pas être attachée, dit Roz.

Elle avait toujours eu peur d'accorder autant de pouvoir à quelqu'un, même en imagination. Elle était intimement convaincue qu'elle devait garder le contrôle de la situation, quoi qu'il arrive. Elle ne pouvait se permettre d'être vulnérable. Le risque était trop élevé.

Andy secoua la tête.

— C'est ce qu'il te faut. Je t'ai observée. Tu es toujours dans la projection, à tout anticiper trois jours d'avance.

— Quatre, même ! aboya-t-elle.

— Et tu as besoin de te détendre un peu. Je vais donc t'attacher pour que tu n'aies rien à faire.

— Tu comptes m'attacher, même si je n'en ai pas envie ? Je n'ai pas mon mot à dire, c'est ça ?

Plus il se montrait autoritaire, plus sa colère augmentait.

Il y avait aussi autre chose, qu'elle refusait encore de s'avouer.

— Bien sûr que si. Dis le mot « lapin » et j'arrêterai. Du même coup, on arrêtera tout. Je dirai à mes parents ce qu'on fait et je demanderai à Niall de trouver quelqu'un d'autre pour s'occuper de toi.

— C'est du chantage.

— Non, c'est ton mot d'alerte. Il te sortira entièrement de cette situation, mais je ne veux pas que tu l'utilises à la légère.

Il brandit la corde rose.

— On peut commencer ?

Furieuse, elle tourna la tête pour le regarder. Elle détestait être attachée et perdre le contrôle, mais elle ne voulait pas non plus qu'il arrête. L'idée du visage de Poppy quand elle découvrirait que Roz n'était pas sa future belle-fille la hantait. Elle ne voulait pas assister à sa déception.

— Bon, très bien. Mais que ça ne dure pas toute la nuit. Je veux retourner à la fête, dit-elle.

Andy rit doucement.

— Je ferai de mon mieux pour t'être agréable.

Il déroula complètement la corde avant de la passer autour de la poitrine de Roz, au-dessus et au-dessous de ses seins, puis il la noua dans son dos et fixa ce qui restait autour de ses seins.

— Ces cordes soutiennent encore mieux qu'un Wonderbra, dit-elle, surprise par leur effet.

— T'as encore rien vu, dit Andy en prenant un accent américain.

Ses doigts experts consolidèrent rapidement les nœuds avant de tirer ses bras dans son dos pour les ligoter à leur tour.

— Hé ! protesta-t-elle.

Cela n'arrêta pas Andy. Elle eut bientôt les poignets solidement attachés derrière elle. Elle tira dessus. La position n'était pas inconfortable et rien ne lui faisait mal, mais elle ne pourrait se libérer avant qu'il la détache.

Il recula pour l'admirer.

— Tu es vraiment belle comme ça. Très, très sexy.

Il se pencha pour embrasser brièvement ses seins avant de la mettre sur le canapé.

Les couvertures étaient douces contre sa peau, et elle fut tentée de s'y blottir. La façon dont ses bras étaient attachés lui donnait une drôle de sensation, mais n'était pas si gênante une fois sur le canapé. La pièce était bien chauffée, avec un éclairage tamisé, et Roz se rendit compte qu'elle n'entendait pas la fête qui devait pourtant se poursuivre là-haut.

— C'est insonorisé, répondit Andy à sa question. Tu peux crier aussi fort que tu veux. Tu ne dérangeras personne.

— Je ne crie pas.

Elle se sentit offensée à cette idée. Elle n'était pas une gamine qui pensait que pousser des cris pourrait changer quelque chose à l'histoire. L'expérience lui avait appris que seuls les actes comptaient.

— On verra ça.

Andy prit une de ses jambes dans sa main et l'admira. Il lui embrassa le genou avant de le plier, de sorte que sa cheville soit près de ses fesses, puis il s'attela à l'attacher pour qu'elle demeure dans cette position. Il noua la seconde jambe avec rapidité. Elle était maintenant immobilisée.

— Dernier détail.

Andy sortit une bande de mousseline blanche qu'il noua sur ses yeux. Roz n'était certes pas plongée dans un noir profond, mais elle ne pouvait rien voir.

— Et juste pour le fun…

Ses jambes n'étaient pas liées l'une à l'autre, mais ses mains et ses pieds se trouvaient désormais hors de son contrôle, et le bandeau réduisait ses perceptions aux sens du toucher, de l'ouïe et de l'odorat. Elle se tordit et découvrit qu'elle pouvait bouger d'avant en arrière, et même s'asseoir, mais avec grande difficulté. En tout cas, elle ne pouvait aller nulle part. Roz se contorsionna et testa la résistance de ses liens. Ce maudit Andy connaissait son affaire. Les nœuds étaient hors d'atteinte de ses doigts et ne risquaient pas de glisser. Elle était coincée. Il ne lui restait plus qu'à subir ce qu'Andy avait en tête ; un léger frisson la parcourut à cette idée.

Il la souleva de sorte qu'elle ait le dos appuyé contre sa poitrine à lui. Elle sentait le pantalon d'Andy contre ses fesses et se demanda pourquoi il le portait encore.

Il commença alors à lui passer les mains sur les flancs, et elle oublia tout le reste. Elle devait accepter ce qu'il allait lui faire. Chaque caresse était sublimée. Le contact de ses doigts enflammait sa peau. Elle retint son souffle.

Non, ça ne se passerait pas comme ça. D'accord, Andy l'avait attachée, mais ça ne lui donnait pas tous les pouvoirs sur elle. Elle n'était pas une petite soumise excitée par un homme qui lui donnait des ordres. C'était elle qui donnait les ordres, et les hommes se disputaient pour lui obéir.

— Dis-moi quand tu auras terminé, dit-elle sur un ton aussi ennuyé que possible.

Il rit et lui mordilla le cou. Elle était enveloppée de lui, de sa chaleur et de son odeur masculine, un mélange de musc, de bois de santal et d'Andy pur jus. La morsure ne fut pas forte, mais il y avait quelque chose de primitif dans le fait de l'accepter. Elle était une femme emprisonnée et contrôlée par un mâle puissant.

Andy commença à s'occuper de son oreille, qu'il explora de sa langue et de ses dents, ce qui la rendit folle. Elle avait les oreilles si sensibles qu'elle ne savait pas si elle adorait ou détestait qu'on les touche.

— Tu es à moi, murmura-t-il dans son pavillon.

Elle avait beau lutter pour demeurer impassible, aussi inerte que possible, elle réagit tout de même.

Elle fondit devant l'accent possessif de sa phrase, et ses entrailles se nouèrent quand il empoigna ses seins. Sa peau était en feu, avide d'être touchée. Il lui pinça un mamelon, lui arrachant un soupir.

Andy profita de sa bouche ouverte pour l'embrasser, d'un baiser brutal plein de revendication et de promesse à la fois.

— Tu peux bien lutter tant que tu veux, lui dit-il. Ça ne se finira que d'une seule manière.

Nouveau baiser.

— La mienne.

De ses doigts, il continuait de tourmenter ses seins. Cela allait la rendre folle. Elle se débattit une nouvelle fois contre ses entraves, mais elles tenaient bon.

— Laisse tomber, Roz. On va passer la nuit entière ici. Et toute la journée de demain, ou le temps qu'il faudra.

Depuis combien de temps étaient-ils là ? Elle n'en avait pas la moindre idée. Protégée des bruits extérieurs, cette pièce avait une dimension presque utérine. Elle aurait pu être n'importe où dans l'univers, hors du temps et de l'espace.

Ignorant ses gigotements, Andy poursuivit ses caresses affolantes. Elle s'efforça de garder l'esprit détaché et de penser à la prochaine arnaque qu'elle allait effectuer. Il faudrait qu'elle parle rapidement à Frankie au sujet de ce cheval à acheter, et…

Andy lui mordit le lobe de l'autre oreille. Le feu monta brusquement en elle, et elle en oublia jusqu'à son nom.

— Tu es toujours là ? souffla-t-elle.

Il fallait qu'il arrête.

Il rit doucement.

— Bien sûr.

Il lui suçota délicatement le lobe, comme pour se faire pardonner.

— Et nous avons tout le temps devant nous.

— S'il te plaît, dépêche-toi. J'ai des trucs à faire.

Et s'il ne le faisait pas, elle allait devenir folle. Elle était déjà excitée, haletante et pantelante sous les assauts portés à son cou et à ses seins. Qu'allait-il se passer quand il allait descendre plus bas ?

Elle ne tarda pas à l'apprendre. La tenant droite contre son torse, il lui caressa le ventre, parcourant ses côtes avant de mettre un doigt dans son nombril. Avait-il des mains magiques ? Le moindre contact était bien plus intense qu'avant. La sensation de ses ongles sur son flanc lui procura un plaisir si vif qu'il lui coupa presque le souffle. Il effectua le même geste de l'autre côté, et elle haleta, incapable de rester muette.

— Alors, on s'amuse bien ?

— Je fais du calcul mental, répondit-elle.

Il eut un rire sourd et entendu qui la fit frémir.

— Dans ce cas, je vais devoir passer un cran au-dessus.

Il lui écarta les cuisses et passa un doigt sur son clitoris.

Roz poussa un cri. Elle ne pouvait rien faire d'autre. L'intensité brutale de la sensation consuma son corps tout entier.

— Je croyais que tu ne criais jamais.

Elle tourna la tête et serra les dents, regrettant de ne pouvoir mettre une claque à cet arrogant. Dans un ricanement, il la retourna sur le dos et se positionna entre ses jambes.

Elle avait envie de le bombarder de coups de pied. Malheureusement, elle ne pouvait qu'ouvrir ou fermer les cuisses. Et Andy portait toujours son pantalon. Il rit encore, la faisant enrager.

— Je crois que tu es chaude, maintenant, dit-il. Poursuivons notre affaire.

Il se baissa et embrassa son ventre, enfouissant sa langue dans son nombril pour y fourrager. Elle contracta le moindre de ses muscles et essaya de se replier sur elle pour le forcer à arrêter. Rien à faire. Il était comme un homme à un banquet, bien décidé à tout goûter. Et le festin, c'était elle.

Elle lutta contre lui pendant un temps qui lui parut interminable. Contre le plaisir qu'il lui donnait, contre la façon dont il se servait de son propre corps contre elle-même.

Il fallait résister, résister.

Soudain, il mordit doucement l'intérieur de ses cuisses, stimulant des terminaisons nerveuses dont elle ignorait l'existence, et elle sentit un court-circuit se produire dans son cerveau.

Pourquoi lutter ainsi ? Andy allait gagner. C'était plié depuis le début.

Elle frissonna, acceptant cette vérité, et s'abandonna alors à cet érotisme obscur.

— Embrasse-moi, demanda-t-elle.

Il obéit si promptement qu'il ne devait attendre que ça. Son baiser fut profond, sombre et dominateur. La langue d'Andy prit possession de sa bouche alors que son corps la pressait sur le canapé. Même maintenant, alors qu'elle l'invitait à aller plus loin, il prenait son temps pour mieux la posséder. La lutte était terminée. Roz s'était rendue à ces mains, cette bouche et ce corps. Elle n'essayait plus de suivre ce qu'il faisait, mais le laissait agir à sa guise. Il était le maître des marionnettes ; elle n'avait plus qu'à se détendre et à le laisser tirer les ficelles.

Derrière ses paupières, l'obscurité se stria de zébrures rouges, noires et argentées tandis qu'Andy emmenait son corps vers des sommets ignorés. Elle ne tentait même plus de s'y retrouver ; le simple fait de respirer était déjà un effort suffisant.

Un coup de langue, la sensation de ses dents ou de ses ongles, et des gerbes d'étincelles fusaient en elle avec une intensité qui lui arrachait cris, halètements et gémissements. Elle ne savait plus du tout ce qu'il faisait, excepté qu'il ne faisait pas l'unique chose qu'elle désirait. Elle le voulait en elle, violemment, pour apaiser la faim qu'il avait fait jaillir de ses entrailles, mais Andy s'y refusait. Un long doigt s'inséra dans son sexe, l'autre main posée sur son ventre. Elle geignit à fendre l'âme. Elle avait besoin de jouir, un besoin si fort qu'elle l'implora.

— Pas encore, murmura-t-il. Ce n'est pas pour tout de suite.

Elle entendit le bruit d'une bouteille qu'on ouvrait, et les mains d'Andy revinrent couvertes d'huile. Une odeur de noix de coco se répandit dans l'air, mélangée à celle de son excitation. Il lui massa les muscles en profondeur et lui pétrit les seins.

— Tu dois avoir un peu mal après la séance de cheval de l'autre jour, dit-il.

Ses mains puissantes malaxèrent les cuisses de Roz, y trouvant les points douloureux et œuvrant à en supprimer la raideur. Après quoi, les doigts huileux titillèrent son clitoris et s'enfouirent dans son intimité.

Roz ouvrit la bouche pour crier son orgasme, mais les doigts se retirèrent.

— Allons, allons. On n'est pas encore prêts pour ça, dit-il en se tournant pour lui masser les orteils.

Roz perdit toute notion du temps. Elle se laissa aller, autorisant Andy à s'occuper de son corps et son esprit à vagabonder où il lui plairait. Elle était impuissante et incapable de toute pensée rationnelle. Son esprit était aveuglé par le besoin de satisfaire son corps, ce qu'Andy ne lui accorderait que lorsqu'il l'aurait décidé.

Elle flottait sur un arc-en-ciel, surplombant l'univers entier tout en éprouvant tout le plaisir du monde. Trop. Trop et pas assez à la fois.

— Gentille fille. Tu mérites une récompense, chuchota Andy en s'insérant entre ses cuisses.

Il prit son clitoris dans sa bouche pour le lécher et le suçoter, tandis que trois de ses doigts pénétraient en elle et exerçaient une pression contrastant avec ses doux titillements. Il tendit l'autre main pour pincer un de ses seins.

Roz explosa. Toute la tension accumulée en elle se libéra soudain, la laissant incapable d'inspirer ou de crier – seulement de laisser déferler les vagues de plaisir imposées par Andy.

21

Pour une fois, son lit ne ressemblait pas à une glacière. Il avait bien fait de la porter jusqu'à sa chambre après cette scène mémorable. Andy s'étira voluptueusement dans cette chaleur inhabituelle et ouvrit lentement les yeux. Le dos nu de Roz était à quelques centimètres de lui. De douces mèches couleur de feu étaient étalées sur l'oreiller. Son sexe, déjà un peu gonflé, se raidit davantage quand il se remémora les événements de la nuit passée.

Il n'avait jamais connu de femme qui l'ait ainsi mis au défi ou qui se soit soumise à lui avec tant de beauté. On pouvait dire qu'elle avait lutté, mais sa rédemption avait été un cadeau plus qu'une victoire. Une vague de satisfaction l'envahit. Cette soirée avait été l'une des meilleures de sa vie.

Il se blottit contre son dos, écartant ses cheveux pour pouvoir cajoler son cou. Il prit un sein dans une main et le sentit durcir au creux de sa paume. Son sexe se dressa un peu plus. C'était son fantasme ultime : Roz Spring, nue et consentante, dans son lit. Il fallait qu'il l'ait.

— Si tu approches encore ce truc de moi, je vais le couper en rondelles et te le faire bouffer au petit-déj.

— Tu ne ferais pas ça, bébé.

— Détrompe-toi. Et je ne suis pas ton bébé.

Roz s'assit dans le lit et enroula le drap autour d'elle tout en cherchant ses vêtements du regard dans la pièce.

— Il est un peu tard pour la pudeur, tu ne crois pas ? l'aiguillonna-t-il.

Il fut ravi de la voir rougir en guise de réponse.

Qui eût cru qu'elle pouvait rougir ? Andy tapota le lit à côté de lui.

— Reste donc. Il est trop tôt pour se lever.

Roz avisa son érection.

— Dis plutôt ça à ta bite. Bon, où sont mes fringues ? Qu'est-ce que tu en as fait ?

Andy fronça les sourcils. Il avait le vague souvenir d'avoir laissé tomber la robe rouge sur le sol du donjon avant de…

— Tu as déchiré ma robe ?

Roz lâcha le drap pour sauter sur lui.

— Espèce de sorcière, marmonna-t-il tandis qu'elle l'assaillait à coups de poing et de dent.

Il aurait dû s'en souvenir, après la nuit passée. Roz aimait donner de la souffrance autant qu'en recevoir. Il roula avec elle, profitant de son poids et de sa force pour la clouer sous lui.

— Je n'ai pas déchiré ta robe. Je le jure. Tu pourras la remettre.

— Dans quelles circonstances ?

La colère baissa dans son regard, et elle se détendit un peu sous son étreinte.

— Si tu organises une autre soirée avec des bourges d'intellos, ne compte pas sur moi.

Andy eut un petit rire.

— On pourrait peut-être se faire un petit dîner romantique quelque part, quand Dougal et Poppy seront au bal.

— Quel bal ?

— C'est l'événement social de l'année hippique à ne

pas manquer. Tout le gratin du milieu sort ses redingotes, chapeaux et autres falbalas en buvant du champagne.

— Le gratin ?

— Des propriétaires de haras, quelques cheiks… Les Aga Khan sont venus l'année dernière. Cette année, c'est Tim O'Sullivan qui est l'invité d'honneur.

Roz releva vivement la tête.

— On devrait y aller, dit-elle avec beaucoup plus d'enthousiasme qu'il ne s'y attendait.

Rien ne lui aurait fait plus plaisir que d'entrer dans la salle de bal avec Roz à son bras, mais elle était censée faire profil bas. Avec le nombre de photographes qui seraient présents, elle pouvait facilement se retrouver en pleine page d'un journal ou d'un magazine, risque qu'il ne pouvait prendre.

— Navré, mais, tant que Hall court toujours, Niall veut que je te garde dans un cocon.

— On pourrait y aller sans trop se montrer.

Pourquoi était-elle si motivée par ce genre de soirée ?

— Pas question. Désolé, mais tu ne peux pas y aller. Ce n'est pas négociable.

Roz fit la moue.

— Bon, dans ce cas, tu auras intérêt à te rattraper.

La rapidité avec laquelle elle capitula le laissa perplexe.

Après une douche rapide qu'elle refusa de partager avec lui, Andy se rendit en cuisine. Roz y buvait déjà son café en discutant avec Maggie. Il ne put s'empêcher de l'admirer. Roz était naturellement ouverte aux autres. Elle semblait capable de sympathiser avec tout le monde, des garçons d'écurie jusqu'à ses vieilles tantes.

Tout le monde, sauf Ariana.

Andy palpa sa poche, y cherchant son téléphone. Autrefois, il aurait rejoint Ariana pour le déjeuner, mais après cette discussion avec elle, sans parler de la sécurité de Roz, c'était impossible.

La soumission avait été un grand pas pour Roz. Il doutait qu'elle ait jamais accordé suffisamment de confiance à quelqu'un pour ça. Cette idée lui donna un sentiment de privilège.

Il aurait aimé passer plus de temps à explorer ses limites, à découvrir ce qui la faisait craquer et crier. Le temps dont ils disposaient ensemble filait comme du sable dans la main, et il ne savait pas comment lui dire qu'elle allait partir en détention protégée – ni comment il allait faire sans elle.

Bon sang, il était en train de s'attacher Il ne savait pas pourquoi ni depuis quand, mais l'évidence était là : il l'avait dans la peau.

Il risquait de tomber amoureux. D'un amour vrai, solide. Du genre à lui faire résilier sa carte au Club noir et autres clubs fétichistes.

Sauf que, bien entendu, rien de tout cela n'était possible. Roz allait partir en détention de protection, puis passerait probablement sous protection de témoin. Ils n'avaient plus que quelques jours devant eux avant de se dire au revoir pour de bon. Il devait faire en sorte que cela n'aille pas plus loin.

Poppy entra dans la cuisine, son manteau posé sur son bras.

— Ah ! vous êtes là. Comme Andy va à Belfast, je me suis dit qu'on pourrait aller faire du shopping ensemble. Je dois m'acheter des chaussures pour le bal, et je suis sûre que Roz serait contente d'avoir une robe pour l'occasion.

Andy secoua la tête.

— Désolé, maman. On ne pourra pas y aller.

Il ne voulait pas dire à ses parents pourquoi il était essentiel que Roz reste à *Lough Darra*. Ils avaient assez de problèmes comme ça pour ne pas s'inquiéter en plus d'un meurtrier.

— Je travaillerai, et Roz n'ira pas sans moi, n'est-ce pas, chérie ?

Il regarda Roz fixement, attendant qu'elle confirme à Poppy qu'elle ne voulait pas y aller. Or, elle arbora un sourire mielleux.

— J'adorerais visiter Belfast avec vous. Et il faut que je m'achète un nouveau téléphone. Le mien ne fonctionne plus, je ne sais pas pourquoi.

À cause d'une balle tirée par Hall, peut-être ? Bon Dieu ! Il devait effectivement lui acheter un portable, mais ils auraient pu passer la journée au lit au lieu de traîner en ville. Andy s'efforça de sourire quand il vit l'expression ravie de sa mère.

— OK. Je vous dépose en ville, et j'irai t'acheter un téléphone pendant que vous ferez les boutiques.

Au moins cela lui éviterait-il de poireauter devant les cabines d'essayage.

Roz adressa un signe de la main à Andy et le regarda disparaître dans la foule. Elle aurait préféré le torturer en l'entraînant dans les boutiques de vêtements, mais l'avantage, c'est qu'elle aurait bientôt un nouveau portable. Elle vérifia qu'elle avait bien son portefeuille en poche. Il ne contenait pas beaucoup d'argent et elle n'avait plus de carte de crédit. Pourvu que Poppy n'ait pas de goûts trop dispendieux !

La ville regorgeait de monde.

— Quel plaisir d'y aller ensemble ! dit Poppy, l'air enchanté. Quand je sors avec Dougal, j'ai droit à une demi-heure maximum.

— Où aimeriez-vous aller ?

Pitié, pas cette rue pleine de créateurs où Andy l'avait emmenée.

Les rides d'expression autour des yeux de Poppy se plissèrent.

— Personnellement, j'adore fouiner dans les friperies et magasins d'occasion, mais Dougal ne veut jamais y mettre un pied. Ça ne vous dérangerait pas ?

Le soulagement envahit Roz. Elle adorait chiner du vintage. C'était d'ailleurs sa seule façon de s'habiller, habituellement.

— Ça me va parfaitement.

Poppy lui pressa le bras.

— Alors, on va bien s'entendre.

La vieille dame quitta le premier magasin après un rapide coup d'œil.

— Trop de chichis, déclara-t-elle en retournant dans la rue.

Le deuxième magasin était mieux. Alors que Poppy et la vendeuse discutaient des qualités d'une robe de soirée des années 1950, Roz s'intéressa à la porte ouverte donnant sur la réserve au fond de la boutique, où s'empilaient des articles non triés.

Elle savait d'expérience que ce n'était pas sur les cintres qu'on dénichait les bonnes affaires. Le personnel les achetait avant, pour une bouchée de pain. Apparemment, la boutique venait de recevoir tout un stock. Tout en gardant un œil sur Poppy et la vendeuse, elle se glissa dans la réserve.

Elle se mit à fouiner en touchant les tissus. La plupart des vêtements provenaient de grandes enseignes, mais elle dénicha une perle : une robe en satin vert foncé, qui serait du plus bel effet avec ses cheveux. Malheureusement, elle était trop grande.

Par la porte ouverte, elle vit que les deux femmes s'étaient approchées d'une vitrine. Poppy demanda à voir un petit bracelet doré.

— C'est un authentique bijou Art déco, lui annonça la vendeuse. Je vais chercher la clé.

Roz n'avait pas beaucoup de temps devant elle. Sous

une robe de soirée en velours noir, elle vit un bout de tissu bleu cobalt. Avec une étiquette Valentino. Même d'occasion, elle ne pourrait se payer une telle robe, et pour la porter quand ? Andy avait dit qu'ils n'iraient pas au bal.

Elle la prit malgré tout et fit un signe à la vendeuse.

— Je vais essayer celle-là.

Elle retira ses vêtements et enfila la robe. Renversante. Elle avait souvent entendu cette expression sans jamais se l'être appropriée jusqu'ici. Mais le fait est qu'elle lui allait comme un gant. Si Andy la voyait ainsi, il banderait toute la nuit. Peut-être pourrait-elle la porter pour leur dîner en tête-à-tête ?

— Êtes-vous visible ? interrogea Poppy.

— Oui, je suis habillée, répondit Roz en riant.

Elle ouvrit le rideau et regarda la bouche de Poppy s'arrondir en un O parfait avant de déclarer :

— Elle est magnifique. Je veux vous l'acheter.

Roz retira le rideau et contempla son reflet dans le miroir, les sourcils froncés. Cette robe devait bien coûter plusieurs centaines de livres. Poppy avait déjà été tellement gentille avec elle. Elle ne pouvait la laisser dépenser une telle somme.

Elle fouilla dans la poche de son jean et en sortit le cure-pied qu'elle avait utilisé avec Minty. L'instrument avait une large pointe et un petit couteau pliant assez affûté pour permettre de retirer l'étiquette.

Après tout, ce ne serait pas vraiment du vol, plutôt de la location. Elle se cassa un ongle en faisant sortir la lame et se mit à l'ouvrage. Elle allait payer la robe et la renverrait au magasin après l'avoir portée. Ils pourraient alors la vendre à nouveau.

Elle avança jusqu'à la caisse.

— Combien, cette robe ?

— Y a-t-il une étiquette ?

La vendeuse inspecta la robe et pencha la tête en réfléchissant.

— Cinquante livres, alors.

Poppy s'apprêtait à ouvrir son porte-monnaie quand Roz l'arrêta. Elle devait aussi s'acheter des chaussures.

— Quarante, négocia Roz. Et je prendrai aussi les sandales argentées en vitrine. C'est du 38, c'est bien ça ?

Andy posa son journal en les voyant entrer dans le pub. Toutes deux avaient le sourire aux lèvres. Sa mère portait un sac qui devait contenir une boîte de chaussures, mais elles étaient loin d'être chargées comme on aurait pu s'y attendre après une matinée de shopping.

Poppy alla saluer un ami qu'elle reconnut au bar, tandis que Roz prenait place sur une chaise en face de lui.

— Avec tout l'argent que je t'ai fait économiser, tu peux nous payer le déjeuner, dit-elle.

Andy s'abstint de commenter son raisonnement typiquement féminin. Zut. Comment avait-il pu oublier de lui donner de l'argent avant de partir ? Elle était de particulièrement bonne humeur, pour une femme sans le sou revenant de faire les boutiques. Il y avait une sorte d'excitation sous son sourire espiègle. Elle lui cachait quelque chose. Mais, accompagnée de sa mère, à quel genre de manigance avait-elle pu se livrer ?

— Pitié, ne me dis pas que tu as volé quelque chose, chuchota-t-il.

— Bien sûr que non, répondit-elle d'un ton outré.

— Je pourrais te fouiller, pour être sûr, dit-il en avisant le sac de plastique ordinaire qu'elle portait.

— Et puis quoi, encore ? C'est juste une robe que j'ai trouvée dans un magasin d'occasion.

Elle ne lui disait pas tout. Roz pouvait duper son monde, mais il commençait à connaître son habitude de ne pas mentir sans pour autant révéler toute la vérité.

— Pourquoi ne me le dis-tu pas ? Qu'est-ce que tu as fait ?

Roz poussa un soupir et fouilla dans sa poche.

— Tu es vraiment un…

— Dominateur ? suggéra-t-il en tendant sa main.

Elle déposa un petit bout de tissu dans sa paume ouverte et attendit avec une expression de défiance. Toutes ces cachotteries pour ça ? Une étiquette de vêtement ?

Il effleura le tissu. *Valentino.*

— Combien aurait-elle coûté avec l'étiquette ?

— Je ne sais pas. Plusieurs centaines de livres, j'imagine.

Il examina le petit rectangle.

— Comment as-tu fait pour le découper aussi proprement ?

Elle sortit le cure-pied, l'air un peu coupable. Il le lui prit des mains.

— Non, je n'y crois pas… Tu t'es servi de mon cure-pied pour voler.

— Je n'ai pas volé, insista-t-elle.

— Comment appelles-tu ça, alors ?

Elle parut brièvement blessée avant de dissimuler son sentiment.

— Je l'ai empruntée pour être présentable devant tes bourges d'amis. Au cas où tu ne l'aurais pas remarqué, je ne suis pas très tenue de soirée, comme fille. Je ne remettrai plus jamais ce genre de truc après.

Elle repoussa brusquement sa chaise et se dirigea vers la sortie.

Elle avait dit « après ». Roz pensait déjà au moment où tout cela serait fini. Quand ils arrêteraient de jouer les amoureux et qu'elle sortirait de sa vie pour de bon. Ses mots lui avaient fait l'effet d'une claque. Il se rappela sa maigre garde-robe à Londres. Jusqu'à ce qu'il l'emmène faire du shopping, Roz possédait à peine plus de vêtements qu'elle n'en avait sur le dos. Elle voyageait toujours léger.

Andy courut derrière elle et l'attrapa pour la prendre dans ses bras, ignorant le regard des passants.

— Pardon, dit-il.

— Va te faire voir.

Elle tenta de le repousser, mais il refusa de la lâcher.

Andy la tint fermement jusqu'à ce qu'elle se calme. Il déposa alors un baiser en haut de sa tête.

— Voilà qui est mieux. Je crois que j'ai encore du boulot pour te faire travailler ta confiance. Tu sais quoi ? On va encore jouer à ça ce soir. Un fantasme chacun, sans tabou.

Le regard qu'elle lui lança l'inquiéta presque. Roz était une coquine patentée, mais pas autant que lui. Il pouvait bien lui laisser un peu de lest.

— OK, on verra plus tard qui des deux commence.

Poppy bavardait toujours au bar lorsqu'ils rentrèrent dans le pub. Elle n'avait même pas remarqué qu'ils étaient sortis. Ils reprirent leur place, mais Roz resta silencieuse. Andy glissa une main dans sa poche et y toucha la boîte couverte de velours.

En attendant que le téléphone se charge, il avait fait un tour dans une boutique d'antiquités et y avait repéré un petit poudrier doré.

— Ce sont des gémeaux, lui avait indiqué la vendeuse en désignant les deux visages gravés qui décoraient l'objet.

Roz avait une sœur jumelle. Il l'avait presque oublié, dernièrement. Plus il la connaissait, plus il réalisait qu'elle n'avait pas grand-chose en commun avec sa sœur Sinead. Comment avait-il pu trouver qu'elles se ressemblaient ?

Tout en buvant son café, Roz s'occupait à découvrir son nouveau portable et admirait le décor victorien du pub en essayant de ne pas repenser à la nuit précédente. Travailler sa confiance, tu parles ! Que lui avait donc fait Andy ? Elle fronça les sourcils, tentant de retracer les événements. Son esprit, d'habitude si vif et fiable, s'était comme refermé, la laissant fonctionner uniquement à l'instinct, l'envie et l'émotion.

Oui, ç'avait été la nuit la plus fabuleuse de toute sa vie. Elle s'était donnée à Andy, et il lui avait offert une expérience différente de tout ce qu'elle avait connu jusqu'alors.

Elle rêvait de recommencer, mais savait que ce ne serait pas possible. Ce soir, elle devrait prendre les manettes et le rendre fou à son tour.

C'était Andy McTavish. Elle lui coula un regard de biais. Il flirtait avec la serveuse qui prenait leur commande, ses yeux bruns lui souriant avec chaleur. Peu importait que cette femme eût plus de soixante ans. Elle était sous son charme et lui assura qu'il aurait exactement ce qu'il souhaitait, même si cela ne figurait pas sur la carte. Andy ne se la jouait pas fidèle. Il était celui qui draguait toutes les femmes dans une soirée et qui avait le pouvoir de faire croire à chacune qu'elle était exceptionnelle. Comme il l'avait fait avec elle, hier soir.

Il fallait qu'elle se souvienne que l'intensité de leur relation n'était pas due aux sentiments qu'Andy éprouvait pour elle ; il était simplement ainsi avec toutes les femmes.

Pour lui rendre justice, se dit Roz, il fallait admettre qu'il excellait dans cet art parce qu'il aimait vraiment les femmes. Il aimait Poppy d'une façon qui rendait Roz jalouse. Comme ce devait être bon d'avoir une mère près de soi, qui vous aime quoi qu'il arrive.

Elle songea que, si Maggie O'Sullivan avait vécu, elle aurait pu être ce genre de mère. Certainement.

Elle n'avait que de vagues souvenirs de son enfance avant la séparation ; quelques images d'un lit partagé avec Sinead faute de place. Elle se souvint qu'elle mangeait des cornflakes directement dans la boîte parce qu'il n'y avait rien d'autre pour le repas et qu'elle avait caressé des chiots qui vivaient dans la haie voisine. Elle frissonna en se rappelant le froid de leur caravane en hiver.

C'est parce que les O'Sullivan détestaient son père que son enfance avait été ainsi. Il avait fait de son mieux, mais ils l'avaient rejeté dès le début. Cela n'avait rien à voir avec le fait que Maggie fût une mauvaise mère.

C'était uniquement la faute des O'Sullivan si elle n'avait jamais eu une mère comme Poppy.

Andy adorait Poppy, et son amour pour elle s'étendait à toutes les autres femmes qu'il rencontrait. Il appréciait réellement la compagnie des femmes. Il riait avec la serveuse aussi naturellement qu'il l'avait fait avec Isobel à la fête, hier soir. Mais cela ne voulait rien dire.

Andy McTavish était l'incarnation du coup d'un soir. Il était incroyable au lit, et, quand il était avec une femme, il avait le talent de lui faire croire qu'elle était la seule au monde.

Roz s'était perdue dans ces yeux irrésistibles, elle avait cru que cette fossette n'était plus qu'à elle, oublié qu'elle n'était pas la seule à adorer ces abdominaux. Seulement, si elle était douée pour mentir aux autres, elle l'était moins pour se mentir à elle-même.

Andy n'était pas pour elle. Il épouserait Ariana ou quelqu'un de son genre. Une fille de bonne famille, bien élevée et cultivée. Roz aurait voulu croire qu'une fois marié, Andy serait un mari fidèle, mais elle avait vu trop d'hommes lui prouver le contraire.

Il était inutile de s'attacher à lui. Cela ne mènerait à rien d'autre qu'à la désillusion. Andy allait faire son boulot. Elle lui faisait confiance à cent pour cent pour assurer sa sécurité. Mais celle de son cœur ? Impossible. Il était temps de se rappeler qu'ils ne vivaient pas dans le même monde. Le portable qu'Andy lui avait acheté était déjà paramétré. Malin. Son ancien numéro ayant été porté, elle ouvrit son répertoire et vérifia que ses contacts s'y trouvaient toujours.

Elle avait l'habitude d'appeler son père une fois par semaine pour prendre des nouvelles, même si elle n'appréciait guère les conversations où il lui exposait des plans qui ne verraient jamais le jour, surtout avec les frères Ramos à ses trousses.

Cet appel devait être passé en privé. Elle informa Andy qu'elle partait aux toilettes et s'enferma dans les W-C pour handicapés avant de téléphoner.

— J'aimerais parler à Peter Spring, s'il vous plaît, demanda-t-elle à l'accueil.

Ironie du sort, après tant d'années passées sous des noms différents, c'était finalement sous le sien propre qu'il s'était fait prendre.

— De la part de qui ?

— Roz Spring, sa fille.

L'homme se tut quelques instants, vérifiant sûrement la liste des contacts autorisés, puis reprit :

— Je ne peux pas vous le passer, mais je vous transfère au service hospitalier.

— Quoi ?

Une petite musique s'éleva immédiatement dans l'écouteur sans qu'elle ait le temps de demander plus de détails. Une éternité s'écoula avant que quelqu'un ne décroche et qu'elle puisse demander des nouvelles de son père.

Elle essayait de se convaincre qu'il n'y avait rien de grave – juste une infection mineure, ou la grippe – quand une infirmière lui annonça enfin la vérité :

— Il a été attaqué dans la cour, dit-elle. Il a trois côtes

cassées, vingt-trois points de suture et de nombreuses contusions suite à des coups de pied et des coups de poing. Mais il s'en remettra.

Roz serra le téléphone.

— Mais… qu'est-ce qui lui est arrivé ?

L'infirmière prit un ton agacé.

— Je me le demande autant que vous. Tout le monde jure n'avoir rien vu, et la caméra de sécurité était hors service. Il dit qu'il ne sait pas qui a fait le coup.

— Puis-je lui parler ?

— Il dort, en ce moment. Vous pourrez l'appeler demain ou après-demain. Ne vous en faites pas. Il sera placé en unité protégée jusqu'à sa libération. Ils ne pourront plus rien lui faire.

Roz raccrocha en se promettant de rappeler bientôt. Bon sang. Elle savait exactement ce qui s'était passé. Les frères Ramos l'avaient prévenu qu'ils voulaient récupérer leur argent, sans quoi il ne vivrait pas longtemps.

L'idée d'une vie sans son père terrifiait Roz. C'était peut-être un sacré boulet, mais il était son seul parent à vouloir garder un lien avec elle. Elle était bien consciente que la vie de son père aurait été plus simple s'il l'avait larguée chez les O'Sullivan, mais il avait toujours voulu la garder près de lui. Il l'aimait. Il avait pris soin d'elle.

Maintenant, c'était à son tour de prendre soin de lui.

Roz contempla froidement son reflet dans le miroir. Il fallait qu'elle dégotte un demi-million pour faire sortir son père et assez d'argent pour s'occuper de Frankie. Qu'allait-elle bien pouvoir faire, maintenant ?

22

Andy releva les yeux de son livre et regarda Roz émerger de la salle secrète. Il aurait dû se méfier. Quand Roz pariait sur quelque chose, elle ne perdait pas. Il lui avait promis un fantasme et avait parié qu'elle ne pourrait pas le dominer. Quel abruti !

Roz avait fait des cachotteries toute la soirée, et il se doutait que cela allait le concerner. Qu'avait-elle donc en tête ? Son sexe frémit dans son pantalon. Quoi que ce soit, il était partant. Il savait qu'elle avait réquisitionné la cuisine de Maggie (laquelle, par chance, avait son jour de congé), l'atelier de sa mère et la cave à vin de son père. Tout cela était fort prometteur.

— Besoin d'un coup de main ? proposa-t-il alors qu'elle revenait avec un plateau couvert d'un tissu.

— Non, merci.

Elle lui lança un regard presque démoniaque.

Il était dans le pétrin, ça se confirmait. Sauf que c'était le genre de pétrin qui lui plaisait beaucoup.

Il se replongea dans son livre en entendant ses pas dans l'escalier. Si elle ne voulait rien dire, il n'y avait rien à faire.

— Va en bas et attends-moi.

— Tout de suite, madame, répondit-il à son ton autoritaire.

Andy se leva prestement et se dirigea vers la porte du donjon.

— Oh ! et je veux que tu sois à poil.

Sur ce, elle referma la porte de la bibliothèque derrière elle.

Andy donna un coup de poing dans le vide et se hâta de descendre.

Quinze minutes plus tard, il consulta sa montre. À poil, ça voulait dire avec ou sans montre ? Il décida de la retirer et la posa sur sa pile de vêtements dans un coin. Son sang bouillait d'impatience. Qu'allait-il faire ce soir ? Du bondage ? Une petite fessée ? Il ne la frapperait pas trop fort, afin d'éviter de lui faire des marques. Sa peau était comme du lait tiède. Ce serait dommage d'y laisser des bleus.

Une flagellation, décida-t-il. Avec son martinet en daim rouge et noir, qui pouvait être utilisé de façon sensuelle ou sadique, selon la force qu'on lui imprimait. Pour Roz, il irait doucement. Pas de marques, seulement un joli rougissement de la peau.

L'eau lui vint à la bouche en entendant soudain des pas dans les marches. Roz l'avait fait attendre. Il ajouterait ce point à la liste de ses péchés. Il croisa les bras sur sa poitrine et attendit sa soumise.

La porte s'ouvrit.

Sacré nom de Dieu !

— Ça te plaît ? fit-elle d'une voix grave et envoûtante.

Elle portait un corset de velours noir qui faisait pigeonner ses seins en deux globes blancs de chair frémissante. Plus bas, un porte-jarretelles noir soutenait des bas de soie, et un string minuscule ne dissimulait presque rien de son cul somptueux. Il passa la langue sur ses lèvres. Une expression issue de son éducation catholique lui vint à l'esprit : une invitation au péché. Roz incarnait cela, et bien plus encore. Tentant de se contrôler, il répondit :

— Très joli. Dommage, tu ne vas pas garder tout ça bien longtemps.

Le regard bleu de Roz se fit glacial.

— Je crois que tu oublies quelque chose. Ce soir, c'est *mon* fantasme.

— Bébé, commença-t-il.

Ses lèvres écarlates se durcirent.

— Interdiction de m'appeler « bébé ».

Était-elle sérieuse ? Andy haussa un sourcil, attendant la suite. Rien ne vint, et il déglutit.

— J'ai une question.

Elle arbora un sourire contenant un soupçon de pitié.

— Tu veux dire : puis-je poser une question, maîtresse ?

Bordel de merde. Elle était sérieuse.

— Qu'avez-vous l'intention de faire ? Maîtresse.

Il s'étouffa presque en prononçant ce dernier mot. Il avait beaucoup joué au dominateur, au chef, dans ce genre de parties. Là, c'était un jeu totalement nouveau pour lui.

Roz souleva un tissu posé sur la banquette, révélant une intéressante collection d'objets. Un seau à glace, des bocaux provenant du garde-manger, deux bougeoirs, un flacon d'huile de massage et, apparemment, une bouteille de champagne.

— Un problème ?

Il se sentit soulagé. Tout cela annonçait plutôt une bonne soirée. Il baissa la tête pour dissimuler son sourire.

— Non, maîtresse.

— Bien. As-tu besoin d'un mot d'alerte ?

Andy releva la tête et haussa un sourcil outré. Elle devait plaisanter. Mais l'expression pincée de sa bouche lui indiqua que non.

— À vous de voir.

Il soutint son regard avec un air de défi.

— Maîtresse, ajouta-t-il d'un ton moqueur.

Roz ondula vers lui en faisant claquer ses talons sur le carrelage.

— Je vois que ton attitude laisse à désirer. Je vais m'en occuper. Tourne-toi face au mur.

Andy se retourna.

— Ton mot d'alerte sera « rouge », murmura-t-elle avant de donner un premier coup de cravache sur ses fesses nues.

Il tressaillit. La sale petite…

Cinq coups de plus tombèrent, suivis de six autres. Plus forts, cette fois, et Andy se mordit la lèvre alors que la chaleur montait. Il n'arrivait pas à croire qu'elle lui fasse ça. Son sexe frémit, s'éveillant à ces stimulations. Non. Ça ne l'excitait pas. Certainement pas ; pourtant, c'était…, Seigneur, c'était…

Les coups stoppèrent et il ferma les yeux. Il allait entrer dans son jeu. Pour l'instant.

— Tu aimes ça ? chuchota-t-elle dans son oreille.

— Pas vraiment.

— Parfait, je ne voudrais pas non plus que tu prennes tes aises. Allonge-toi.

Andy prit place sur le lit en souriant. Croyait-elle vraiment qu'elle allait pouvoir le dominer ? Roz allait avoir une sacrée surprise. Une fois allongé, il attendit de voir ce qu'elle allait faire. Le bout de mousseline avait été « emprunté » dans la cuisine de Maggie. Pensant qu'elle allait lui en bander les yeux, il fut surpris quand elle souleva ses mains au-dessus de sa tête et lui noua les poignets. L'idée d'être entravé s'avérait plus excitante qu'il ne l'aurait cru.

— Je croyais que tu allais me bander les yeux, dit-il avec un petit gloussement.

— Non. Je veux que tu saches exactement ce qui va se

passer. Je trouve que le fait d'anticiper augmente le plaisir de moitié.

— Si tu le dis…

Roz l'ignora et se dirigea vers la banquette. Elle alluma les deux bougies et baissa la lumière avant d'ouvrir le flacon et verser un peu d'huile au creux de ses paumes.

Elle avait raison. Son membre anticipait déjà le contact de ses mains et se dressa ostensiblement.

— C'est si doux, dit-elle en lui appliquant lentement l'huile sur le torse.

Andy poussa un soupir de plaisir. Elle était douée pour ça. Pourquoi ne l'avaient-ils encore jamais fait ? Il devrait la hausser au rang de masseuse personnelle.

— Comme ça ?

— Mmm, oui.

— Profite bien, parce que tu risques de moins aimer ce qui va suivre.

Il ouvrit brusquement les yeux. Roz tenait la bougie allumée au-dessus de son ventre. Merde. Elle était au courant que certains types tripaient avec la cire chaude. Il ne pensait pas être de ceux-là.

— Euh, tu es sûre, là ?

— Sûre.

La première goutte tomba sur son ventre. La chaleur vive se dissipa rapidement tandis que la cire liquide se transformait en une goutte solide.

— Tu sais, dit-elle avec légèreté, ce n'est pas la température à laquelle on verse qui compte, mais celle au moment de l'impact. Plus j'approche de la peau, plus c'est chaud.

Pour illustrer son propos, elle approcha la bougie et fit tomber une goutte.

— Une souffrance exquise et…

Andy mangea le dernier mot. Ça ne brûlait pas vraiment. La cire fondue n'était pas pire qu'un bain très chaud, mais il frémissait en se demandant où et quand allaient tomber les prochaines gouttes. Andy remarqua que Roz prenait soin de ne pas toucher les zones où la peau était plus fine. Il poussa un grognement quand elle laissa de la cire tomber à un endroit où il n'avait pas reçu d'huile. Cela faisait un mal de chien.

Il perdit la notion du temps. Des traînées de cire pâle zébraient maintenant sa peau, contrastant avec son bronzage, et se superposaient comme les fils d'une corde. Était-ce donc ça, d'être à la merci de quelqu'un ? Il ne se sentait pas menacé.

En quelques secondes, il pouvait rompre la bande de mousseline nouant ses poignets. Non, se dit-il. C'était juste un exercice mental visant à accorder le contrôle à quelqu'un d'autre. À s'abandonner.

Andy tressaillit quand une nouvelle goutte atterrit sur sa poitrine. Ce mouvement fit couler le liquide sur sa peau, déclenchant une vive sensation de douleur.

Roz était vraiment une sorcière.

— Pauvre chéri, ronronna-t-elle. On devrait peut-être passer à autre chose.

Il eut un soupir de soulagement en la voyant reposer la bougie sur la banquette. Les flammes projetaient des ombres irréelles sur les murs et le plafond de la cave. Andy ferma les yeux.

Une sensation glacée sur ses mamelons le ramena soudain à la réalité. Son mouvement brusque fit craquer la cire collée et durcie sur sa peau. Elle l'avait fait exprès.

— Espèce de…

Roz rit et s'écarta un peu.

— Eh bien, ce n'est quand même pas un petit glaçon qui va faire peur à un costaud de ranger, non ? Je croyais que vous étiez des durs à cuire ?

— Je vais te montrer si je suis costaud. Mes mains sont

particulièrement solides. Pour tout te dire, j'ai même les paumes qui me démangent.

— Paroles, paroles. J'ai encore quelques petites gâteries, et tu pourras te détendre. Maintenant, ferme les yeux.

Andy tricha. Sous ses cils baissés, il la regarda retirer le plastique de deux pinceaux avant d'ouvrir les bocaux qu'elle avait rapportés de la cuisine. Il n'était pas sûr que Maggie ou sa mère apprécieraient l'usage que Roz souhaitait en faire. Son ventre frémit d'excitation, et le sang afflua dans son bas-ventre.

Doux comme des plumes, les poils du pinceau effleurèrent ses mamelons. Il adorait les seins des femmes, leur douceur moelleuse, mais qui eût cru que les siens puissent se révéler aussi sensibles ?

Il sentit brièvement l'odeur du chocolat avant que le pinceau ne touche à nouveau ses mamelons, les titillant tellement qu'il avait envie de rompre ses entraves pour s'emparer de Roz et la faire hurler.

Une bouche chaude se posa sur son sein. Il se cambra sur le lit tandis qu'elle lui léchait et lui mordillait le téton, menaçant de lui faire perdre la tête.

— Je t'avais dit que j'adorais le chocolat ?

— Je m'en souviendrai, haleta-t-il.

— Mais pas autant qu'autre chose encore.

Lentement, on lui passa une matière collante sur la poitrine. Cette fois, pas du chocolat. Andy renifla, essayant d'identifier ce qu'elle avait choisi, mais la chaleur qui commençait à se faire sentir sur sa peau confirma bientôt ses pires doutes : de la sauce au piment.

Il faillit bondir de la banquette.

— Ça pique !

— Dans ce cas, utilise ton mot d'alerte.

Il était hors de question qu'il y ait recours. Il serra les

dents sous la chaleur croissante. C'était pire que la cire chaude, bien pire.

— Un peu d'aide ?

Le sourire innocent de Roz lui donna envie de la mordre – aux fesses, de préférence.

— Ce n'est pas de refus.

— D'accord.

Elle baissa la tête et la posa sur sa chair brûlante, parcourant de sa langue le contour du mamelon.

Elle le soulagea enfin.

— Quand j'étais petite, on a vécu au-dessus d'un restaurant indien pendant des années. Depuis, rien n'est trop fort pour moi.

— Ah oui ?

Voilà qui ressemblait vraiment à un défi. Si Roz pensait pouvoir le surpasser en coquineries, elle se mettait le doigt dans l'œil. Mlle Spring allait bientôt recevoir une leçon dont elle se souviendrait longtemps.

Il se débarrassa de la mousseline nouant ses poignets et s'assit sur la banquette.

— Bon, si tu as fini de jouer, je crois que c'est à mon tour.

Roz avait pris tellement de plaisir à lui faire tout cela et à observer ses réactions qu'elle en avait oublié leur pari. Maintenant, elle devait le laisser lui faire tout ce qu'il voudrait. Son fantasme à lui.

Qu'avait-il donc en tête ? Elle se sentit soudain nerveuse et se demanda si elle aurait dû jouer avec la cire. Qui sait comment il allait se venger ?

— Qu'est-ce que tu vas faire ?

Elle était fière d'avoir réussi à maîtriser le tremblement de sa voix. Elle avait l'habitude d'avoir le contrôle de la situation. L'inverse serait toujours difficile pour elle, même après ce qu'ils venaient de faire.

— Commence par te mettre nue, dit-il en joignant le geste à la parole, sans ménagement.

Il avait fallu à Roz vingt minutes pour se glisser dans ce corset. Il l'en débarrassa en vingt secondes.

— Et maintenant ? demanda-t-elle, nue devant lui.

— Ne t'inquiète pas, ça va te plaire.

Il brandit une lourde chaîne argentée. Elle l'observa d'un œil expert. C'était très probablement un objet ancien, peut-être de l'ère victorienne, patiné par le temps et un usage fréquent. Elle essaya d'estimer le prix de cette chaîne à la vente et se dit qu'elle devait valoir au moins deux mille livres. Elle était bien plus longue que celles auxquelles elle était habituée, mais trop courte pour servir à des jeux érotiques.

Sauf qu'Andy McTavish avait de l'imagination en la matière.

— À quoi penses-tu ?

Il la guida vers le canapé et lui tendit la chaîne. Elle était froide et légèrement humide.

— Elle est mouillée.

— Parce que je l'ai désinfectée.

Il l'installa sur le canapé et s'assura que Roz était à l'aise. Ce qui ne la rassura pas spécialement.

— Réchauffe-la entre tes mains. Je ne veux pas que tu attrapes froid.

Elle se retint de parler. Non, elle ne poserait pas de questions. Il s'amusait trop. Maudit petit prétentieux d'Irlandais. Elle n'émit pas le moindre commentaire quand il ouvrit un placard et en sortit un flacon de lubrifiant. Elle prit un air blasé.

— Maintenant, allonge-toi et régale-toi. Faut-il que je t'attache ?

— Non !

La fois où il l'avait attachée s'était révélée extraordinaire, mais elle n'était pas sûre de vouloir le refaire trop souvent. Il fallait une confiance énorme pour autoriser un homme à avoir autant de pouvoir sur son corps, sans parler de ses émotions.

— Tu aimes beaucoup trop ça, se justifia-t-elle.

Il rit.

— C'est vrai, tu es la femme idéale pour être attachée. J'ai vraiment hâte de te suspendre, un de ces jours. Mais, pour l'instant, tiens-toi aux barres en haut du canapé.

Elle ne les avait pas remarquées jusqu'alors et s'exécuta docilement. Voilà qui lui convenait : elle pourrait les lâcher quand cela lui semblerait nécessaire. Elle avait toujours eu une légère phobie à l'idée d'être attachée et de ne pouvoir se gratter le nez. C'était bête, mais c'était comme ça.

— Gentille fille.

Le murmure approbateur d'Andy la réconforta. Il s'agissait d'Andy, se rappela-t-elle. Ce n'était pas un idiot. Il n'allait pas la torturer parce qu'elle lui avait donné carte blanche. Elle avait hâte de savoir ce qu'il aimait.

Ainsi allongée, Roz était vulnérable, ouverte à lui, même si elle pouvait à tout moment retirer ses mains des barres du canapé. Peut-être était-ce dû à la façon dont il s'était installé entre ses cuisses et dont il la regardait (avec une expression brûlante et possessive).

— Tout ça est si joli. Si doux.

Du bout du doigt, il traça une ligne entre ses seins et jusqu'à son nombril. Elle frémit à ce contact, surprise par l'intimité de cet unique doigt, lequel continua de descendre sur son ventre tremblant pour rejoindre le léger duvet attestant de ce qu'elle était une vraie rousse. Elle regretta de ne pas l'avoir rasé, quand il dit :

— Si sexy, si excitant.

Le doigt curieux fouilla plus bas, et Andy sourit.

— Oh ! mais tu es trempée. Tu étais aussi excitée que moi, pas vrai ?

Tenant toujours les barres, elle haussa les épaules.

— Oui, c'était marrant de te voir te tortiller.

— À mon tour de te voir te tortiller. Même mouillée comme tu l'es, un peu de lubrifiant est toujours une bonne idée.

Le bruit du bouchon ouvert résonna étrangement dans le calme de la pièce, puis ce fut une sensation froide et humide qui la fit de nouveau sursauter.

— C'est froid, se plaignit-elle.

— Tu es assez chaude pour dix.

Il prit alors la chaîne posée sur le canapé et en glissa un maillon dans son sexe brûlant.

— C'est pervers ! s'exclama-t-elle.

Il rit.

— Je sais. C'est bien, non ?

Andy attrapa le bandeau de mousseline.

— J'ai remarqué que tu étais plus calme quand je te bandais les yeux ; alors, on va le mettre.

Il lui installa le bandeau avec précision et délicatesse.

Andy avait en effet remarqué une chose que Roz venait juste d'apprendre. S'il avait tenté de la bâillonner, elle se serait débattue comme un diable, mais, pour une raison inconnue, elle devenait calme et réceptive quand elle ne pouvait plus voir.

— Si tu as mal, dis-le-moi tout de suite, dit-il d'une voix qui semblait maintenant lointaine.

Elle hocha simplement la tête.

Le maillon suivant fut inséré, doux et frais. La sensation était étrange, mais pas désagréable. Elle allait se détendre et le laisser jouer. De toute façon, elle avait besoin d'un peu de repos ; il lui avait fallu beaucoup d'énergie et de concentration pour le dominer, tout à l'heure.

— Vas-y, dit-elle, ce qui lui demanda encore trop d'énergie à son goût.

— Oh ! j'y vais.

Elle l'entendit sourire tandis que s'immisçait le prochain maillon. Et celui d'après.

Il continua. Lentement, maillon après maillon.

— Encore un peu de lubrifiant, annonça-t-il.

Elle se prépara à recevoir le gel froid. D'autres maillons suivirent.

Elle se sentait pleine, d'une façon tout à fait inédite. Un doigt se glissa en elle, lui arrachant un gémissement. Il avait touché un nerf, et un éclair de plaisir lui parcourut le corps, contractant tous ses muscles en un seul spasme.

— Tu aimes ça ?

— Mmm, parvint-elle à répondre.

Il ne s'attendait tout de même pas à ce qu'elle puisse parler ?

Il rit doucement.

— Moi, oui. Tu es vraiment une bonne petite soumise.

Contrariée, elle ouvrit les yeux derrière le bandeau et regarda dans sa direction.

— Dans tes rêves, l'Irlandais.

— Justement, tu ne peux pas savoir combien de fois j'en ai rêvé. Maintenant, sois gentille et laisse-moi jouer.

Bon, eh bien, puisqu'il s'amusait, qu'il continue. Elle se détendit à nouveau.

Encore un maillon. Ils étaient de tailles différentes, avec les plus gros, les plus lourds au milieu. Celui-ci était indiscutablement plus gros.

— Il y en a combien dedans ? demanda-t-elle.

— Environ vingt pour cent.

Waouh ! Ce devait être une blague. Elle se sentait déjà pleine.

D'autres maillons entrèrent, lentement, très lentement. Elle se rendit compte qu'elle avait perdu la notion du temps et ignorait totalement depuis combien de temps ils étaient là.

— Tu n'en as pas marre ?

Il eut un petit rire.

— Tu plaisantes ? Je prends mon pied à te regarder.

Elle se demanda ce qu'il voyait, puis oublia cette interrogation. S'il prenait du bon temps, elle pouvait se détendre et même décrocher. Elle le laissa donc continuer tout en sentant le poids de la chaîne augmenter progressivement. Il cessa un moment pour s'occuper de son clitoris, qu'il lécha et suça, la faisant frémir de plaisir. Le mouvement fit bouger la chaîne en elle, ce qui intensifia ses sensations.

— Tu es si sexy, murmura-t-il en glissant un doigt en elle.

Il le plia pour appuyer sur son point G, et elle faillit tomber du lit. Une violente décharge de plaisir partit de ses zones érogènes et lui remonta jusqu'au cerveau. Ses orteils se replièrent et ses jambes fléchirent involontairement.

— Si réceptive…, continua-t-il.

Elle avait perdu tout self-control et s'en moquait bien. Andy la possédait, il avait les rênes, et elle pouvait le laisser s'occuper d'elle. Cette simple idée lui provoqua un second orgasme.

Maintenant qu'elle était à point, il la maintint dans cet état et joua de son corps comme d'une guitare. Ses mains étaient partout, la faisant jouir encore et encore, la retenant parfois, pour la pousser de nouveau à la limite, reculer, puis la faire décoller.

Elle perdit toute capacité de raisonnement. Les lèvres d'Andy, douces et chaudes, écartaient les siennes pour que sa langue pénètre dans sa bouche avide. Ses mains expertes lui pinçaient les mamelons, lui chatouillaient le nombril, lui titillaient le clitoris, caressaient l'arrière de ses genoux. Elle tendit les bras vers lui, mais il les repoussa gentiment.

— C'est mon moment. Je te fais ce que je veux. Profite, c'est tout.

Ce qu'elle fit. Il n'y avait plus que le bruit de la peau contre la peau, l'odeur unique et musquée d'Andy, son excitation à elle, et le plaisir qui l'envahissait, vague après vague.

Andy. Andy. Andy. Il n'y avait plus que lui.

Lorsque le corps de Roz fut exténué, la laissant croire qu'elle ne pourrait plus jamais bouger, il lui murmura au creux de l'oreille :

— Et maintenant, le bouquet final.

Ce fut l'unique préavis. Il tira sur la chaîne avec un mouvement doux et régulier qui ramena brusquement à la vie toutes ses sensations endormies. Tout en tirant, il lui appuya sur le clitoris, et elle hurla en basculant dans un ultime et sublime orgasme.

Puis, il y eut les bras d'Andy autour d'elle, sa bouche sur la sienne, et elle lâcha les barres en le serrant comme si elle ne voulait plus jamais le laisser partir.

23

— Andy.

Il leva la tête du livre qu'il faisait semblant de lire alors qu'il savourait les souvenirs de la nuit précédente. Jamais il n'avait rencontré une femme avec qui il s'entendait aussi bien au lit. Roz était unique, sexy, belle et chaude comme la braise. Comment pourrait-il se passer d'elle ?

Pour l'heure, elle était plutôt éteinte. Peut-être la descente après l'extase ? Ce soir, il n'y aurait pas de jeux coquins, seulement des câlins. Il allait prendre bien soin d'elle.

— Andrew, appela de nouveau sa mère. As-tu vu mon collier de diamants ?

Poppy perdait toujours tout. Sa mère avait un goût très personnel et pouvait tout à fait porter ce collier avec une paire de bottes en caoutchouc si l'envie l'en prenait.

— Tu l'as encore mis en allant dans le jardin ? interrogea Dougal.

Poppy le dévisagea par-dessus ses lunettes de lecture.

— Non, mon cher. Et j'aimerais que tu cesses de me ressasser cette histoire. Je te rappelle que nous avions fini par le retrouver.

— Avec un détecteur de métaux, ajouta Dougal en ricanant.

Elle regarda Roz, cherchant du soutien de son côté.

— Je vais vous aider à le chercher.

Roz posa son livre, et Andy aperçut le titre sur la couverture. Tiens donc. Pourquoi Roz s'intéressait-elle à l'élevage des chevaux ? Cela lui échappait, mais elle était un peu distante depuis le jour où ils étaient allés faire du shopping. Elle passait beaucoup plus de temps avec ses parents, surtout son père, qui adorait se promener avec elle dans la ferme, mais il y avait une tension nouvelle en elle.

Roz se leva.

— Où l'aviez-vous pour la dernière fois ?

— Dans le jardin d'hiver, je crois. Ou peut-être dans la salle à manger.

Comme les deux femmes passaient devant son fauteuil, Andy saisit la main de Roz.

— Dis-moi, tu ne l'as pas « emprunté », par hasard ? lui dit-il avec un clin d'œil.

Ce n'était qu'une plaisanterie, mais le regard qu'elle lui lança le refroidit sur-le-champ. Elle retira sa main et suivit Poppy dans la bibliothèque. Il avait fait une gaffe. Il se leva prestement et leur emboîta le pas.

— Andrew, tonna son père derrière lui. Ton maudit téléphone sonne encore.

Il tâta sa poche. L'appareil en avait encore glissé, et la sonnerie du Tardis retentissait depuis le fauteuil bergère où il s'était assis.

— McTavish, dit-il en décrochant.

— J'ai besoin de toi, fais ton sac, déclara Niall Moore sans préambule.

— Qu'est-ce qui se passe ?

— Jack Winter. Il est à Dublin et il veut que quelqu'un s'occupe d'Abbie.

Winter était un client cinq étoiles, et ses désirs étaient des ordres.

— Quel est le problème avec Abbie ?

— Rien, mais, depuis la fusillade à Tullamore, Jack ne veut pas la perdre de vue. Elle a reçu un message, et il pense que ça a quelque chose à voir avec l'un des cinglés d'Amérique du Sud qui l'ont emmerdée, il y a trois ans.

— Mais la fusillade n'avait…

— Je le lui ai dit, mais il veut une protection immédiate et c'est toi le plus proche. Sois là-bas pour le dîner. Ce ne sera que pour deux ou trois jours. Ils sont à l'hôtel Shelbourne.

— Mais je m'occupe de Roz, et Hall est toujours en cavale, protesta Andy.

— Est-ce que quelqu'un sait où elle est ? Va-t-elle s'enfuir ? Est-elle en danger ?

Bon Dieu ! Andy avait envie de répondre oui, mais…

— Non, elle est en sécurité ici.

— Alors, file à Dublin et assure la protection d'Abbie jusqu'à ce que je te fasse remplacer.

Niall raccrocha.

Putain de merde ! Il savait que Roz ne risquait rien à *Lough Darra*. Il n'y avait eu aucun signe de Hall depuis Tullamore, et rien ne pouvait l'attirer ici. Seulement, il n'avait pas envie de la quitter maintenant.

— Du boulot ? demanda son père en fronçant les sourcils.

Andy soupira.

— Oui. Je dois aller à Dublin, mais je vais essayer de revenir très vite.

— Eh bien, s'il le faut, dit son père.

Andy vit bien qu'il était contrarié de voir son fils repartir si vite.

— Écoute, papa. Je ne peux pas tout te dire, mais il y a eu un incident sur un plateau de tournage à Tullamore il y a quelques jours. Roz était concernée.

— Que s'est-il passé ?

Le vieil homme se redressa dans son fauteuil, l'œil alerte et l'air d'avoir soudain cinq ans de moins.

— Un maniaque. Je voudrais que tu veilles sur elle en mon absence.

— Bien sûr.

Dougal redressa les épaules.

— Je suis encore capable d'affronter des jeunots. Il suffit de demander.

Peut-être aurait-il mieux fait de tenir sa langue. Pourvu que son père ne s'embarque pas dans une nouvelle bagarre.

— Promets-moi juste de ne pas utiliser d'arme à feu.

Dougal parut presque déçu.

Une fois dans sa chambre, Andy fit rapidement son sac en choisissant des vêtements qui l'aideraient à se fondre dans la masse. S'adapter au style du client faisait partie du job. Le garde du corps parfait était invisible, et chaque mission était différente. Il déposa son sac dans le coffre de la voiture et se mit en quête de Roz et de sa mère.

La recherche du collier les avait emmenées dans le jardin d'hiver, où Poppy s'était affairée la veille, mais elle s'était laissé distraire par sa dernière peinture (elle réalisait une série d'études botaniques sur les orchidées). Roz l'écoutait lui expliquer les fluctuations de température nécessaires à l'éclosion d'une orchidée.

Son expression fascinée indiqua à Andy qu'elle ne l'écoutait pas par devoir ou politesse, mais que le sujet l'intéressait réellement. Malgré ses origines, elle ferait une parfaite maîtresse de maison pour *Lough Darra*, et il était évident que Poppy l'adorait. Un sentiment de fierté l'envahit. Si les choses avaient été différentes, si leurs fiançailles avaient été réelles, Roz aurait pu être heureuse ici.

Il s'éclaircit la voix, interrompant la leçon.

— Excusez-moi, mais je dois partir à Dublin. Un imprévu, pour mon travail.

Roz s'inquiéta immédiatement.

— Est-ce que je dois… ?

— Non. Reste ici. Je rentre dans quelques jours.

Elle parut quelque peu blessée, et Andy eut envie de se mettre une claque. Il n'avait pas voulu être si abrupt avec elle, mais ainsi allait sa vie quand on l'appelait pour travailler. Il pouvait être réquisitionné à tout moment et ne pouvait discuter ses engagements.

Il regarda sa montre. Avec les bouchons des heures de pointe, il aurait du mal à être à Dublin à l'heure du dîner et ne voulait pas risquer de contrarier un client déjà inquiet. Andy se pencha pour embrasser Roz, mais elle tourna légèrement la tête, lui offrant seulement sa joue. Elle était fâchée contre lui et souhaitait le lui faire comprendre.

Il n'avait pas le temps de gérer ça maintenant. Plus tard, il mettrait la petite dame sur ses genoux et lui flanquerait une bonne fessée en guise de punition. Son sexe durcit à cette simple idée. Il avait bien besoin de ça avant de se faire des heures de route. Décidément, cette Roz Spring aurait sa peau.

Roz le regarda partir. Croyait-il vraiment qu'elle avait volé le collier de Poppy ? La prenait-il pour une voleuse ?

Bien sûr, elle l'était parfois, mais uniquement avec des gens qui le méritaient et pouvaient se permettre quelque perte.

Et cela n'avait rien à voir avec le fait que les riches possèdent plus d'argent. Il était horriblement facile de voler les pauvres, qui avaient toujours du liquide sur eux, quand les riches avaient des cartes de crédit.

Non, il y avait quelque chose de magique dans le fait de dépouiller ceux qui le méritaient. Qui s'étaient enrichis malhonnêtement ou en profitant de la peine des autres.

Jamais elle ne volerait quelqu'un comme Poppy, qui s'était montrée si bonne avec elle. Elle pouvait être riche et vivre dans une maison ridiculement grande, même avec des sanitaires en ruine et sans chauffage central. Il était clair qu'elle travaillait dur, ne se vautrait pas dans un luxe indécent et qu'elle accordait plus de valeur à sa famille qu'à son compte en banque. Ce collier perdu avait appartenu à son arrière-grand-mère, ce qui signifiait beaucoup plus pour elle que sa valeur monétaire.

Et ce connard d'Andy McTavish pensait qu'elle l'avait volé ?

La douleur qu'elle ressentit à cette idée lui devint soudain insupportable. Malgré la fraîcheur qui y régnait, cette maison l'étouffait. Il fallait qu'elle parte. Elle courut vers les écuries, espérant se réfugier loin des yeux de tous.

La cour était pleine de personnel d'écurie quand elle arriva, mais Minty sortit la tête de son box et émit un petit hennissement amical en voyant Roz. Ses grands yeux marron ne l'accusaient de rien.

Roz se glissa dans le box et ferma la demi-porte derrière elle. Maintenant, plus personne ne la voyait.

Minty frotta sa tête contre Roz, réclamant une friandise. Roz fouilla ses poches, mais n'y trouva rien d'autre qu'une boîte de Tic Tac. Elle fit tomber un bonbon au creux de sa main et le considéra d'un œil dubitatif. Il semblait bien trop petit ; elle tendit cependant sa paume à la jument.

Minty l'attrapa avec enthousiasme, et Roz aurait alors juré que le cheval venait de lui sourire. Au moins y avait-il ici quelqu'un qui l'aimait bien. La jument poussa Roz du bout du nez.

Roz la caressa, timidement d'abord, puis avec plus d'assurance en voyant l'animal rester immobile. Elle finit par se pencher sur son cou, s'imprégnant de la chaleur et de la force de la jument.

— Il me prend pour une voleuse, murmura-t-elle à Minty. Malgré tout ce qu'on a fait ensemble, il croit que j'ai volé le collier de Poppy. Il ne me l'a même pas demandé, il l'a supposé.

Sa main s'immobilisa lorsqu'une terrible pensée l'assaillit soudain.

— Et si Dougal et Poppy pensaient la même chose ?

Elle ignorait totalement ce qu'Andy avait pu dire à ses parents sur son passif. Il ne pouvait quand même pas leur avoir dit qu'elle était la fille d'un détenu ? Ils ne l'auraient pas acceptée dans leur maison s'ils savaient cela. À moins que… ? Elle pouvait presque les imaginer l'accueillir comme on fait une action charitable.

Elle se serra contre Minty. Elle ne pourrait pas supporter d'être la bonne action de quelqu'un. Sa vie n'avait pas été facile, mais elle s'en était toujours sortie toute seule. Jamais elle n'avait demandé l'aumône à personne et elle ne comptait pas commencer.

Voilà qui réglait déjà un dilemme. Quand elle avait pris conscience de la richesse d'Andy, elle avait envisagé l'idée de lui demander l'argent pour sortir son père de prison. Idée qu'elle avait vite repoussée, car, même avec un domaine de cette taille, elle voyait bien qu'ils n'avaient pas un demi-million en cash à jeter par les fenêtres pour sauver un petit malfrat. Désormais, l'éventualité ne méritait plus d'être considérée. Elle devait trouver cet argent toute seule et elle savait comment faire.

Elle s'écarta à regret de Minty. Qui eût cru que les chevaux pouvaient faire des câlins ? Au fond du box, elle sortit son téléphone et appela Frankie.

Cheyenne répondit immédiatement, le souffle court comme si elle venait de courir pour décrocher.

— Salut, Roz. Tu veux parler à Frankie ?

Elle avait à peine fini sa phrase que Frankie enchaîna, visiblement aussi essoufflé qu'elle :

— Ouais, qu'est-ce qu'il y a ?

— Tu as l'air d'aller mieux.

— Ouaip, je me remets un peu en selle, si on peut dire.

Il y avait un sourire dans sa voix.

— Et toi, comment ça va ?

Elle n'allait pas lui balancer tous ses problèmes au téléphone.

— Bien. Je suis chez Andy et je suis partante pour ton plan Shergar. Qu'est-ce qu'il faut faire ?

La voix de Frankie s'éloigna un peu :

— Chérie, tu veux bien aller me chercher un café ?

Une porte claqua, et il reprit un ton normal :

— Bon, alors d'abord, il faut acheter Nagsy et faire en sorte que les papiers soient béton. Ensuite, il faut convaincre O'Sullivan que la bête vaut un demi-million. Ce qui inclut un test ADN, mais je te laisse gérer ça. Et de lui faire faire une course qui le mettra en valeur. Ça, ça va être un peu plus compliqué à goupiller.

— Je m'en occupe.

Roz ignorait encore comment elle procéderait, mais elle faisait confiance à son imagination fertile pour trouver quelque chose.

— Je trouve d'abord un endroit où le garder, puis on commencera à tendre le piège.

Son cerveau était en ébullition. La tâche ne serait pas aisée. Mais elle devait le faire.

— Je m'y mets. Si tu penses à autre chose, envoie-moi un texto. Quand reprends-tu le boulot ?

Il y eut un blanc, bref, mais perceptible.

— Bientôt. Les médecins ne vont pas tarder à me déclarer apte à reprendre le travail.

C'est ça, et les poules avaient des dents, tant qu'on y était. Roz connaissait suffisamment Frankie pour savoir quand il mentait. Il était blessé, même s'il avait repris suffisamment de forces pour pouvoir satisfaire Cheyenne. Elle ajouta Frankie à la liste des choses dont elle devrait s'occuper. Mais d'abord, elle avait besoin d'un cours intensif d'équitation et elle savait à qui demander ça.

Dougal s'était habitué à leurs promenades dans la propriété, et elle ne pensait pas rêver en le voyant bouger plus facilement, se servant de moins en moins de sa canne.

— Tenez, voilà une occasion de vous rendre utile, lui dit-il.

Il pointa sa canne vers un petit seau blanc de lait frais et lui demanda de l'emporter dans l'enclos. Roz obéit, perplexe.

Dans le petit enclos jouxtant la maison se trouvait un poulain dégingandé aux genoux cagneux.

— Oh ! il est adorable.

Dougal poussa un grognement.

— Il s'appelle Harmony. Sa mère, Serenade, est morte la semaine dernière ; alors, il faut le nourrir à la main. C'est votre boulot, à partir de maintenant.

Cette pauvre petite créature était un orphelin. Roz porta précautionneusement le seau de lait dans le pré et rassembla ses forces au cas où Harmony se rebellerait. Mais il tendit juste un nez curieux et recula d'un ou deux pas. Elle avança vers lui, le faisant reculer de nouveau.

— Tout va bien, mon joli, murmura-t-elle. Je vais te donner du bon lait. Tiens, goûte un peu.

Elle prit une voix aussi douce que possible, et le poulain fit deux pas timides vers elle.

— Du bon lait, tu vas voir, tu vas l'adorer. Vas-y, goûte.

Un pas de plus, et le poulain enfouit sa tête dans le seau.

C'était meilleur que de se faire décerner une médaille. Elle continua de lui murmurer des niaiseries pendant qu'il buvait avec avidité.

De temps à autre, il la gratifiait en relevant la tête et en la reniflant. Sa bouche était pleine de lait qui gouttait sur elle, mais elle s'en moquait bien.

Lorsque le seau fut vidé, Harmony la laissa le caresser et lui tirer gentiment les oreilles.

— Vous avez un bon contact avec les chevaux, grommela Dougal. Quand il sera assez grand pour ça, vous pourrez mettre Harmony à l'entraînement.

— Ça voudrait dire dans combien de temps ? demanda-t-elle.

— Il a les gènes pour le steeple-chase, mais je crois qu'on va plutôt le mettre au hunter, dit-il. Donc, quand il aura trois ans.

Il pensait par conséquent qu'elle serait toujours là dans trois ans. Quelque chose en elle se réjouit à cette idée. Mais elle ignora ce sentiment, bien trop dangereux.

— Alors, dites-moi, comment fait-on pour entraîner un cheval de course ? questionna-t-elle.

Il était temps de se mettre au travail.

Bien qu'Andy n'ait pas travaillé à Dublin depuis un certain temps, le concierge du Shelbourne l'accueillit comme une vieille connaissance.

— Je vais faire porter vos bagages dans votre chambre, monsieur. Monsieur et madame Winter vous attendent. Ils sont au Horseshoe Bar.

Dublin avait un je-ne-sais-quoi de paisible et décontracté. Ici, Jack et Abbie pouvaient rester dans un bar sans se faire harceler par des fans. Tout le monde savait qui ils étaient, mais les Dublinois n'auraient jamais eu le toupet d'interrompre leur conversation pour réclamer une photo ou un autographe. C'était l'unique ville au monde où Jack pouvait se détendre.

Même s'il n'avait pas l'air très détendu en cet instant.

Jack consultait sa montre étanche Oris tandis qu'Abbie posait une main rassurante sur sa cuisse. Son expression s'illumina lorsqu'il vit Andy avancer vers eux.

Jack lui donna une tape amicale sur l'épaule.

— Content de vous revoir.

— Également. Niall m'a dit que vous aviez besoin de moi. Que se passe-t-il ?

Il avait beau avoir discuté avec Reilly des soucis de Jack pendant le trajet, il était toujours préférable d'entendre en direct la version du client.

— Montre-lui.

Abbie secoua la tête devant son ton péremptoire et lui lança un regard exaspéré.

Andy eut envie de rire. Cette fille avait un sacré tempérament, et il était prêt à parier qu'elle donnait du fil à retordre à l'acteur.

— Jack se fait du mouron pour rien. Je lui ai dit que ce n'était sûrement qu'une jeune fan un peu tordue, mais il ne veut…

Jack lui arracha des mains le papier froissé et reçut un nouveau regard noir.

— Regardez ça.

Andy observa le billet. Le papier était de mauvaise qualité, et l'écriture, large et ronde. Celle d'une fille, assurément, et assez jeune, vu le style employé. Malgré tout, on ne pouvait ignorer la menace.

— Que souhaitez-vous que je fasse ?

Jack se passa une main dans les cheveux.

— Il y a eu un petit souci technique sur le dernier tournage. Je dois me rendre en studio pour faire du doublage pendant quelques jours.

— Pas question que je reste cloîtrée dans ma chambre en l'attendant ! aboya Abbie.

Son expression têtue rappela quelqu'un d'autre à Andy. Il avait quitté Roz depuis quelques heures seulement, mais elle lui manquait déjà.

— Vous voyez donc le problème.

Jack considéra Abbie avec un regard implorant qui aurait pu lui valoir un nouvel Oscar.

Elle fit la moue avant de lui sourire.

— Arrête, tu veux ? OK. Andy restera avec moi quelques jours, mais j'espère pour lui qu'il aime le shopping.

— J'adore ça, répondit Andy avec autant de sincérité que possible.

Le lendemain, il regrettait amèrement l'enthousiasme qu'il avait montré la veille. Abbie Marshall n'était pas comme Roz. Si la fougueuse rouquine pouvait analyser le contenu d'une boutique en une minute, Abbie insistait pour examiner chaque article, couvrant ses bras de vêtements avant de passer des heures dans les cabines d'essayage.

— Avant, je détestais faire les boutiques ! lui lança-t-elle à travers le rideau en essayant une nouvelle tenue. Ma sœur aurait pu faire carrière là-dedans, mais le vintage est l'un de mes péchés mignons. C'est super que vous soyez là. Jack déteste faire ça.

Andy soupira. Son instinct lui soufflait que la chose la plus dangereuse dans cette boutique était une étole en fourrure de 1920, munie de petites griffes à ses extrémités. Si jamais Abbie lui demandait si ce pantalon lui faisait de grosses fesses, il lui dirait que oui – n'importe quoi, du moment qu'ils partent vite d'ici. Il se leva quand elle sortit du salon d'essayage et se dirigea vers la caisse. Dieu merci, la torture était terminée.

— Où allons-nous, ensuite ? questionna-t-il.

— Un cadeau pour Jack, et ce sera bon.

Le cadeau pour Jack s'avéra être de la lingerie. Une amie de New York lui avait parlé d'une nouvelle marque irlandaise appelée « Embrace », et Abbie semblait prête à acheter l'intégralité de leur stock.

Andy fut presque soulagé lorsque son téléphone vibra.

— Où es-tu ? demanda Niall.

— Coincé dans une boutique de lingerie. Envoie vite quelqu'un pour m'achever.

— La semaine prochaine, peut-être : j'ai une mission en Afghanistan qui se prépare. Mais ce n'est pas pour ça que je t'appelais. Tu peux parler ?

Andy se rendit dans un coin tranquille, d'où il pouvait observer le salon d'essayage.

— Oui, je t'écoute.

— Interpol est sur une piste pour Hall, mais ils veulent récupérer Roz d'abord.

Son cœur fit un bond dans sa poitrine. Il savait que cela allait arriver, que cette aventure avec Roz ne pourrait pas durer, mais il dut se forcer à poser la question :

— Quand ?

— Dès que possible. Je vais envoyer quelqu'un la chercher à *Lough Darra*.

— Non. Elle est en sécurité là-bas, pour le moment. Je le ferai quand j'aurai terminé ici.

— Si tu en es sûr…

Il y avait une interrogation dans la voix de Niall, mais Andy l'ignora. Comment aurait-il pu expliquer à Niall ce qu'il ne comprenait pas lui-même ? Son histoire avec Roz commençait à échapper à son contrôle. Depuis la semaine passée, il avait entraperçu la possibilité d'une nouvelle vie. D'une vie qu'il pourrait passer avec elle si la situation était différente.

— D'accord. Je vais reporter ça de quelques jours.

— Merci, chef.

Andy raccrocha. Il devait voir les choses en face : il n'était pas du genre à se poser et elle allait partir en détention protégée. Ils n'avaient jamais eu aucune chance que ça marche. Le bref moment passé ensemble n'avait été qu'une parenthèse, hors de la vraie vie. Depuis le début, il savait qu'un avenir avec Roz n'était pas envisageable. Alors, pourquoi avait-il l'impression qu'on venait de lui briser le cœur ?

24

— Eh bien, vous en faites, une tête, lui dit Abbie, plantée devant lui avec ses sacs de courses. Venez, on va déposer ces sacs à l'hôtel, et je vous emmène dîner.

Abbie voulut emprunter le chemin le plus long menant à l'hôtel. Ils passèrent devant Trinity College et flânèrent dans les rues mouillées, admirant les enfilades d'élégantes bâtisses géorgiennes avant de revenir vers le Shelbourne.

La soirée aurait dû être des plus agréables. Combien d'hommes pouvaient se vanter d'avoir pris un repas en tête-à-tête avec la femme d'une star hollywoodienne ? Mais il avait beau être sur le qui-vive et rester concentré sur Abbie, ses pensées ne cessaient de dériver vers Roz. Comment allait-il lui annoncer qu'elle allait retourner à Paris ?

Abbie s'adossa sur sa chaise.

— Alors, parlez-moi donc de cette femme.

— Quelle femme ? demanda Andy, surpris.

Abbie fit signe au serveur en croisant les doigts avec un air innocent.

— Celle qui jette une ombre sur ce joli visage.

Elle eut un petit rire.

— La dernière fois que je vous ai vu, vous regardiez

toutes les femmes que vous croisiez. Or, vous n'avez fait attention à aucune femme de toute la journée.

Andy tenta de gagner du temps.

— Je ne vois pas ce que vous voulez dire.

Elle secoua la tête.

— Et moi qui pensais que Jack était secret… C'est un truc d'Irlandais ou quoi ?

L'interruption du serveur fut la bienvenue.

— Je prendrai un Black Bush, sans glace, dit Abbie. Que prenez-vous, Andy ?

— Rien quand je travaille.

Elle écarquilla les yeux, l'air outré.

— Vous n'allez quand même pas me laisser boire seule. C'est qui, le client ?

— Garce.

Il rit, sachant que cette insulte ne risquait pas de l'offenser.

— Mais non, je ne prendrai rien. Juste un café, s'il vous plaît.

— Je dirai à Jack comment vous me traitez, le prévint-elle.

— C'est ça.

Le serveur revint rapidement avec le café et le whisky d'Abbie. Andy leva sa tasse pour trinquer avec elle.

Abbie sirota sa boisson, mais, en bonne journaliste, elle ne le laissa pas s'en tirer à si bon compte.

— Alors, allez-vous me le dire ou dois-je vous mettre le couteau sous la gorge ?

— Parce que vous avez un couteau ? dit-il en souriant. Comment avez-vous franchi la douane avec ?

Abbie agita son verre, faisant tournoyer le liquide ambré.

— Vous savez, j'aime ça, mais pas au point de me laisser égarer par l'alcool ; alors, crachez donc le morceau.

Que pouvait-il lui dire sur sa relation avec Roz ?

Lui-même n'y comprenait pas grand-chose. Ils étaient deux êtres opposés qui n'auraient jamais dû accrocher ensemble, sauf que cela s'était produit, et, maintenant, il ne savait plus quoi en faire. Andy but une gorgée de café.

— J'ai rencontré une fille, mais c'est voué à l'échec. C'est une cliente, et elle doit partir en protection protégée dès que je rentrerai chez moi.

— Elle est chez vous ?

Abbie s'étonna qu'Andy McTavish amène une femme chez lui et la présente à sa famille.

— On fait semblant d'être fiancés. C'était censé être une fiction, mais il se trouve que mes parents l'adorent. Elle aide mon père au domaine, et ma mère lui apprend à peindre.

Il se rappela le visage radieux de sa mère quand elles étaient rentrées de leur excursion de shopping en rigolant comme deux adolescentes.

— Je dois la livrer à Interpol samedi, et je ne sais plus où j'en suis. Voilà.

Bon sang, il parlait comme un vrai cœur d'artichaut. Il fut reconnaissant à Abbie de ne pas se moquer de lui.

— Est-ce que vous l'aimez ? demanda-t-elle.

L'aimer ? Andy McTavish n'aimait pas. Il flirtait, séduisait et baisait, et il excellait dans cet art. Mais l'amour ?

— C'est le pire timing possible pour Roz et moi. La semaine prochaine, elle aura une nouvelle résidence, une nouvelle identité, et, malheureusement, je ne peux rien y faire.

Abbie tendit le bras pour lui serrer la main affectueusement à travers la table. Un flash crépita soudain sur sa gauche, captant son attention. Bon Dieu, on venait de les prendre en photo. Qui sait où le cliché allait sortir ? Il se leva immédiatement, mais Abbie le retint par le bras.

— C'est bon, laissez-le partir. Je suis habituée, maintenant.

Ils rentrèrent ensuite à l'hôtel, où Andy l'escorta jusqu'à sa suite et insista pour en vérifier chaque pièce avant de partir.

Dans l'ascenseur, son téléphone vibra, annonçant un message de Niall. Les vols étaient réservés pour samedi au départ de Belfast ; les codes de réservation étaient joints.

Quelqu'un les attendrait avec des documents d'identité provisoire pour Roz.

Il se rendit dans sa chambre et ouvrit son ordinateur portable, se demandant si Roz serait connectée.

Coucou, écrivit-il.

Pas de réponse. Il consulta Yahoo! Detector pour voir si Roz était en ligne, mais en statut invisible, et la trouva tout de suite. Elle était donc encore fâchée contre lui et sa stupide remarque sur le collier.

Je sais que tu es là.

Il cliqua sur Envoi.

Je suis surprise que tu veuilles parler à une voleuse.

Ce petit commentaire lui vaudrait une fessée quand il rentrerait. S'ils en avaient le temps.

Je te taquinais. Ma mère perd tout le temps ses affaires. Lors d'un Noël, elle a fait cuire son alliance à l'intérieur de la dinde qu'elle avait farcie.

LOL. Non, elle n'a pas fait ça ?

Je te jure que si. Dougal est tombé dessus et s'est pété un plombage.

C'est vrai ? Moi, une fois, mon père a oublié tous mes cadeaux de Noël dans un bus.

Tant mieux si elle avait cru à cette histoire, mais Andy aurait plutôt parié que son minable de père avait carrément oublié de lui acheter des cadeaux pour Noël.

Roz était en train d'écrire.

Mais ce n'était pas le pire Noël. Une autre année, il est rentré bourré et a oublié de décongeler le poulet. On a dû se contenter de légumes et des autres accompagnements en regardant le discours de la reine à la télé.

Juste ciel. Lui avait passé des années sur le terrain, à manger parfois des rations militaires le jour de Noël. Mais les gars faisaient toujours un effort, et il y avait un peu de joie durant ces soirées.

Quel âge avais-tu ?

Neuf ans. Mais papa a insisté pour acheter une grosse dinde quand les magasins ont rouvert pour Boxing Day. Du coup, on en a mangé pendant une semaine.

Il faudrait vraiment qu'il mette son poing dans la figure de Peter Spring quand il le croiserait. Essayant d'orienter la conversation sur un sujet plus gai, il tapa :

Comment ça se passe, à Lough Darra *?*

☺ ☺ *Tu ne vas le croire, mais je suis maman ! Dougal m'a donné un petit poulain, et il va m'apprendre à l'entraîner.*

Il faudrait bien deux ou trois ans pour entraîner un cheval. Roz devrait quitter *Lough Darra* dans quelques jours. Fallait-il le lui dire maintenant ? D'un autre côté, pourquoi gâcher le peu de temps qui lui restait ? *Espèce de lâche,* fit une petite voix en lui. Il ne pouvait pas lui mentir. Elle avait le droit de savoir et il n'y avait pas trente-six façons de le lui dire.

Niall a eu un coup de fil d'Interpol aujourd'hui. Ils tiennent presque Hall.

Quelques instants s'écoulèrent avant qu'elle réponde.

C'est plutôt une bonne nouvelle ?

Oui et non. Ils veulent s'assurer de ta sécurité pour que tu puisses témoigner à son procès.

Andy ferma les yeux, accablé par la honte. Il inspira profondément et les rouvrit. Ses doigts hésitèrent sur le clavier. Il fallait qu'il le lui dise.

Ils veulent te mettre en détention de protection.

Quand ?

Samedi.

Sous ses yeux, le mot ressortit sur l'écran tel un signal de danger. Andy continua de taper. Il ne pouvait plus s'arrêter, désormais.

Niall est en train d'organiser le voyage. On prend l'avion pour Paris samedi après-midi.

Son statut passa en déconnecté. Andy consulta de nouveau Yahoo! Detector, mais, cette fois, elle était vraiment partie. Merde ! Il prit son téléphone. Il devrait l'appeler.

Il composa son numéro. La sonnerie retentit plusieurs fois, puis l'appel fut coupé. Peut-être devrait-il essayer sur le fixe ? Non, pas ça ; sinon, sa mère saurait que quelque chose n'allait pas, et il devrait lui annoncer la mauvaise nouvelle.

Il se passa une main nerveuse dans les cheveux. La situation était inextricable.

— Tu es vraiment un pauvre con, Andy McTavish.

Il se mit à arpenter sa chambre d'hôtel, tel un lion en cage. Il était coincé là. S'il quittait Dublin avant la fin de sa mission, Niall ne lui ferait pas de cadeaux. Il avait un devoir envers ses clients, mais l'idée de savoir Roz seule à *Lough Darra* lui fendait le cœur.

Et il savait ce que son cœur lui disait. Il devait emmener Roz à Paris, mais rien ne lui interdisait de rester là-bas avec elle. Il avait des congés à prendre et plus d'argent que nécessaire. Ils pourraient vivre à Paris ou dans n'importe quel endroit assigné par Interpol, mais il ne voulait pas la perdre.

Il ne pouvait la laisser affronter tout cela seule. Il devait être auprès d'elle.

Paris ? Témoin protégé ? Non, pas question. Quand bien même elle serait d'accord pour passer le reste de sa vie à faire un job minable dans une usine française en prenant soin de ne pas attirer l'attention, cela ne réglerait pas le reste. Son père avait besoin d'un demi-million, et Frankie, d'une rente pour prendre sa retraite.

Elle savait ce qu'impliquait la protection de témoin. La police le lui avait expliqué quand on l'avait attrapée à Genève après le procès de sa sœur. Que Niall et Andy soient maudits de l'avoir retrouvée.

Quelqu'un avait vu Hall dans les parages où l'antiquaire avait été assassiné, et l'on savait que l'homme avait été tué avec un couteau fréquemment utilisé par les Navy SEALs. Hall était donc leur suspect numéro un, mais ils avaient besoin d'un témoin.

Un boulanger préparant sa première fournée avait vu Roz quitter le magasin. Maintenant, ils voulaient la voir devant une cour et l'entendre dire au juge ce qu'elle avait vu ce soir-là – ce qu'elle ne pouvait pas faire.

Cela signifierait déménager dans une ville étrangère, trouver un travail discret et ne plus jamais contacter ceux qu'elle connaissait durant sa vie entière. Elle avait pourtant l'habitude de déménager et de ne se sentir nulle part chez elle, mais un pincement lui vint à l'idée de quitter *Lough Darra*.

Pour quelqu'un qui se croyait libre et sans attache, elle se rendit compte que beaucoup trop de gens la retenaient ici : son père, Frankie, Poppy, Dougal. Et Andy. Certes, elle savait qu'elle ne risquait pas de finir ses jours avec lui, mais l'idée de ne plus jamais le revoir était comme un couteau dans son cœur. Qui laisserait une douleur indélébile.

Sans Andy, sa vie serait vide.

La détention de protection était donc exclue. Elle devrait faire en sorte de récolter assez d'argent avec l'arnaque du cheval pour subvenir à ses besoins.

Roz éteignit la lumière et resta allongée dans le silence, écoutant les bruits de la maison. D'habitude, elle ne dormait pas bien dans les endroits étranges, mais les craquements de la vieille demeure s'installant dans la nuit lui étaient réconfortants.

Pendant les deux jours suivants, elle s'attela aux préparatifs de l'opération Shergar. Andy avait beau lui avoir dit de faire profil bas, le bal représentait sa meilleure chance d'appâter Tim O'Sullivan.

Il serait détendu, parmi tous ses riches amis fondus de chevaux, et ne soupçonnerait personne de vouloir l'escroquer. Il faudrait qu'elle ait l'air de faire partie de leur monde. Ce serait la plus grosse affaire de sa vie. L'avenir de son père et de Frankie dépendait d'elle. Elle ne pouvait pas les laisser tomber.

Sachant qu'elle disposait de très peu de temps pour apprendre le business du monde hippique, elle était déterminée à s'imprégner de tout le savoir possible. Dougal était un puits sans fond de connaissance sur les courses, et elle l'écoutait attentivement. Parmi ses nombreuses histoires, elle retint notamment celle d'un gagnant du prix de Fairyhouse, qui avait été entraîné dans la ferme d'un type lambda. Elle savait que Nagsy devrait être entraîné pour être convaincant, et les tarifs des entraînements à la course étaient salés.

Elle ajouta le coût d'achat de Nagsy, le transport chez un entraîneur valable, les frais d'entraînement, les dessous de table, les papiers et autres frais divers, et réalisa qu'il allait lui falloir un capital de départ.

Un gros capital de départ.

Elle referma le poing sur sa bague de fiançailles. Andy l'avait achetée pour elle, il l'avait embrassée en la lui passant au doigt. Elle détestait l'idée de s'en séparer, mais c'était sa seule façon de lever les fonds nécessaires. Elle se jura que la première chose qu'elle ferait quand elle aurait l'argent serait de la racheter pour la lui rendre.

Dougal n'était pas partisan de l'oisiveté. Non seulement Roz donnait-elle quatre seaux de lait frais à

Harmony par jour, mais le père d'Andy l'emmenait découvrir une nouvelle partie du domaine chaque matin. Ce jour-là, elle eut un choc en le trouvant campé sur un grand cheval, avec Minty sellée près de lui. Elle connaissait désormais suffisamment bien les bêtes pour savoir qu'il montait Tully, un ancien cheval de course. À côté de cette bête, Minty semblait petite.

— Je me suis dit que ça vous manquerait, de monter, pendant que mon gredin de fils n'est pas là. Je vous ai préparé Minty. Elle ne serait pas contre une petite balade.

Roz déglutit. Elle n'avait monté qu'une fois, et c'était sous le contrôle attentionné d'Andy.

— Ah… Je ne m'attendais pas à monter ce matin ; je n'ai pas la bonne tenue, dit-elle faiblement.

— Pas de problème. Je vous attendrai, le temps que vous alliez enfiler une paire de jambières par-dessus votre jean. Il y en a dans la sellerie.

Bon sang, pourquoi ne lui avait-elle pas plutôt dit qu'elle avait ses règles ? Dougal était de la génération qui capitulait immédiatement dès qu'on évoquait les « problèmes de femmes ».

Mais il était trop tard, maintenant. Elle enfila les jambières de cuir et revint lentement. Tout en tenant Minty, Dougal l'aida à monter en selle. Il en resserra même la sangle pour elle. Une chose de moins à penser.

Elle s'installa en selle et essaya de se souvenir de ce qu'Andy lui avait appris. Elle prit les rênes et les pédales – non, les étriers, se rappela-t-elle – et pria pour que Minty soit de bonne humeur. D'une humeur calme et docile.

Dougal ouvrit la marche dans un grand champ après avoir réussi à refermer le portail derrière eux sans quitter sa monture.

— Je ne voudrais pas vous fatiguer, dit-elle. Vous avez quand même eu une attaque récemment.

Il lui adressa un clin d'œil.

— Ne le dites pas à Andrew, mais les vieux campagnards comme moi ont la peau dure. On ne meurt pas si facilement.

Il tourna alors son cheval et partit au trot.

Merde, merde, merde ! Il n'y avait plus qu'à le suivre. Sans attendre d'instructions de sa cavalière, Minty emboîta le pas à Dougal. Roz serra les dents et essaya de se remémorer tout ce qu'Andy lui avait dit : se tenir droite, tête droite, talons baissés, les fesses bien ancrées sur la selle. Absorber le mouvement.

Alors qu'elle commençait à se sentir à l'aise, Dougal partit au galop. Oh non ! Cela allait bien trop vite. Sans attendre de signal, Minty accéléra et passa elle aussi au galop. Roz se retint de tirer sur les rênes. Il lui semblait se souvenir que cela risquait de faire cabrer le cheval. Elle se cramponna à sa crinière en espérant que cela ne fasse pas mal à Minty, puis se concentra pour rester simplement en selle.

Sous elle, le sol défilait bien trop rapidement. Elle savait qu'elle ne se trouvait pas si haut que ça, mais était malgré tout impressionnée par la hauteur. Elle regarda droit devant, entre les oreilles de Minty, et suivit des yeux Dougal et Tully qui galopaient devant elle.

Elle saisit bientôt le rythme et trouva son équilibre sans pour autant savoir comment elle ferait pour s'arrêter. En attendant, elle allait profiter de ce moment.

Elle avait toujours adoré la vitesse et avait récolté bon nombre d'amendes en conduisant sa Ninja au-delà des limites autorisées, mais cette expérience était différente. Là, elle avait le vent dans le visage, et sous elle se trouvait une demi-tonne de muscles et de force dont la joie de courir était irrésistiblement contagieuse. Elle poussa un cri qui encouragea Minty à accélérer davantage.

Lorsqu'ils atteignirent le bout du champ, elle était tellement boostée par l'adrénaline qu'elle ne se souciait même plus de la façon de s'arrêter. Peu importait, Minty, elle, savait comment faire. Lorsque Dougal s'arrêta, Minty en fit de même. Roz dut réguler son équilibre pour ne pas être propulsée en avant par le soudain ralentissement, mais elle y parvint.

— Vous avez un style peu banal, mais ça marche, commenta Dougal. Demain, je vous choisirai un cheval plus rapide.

— Oh ! j'aime bien Minty. Elle est adorable.

Roz caressa l'encolure moite de sueur. Son odeur musquée lui monta aux narines, forte et excitante. Elle pourrait bien y prendre goût.

— C'est vrai, vous vous entendez bien, toutes les deux. Un bon petit galop pour revenir, puis un peu d'amble sur la route pour les reposer ?

Roz n'avait aucune idée de ce qu'il voulait dire, mais accepta. Il ne lui restait plus que quelques jours ici avant que tout ça ne se termine, et elle comptait bien se créer autant de bons souvenirs que possible.

25

Il faisait un temps magnifique pour le jour du bal. Roz effectua sa routine habituelle : nourrir Harmony, monter Minty, discuter avec Dougal de ce qui fait un champion d'un cheval, poser pour Poppy et emmener les chiens en promenade. Comme si tout était normal, comme si son cœur ne risquait pas d'être bientôt brisé.

Elle savait qu'Andy pensait qu'elle n'irait pas au bal. Il avait dit à ses parents de donner leurs billets à quelqu'un d'autre. Seulement, c'était l'occasion inespérée de rencontrer Tim O'Sullivan, non en tant que parente éloignée, mais comme propriétaire d'un cheval futur champion. Elle avait donc dit à Poppy qu'elle aimerait y aller et qu'Andy essaierait de les rejoindre. Bien sûr, lorsqu'il l'apprendrait, Andy saurait qu'elle avait tout manigancé. Tant pis.

Elle pensait maîtriser la situation, mais, au bout d'une demi-heure, Poppy posa ses pinceaux.

— Vous n'êtes pas à ce que vous faites, ma belle. Si vous alliez plutôt vous préparer pour la soirée ? Le tableau attendra.

Non, il n'attendrait pas. Demain, elle serait partie. Elle ne reverrait plus jamais Poppy. Pourquoi cette idée lui nouait-elle le ventre ? Poppy était gentille, mais elle n'était pas de sa famille. Elle était la mère d'Andy. Pas la sienne. Et ne serait jamais des siens.

Elle dut refouler les larmes qui lui montaient aux yeux.

— Oui, merci, c'est une bonne idée.

Elle se félicita de ce que sa voix ne tremble pas en prononçant ces mots. Une longue douche chaude lui ferait du bien. Et si quelques larmes débordaient à ce moment-là, personne ne les verrait.

Poppy rinça ses pinceaux et les rangea soigneusement. Roz n'avait jamais pris conscience qu'une odeur comme celle du white-spirit et de l'huile de lin puisse avoir une telle puissance évocatrice. Plus jamais elle ne regarderait un tableau sans se trouver transportée mentalement dans l'atelier de Poppy.

Ce portrait ne serait jamais achevé. Elle espérait que Poppy ne lui en voudrait pas trop.

— J'ai quelque chose pour vous, lui dit la vieille dame. Venez avec moi.

— Il ne fallait pas.

Ils en avaient déjà fait beaucoup trop pour elle. Roz suivit cependant Poppy dans sa chambre, qu'elle scruta avec curiosité.

Les parents d'Andy partageaient toujours le même lit, un énorme meuble en acajou sculpté à la main. Il faisait bon dans la pièce, chauffée par une cheminée où brûlaient des bûches, mais l'endroit aurait été sinistre s'il n'avait été décoré des peintures de Poppy et de photos de famille.

Roz ne put s'empêcher de les examiner. On y voyait Andy, bébé, dans les bras de Dougal – un Dougal qui ressemblait terriblement au Andy d'aujourd'hui. Il y avait aussi un autre jeune garçon, aux joues rebondies et au sourire radieux.

— C'était Robert, mon aîné, dit Poppy doucement. J'ai eu tant de chagrin quand il est mort.

D'autres photos des deux frères étaient affichées. Bien qu'il fût le plus jeune des deux, il apparaissait clairement qu'Andy était le leader. La malice de ses yeux laissait entendre que, malgré leurs sourires angéliques, les deux garçons auraient des ennuis dès qu'ils cesseraient de poser pour la photo. Un autre cliché montrait Andy et Robert vêtus d'uniformes, assis sur une malle ancienne, prêts à partir à l'internat. En tenue de soirée sur une autre. Puis Andy en uniforme de ranger. Robert en tenue d'escalade – le regard plein de détermination.

Il y avait ensuite un portrait peint de Robert, flou et ombrageux, avec une tombe en arrière-plan.

Roz en eut le cœur brisé. Comment Poppy avait-elle pu supporter de perdre un enfant ? Comment avait-elle pu se lever le matin et avoir la force de prendre ses pinceaux ?

— Ne pleurez pas, dit soudain Poppy.

Roz ne s'était pas rendu compte que ses joues étaient mouillées.

— Aucune mère ne devrait avoir à enterrer son fils. Mais la vie continue, et maintenant qu'Andy vous a trouvée, il y aura une nouvelle génération de McTavish à courir dans cette maison et à y casser la porcelaine.

Juste ciel, c'était encore pire. Roz déglutit avec peine, essayant de ravaler ses larmes. Comment avouer à Poppy que tout cela était faux, qu'il n'y aurait pas de mariage, pas de petits-enfants, pas d'avenir radieux ? Elle se contenta de hocher la tête, n'osant proférer un son.

— Je ne vous ai pas amenée ici pour vous saper le moral, reprit Poppy.

Elle fouilla dans ses tiroirs et en sortit une longue boîte.

— Je voulais juste vous donner ça.

— Vous n'avez pas à me donner quoi que ce soit, protesta Roz.

— Allons, ça n'a pas une grande valeur. Mais je les portais le soir où Dougal m'a demandée en mariage, et vous êtes la première fille que je rencontre qui aime autant porter des gants. J'espère qu'ils vous plairont.

Roz ouvrit la boîte et en sortit une paire de longs gants de soie d'un bleu profond. Ils étaient assemblés par une rangée d'au moins vingt minuscules boutons et iraient parfaitement avec sa bague de fiançailles.

Ils étaient vraiment magnifiques. Elle les prit entre ses doigts. La sensation était exquise. Roz ne se souvenait pas d'avoir jamais reçu un tel cadeau, donné d'aussi bon cœur. Elle travaillait pour se payer ses affaires, s'arrangeait pour en obtenir ou les volait parfois. Personne ne lui avait jamais offert quelque chose d'aussi précieux que ces gants sans raison particulière. Mais elle était sûre de la pureté des intentions Poppy.

À son corps défendant, elle éclata en sanglots.

Des bras l'entourèrent soudain. Poppy la serra fort contre elle, ce qui l'encouragea à lâcher encore plus ses larmes. La vieille dame finit par lui dire :

— Je peux les reprendre s'ils vous mettent dans un tel état.

— Non !

Roz serra les gants contre elle.

— Je les adore.

Ce qui était vrai.

— Alors, allez donc vous préparer. Moi, je vais prendre un bain et essayer d'ôter cette peinture de sous mes ongles.

Elle leva ses petites mains à la fois douces et travailleuses en montrant la saleté accumulée sous ses ongles.

— Dougal veut que nous soyons prêtes à sept heures et demie.

Roz prit son temps pour faire sa toilette. Une fois

habillée, elle put se maquiller d'une main sûre. Une bonne dose d'ombre à paupières charbonneuse et un rouge à lèvres rouge vif eurent raison des ombres rosées sous ses yeux.

Il fut en revanche moins aisé de mettre les gants. Poppy avait de plus petites mains qu'elle, et, si elle put enfiler le gant gauche et attacher les vingt-cinq petits boutons, elle n'y parvint pas avec le droit. Elle glissa sa bague sur le gant et y admira le scintillement du saphir. Il lui faudrait de l'aide pour enfiler le droit. Elle se hâta de descendre et se dirigea vers la porte d'entrée où Dougal attendait, en smoking et nœud papillon. Dehors était stationnée une Rolls Royce. Une vraie Rolls Royce.

— Ce n'est pas possible, vous êtes vraiment pleins aux as ! s'exclama-t-elle sans pouvoir s'en empêcher.

Qui avait les moyens de se payer une Rolls, aujourd'hui ?

Dougal rit, visiblement peu choqué.

— Ne vous emballez pas. Mon père a acheté cette petite merveille il y a plus de trente ans, mais elle marche encore bien. Et, tant que nous ne la sortons pas trop souvent, l'assurance reste raisonnable.

L'intérieur était luxueux, tout de cuir blanc, et Roz ne put s'empêcher de le caresser, s'émerveillant de son état de conservation.

— La banquette arrière est plus confortable que le lit que j'ai chez moi, déclara-t-elle en s'installant.

— Vous devriez essayer de la conduire, pour voir, dit Poppy de derrière le volant. La direction assistée manque un peu.

Poppy portait ce qui ressemblait à une véritable robe Chanel, avec un collier de perles ayant l'éclat et la simplicité de l'authentique.

— Vous êtes beaux, tous les deux, les félicita Roz.

Poppy considéra l'allée déserte.

— Que fait-il donc ? Tant pis, on va devoir partir sans Andy ; il nous retrouvera après.

Roz espérait que non. Andy avait clairement exprimé son refus et serait furieux d'apprendre qu'elle était allée au bal. Mais elle devait le faire, quoi qu'il en pense.

Poppy démarra pendant qu'à l'arrière, Dougal aidait Roz à boutonner son gant droit. Pour une étrange raison, ce simple geste de gentillesse lui donna de nouveau envie de pleurer.

— Vous êtes sûre que Jack ne sera pas fâché par cette photo ? demanda Andy en raccompagnant Abbie Marshall à l'hôtel.

Il avait espéré que le photographe du restaurant ne soit qu'un fan et était contrarié qu'elle soit déjà sortie dans un journal.

Elle sembla réfléchir.

— Il n'aime pas me voir dans les médias, mais il ne croira pas que j'ai une aventure avec vous, si c'est à ça que vous pensez.

Andy observait la foule, guettant toute attention excessive sur eux, une bosse suspecte sous un manteau ou une attitude anormale.

— Bon, très bien, dit-il d'un ton absent. Je ne voudrais pas causer de problème.

Abbie rit doucement.

— Je sais que vous pensez être un dieu aux yeux des femmes, mais je vous rappelle que je suis mariée à Jack Winter. LE Jack Winter. Les autres hommes ne l'inquiètent pas. Et parce que c'est Jack, les autres femmes ne m'inquiètent pas non plus.

Andy, presque envieux, admira la confiance qui les unissait. Ce serait formidable d'avoir une femme qui vous considérait de la sorte. Rectification : ce serait formidable si Roz le considérait de la sorte.

Avec Roz, il aurait tant à faire qu'il n'aurait même pas le temps de penser à d'autres femmes. Il avait toujours aimé la « chasse », mais vivre avec elle serait une poursuite permanente. Il ne s'ennuierait jamais.

Il avait tellement hâte de la revoir. Ce soir, ses parents se rendaient au grand bal annuel, il aurait donc Roz pour lui tout seul à la maison. Qu'allait-il faire en premier ? Il avait déjà échafaudé tant de plans qu'il était aussi fébrile qu'un gosse dans un magasin de bonbons. Il bouillait d'impatience.

— Reilly va bientôt arriver pour me relayer, dit-il à Abbie tout en continuant de scruter la foule, où quelque chose d'indéterminé le tracassait. Elle est aussi coriace que nous tous.

Abbie releva les yeux.

— Elle a été la première femme ranger, c'est bien ça ? J'ai hâte de discuter avec elle, qu'elle me raconte tout ça.

C'était bien typique d'une journaliste. Elle ne pouvait rencontrer quelqu'un sans avoir envie de tout savoir sur lui. Il lui lança un regard dubitatif.

— Eh bien, bonne chance. Elle ne vous racontera rien du tout.

— Oh ! allez, ça doit être une super histoire. Les rangers sont comme les SEALs irlandais, c'est bien ça ?

Il acquiesça.

— À peu près. Mais nous sommes plus forts. Et on n'en parle pas.

— Je lui extorquerai bien quelques infos.

Ils arrivèrent au Shelbourne, et Abbie appuya sur le bouton de l'ascenseur.

— Je dépose les sacs dans ma chambre et je vous rejoins au bar.

Andy secoua la tête.

— Non. Quand finirez-vous par comprendre que vous ne devez aller nulle part sans moi ?

Il entra dans la cabine d'ascenseur avec elle et pressa le bouton du sixième étage. Lorsqu'ils furent arrivés, il lui dit :

— Restez dans l'ascenseur avec la porte fermée jusqu'à ce que je vienne vous chercher, le temps de vérifier la chambre.

Elle lui fit la grimace, mais referma la porte de l'ascenseur tandis qu'il se dirigeait vers la suite. Une fois à l'intérieur, il l'inspecta soigneusement, y cherchant tout type d'objet piégé ou la présence de quelqu'un. Il n'avait aucune raison de penser qu'Abbie était réellement en danger, mais il était toujours minutieux, et il y avait quelque chose de bizarre dans l'air, aujourd'hui. Après une ultime vérification, il dut admettre qu'il n'y avait rien de suspect.

Alors qu'il s'apprêtait à sortir, la porte de la suite s'ouvrit brusquement. Abbie était là. Bon Dieu, il lui avait pourtant dit de l'attendre.

— Je vous ai dit de…, commença-t-il.

— Ce n'est pas moi, dit-elle.

Sa voix tremblait, et Andy vit alors l'homme derrière elle.

Hall poussa Abbie dans la chambre et referma la porte derrière lui avant de la verrouiller. Il avait un bras autour d'elle et tenait un couteau sous sa gorge. La pointe se dressait sous son oreille, parfaitement stable. Même virés, destitués et déshonorés, les SEALs ne commettaient pas d'erreur.

— Je vous demanderais bien un autographe, dit Hall à Abbie, mais quelque chose me dit que vous ne serez pas partante. S'il me disait plutôt où il a planqué Roz ?

Putain de putain. Une dizaine de scénarios différents défilèrent dans la tête d'Andy sur le moyen de neutraliser Hall. Mais tous mettaient la vie d'Abbie en danger.

— Qui ? dit-il pour gagner du temps.

— Bien tenté.

Hall bougea légèrement son couteau.

— Mais j'ai vu sa tête quand elle te regardait à Tullamore. Elle en pince pour toi. Je parie que vous êtes ensemble.

Il était amusant de voir avec quelle vitesse Hall avait compris une chose que lui-même avait mis longtemps à voir. Andy haussa les épaules.

— Beaucoup de femmes en pincent pour moi. Je suis beau gosse.

Il lança à l'homme un regard dédaigneux.

— Bien plus que vous, en tout cas.

Hall était grand, blond et costaud, avec une forme de charme entièrement factice. Il afficha un rictus.

— Moi, les beaux gosses, je me les tape au petit-déj.

— C'est ce que j'ai entendu dire. Ça jase, dans les vestiaires.

Le visage de Hall se crispa.

— Dis-moi où est Poil de carotte ou je m'occupe de ta cliente.

Andy fit un demi-pas en avant et s'arrêta en voyant le couteau piquer la peau d'Abbie, faisant perler une goutte de sang qui coula dans son cou.

— Nom de Dieu, réfléchissez deux secondes à ce que vous faites. Vous êtes déjà recherché pour un meurtre. Vous croyez que ça va vous aider, de tuer une deuxième personne ?

— Qui a parlé de tuer ?

Sa lame demeura parfaitement immobile, mais, de son autre main, il prit un des seins d'Abbie et le tordit. Elle poussa un cri.

Ce cri perturba Andy, mais il ne pouvait rien faire. Tout en torturant Abbie, Hall ne le quittait pas une seconde des yeux. Il recommença, arrachant un cri plus fort à son otage.

— Ce n'est qu'un échauffement. Je peux lui occasionner des dégâts définitifs qui ne lui laisseront pas un seul bleu. Tu veux que je te montre ?

Andy secoua la tête.

— Je ne sais pas où elle se trouve. Niall l'a emmenée en lieu sûr.

— Mauvaise réponse, grogna Hall.

Il bougea de nouveau sa main, et Abbie poussa un cri encore plus déchirant. Maudits soient ces murs insonorisés. Pour une fois, Andy aurait aimé que les voisins se plaignent du bruit.

— Essaie encore. Et donne-moi la bonne réponse, cette fois.

Il fit quelque chose à Abbie, laquelle s'affaissa dans ses bras avec un souffle étouffé. Ce spectacle donna des sueurs froides à Andy, mais Hall ne le quittait toujours pas des yeux.

— Arrêtez. Lâchez-la et je vous dirai tout.

Hall ne libéra pas Abbie, mais il lâcha son sein.

— J'écoute.

Soudain, la porte s'ouvrit, et Jack Winter déboula dans la chambre.

— Qu'est-ce vous foutez là, vous ? demanda-t-il à Hall.

Il articulait mal, et son accent irlandais était plus marqué qu'à l'accoutumée.

— Pauvre pochtron, le railla Hall.

— Qu'est-ce ça veut dire ?

Winter se retint sur le dossier d'une chaise.

— Pis pourquoi vous tenez ma femme comme ça ?

Sa tête bascula, puis se redressa dans un mouvement brusque.

— Allez chercher de l'aide, dit Andy à Winter, sans quitter des yeux le couteau braqué sous la gorge d'Abbie.

De là où il se trouvait, Jack ne voyait pas l'arme blanche. Était-il trop ivre pour comprendre ? Il ne manquerait plus que Hall prenne une seconde personne en otage.

— De l'aide ? balbutia Winter en clignant des yeux. J'ai pas besoin d'aide. J'peux encore marcher.

Comment Jack pouvait-il s'être mis dans un tel état ? Andy renifla. Quelque chose clochait. Pas d'odeur d'alcool. Derrière ces paupières lourdes, les yeux de Jack étaient vifs et intelligents.

Bon sang, Andy ne pouvait même pas faire un signe à Winter. Hall n'était pas assez bête pour l'oublier un seul instant.

— Alors, tu disais ? rappela-t-il à Andy.

Andy ouvrit la bouche pour donner l'adresse de l'appartement qu'il avait occupé un été à Dublin. Winter lâcha la chaise et tituba en direction d'Abbie. Là, il trébucha et tomba sur Hall.

Il fallut une demi-seconde à Hall pour le repousser, mais c'était tout ce dont Andy avait besoin. Il se jeta sur son adversaire, qui lâcha Abbie du même coup.

La confusion régna pendant les quelques minutes suivantes. Andy était déterminé à faire le nécessaire pour neutraliser Hall, mais il devait se maintenir à distance de son couteau. Il l'attrapa par le poignet et essaya de le plaquer à terre sous son poids. Hall lui décocha un violent coup de poing qui fit partir sa tête en arrière dans un feu d'artifice d'étoiles sous ses yeux.

Andy pria pour qu'Abbie ait pu s'échapper.

Il roula par terre avec Hall, lequel, maintenant au-dessus de lui, brandit son couteau vers Andy. Il se contorsionna et parvint à coincer l'arme sous son corps, espérant pouvoir cribler les côtes de Hall de coups de genou. Il entendit une table tomber dans la mêlée, et le bruit de verres en cristal qui se brisaient, aussi fort que celui des coups qui pleuvaient.

Alors qu'Andy se demandait s'il allait encore pouvoir tenir longtemps, le hurlement d'une sirène dehors annonça l'arrivée de la police. Hall se remit vivement sur pied, bouscula Abbie et se rua dans le couloir.

Le temps que quatre policiers arrivent dans la chambre, il avait disparu. La seule preuve de son passage n'était plus que les bleus sur le corps d'Andy.

26

Si elle n'avait pas été aussi nerveuse à l'idée de rencontrer enfin Tim O'Sullivan et de mettre en action le plan Shergar, Roz aurait été tentée de siffler. L'immense salle de bal était illuminée par des dizaines de lustres à pampilles répandant une lumière étincelante sur les tables superbement dressées autour de la piste de danse.

— Nous sommes à la table dix, annonça Poppy en ouvrant le chemin. J'espère qu'Andy sera arrivé.

Andy ne se trouvait pas à la table dix. Sa place était vide.

— Décidément, ce garçon manque tous les bons repas, dit Poppy d'un air contrarié. On ne sait jamais quand il sera là ou pas.

Roz n'avait pas le temps de s'inquiéter de cela. Les autres places étaient déjà occupées autour de la table.

— Chaperon rouge, c'est toi ? lança une voix étonnée avec un fort accent français.

Non, ça ne pouvait pas être vrai Roz était connue sous le pseudonyme de « Chaperon rouge » au sein des cercles de dominatrices de Paris. Or, on était en Irlande. En Irlande du Nord, même. C'était pourtant vrai. Claudine Blé était là, la ministre de la Culture française, que Roz avait vue pour la dernière fois dans une soirée de domina à Paris. Et à côté d'elle, avec un sourire de requin, se trouvait Anton Fox, un ancien client.

— Salut, Chaperon, vous êtes venue ici pour jouer ?

Elle aurait dû retrouver cet homme à Paris pour le dominer, mais elle s'était fait arrêter à ce moment-là. Visiblement, il ne l'avait pas oubliée.

— Je ne vous ai pas revue depuis Paris, dit-il d'une voix lourde de sous-entendus.

Elle ne comptait pas lui faciliter la tâche.

— Je ne me souviens pas de vous avoir rencontré.

— Oh ! vous avez la mémoire courte, dit-il en riant. Mais il est vrai que vous avez toujours su vous faire désirer.

Il s'apprêta à s'asseoir près d'elle, mais Dougal prit la place en premier.

Elle sourit à Dougal tout en gardant un œil sur Fox.

— En ce qui vous concerne, veuillez considérer qu'il est inutile de me désirer.

Poppy regarda les deux interlocuteurs à tour de rôle.

— Vous vous connaissez ?

Roz secoua la tête.

— Très vaguement.

Elle prit sa serviette et la déplia en l'agitant.

Fox sourit de toutes ses dents.

— Si vous le dites, Chaperon.

La menace était claire.

— Toujours dans les actions et obligations ? lui demanda-t-elle d'un ton mielleux.

La dernière fois qu'elle l'avait vu, il était entravé de partout, prêt à se laisser fouetter. Elle ne se rappelait plus pourquoi elle ne l'avait pas fait et ne comptait pas le laisser la déstabiliser. Elle se sentit toutefois soulagée quand un autre couple arriva à leur table – jusqu'à ce qu'elle voie de qui il s'agissait.

Tim O'Sullivan et une femme âgée. Son cœur se mit à battre frénétiquement. Ce n'était pas sa cible habituelle, un simple étranger qu'elle allait embobiner. Seigneur, comment allait-elle se sortir de cette situation ?

Tu vas y arriver, se dit-elle. *Cet homme est ton oncle, ne l'oublie pas. C'est lui qui a élevé ta sœur dans le luxe en te laissant croupir dans une HLM de Londres. Les O'Sullivan ont bousillé ta vie. C'est par leur faute que tu es dans tout ce pétrin.*

— Heureusement que tu m'as accompagnée, Tim. Je ne serais jamais venue à bout de cet escalier toute seule.

La vieille femme avait un fort accent de Cork qui contrastait au milieu des voix estampillées Belfast ou Dublin. Roz retint son souffle en essayant de maîtriser les pensées qui se bousculaient dans sa tête.

Elle s'était crue prête à rencontrer Tim O'Sullivan. Ce n'était pas comme si elle ignorait à quoi il ressemblait : il apparaissait fréquemment dans les médias pour se plaindre de l'interventionnisme de l'État dans les affaires aériennes ou inventer de nouvelles façons de faire payer des suppléments à ses passagers. Il semblait cependant plus grand en personne qu'à l'écran.

Seulement, elle ne s'attendait pas à la présence de son accompagnatrice. Le ventre de Roz se serra quand elle regarda sa grand-mère. Cela ne faisait pas partie de son plan. Elle s'abrita dans l'ombre de Dougal et observa Tim, qui aidait la vieille femme à s'installer.

Sa grand-mère avait au moins soixante-dix ans ; elle était petite et engoncée dans une robe de soie noire, et portait un collier de perles plus petit que celui de Poppy. Elle pinça les lèvres en étudiant l'affichage d'opulence autour d'elle, et son expression se crispa plus encore lorsqu'elle vit les McTavish.

Au fil des ans, Roz avait entendu beaucoup d'histoires au sujet de la grand-mère O'Sullivan. Notamment la façon dont elle avait dit à sa propre fille qu'elle ne pourrait revenir chez elle à moins d'avoir quitté son amoureux, Peter Spring.

Son père prétendait que, si Maggie était alors rentrée chez elle, leurs filles jumelles auraient été envoyées loin d'elle pour éviter un scandale. La grand-mère O'Sullivan n'aurait jamais laissé son nom être traîné dans la boue. Avoir une fille qui vivait dans une communauté hippie était déjà suffisant, mais vivre avec un homme ayant un casier judiciaire, même pour des délits mineurs, et avoir des enfants hors mariage ? Cela aurait scandalisé toute la ville de Castletown Berehaven.

D'après lui, la renommée de la famille O'Sullivan comptait davantage que son amour pour ses filles.

Roz s'était toujours imaginé sa grand-mère comme une femme grande, bien charpentée, avec des mains comme des battoirs et une voix appelant la colère de Dieu sur les pécheurs. Elle fut donc surprise de découvrir la petite femme assise aux côtés de Tim.

Roz tenta de s'endurcir. Elle se trouvait ici pour une raison bien précise. Elle allait tendre son piège afin que Tim O'Sullivan achète Nagsy pour au moins un demi-million.

Entre dans ton personnage, Roz. Le spectacle va commencer.

Tim portait un nœud papillon et un costume de grande marque qui parvenait presque à dissimuler sa bedaine.

Elle l'aurait reconnu n'importe où. Si Roz détestait le fait de ne pouvoir ignorer une famille qui l'avait délaissée si longtemps, elle dévorait cependant tout ce qui sortait dans la presse au sujet de la compagnie O'Sullivan ou de Tim en particulier.

Poppy, toujours en parfaite hôtesse, demanda :

— Est-ce que tout le monde se connaît ?

Elle procéda aux présentations, en commençant par l'élégante Française, tandis qu'on leur servait la soupe.

— Madame Blé, permettez-moi de vous présenter l'homme qui a fait le plus gros don de la soirée, deux billets d'avion pour faire le tour du monde : monsieur Tim O'Sullivan, et sa mère, madame Philomena O'Sullivan.

Et tous de se sourire en hochant poliment la tête.

Poppy se tourna alors vers Roz.

— Et permettez-moi de vous présenter ma future belle-fille, mademoiselle Roz O'Sullivan.

Fox lui sourit, affichant toutes ses dents.

— Ravi de vous rencontrer, mademoiselle O'Sullivan.

Elle n'allait pas laisser passer ça.

— En fait, c'est Roz O'Sullivan-Spring.

Les épais sourcils de Tim frémirent en la regardant.

— Ah oui, vraiment ?

Son accent était plus fort en personne, mais elle aurait reconnu sa voix d'après ses fréquentes apparitions à la télévision.

Sa mère posa une main sur son bras.

— T-t-t, non, Tim.

À la surprise de Roz, O'Sullivan se tint coi. Les mains tremblantes, Philomena chercha un mouchoir dans son sac. Un vrai mouchoir, nota Roz, pas un en papier. La vieille femme se tamponna le visage. Lorsqu'elle releva les yeux vers Roz, ils étaient mouillés par les larmes.

— Pardon, c'est une telle surprise. Juste ciel, Roisin, tu es le portrait craché de ta sœur.

L'allusion à sa sœur la surprit autant que les larmes, mais Roz contrôlait parfaitement ses émotions. Évidemment qu'ils connaissaient Sinead, puisqu'ils l'avaient élevée. Seulement, ils ne s'étaient jamais souciés de sa sœur jumelle. Des années d'amertume remontaient à la surface, mais Roz se rappela son objectif. Ce n'était pas le moment d'ouvrir les hostilités.

— Merci. Je suis heureuse de vous rencontrer enfin, dit-elle en parlant avec autant de distinction que possible.

Poppy regarda d'un côté de la table, puis de l'autre.

— Des retrouvailles familiales. Comme c'est touchant !

— Mieux vaut tard que jamais, marmonna Roz dans sa barbe, espérant que seule Poppy l'entendrait.

Pourquoi avait-il fallu que Philomena soit ici ce soir ? Ces retrouvailles risquaient de gâcher tout son plan.

Heureusement, madame Blé intervint :

— Vous ne vous connaissiez pas ?

Roz observa attentivement les O'Sullivan en répondant à la ministre française.

— Non, j'ai été élevée par mon père, en Angleterre. J'en oublie parfois que j'ai une famille en Irlande. Et je suis certaine que la réciproque est vraie.

Tim la toisa.

— Tu ne peux pourtant pas dire que tu ne savais pas où nous trouver.

Ah ! C'était donc sa faute, maintenant ?

— Parce que, bien sûr, vous m'auriez accueillie à bras ouverts…

La voix de Philomena se fit étonnamment forte pour une vieille dame.

— Tu es de la famille, Roisin. Tu es toujours la bienvenue.

L'émotion dans la voix de sa grand-mère la déstabilisa. Elle semblait presque sincère. Oui, bon. Il ne fallait pas exagérer. Si elle le pensait vraiment, les O'Sullivan se seraient mis à sa recherche. *Ne fais pas ça. Pas maintenant. Tu vas tout gâcher.* Roz inspira profondément et parvint à adopter un ton poli.

— Je suis ravie de l'entendre.

Fox ne semblait pas être conscient de la tension qui

régnait à table. Il avait terminé sa soupe et était décidé à discuter.

— Alors, que faites-vous en Irlande, Chaperon ? Changement de vie ?

— Ne m'appelez pas comme ça.

Les paumes de Roz lui démangeaient, et elle eut une envie soudaine de fouetter violemment cet odieux personnage.

— Je vis avec les Campbell McTavish à *Lough Darra*.

Le visage de Poppy s'illumina.

— C'est merveilleux, n'est-ce pas ? Elle est fiancée à mon fils, Andy. Nous qui pensions qu'il n'allait jamais se fixer. Et c'est une jeune femme adorable.

— C'est vrai qu'on s'entend bien, dit Roz en essayant de prendre un air pudique.

Elle fut heureuse de voir le serveur arriver et déposer devant elle une assiette de filet de bœuf et gratin de pommes de terre. Elle s'affaira à en trier le contenu pour écarter les asperges, qu'elle détestait.

Un autre serveur se présenta à côté d'elle avec une bouteille de vin. Elle réalisa avec horreur qu'elle avait déjà fini son premier verre.

Roz secoua la tête et leva son verre à eau. Il lui fallait avoir l'esprit clair lorsqu'elle travaillait. Une discussion s'engagea au sujet de l'endroit où l'on trouvait la meilleure viande, permettant à Roz d'observer les O'Sullivan. Elle ne devait pas tarder à enclencher son plan.

L'occasion se présenta lorsqu'on débarrassa les assiettes et que Poppy fit signe à quelqu'un.

— Regarde, Dougal, il y a Ariana et Rory. Allons leur dire bonjour.

Les Campbell McTavish se levèrent, laissant Roz à table.

C'était le moment de lancer son appât. Elle se tourna vers Tim.

— Alors, pas de chance à la Gold Cup, cette année ?

Il but une gorgée de vin.

— Hélas, non. Il est plus facile de diriger une compagnie aérienne.

Elle sourit.

— Vous devez avoir raison. Mais en ce qui me concerne, j'espère faire mieux.

Les yeux de Tim s'éclairèrent. Il mordait à l'hameçon.

— Ah ? Dougal s'est-il trouvé un champion ?

— Non. Moi.

Elle haussa les épaules.

— Un coup de chance extraordinaire. Au moins le prochain gagnant de la Gold Cup portera-t-il les couleurs des O'Sullivan. Mais pas les vôtres.

Elle lui coula un sourire espiègle.

— Vraiment ? demanda-t-il d'un ton trop détendu.

Elle eut envie de rire devant son expression.

— Oui. Et je me ferai une fortune en contrats de saillie, quand son pedigree sera révélé…

Elle n'en ajouta pas plus, laissant l'idée faire son chemin.

— Pourquoi ? Quel est ce pedigree ? Je sais que Dougal en a acheté quelques-uns dernièrement, mais ils sont trop jeunes pour la Cup.

Il arborait l'attitude détendue et amicale de mise entre deux passionnés de chevaux, mais la curiosité qui animait son regard le trahissait.

Roz but un peu d'eau.

— Cela n'a rien à voir avec Dougal, même si je réfléchis à lui vendre une demi-part, s'il peut se le permettre.

Histoire de souligner à quel genre de montant elle faisait allusion.

Tim eut un petit rire nerveux.

— Et par quel miracle as-tu acquis une telle connaissance des chevaux ?

Son oncle était-il aussi con avec tout le monde, ou bien lui réservait-il ce traitement spécial ? La détermination de Roz à le plumer monta d'un cran.

— Eh bien, je n'ai certes pas acheté autant de perdants que vous, mais même une citadine comme moi connaît la lignée de ce cheval-là.

— Et de quel cheval s'agirait-il, alors ?

Bingo ! Elle sourit.

— Je préfère ne le dire qu'une fois qu'il aura remporté la Cup. Les paris deviendraient ridicules, et le cirque médiatique serait infernal.

Claudine Blé intervint :

— Mais comment est-ce possible ? Aucun cheval n'est certain de remporter une course.

Roz aurait voulu l'embrasser. Ouverture parfaite.

— C'est exact, mais ce cheval est exceptionnel. Son père a gagné toutes les compétitions avec une marge inédite dans l'histoire des courses hippiques. Tous les pronostics penchent donc en ma faveur.

Fox partit à rire.

— Et vous vous y connaissez si bien en coups de cravache…

Quel grossier personnage ! Elle lui lança un regard noir et appuyé.

— Il est vrai que je ne suis pas trop mauvaise quand il s'agit de la manier.

Tim revint à la charge, ignorant cette remarque.

— Je serais curieux de connaître ses temps. S'il est aussi bon que tu le dis, je pourrais être intéressé pour y placer quelques billets. Histoire que ça reste dans la famille, quoi.

Claudine Blé paraissait captivée.

— Vous devriez l'inscrire au Prix de l'Arc de triomphe.

— J'y songe. J'espère que vous n'êtes pas trop attachée à ce trophée, parce que c'est chez moi qu'il atterrira.

— Tu disais que c'était quoi, ses origines, déjà ? lança Tim, l'air de rien.

Elle rit.

— Oh ! je ne le dirai pas. Disons juste que son père a remporté dix fois le Derby d'Epsom.

Elle regarda Tim, qui réfléchissait, et vint l'instant où il comprenait enfin.

— Ne me dis pas que…

Il eut un rire incrédule.

— Quelqu'un t'a arnaquée. Ce cheval n'a eu qu'une saison de reproduction.

Hameçon bien mordu. Roz sourit.

— Officiellement, oui. Mais la semence, ça se congèle.

Poppy et Dougal revinrent à table pile au bon moment. Poppy entama son crumble aux pommes avant de se tourner vers Philomena.

— Je sais que la tradition veut que ce soit la famille de la mariée qui organise le mariage, mais pensez-vous que je puisse m'en charger ? Je n'ai pas eu de fille.

La grand-mère tourna la tête pour examiner Roz et parut se décider.

— Non. S'il doit y avoir un mariage, nous l'organiserons. C'est une O'Sullivan, tout de même.

Roz faillit s'étouffer en entendant la tournure que prenait la conversation. Était-elle passée de l'autre côté du miroir ? Poppy et sa grand-mère planifiaient *son* mariage comme si elle n'était pas là.

Elle ne put se taire davantage.

— Andy et moi envisageons une cérémonie très simple. Et nous l'organiserons nous-mêmes, merci.

Il fallait qu'elle s'aère un peu. Roz repoussa sa chaise et se dirigea vers les toilettes. Si elle restait là plus longtemps, elle risquait d'avoir une conduite violente qui gâcherait tout le travail qu'elle venait d'effectuer en appâtant Tim.

Roz s'aspergea le visage d'eau sans se soucier de son maquillage. La porte des toilettes pour dames s'ouvrit, et elle entendit des pas sur le carrelage. Roz releva la tête et vit la dernière personne qu'elle avait envie de voir en cet instant : Philomena O'Sullivan.

— Pardon, je ne voulais pas te blesser. Madame Campbell McTavish m'a prise de court avec cette histoire de mariage.

— J'imagine que vous êtes soulagée de ne pas avoir à vous en occuper.

Roz n'avait pu s'empêcher de répliquer. Comment sa grand-mère osait-elle prétendre qu'elle s'intéressait à elle ? Ce n'était que pour épater la galerie autour de la table. Maintenir l'honneur du précieux nom O'Sullivan en public.

Philomena se raidit.

— Pas du tout. D'ailleurs, n'ai-je pas organisé le mariage des autres filles ?

C'en était trop. Roz la dévisagea, incapable de se contenir.

— Je ne sais pas. Je n'ai pas reçu d'invitation.

Elle crut discerner un semblant de souffrance dans les yeux bleus de la vieille dame. Des yeux, nota-t-elle, qui avaient exactement la même couleur que les siens.

Philomena redressa alors les épaules.

— Je suis ta grand-mère, jeune fille. La seule que tu aies. Tu n'as pas à me parler sur ce ton.

Roz resta bouche bée.

— Comment osez-vous ? C'est la première fois que nous nous voyons. Vous n'avez aucun droit de me dire ce que je dois faire ou non.

— Comme Tim l'a dit, tu savais où me trouver. Tu aurais pu me contacter quand tu voulais.

Roz n'en croyait pas ses oreilles. Comment osait-elle se conduire ainsi ? Comment osait-elle prétendre qu'elle l'aurait accueillie à bras ouverts ? Jamais les O'Sullivan ne s'étaient souciés de son sort.

— Bien sûr, je serais allée ramper devant la femme qui a mis sa propre fille à la porte. Vous avez tué ma mère !

La vieille femme blêmit subitement.

— C'est faux.

— Vous avez dit à ma mère que, si elle restait avec mon père, vous ne vouliez plus entendre parler d'elle. Qu'elle n'était plus la bienvenue dans votre maison. Sa maison !

Philomena soutint le regard de Roz durant de longues secondes. Une larme roula sur sa joue poudrée, qu'elle ne se donna pas la peine d'essuyer.

— Quoi qu'on ait pu te dire sur moi, sache que j'aimais ma fille. Maggie était une forte tête qui se mettait tout le temps dans des situations impossibles, et je n'ai pas su la gérer.

Ses yeux s'assombrirent, et elle secoua la tête.

— Nous étions trop semblables.

Un tremblement se fit entendre dans sa voix et, malgré elle, Roz en fut touchée. Incapable de trouver les mots, elle posa une main sur l'épaule de la vieille femme. Quand son père évoquait Philomena O'Sullivan, c'était pour la qualifier de mégère, de vipère ; pas de vieille dame dévorée par le chagrin.

Philomena se ressaisit.

— Maggie était une belle fille. Elle aurait pu avoir n'importe quel homme. Je n'ai pas supporté de la voir s'acoquiner avec un minable comme lui.

Roz retira sa main.

— Je vous rappelle que le minable dont vous parlez est mon père.

Comment osait-elle rendre son père responsable de ce qui s'était passé ? Roz, furieuse contre toute la famille O'Sullivan, tourna les talons et retourna vers l'immense salle. Elle avait failli se laisser attendrir. Failli croire qu'ils étaient autre chose qu'une bande de nouveaux riches, snobinards et sans scrupules.

Elle s'arrêta à l'entrée de la salle pour inspirer à fond et se calmer. Le prix de Nagsy venait de flamber. Il ne valait plus un demi-million. C'est au moins un million que Roz allait extorquer à Tim O'Sullivan. Elle allait le dépouiller de son fric, et, lorsque ce serait terminé, elle raconterait la blague à tout le monde pour le ridiculiser. Ce serait bien fait pour lui. Bien fait pour eux tous.

Elle poussa la porte de la salle de bal. Pendant son absence, l'orchestre avait commencé à jouer.

Elle vit Anton Fox se diriger droit sur elle et se dit qu'elle était incapable de le supporter sans avoir un fouet à la main. Elle fonça donc en direction de Rory Baxter.

— J'ai une furieuse envie de danser, lui déclara-t-elle tout de go.

Comme hypnotisé, il ignora Ariana, se leva et lui tendit le bras. Elle sourit, et ils avancèrent sur la piste.

27

La circulation sur la route montant vers le nord commençait à le rendre fou. C'était le week-end, et tous les cinglés de la ville semblaient s'être concertés pour se mettre en travers de son chemin. Andy retira une main du volant pour se frotter la mâchoire. Il avait encore mal, suite au vigoureux coup de poing de Hall. Ses parents allaient hurler quand ils découvriraient l'état de son visage.

Il avait hâte de rentrer et de se détendre. Ses parents seraient partis au bal ; Roz serait donc seule à la maison. Il sourit avec malice en pensant à ce qu'il allait lui faire. Dès que Maggie serait partie, il poursuivrait une Roz nue dans toute la demeure, armé d'un flacon d'huile et d'un plumeau. Il se demanda si elle courait vite. Après, il faudrait qu'ils parlent.

Il ne savait pas du tout ce qu'il allait lui dire. Une déclaration d'amour la ferait mourir de rire, et il ne pourrait lui en vouloir. Monsieur Je-te-prends-je-te-jette n'avait pas prévu ça : le destin, le karma ou Dieu sait quelle autre force lui étaient tombés dessus.

Andy repensa aux autres femmes avant elle. Il se souvenait de presque tous leurs noms – ce n'était pas non plus un mufle absolu – et se demanda si certaines d'entre elles, à part Ariana, l'avaient jamais aimé, ou s'il n'avait représenté qu'une passade. Cette idée relança la douleur dans sa mâchoire. Tout ça à cause de Roz.

Les voitures s'immobilisèrent dans un embouteillage, et un concert de klaxons s'éleva, bientôt suivi d'un hurlement de sirène. Un accident. Il allait être en retard.

Il faisait nuit lorsqu'il arriva à *Lough Darra*. Les lumières étaient éteintes dans la bibliothèque. Tant mieux. Ses parents étaient déjà partis. Il attrapa son sac dans le coffre et se dirigea vers la cuisine.

— Salut, Maggie.

— Oh ! tu les as loupés. Du coup, Poppy a dû prendre le volant, ce qui ne lui plaît pas trop. Tu sais qu'elle n'aime pas conduire cette antiquité.

— La Rolls ?

La Phantom était un souvenir de l'époque de son grand-père. C'était une belle voiture, si l'on ne tenait pas trop au chauffage ou à la climatisation. Excepté en de rares occasions, elle ne sortait pas du garage.

— Ben, oui. Ton père a dit que c'était jour de fête. Les gars ont dû l'astiquer toute la journée.

Andy sourit. Dougal était pire qu'un sergent, et il y avait beaucoup de chromes à faire reluire sur la Phantom. Son estomac gronda. Il avait sauté le déjeuner, et quelque chose d'appétissant bouillonnait sur la cuisinière.

— Est-ce que Roz a déjà mangé ?

Maggie arbora une expression perplexe.

— Mangé ? Non. Je suppose qu'un bon repas les attend au bal.

— Elle y est allée avec eux ?

Il l'avait pourtant prévenue que l'endroit grouillerait de photographes. Il ne manquerait plus que Hall débarque à *Lough Darra*.

— On peut dire qu'elle était belle. Poppy a demandé à Dougal de prendre une photo d'elles ensemble. Ta mère était drôlement fière.

Bon Dieu ! Il allait lui faire chauffer la peau des fesses quand il la reverrait.

— Tu veux dîner ?

— Non, merci. Finalement, j'ai un bal qui m'attend.

Andy se rua à l'étage et prit une douche tiède. Il fouilla sa penderie et finit par y retrouver un smoking. Tout en nouant son nœud papillon, il dévala les marches, manquant de peu de percuter Maggie dans le hall.

— Ne m'attends pas.

Indifférent aux limites de vitesse, il conduisit pied au plancher jusqu'à l'hôtel Fitzwilliam. L'ancienne demeure était maintenant un établissement cinq étoiles fréquenté par les chefs d'État en visite et les golfeurs ne sachant que faire de leur argent. Il lança ses clés au garçon posté à l'entrée et franchit la porte.

Il s'arrêta à l'entrée de la salle de bal pour passer les tables en revue et trouva bientôt celle qu'il cherchait. Andy siffla dans sa barbe. Bon sang ! Il y avait là ses parents, Tim O'Sullivan et sa mère, une ministre française dont il ne se souvenait plus du nom, et Anton Fox. Il n'avait pas revu ce type depuis la soirée à Versailles. Roz devait se sentir en enfer.

À propos d'enfer, où était-elle ?

Le petit orchestre jouait une valse. Les couples les plus âgés occupaient la piste en dansant de façon soporifique, tandis que des extravertis exhibaient leur savoir-faire en la matière. Au centre de la piste, un couple dansait avec grâce. Une robe moulante qu'il connaissait bien révélait les mouvements de jolis mollets.

Son décolleté discret, où brillait un bijou, était la seule chose qui empêchait cette robe d'être indécente. Il songea qu'elle ne devrait plus avoir le droit de porter un vêtement aussi provocant en public – du moins, tant qu'il n'était pas avec elle.

Quelques mèches de ses cheveux étaient savamment épinglées avec des étoiles argentées qui étincelaient sous les lumières. Le reste de ses boucles retombait en une somptueuse cascade rousse dans son dos.

Ce connard de Rory Baxter touchait Roz. Personne d'autre qu'Andy n'avait le droit de faire ça.

Sous le regard d'Andy, Rory se pencha pour chuchoter quelque chose à l'oreille de Roz, qui bascula la tête en arrière et éclata de rire.

Il allait le tuer.

— Bonsoir, monsieur.

Le maître d'hôtel lui cacha la vue sur le couple de danseurs, soustrayant momentanément Andy à ses pulsions homicides.

— Je crains que vous n'arriviez un peu tard pour dîner. Souhaitez-vous que je demande au chef de vous préparer un petit quelque chose ?

Comme par hasard, son estomac gronda de nouveau. Il ne pourrait pas bastonner Baxter avec le ventre vide et ne connaissait qu'un seul remède quand on avait vraiment faim.

— Je prendrai un plateau de fromages avec une corbeille de pain, s'il vous plaît. Et de la sauce brune.

— De la sauce brune ?

L'expression horrifiée de l'homme s'effaça rapidement derrière un sourire poli. C'était un hôtel cinq étoiles ; on ne devait rien refuser à un client, même quand il avait le visage contusionné, du moment qu'il portait un smoking.

— C'est ça, confirma Andy en jubilant devant la gêne évidente du maître d'hôtel. Du genre industriel, ça ira très bien. Mettez-moi tout ça table dix.

Andy progressa prudemment dans la salle de bal. Il n'était pas nécessaire qu'il signale sa présence ici à ses collègues Fred et Ginger. Saluant les autres invités d'un signe de tête, il déposa un baiser sur la joue de sa mère et ignora ses questions inquiètes au sujet de son visage. Ses yeux ne quittèrent pas un seul instant la piste de danse.

Il allait d'abord manger, puis il s'occuperait de Roz.

Une samba endiablée commença, et Andy sourit. Il était prêt à parier que Rory ne saurait pas danser là-dessus. Ce type valsait déjà avec un balai dans le cul. Une fois son plateau de fromages terminé, il se dit qu'il était temps de se concentrer sur sa cible.

Alors qu'il quittait sa chaise, sa mère posa une main sur son bras en signe d'avertissement. Elle regarda la piste où Rory et Roz se déhanchaient.

— Andrew, je sais que vous vous êtes un peu fâchés, mais…

— Ne t'en fais pas, maman, je vais seulement danser.

Il s'approcha du couple de danseurs avec la célérité d'un prédateur. Roz lui tournait le dos. Soit elle ne l'avait pas vu, soit elle l'ignorait superbement. Rory l'avisa en premier. À en juger par son expression, il devait avoir une mine pire qu'il ne le pensait.

Andy tapota sur l'épaule de Roz, qui fit volte-face. De près, il remarqua à quel point la robe était parfaitement assortie à ses yeux. L'expression « sexy en diable » lui vint à l'esprit, mais le regard qui l'accueillit était absolument glacial.

— On danse ?

Sans attendre qu'elle réponde, il l'attira dans ses bras. Elle posa immédiatement une main sur son épaule, et il l'entraîna sur la piste avant qu'elle puisse protester.

Andy était bon danseur, mais Roz, encore plus. Elle vivait littéralement la musique. Elle possédait un sens inné du rythme qui attirait l'œil de tous les hommes. Sans la tempête qui couvait dans ses yeux, c'eût été l'une des expériences les plus érotiques de la vie d'Andy. Il la serra plus fort contre lui. Il avait presque oublié comme il était bon de l'avoir dans ses bras.

Il inspira profondément, humant la senteur de ses cheveux. Un parfum doux et fleuri.

— Je t'ai manqué, chérie ?

Elle resta raide et inflexible sous son étreinte.

— Pas du tout, mais je suis sûre qu'Abbie Marshall te regrette. Pourquoi ne retournes-tu pas auprès d'elle ?

— Parce que je n'en ai pas envie et qu'en outre Jack Winter me tuerait.

— Il y a moyen d'acheter des places ? J'aimerais bien voir ça.

Roz faillit parvenir à se dégager de ses bras, mais il la rattrapa vivement par les poignets et l'attira contre lui.

— On dirait que tu es jalouse, murmura-t-il à son oreille.

Elle s'écarta autant qu'elle le pouvait.

— Depuis le début, je sais qui tu es. Il faudrait être folle pour tomber amoureuse de toi. Pourquoi voudrais-tu que je sois jalouse ?

Elle le fusilla du regard.

— Redescends sur terre. On baise ensemble, rien de plus. On s'est bien amusés, et maintenant, c'est terminé.

Aïe ! Elle n'y allait pas de main morte, mais Andy sentit la blessure cachée derrière ces mots. Il s'était passé quelque chose. Il avait sûrement fallu plus qu'une photo volée publiée dans un journal pour la mettre dans cet état.

Les joues empourprées, elle poursuivit :

— J'en ai assez de toi et de tes abrutis d'amis. Vivement que je retourne à Paris.

— Justement, il faut qu'on en parle.

Il regarda autour de lui. Ils attiraient l'attention, et pas spécialement pour leurs talents de danseurs.

— Mais pas ici. Viens, allons dans le hall.

— Avec plaisir, si ça peut t'éviter de continuer à m'écraser les pieds.

Elle se dégagea de ses bras et se dirigea vers la porte.

Ignorant les visages curieux des autres danseurs, Andy lui emboîta le pas.

Le hall était rempli de golfeurs munis de suffisamment de matériel pour entamer un tournoi. Andy balaya les lieux du regard, cherchant un coin tranquille. Pas de chance. Il leur fallait pourtant en trouver un. Un rictus se dessina sur ses lèvres. Il savait où aller. Posant une main en bas du dos de Roz, il l'invita à se diriger vers la sortie.

Dehors, l'air était froid et mordant. La douceur de cette journée de printemps avait cédé le champ à la froidure d'une soirée d'hiver. Un coup de vent s'engouffra sous la robe de Roz, la faisant frissonner.

— On en a pour longtemps ? Je vais mourir de froid si je reste ici.

Andy retira sa veste de smoking et la posa sur ses épaules. Peut-être qu'un peu d'air frais leur ferait du bien à tous les deux. Il l'emmena sur l'allée de gravier menant au bord du lac artificiel. C'était l'un de ses terrains de jeu favoris quand il était petit. Les interminables repas du dimanche midi devenaient enfin supportables quand Robert et lui étaient autorisés à aller jouer dans la « jungle ».

À l'époque, il y avait des bancs en fer forgé autour de l'eau. Il espérait qu'ils s'y trouvaient encore. À mesure qu'ils marchaient, la musique du bal se faisait plus lointaine. Un solo mélancolique de saxophone résonna sur la surface d'un noir d'encre. Romantique à souhait. C'eût été le décor parfait pour une demande en mariage.

Sauf qu'elle était furieuse contre lui.

Il ne savait plus quoi dire. Était-ce là ce qu'il s'apprêtait à faire ? Demander à Roz de l'épouser ? C'était peut-être un peu hâtif, mais ils pourraient vivre ensemble en France jusqu'à ce que le procès soit terminé. Cette idée l'exaltait et le terrifiait à la fois.

Elle trébucha, et il lui offrit son bras pour la soutenir.

— Maudit gravier, maugréa-t-elle. Qu'y a-t-il de si important pour que tu doives me faire quitter le bal ?

— Tu es censée être à la maison. Je croyais que tu devais éviter les médias et rester en sécurité ?

— J'emmerde les médias. Tu ne te rends pas compte de ce que c'est, de toujours jouer le rôle de Cendrillon.

L'amertume dans sa voix le choqua. En comparaison de sa sœur Sinead et de sa riche cousine Summer, Roz était la pauvrette de la famille. Mais ce n'était pas une excuse valable pour se mettre en danger.

— Tu as beau être la princesse du bal, je vais quand même être obligé de te mettre sur mes genoux pour te punir de m'avoir désobéi.

Elle pivota pour lui faire face. Le frémissement rapide de ses seins sous la fine soie de la robe fit durcir son membre. Elle était peut-être la femme la plus imprudente et exaspérante du monde, mais, Seigneur, comme elle était belle ! Et elle serait à lui.

— Alors, là, n'y pense même pas. Si tu me touches, je…

Il n'attendit pas qu'elle termine. Andy la tira contre lui et prit sauvagement sa bouche. Roz poussa un couinement surpris et gigota dans ses bras, mais il n'avait aucune intention de la lâcher. Elle lui avait manqué, terriblement, il s'était inquiété pour elle et elle avait ignoré ses consignes de prudence.

Il passa une main dans ses cheveux de feu et les empoigna. Roz pouvait bien jouer les insoumises, mais il savait comment regagner son attention. Elle se calma, et sa bouche s'attendrit délicieusement. Il en profita pour changer de tactique et poussa sa langue sur ses lèvres.

Elle céda et s'ouvrit à lui dans un doux murmure qui fit battre la chamade à son cœur. Elle passa les bras autour de son cou tandis que leurs langues s'entremêlaient. La veste glissa de ses épaules et tomba par terre. Andy ne s'en soucia pas. Il était perdu dans ce baiser, perdu dans son parfum. L'éternité ne serait pas assez longue pour l'embrasser.

Un coup de vent souffla sur le lac. Elle allait geler s'il ne la ramenait pas à l'intérieur. Peut-être pourraient-ils avoir une chambre ? Il commanderait du champagne et lui montrerait combien elle lui avait manqué. Il s'écarta d'elle à regret et plongea le regard dans ses yeux bleus.

— Tu me rends fou.

— Toi aussi.

Sur ce, elle pressa les paumes sur ses épaules et poussa de toutes ses forces.

Alors qu'il basculait en arrière, Andy aperçut un flash de contentement machiavélique sur son visage, et sa dernière pensée avant de toucher l'eau fut qu'elle serait glacée. Le choc glacial lui coupa en effet le souffle. Il coula sous la surface et s'enchevêtra dans les plantes qui poussaient au fond du lac.

Andy remonta à la surface et reprit son souffle au beau milieu d'une étendue de feuilles, des nénuphars (le lac en était recouvert). Il se dirigea vers la berge, entraînant du feuillage avec lui. Il allait la tuer. Non, il allait lui donner un bain dans le lac ; ensuite, elle se prendrait la fessée de sa vie.

Il se hissa péniblement hors de l'eau, puis entendit un rire et le crissement de chaussures sur le gravier. Croyait-elle vraiment qu'elle pourrait lui échapper ? Andy se redressa et se débarrassa des morceaux de verdure récoltés pendant sa baignade imprévue.

Une fleur de nénuphar pâle était accrochée dans ce méli-mélo végétal. Au clair de lune, ses pétales jaunes semblaient tendres comme de la cire. Mais il ne fallait pas se fier à son apparence fragile. Comme Roz, ces fleurs étaient coriaces et résistantes. Elles revenaient chaque printemps malgré les intempéries. C'étaient des survivantes endurcies, tout comme elle.

Il aperçut au loin un éclat bleu. Ramassant sa veste au sol, il glissa la fleur dans la poche de sa chemise et s'élança à sa poursuite.

28

Elle était étonnamment rapide, pour quelqu'un qui portait des talons hauts. Andy se rappela le jour de leur première rencontre à Paris, et la capacité de Roz à distancer deux ex-rangers qui progressaient à pied. Il aurait du mal à la rattraper avant qu'elle n'atteigne l'hôtel et il ne pouvait décemment pas regagner la salle de bal dans cet état.

Le minibus couvert de publicité d'une société spécialisée dans le tourisme de golf surgit devant elle, et Roz le contourna pour se diriger vers le parking. Il la tenait. Sans réfléchir, Andy monta sur le capot d'une voiture de sport et bondit de véhicule en véhicule, prenant le chemin le plus direct vers l'hôtel. Elle avançait plus lentement, maintenant qu'elle slalomait entre les rangées de voitures garées. L'hôtel devait être complet. Il n'y aurait sûrement aucune chambre de libre.

Boosté par l'adrénaline, il continua de la poursuivre. Andy changea de direction pour s'orienter droit sur Roz. Prenant soudain conscience qu'il la talonnait, elle lâcha une bordée de jurons, dont l'un offensait sa mère. Il accéléra et sauta du toit d'une Mercedes pour lui barrer le passage. Roz regarda autour d'elle, cherchant désespérément une autre issue.

— Pas la peine.

Andy plongea sur elle et la souleva de terre, ignorant la pluie de coups qu'elle lança sur lui. Elle était efficace, pour une non-professionnelle, et ses coups faisaient mal. Toutefois, il devrait lui apprendre à perfectionner sa technique.

— Repose-moi, enfoiré ! Tu vas bousiller ma robe !

Andy l'ignora et la porta jusqu'au parking VIP. Elle se débattait à qui mieux mieux, pire qu'un chat sauvage pris dans un piège.

Il la posa enfin, se pencha pour trouver la petite boîte magnétique cachée sous la Rolls où ils gardaient un double de clés au cas où Poppy perdrait la sienne, ouvrit la portière arrière et la poussa à l'intérieur.

Roz se jeta immédiatement vers l'autre portière. Andy plongea derrière elle et la plaqua sur la banquette.

— Tu es trempé, se plaignit-elle.

— À qui la faute ?

Son ton menaçant la réduisit au silence. Roz savait qu'elle était coincée, mais cela ne l'impressionna pas longtemps.

— À toi ! C'est tout ce que tu méritais après t'être amusé avec d'autres femmes alors que tu es censé être fiancé avec moi. À ton avis, comment ont réagi tes parents quand ils ont vu cette photo ?

Voilà donc ce qui la mettait dans un tel état.

— Je n'ai pas regardé une seule autre femme depuis que je t'ai rencontrée. Abbie Marshall est une cliente, et une amie. Elle…

— Ah oui ? Eh bien, vous aviez l'air *très* proches, en effet.

Elle lui lança un regard assassin. La colère d'Andy monta d'un cran. Il s'était douté que cette photo finirait par lui attirer des problèmes.

— Ça n'a rien à voir avec ce que tu penses.

Roz se tortilla sous lui, essayant de se dégager.

— Je m'en fous. Essaie donc de trouver quelqu'un qui te croira.

Elle lui décocha un nouveau coup de poing dans les côtes, juste à l'endroit où Hall l'avait frappé. Andy lui souleva les deux bras au-dessus de la tête pour la neutraliser. Il était inutile de parler à Roz quand elle était dans cet état. Il devrait attendre le lendemain, lorsqu'ils se seraient tous deux calmés.

Sous la lueur des éclairages du parking, il vit que les pinces étaient tombées de ses cheveux, qui s'étalaient maintenant en un nuage blond vénitien sur le cuir blanc de la banquette. Son corps tremblait sous la fine soie de sa robe. Il fut saisi par son odeur de femme chaude et excitée. Était-ce dû au froid ou au stress de leur lutte ? En tout cas, deux pointes dures se dressaient au bout de ses seins, appelant la bouche d'Andy. Roz était une sorcière. Ils étaient en plein conflit, et il la désirait avec une force qui le sidérait. Jamais il ne se lasserait d'elle, quand bien même il vivrait centenaire.

Roz bougea de nouveau, réalisant soudain qu'Andy était passé de la colère au désir.

— N'y pense même pas.

Andy éclata de rire. Elle avait beau se débattre comme un petit fauve, derrière ses mots agressifs, sa bouche s'était radoucie. Le rouge lui était monté aux joues. Et ses pupilles étaient sombres et dilatées. La petite coquine. Elle était aussi excitée que lui.

Il la regarda droit dans les yeux et sourit.

— Oh que si, j'y pense.

— Connard, cracha-t-elle.

Mais elle ne bougea pas lorsqu'il lui lâcha les poignets et se redressa pour s'asseoir.

— Il ne faudrait pas abîmer cette jolie robe.

Andy enleva sa chemise mouillée et prit le temps de retirer la fleur de nénuphar de sa poche. Il quitta ses chaussures, également trempées et inconfortables. Il déboutonna ensuite son pantalon.

— Je te déteste, dit-elle, visiblement tiraillée entre l'envie et la colère.

— Très bien. Je préfère que les femmes disent ce qu'elles ont sur le cœur.

Tirant le nœud papillon du col de sa chemise, il s'en servit pour entraver les mains de Roz au-dessus de sa tête.

Elle était si belle, allongée là, qu'il ne put résister à l'envie de glisser sa main le long de son buste et s'arrêta pour prendre un de ses seins et lui pincer le mamelon. Il se délecta de son petit cri étouffé. Tiens, pas de soutien-gorge ? C'était encore mieux.

Il ouvrit le col de sa robe et écarta l'étoffe pour exposer ses seins. La robe s'ouvrit presque jusqu'à la taille. Pas étonnant que la moitié des hommes de la salle n'aient eu d'yeux que pour elle.

Il pencha la tête et colla sa bouche sur un sein pour le sucer avec avidité. Sa main trouva l'autre, qu'elle pétrit sans pitié tandis que Roz se tortillait délicieusement pour tenter d'échapper à son assaut. Il aurait aimé avoir de quoi lui bander les yeux pour exacerber ses sensations. S'il l'avait pu, il l'aurait emmenée directement au donjon pour lui montrer combien elle lui avait manqué.

Comment pouvait-elle croire qu'il s'intéresse à d'autres femmes alors qu'il avait Roz pour lui ? Andy releva la tête. Ses mamelons étaient d'un rose vif sur sa peau d'albâtre – parfaits pour des pince-tétons. Il se demanda si elle aimerait ça. Ou une petite chaîne descendant jusqu'à son clitoris.

Il glissa la main sous la jupe de sa robe et rencontra avec stupeur le contact de la peau au-dessus des bas. Andy remonta le tissu jusqu'à sa taille.

— Un porte-jarretelles ? Petite coquine.

Elle lui lança un regard noir promettant une revanche, mais il était loin de s'en soucier. Comme s'ils avaient tout le temps devant eux, il passa les doigts sur son corps, alternant le contact de la pulpe ou de ses ongles.

Roz rompit leur bataille silencieuse quand il traça une ligne remontant encore et encore entre ses cuisses sans jamais toucher le point sensible. Son gémissement étouffé enflamma son membre, mais ils n'en étaient pas encore là. Elle était loin d'être assez frustrée à son goût.

Tandis qu'elle se tortillait, cherchant sa main, il se focalisa de nouveau sur ses seins. Il prit un téton entre ses dents tout en jouant férocement avec l'autre de sa main. Il changea de côté quand elle poussa un grognement de protestation. Elle méritait vraiment une punition pour avoir ainsi douté de lui.

Andy releva la tête.

— Tu sais que tu peux utiliser ton mot d'alerte quand tu veux.

— Je t'emmerde.

Andy fit claquer sa langue.

— « Je t'emmerde » n'est pas un mot d'alerte. Voyons voir si l'on peut faire mieux, hein ?

Il descendit lentement le long de son buste, usant de tous ses stratagèmes pour l'exciter davantage. Elle haletait maintenant et poussait juste un petit gémissement de temps à autre. Bon sang, ce qu'elle pouvait être têtue ! Il était temps de passer aux choses sérieuses et de la rendre folle. Andy s'installa entre ses cuisses et déposa un petit baiser sur le bout de tissu qui couvrait son pubis. Il attrapa ensuite la fragile bande de dentelle de son string et le lui enleva. Elle n'avait pas besoin de culotte. D'ailleurs, il en ferait peut-être une règle de vie lorsqu'ils vivraient ensemble.

Il enfouit sa tête entre ses jambes et lécha, puis s'arrêta. Roz était proche de l'orgasme. Il la maintint à ce stade jusqu'à ce que la vague de sensations recule un peu. Elle marmonna une insulte, et Andy rit sous cape. Roz méritait bien ça, et plus encore. Il caressa ses lèvres de son pouce, l'enduisant de son humidité, avant de se concentrer sur son clitoris. Il effectua de douces caresses autour du tendre bouton sans jamais toucher vraiment le point qui l'enverrait au septième ciel. De son autre main, il effleurait l'intérieur de ses cuisses avec ses ongles.

— Viens, l'implora-t-elle, au plus vif plaisir d'Andy.

Lorsqu'il plongea un doigt en elle, elle releva les hanches, se cambrant sur la banquette pour en réclamer davantage.

Il resta parfaitement immobile.

— C'est bon, bébé ?

Têtue comme une mule, elle refusa de répondre. Lentement, il retira son doigt et revint vers son clitoris, qu'il caressa délicatement, mais sans y mettre suffisamment de pression pour la faire décoller. Il voyait la tension dans ses muscles tandis que son corps appelait la délivrance alors que son esprit luttait sans relâche. Les vitres de la Rolls s'étaient embuées. La peau claire de Roz brillait subtilement sous la sueur.

L'odeur de son excitation emplissait l'habitacle. Dressé comme un obélisque, le sexe d'Andy palpitait, malade d'impatience. Il lui fallut tout son self-control pour ne pas se précipiter en elle. Pas encore. Il remouilla ses doigts avant d'en enfouir deux dans l'intimité de Roz.

Elle l'accueillit avec un râle de soulagement, tremblante sous ses doigts. Elle était trempée et brûlante. Il aurait pu passer des heures à la contempler. Ses cheveux étaient collés à son front, et ses hanches étaient relevées, cherchant le supplément de pression qui la ferait enfin jouir, mais il ne l'avait pas encore suffisamment mise au supplice.

Andy s'arrêta.

— Noooon !

Elle poussa un cri de frustration. Si les regards pouvaient tuer, il serait déjà mort mille fois. Andy lui caressa une cuisse, qui s'ouvrit devant lui. Le corps de Roz le réclamait, mais elle luttait encore contre son désir. Jamais il n'avait vu pareille entêtée. Il pencha la tête pour lui mordiller le cou, où elle avait un point sensible. Il adorait le petit tremblement qu'elle avait quand il le stimulait. Ignorant le feu qui consumait ses yeux, Andy caressa le corps de Roz du cou jusqu'aux fesses, encore et encore, une main restant posée à la base de sa gorge.

— À qui c'est, tout ça ?

Elle resta murée dans le silence. Cela forçait tout de même l'admiration. La plupart des femmes auraient succombé bien plus tôt, mais Roz n'était pas comme la plupart des femmes. Elle était sa femme. À lui seul. Et il devait l'en convaincre.

— À toi.

Les mots furent à peine chuchotés, mais cela lui suffit. Seigneur Dieu, elle était magnifique. Jamais il ne la dominerait complètement. Elle continuerait à le défier. Chaque jour ensemble serait une bataille. Mais ce soir, elle était à lui.

— Oh ! bébé…

Il n'arrivait pas à dire les mots tout simples qui sortaient habituellement de sa bouche avec tant de facilité. Aucun de ces mots n'était à la hauteur de Roz.

Andy déposa un baiser possessif sur ses lèvres avant d'embrasser tendrement son cou et le lobe de son oreille. Se positionnant entre ses cuisses, il contempla avec émerveillement la vision qui s'offrait à ses yeux. Roz était à lui. Sa poitrine s'emplit d'une émotion tendre qu'il n'avait jamais éprouvée jusqu'alors.

Il orienta son sexe turgescent pour commencer à la pénétrer. Elle était chaude et complètement trempée. Il ne pouvait plus attendre. Il effectua un lent va-et-vient, délicieux, puis un autre, pour la préparer à la suite.

— Andy, vas-y, je t'en supplie.

Il se retira presque entièrement avant de s'enfoncer à fond. Il n'allait pas tenir bien longtemps, mais, de toute façon, elle non plus. Avec un cri retenu, il poussa de nouveau en elle, se délectant de la sensation du fourreau brûlant qui l'enserrait.

Il accéléra la cadence pour adopter le rythme qui lui plairait. Elle enroula les jambes autour de ses hanches, le maintenant prisonnier tout en poussant des cris essoufflés. Elle était tout près. Enfonçant ses talons dans les fesses d'Andy, elle lui intima :

— Plus fort. Baise-moi fort !

Il était perdu. Il s'engouffra dans la brèche comme un étalon sauvage et perdit tout contrôle. Il serra les dents en sentant le feu qui consumait tout son corps. Ses testicules se serrèrent. Il allait jouir. Pas encore. Pas encore. Pitié, pas déjà. Les muscles intérieurs de Roz l'étreignirent. Elle tressaillit, perdue dans le tourbillon de son orgasme, et, dans un cri guttural, il la suivit, s'activant en elle jusqu'à être totalement vidé.

Andy releva la tête. Le brouillard dans son cerveau commença à se dissiper, et il se souleva, la soulageant de son poids, pour défaire ses liens et la prendre dans ses bras.

— C'était… génial, parvint-il à articuler.

Avec sa peau claire et sa longue chevelure rousse, Roz avait l'air tout droit sortie d'un conte de fées. Sauf qu'il ne s'était pas exactement conduit en prince charmant. Il effleura la soie froissée de sa robe.

— Quelque chose me dit qu'on ne va pas retourner au bal.

Roz poussa un petit soupir en regardant sa tenue dévastée.

— On dirait, oui. C'est l'histoire de ma vie. Mais rappelle-moi de te pousser dans un étang dès qu'on en reverra un.

Andy eut un petit rire. Roz ne capitulerait jamais. C'était l'une des choses qu'il adorait chez elle.

— Je t'achèterai une nouvelle robe, mais tu es parfaite comme ça.

— C'est le genre de charabia qui marche avec les femmes, d'habitude ?

— Certaines, oui, reconnut Andy.

Il ne voulut pas ajouter que c'était pourtant vrai. Qu'elle était belle et sidérante. S'il devait lui demander de partager le reste de sa vie, il voulait le faire proprement. Pour la première fois de son existence, il maudit sa réputation. S'il lui disait quoi que ce soit maintenant, elle ne le croirait pas. Il lui dirait demain, pendant le vol.

Elle méritait une soirée romantique à Paris, avec du champagne. Et tout le tralala. Roz devait croire à quel point il était sérieux. Andy aperçut soudain la fleur de nénuphar sur le sol de la Rolls. Il la ramassa et la posa derrière son oreille. Les pétales délicats contrastaient vivement avec la couleur de ses cheveux. Il déposa un doux baiser sur ses lèvres.

— Tu es belle.

Une émotion se lut sur le visage de Roz. De la surprise, mêlée au regret. Quels imbéciles avait-elle pu connaître avant pour qu'aucun ne lui dise qu'elle était belle ? Demain, il le lui redirait, et le lendemain, et le surlendemain. Il ne cesserait jamais de le lui dire.

Dans le calme de la nuit, il entendit les premières notes de *New York, New York*. Le bal touchait à sa fin. Ils ne pouvaient pas se laisser surprendre ainsi à l'arrière de la voiture des parents d'Andy. Il se redressa, abaissa la jupe sur les hanches et les jambes de Roz avant de s'occuper du haut.

Elle écarta ses mains.

— C'est bon, je vais me débrouiller. Tu ferais mieux de te trouver des fringues.

Elle avait raison. Son pantalon et sa chemise étaient trempés. Son père avait sûrement du rechange dans le coffre de la voiture. Cela ferait l'affaire.

Roz arrangea sa robe et remit de l'ordre dans ses cheveux en prenant soin d'éviter le regard d'Andy. Elle paraissait un peu triste. Quelque chose n'allait pas, et ce n'était pas que cette histoire de photo dans le journal.

— Ça va ?

— Oui. Très bien.

Elle lui adressa un petit sourire qui n'atteignait même pas ses yeux.

Il fallait vraiment qu'ils discutent.

Dehors, il entendit les premières voitures qui partaient. Ses parents ne tarderaient pas à arriver. Ils devaient se dépêcher. Andy sortit de la Rolls et ouvrit le coffre. Dieu merci, son père y avait rangé ses vieux vêtements de chasse. Cela suffirait. Il les enfila rapidement.

Le crissement du gravier annonça bientôt l'arrivée de ses parents. Il fallait y aller, mais, dès demain, il aurait une conversation avec Roz et il découvrirait ce qui la chiffonnait autant.

29

Le lendemain matin, il faisait encore nuit quand Roz se leva. Elle avait à peine dormi, et ses yeux étaient rouges et gonflés, bien qu'elle fût parvenue à ne pas pleurer toute la nuit. Il fallait maintenant qu'elle quitte *Lough Darra*, même si tout en elle demandait à y rester. Sans faire de bruit, elle enfila un jean, des tennis et une veste chaude avant de préparer un petit sac avec quelques vêtements de rechange. Tout ce qu'elle ne pourrait pas emporter serait perdu. Elle poussa un gros soupir. L'histoire de sa vie, une fois encore.

Roz enfila ses gants et passa les mains sur la commode qu'elle avait agrippée quand Andy lui avait fait l'… Non, quand Andy l'avait baisée. Ce n'était pas parce qu'elle était assez bête pour se laisser dépasser par ses émotions qu'il tenait à elle.

Elle était peut-être une criminelle, mais elle méritait mieux. Elle voulait un homme à elle, pas un qu'il faudrait partager avec trente-six femmes.

Roz retira sa main de la surface cirée. Au diable les souvenirs doux-amers. Il était temps de partir.

Elle se glissa hors de sa chambre, referma silencieusement la porte et descendit l'escalier en se souvenant d'éviter la troisième et la cinquième marches, qui grinçaient toutes deux. Mini et Maxi apparurent du fond de la maison, mais, pour une fois, n'aboyèrent pas. Elles tournèrent autour de ses jambes, et Roz se pencha pour leur donner une caresse. Elle n'avait jamais eu d'animal, pas même un poisson rouge, et s'était bien attachée à ces petites bêtes.

Peut-être prendrait-elle un chien quand elle s'installerait quelque part. Et un cheval. Et… Elle coupa court à ces pensées. Il fallait d'abord partir d'ici.

C'était la dernière fois qu'elle voyait ces lieux. Elle ne reviendrait jamais. Sa gorge se serra cruellement lorsqu'elle referma la porte derrière elle.

Non, elle ne pleurerait pas. Elle était plus forte que ça. Redressant les épaules, elle traversa l'allée sur la pointe des pieds pour gagner la pelouse et éviter que le bruit de ses pas n'alerte quelqu'un dans la maison.

L'aube pointait à l'horizon lorsqu'elle atteignit la route. Elle accrocha son sac plus confortablement sur son dos et commença à marcher. Au bout de plus d'un kilomètre, elle entendit un camion arriver derrière elle.

Sans réfléchir, elle tendit le pouce.

Elle avait déjà fait du stop quand elle vivait en Angleterre, mais l'enchevêtrement d'autoroutes qui desservait le pays rendait les choses difficiles, et elle en avait perdu l'habitude. À sa grande surprise, le camion ralentit près d'elle, et la portière du passager s'ouvrit.

Le conducteur était un homme corpulent portant des bottes maculées de boue et une casquette en tweed sur des cheveux grisonnants.

— Je vais à Larne, ça vous intéresse ?

Il avait un accent si fort qu'elle avait du mal à le comprendre, mais elle acquiesça et monta à bord.

Le camion était vieux et bringuebalant, et empestait l'odeur des centaines de poules vivantes stockées à l'arrière, mais l'homme s'avéra sympathique et de bonne compagnie. Il parla de l'état de l'économie, des idiots qui pensaient pouvoir conduire après avoir bu, des incapables qui dirigeaient le gouvernement, des petits-enfants qui n'écrivaient plus que via Facebook, et lui dit que le passage à Cairnryan ne serait pas forcément une partie de plaisir.

Il lui posa aussi quelques questions sur elle sans se montrer indiscret. D'habitude, elle mentait toujours quand on la questionnait, mais, cette fois, elle dit une partie de la vérité.

— Je me suis disputée avec mon petit ami. Je ne pouvais plus supporter de rester là-bas avec sa mère, qui était persuadée qu'on allait se marier, alors que je savais que ça n'arriverait pas.

— Vous ne pouviez pas lui laisser une autre chance ? demanda-t-il. Les couples, ça se dispute tout le temps. Il faut déjà tenir à quelqu'un pour se disputer avec.

Elle secoua la tête.

— Non, il y a trop de problèmes entre nous. On n'a rien en commun. Il est riche et, comme vous pouvez le voir, moi, non, dit-elle avec un geste désignant sa présence dans le camion.

— Y a pas de quoi se séparer pour ça. La plupart des femmes ont envie de se marier avec un type qui a de l'argent, vous savez.

Elle rit et entendit en même temps l'amertume dans sa propre voix.

— Vous connaissez l'expression « Qui se marie pour l'argent le paie longtemps » ? Non, merci, je n'ai pas envie d'être une Cendrillon à qui l'on rappelle tout le temps d'où elle sort.

— Sauf que Cendrillon épouse le prince à la fin, alors qu'il savait qu'elle était pauvre. L'argent n'est pas la seule chose qui compte. J'ai l'impression que vous êtes une fille intelligente, jolie et courageuse. Et lui ?

Roz pensa à Andy, à ses pommettes saillantes, son

corps sculpté, son esprit vif et ses yeux sombres qui remarquaient tout. À sa capacité à s'élancer en première ligne non seulement pour protéger ceux qu'il aimait, mais aussi des inconnus.

— Oui, il a tout ça.

Andy représentait tout ce qu'elle avait toujours désiré. Il était son chevalier en armure étincelante. Certes, son armure était un peu ternie, mais il était l'homme qu'elle aurait voulu avoir pour la vie. L'homme qu'elle aimait.

L'homme qu'elle quittait pour toujours.

Malgré ses efforts, elle renifla, et ses yeux s'emplirent de larmes. Elle prit un mouchoir froissé dans sa poche et s'essuya rapidement les yeux. Elle ne pleurerait pas.

Le conducteur eut la délicatesse de ne pas relever ses larmes. Il lui dit plutôt de regarder sous le siège passager.

Elle s'exécuta prudemment, heureuse d'avoir des gants vu l'état de la cabine. Dans un sac en papier brun se trouvait une petite bouteille de whiskey Bushmills.

— C'est un single malt que je me gardais pour après une visite à ma belle-mère, mais je crois que vous en avez encore plus besoin. Allez-y.

Roz n'avait pas l'habitude de boire, et il n'était même pas midi, mais tant pis. Elle ouvrit la bouteille et but une gorgée. La chaleur du spiritueux lui brûla la gorge, et elle se mit à tousser avant de ressentir un réconfortant arôme de miel.

— Merci, ça fait du bien.

Elle reboucha la bouteille et la remit sous le siège. La journée allait être dure et longue. Elle ne pouvait pas se permettre d'être ivre.

Ils continuèrent de bavarder pendant le trajet. Elle ne lui dit pas son nom, ni lui le sien, mais, lorsqu'il comprit qu'elle voulait se rendre à Belfast, il changea de direction pour pouvoir la déposer au bon croisement.

— Les jeunes filles comme vous ne devraient pas

faire de stop, vous savez. C'est dangereux, lui dit-il avec gravité.

Roz réprima un petit rire devant l'ironie de cette phrase par rapport à sa situation et se contenta d'approuver.

Elle sauta du camion et, triste de se séparer de cet homme, lui fit de grands gestes de la main.

Sur High Street, le magasin de Murray, prêteur sur gages, était petit mais bien situé, et l'homme derrière le comptoir, accueillant. Il l'observa rapidement, notant la qualité de sa veste et la coupe de son jean.

— Bonjour, mademoiselle, en quoi puis-je vous aider ?

Il lui fallut un réel effort pour sortir la bague de sa poche. Elle savait pourtant qu'elle devrait s'en servir pour obtenir l'argent qu'il lui fallait, mais ce geste était un véritable crève-cœur.

Le prêteur sur gages siffla en découvrant le bijou.

— Avez-vous une preuve de propriété ? demanda-t-il vivement. Je ne prends pas les objets volés.

Roz sortit la facture qu'elle avait prise dans le bureau d'Andy. On pouvait y lire précisément la description de la bague et son prix.

— Vous pourriez la leur revendre, vous savez, dit-il.

Elle secoua la tête. Elle y avait songé, mais était certaine que le bijoutier aurait appelé Andy avant même qu'elle ait quitté la boutique.

— Je ne veux pas la vendre. Je la récupérerai bientôt.

Non, elle ne la reprendrait pas, mais elle ne voulait pas l'admettre, sans quoi elle allait se remettre à pleurer. Et elle avait déjà pleuré davantage en une semaine que pendant les dix dernières années de sa vie.

— Je peux vous en donner huit mille.

— Quinze.

Il secoua la tête de gauche à droite.

— Dix, pas plus.

Elle prit les dix mille et se dirigea vers la gare. Il y avait un bus pour Dublin dans vingt minutes, et elle comptait bien le prendre.

Elle changea ses livres pour des euros dans une banque en face de Connolly Station et demanda la direction du terminal des bus. *Busàras,* la corrigea une vieille femme en lui désignant un bâtiment de verre jouxtant la gare.

Lorsqu'elle descendit du car à Tullamore, Roz était engourdie et somnolente. Le voyage lui avait paru interminable. Elle avait vraiment hâte de reprendre sa Ninja. Avant de devoir voyager en camion de poulets et en car, jamais elle ne s'était vraiment rendu compte des multiples avantages de la moto.

Au château, tout le matériel de tournage était encore là, et du personnel et des figurants occupaient encore les lieux, mais, sans la présence de Jack Winter, l'énergie n'était plus la même. Il y avait moins de bruit, et l'on parlait plus bas.

Roz se replia vers la forêt proche du château tandis que la costumière en chef et une fille du *catering* passaient près d'elle. Elle voulait absolument éviter d'être reconnue.

La caravane de Frankie se trouvait au même emplacement, suffisamment éloignée des autres pour qu'il soit aisé de s'y glisser sans se faire remarquer.

— Salut, Frankie.

Il faisait sombre à l'interieur et, durant quelques instants, elle ne le vit pas.

— Qu'est-ce que tu fais là ?

Sa voix familière la réconforta. Elle sourit tandis que ses yeux s'ajustaient à l'obscurité, lui permettant enfin de le voir clairement.

Frankie était allongé sur son petit lit, sur les couvertures. Il ne portait qu'un jean, ce qui aurait dû réjouir tout témoin du sexe féminin. Mais pas en ce moment.

Sa poitrine était couverte de larges bandages blancs, et il avait un bras en écharpe. Une des jambes de son jean avait été remontée pour laisser de la place au plâtre qui couvrait son pied gauche.

Son visage était pire encore : coupé et contusionné au point qu'on le reconnaissait à peine. Sa barbe, habituellement si nette, avait poussé, faute de pouvoir être entretenue. Il parvint cependant à sourire à Roz.

— Je ne m'attendais pas à te voir si vite. Comment tu vas, ma bichette ?

Elle avait envie de se jeter dans ses bras, mais elle avait trop peur de lui faire mal en le touchant.

— Mieux que toi, apparemment.

Elle se pencha en prenant appui sur la table miniature et déposa un petit baiser sur son front.

— Tu devrais être à l'hôpital, espèce d'idiot.

Il secoua la tête.

— J'aime pas ces endroits. Pleins de malades.

— Et de médecins qui pourraient te retaper.

Elle garda un ton léger, malgré le choc qu'elle éprouvait en le voyant.

— On a un médecin sur place. Il vient me voir une fois par jour, dit Frankie.

— Il y a aussi de jolies infirmières dans les hôpitaux.

Il sourit.

— Non, celles de l'hosto du coin ne valaient pas le coup que je reste. Et puis, il y a de jolies filles ici aussi.

Au même instant, la porte s'ouvrit, et Cheyenne apparut.

— Coucou, Frankie, j'ai…

Elle agita une bouteille de bière devant lui et s'immobilisa en voyant Roz.

— Ne la secoue donc pas comme ça.

Il parla peu, mais le regard qu'il posa sur l'actrice en dit long à Roz sur ce qui devait se passer entre eux.

Apparemment, aucune de ces histoires n'allait bien se terminer. Elle ne reverrait jamais Andy, et elle n'imaginait vraiment pas Frankie avoir une histoire durable avec une star hollywoodienne.

— Roz ? Qu'est-ce que tu fais ici ? demanda Cheyenne. Quand tu es partie, on t'a trouvé une remplaçante. Mais Frankie s'est chargé de récupérer ta paye.

— Je ne suis pas revenue pour le boulot, mais je ne dis pas non pour la paye, répondit Roz.

Elle se tourna vers Frankie.

— Tu te souviens de l'idée que tu avais eue ? Je m'y suis mise, et c'est plutôt bien parti.

Il hocha la tête.

— Cheyenne, tu veux bien aller chercher une bière pour Roz ?

L'actrice les considéra tour à tour.

— C'est drôle, j'ai l'impression d'être une gamine qu'on envoie faire une course pendant que les adultes discutent de choses importantes.

On sentait bien dans sa voix qu'elle était blessée, et Roz s'en voulut un instant. Mais il était capital qu'aussi peu de personnes que possible soient au courant de son plan.

— Mais, bon, ce n'est pas grave, ajouta-t-elle. Je vois bien que vous ne me direz rien.

Elle se dirigea vers la porte d'un pas vif et l'ouvrit pour sortir.

— Allez, je vous laisse parler de moi.

— Cheyenne, je te jure que ça n'a rien à voir avec toi. Je te raconterai dès que je le pourrai, dit Roz tout en sachant que l'actrice ne la croirait pas.

— Décidément, tu te fais des amis partout, toi, ironisa Frankie.

Il griffonna quelque chose sur un carnet et en arracha la feuille avec celle du dessous.

— Ce sont les coordonnées du propriétaire de Nagsy.

Je vais lui passer un coup de fil et lui dire de te recevoir. Il a récupéré son cheval. Tu pourras le prendre dès que tu l'auras payé.

Elle opina du chef.

— Merci. Il vaut mieux que je me fasse oublier quelque temps, mais je te contacte aussi vite que possible. Ne parle à personne de ça, pas même à Cheyenne.

— Pas de problème. Où étais-tu depuis que tu es partie avec Andy ?

Roz glissa les feuilles dans sa poche. La poche avant, plus difficile à atteindre. Elle savait comme il était facile de prendre quelque chose dans la poche arrière de quelqu'un.

— Il vaut mieux que je ne te le dise pas. Surtout, si tu vois Andy, dis-lui que tu ne sais absolument pas où je me trouve. J'ai largué mon téléphone, mais j'ai ton numéro et je t'enverrai un message quand j'en aurai un nouveau.

Elle avait balancé son portable à l'arrière du camion plein de poulets. Ainsi, toute personne qui la pistait penserait qu'elle était en Écosse, à l'heure actuelle.

— Jusque-là, tu peux dire en toute honnêteté que tu ne sais rien.

— On se fiche de l'honnêteté, de toute façon, non ?

Elle haussa tristement les épaules.

— J'en ai marre de mentir. C'est trop d'effort. Je serai contente quand tout ça sera fini.

Elle repéra les clés de sa moto à un crochet et les attrapa avant d'embrasser Frankie.

— Prends bien soin de toi. J'ai besoin de toi dans ma vie.

Elle était partie depuis longtemps lorsque Cheyenne revint avec sa bière.

30

La douleur sourde dans sa jambe réveilla Andy. Merde. Il était trop jeune pour commencer à se faire vieux. Mais c'étaient des choses qui arrivaient quand on se faisait tirer dessus, même si la blessure avait cinq ans d'âge. Dieu merci, la douleur n'avait pas affecté son sexe. Son organe raide dans la main, il ouvrit les yeux, puis s'éveilla totalement dans la pénombre de sa chambre. Quelque chose n'allait pas.

Il était seul dans le lit. Il se retourna. La place vide à côté de lui confirma ses doutes. Il y manquait une rouquine. Il tendit lentement le bras et se redressa en sentant le froid du drap. Roz était partie depuis un moment.

Il consulta sa montre. Presque neuf heures du matin. Putain. Il bondit du lit et enfila un pantalon de jogging. Sans s'embêter à chercher un tee-shirt ou des chaussures, il partit au pas de course dans le couloir, s'arrêtant dans la salle de bain sur son chemin. Pas d'eau dans la baignoire, pas de parfum de produits de toilette ou de beauté dans l'air.

Un premier niveau d'alarme se fit sentir dans ses veines. Il accéléra le pas et entra dans la chambre de Roz sans frapper. Le lit était parfaitement fait, comme si personne n'y avait dormi. Cela ne voulait rien dire. Roz était une maniaque de l'ordre. Elle aurait fait son lit quoi qu'il arrive. Il ouvrit la penderie et passa en revue son contenu. Les vêtements qu'il lui avait achetés à Belfast étaient là. Elle n'avait pas encore fait ses valises pour Paris. Peut-être voulait-elle faire un dernier tour à cheval avant qu'ils partent ? En se dépêchant, il pourrait peut-être la rattraper.

Il retourna dans sa chambre et s'habilla prestement. Après avoir pris son téléphone dans le plateau ancien posé sur sa commode, Andy se hâta de descendre.

Maggie s'affairait déjà en cuisine.

— Tu as vu Roz, ce matin ?

Il se maudit de l'angoisse qu'il perçut dans sa voix malgré ses efforts pour avoir l'air décontracté. Maggie ne fut pas dupe un seul instant.

— Non. Les gars étaient là tout à l'heure, mais ils ne m'ont pas dit qu'ils l'avaient vue. Vous vous êtes fâchés, c'est ça ? dit-elle avec un sourire entendu.

Il n'avait pas de temps à perdre avec ça. Si Roz n'était pas partie à cheval, où était-elle ?

Le visage de Maggie se radoucit devant son expression.

— Tu ferais bien de la rattraper tant qu'il en est encore temps. Vous êtes faits l'un pour l'autre.

Elle avait raison. Ils étaient faits l'un pour l'autre. Roz lui convenait plus que n'importe quelle autre femme qu'il ait jamais connue. Malgré leur différence de milieu social, elle correspondait à ce qu'il était à un point qu'il n'aurait même pas osé imaginer.

Andy s'empressa de gagner les écuries. Elle ne s'y trouvait pas, aucun des hommes ne l'avait vue, et tous les chevaux étaient là ; elle n'était donc pas partie en balade. Peut-être se trouvait-elle avec sa mère.

À la différence de Dougal, Poppy s'accommodait très bien de quatre ou cinq heures de sommeil. Ne voulant pas déranger son père qui s'était couché tard, il se rendit dans le coin préféré de Poppy. Le jardin d'hiver était désert. Son studio aussi. Ses pinceaux et son matériel étaient propres, attendant sagement qu'on les reprenne.

Alors qu'il se dirigeait vers la chambre de ses parents, il poussa un soupir de soulagement en voyant dans le couloir sa mère, encore vêtue de sa chemise de nuit.

— Quelle merveilleuse soirée nous avons eue ! dit-elle. Et il y a une très jolie photo de Roz dans le *Belfast Telegraph*, ce matin.

Andy lui prit le journal des mains. En première page, on voyait Roz, tout sourire, entourée des O'Sullivan. Eh merde ! Il l'avait pourtant prévenue. Niall allait faire une attaque en voyant ça.

— C'est vrai, dit-il. Mais l'as-tu vue, ce matin, maman ?

Il prit conscience de son désespoir en entendant le son de sa propre voix.

— Non. Je croyais qu'elle dormait. Vous vous êtes encore disputés ?

— Non, rien de grave, dit-il d'un ton peu convaincant.

Il l'avait attachée à l'arrière d'une voiture. Avait usé de la torture sensuelle comme d'une arme plutôt que de prendre le temps de lui parler pour lui dire les choses importantes. Qu'il l'aimait. Qu'il voulait passer le reste de sa vie avec elle.

— Pauvre type, murmura-t-il dans sa barbe avant de redescendre l'escalier en toute hâte.

Il sortit son portable de sa poche et l'appela.

« Le numéro que vous avez demandé n'est pas disponible actuellement. L'utilisateur est peut-être hors réseau ou en panne d'alimentation. »

Il n'aurait pas dû la quitter des yeux. Aurait-elle pris l'une des voitures ?

— Andrew ! lança sa mère derrière lui. Si tu as fait du mal à cette fille…

— C'est bon, maman.

Toutes les voitures étaient présentes au garage. Personne n'avait vu Roz. Elle n'avait pas mangé, n'était pas partie à cheval et n'avait pas pu quitter le domaine autrement qu'à pied. À moins que quelqu'un ne soit venu la chercher.

Hall aurait-il pu remonter sa piste jusqu'à *Lough Darra* ? L'idée était trop effarante pour s'y attarder. La seule chose qu'il savait, c'est que Roz était partie. Il aurait parié son Glock préféré.

Andy était derrière le volant de la Jeep quand il se rendit compte qu'il n'avait aucun plan et qu'il devait d'abord aller au rapport pour déclarer qu'il avait perdu sa cliente.

— Putain de putain de putain de merde !

Il donna un coup de poing sur le volant. Il fallait qu'il appelle Niall, et il n'avait aucune envie de le faire.

Il composa le numéro. La voix ensommeillée de Reilly décrocha.

— Fait chier, grogna-t-elle en voyant qui appelait. Je me suis couchée à quatre heures du mat'. Tu ne dors jamais, toi ?

— Roz a disparu, dit-il de but en blanc.

— De quoi as-tu besoin ?

Désormais bien éveillée, Reilly était déjà aux taquets.

— Trace-moi ce téléphone.

Il lui indiqua le numéro.

Pendant quelques minutes, il entendit le bruit du clavier de Reilly au bout du fil tout en pianotant nerveusement sur le volant.

Reilly étouffa un bâillement.

— Sauf erreur, elle est au milieu de la mer d'Irlande, quelque part entre l'Irlande et l'Écosse.

Roz avait pris le ferry ? La petite maline. Évidemment. Elle n'avait pas de passeport, mais pouvait facilement embarquer sur un bateau.

— Lequel ?

— Tu me prends pour une magicienne ou quoi ?

— Désolé, Reilly. S'il te plaît. Vite, s'il te plaît.

Nouveau bâillement.

— Ne quitte pas, je regarde.

Il entendit les doigts de sa collègue sur le clavier de l'ordinateur.

— On dirait que c'est le ferry entre Larne et Cairnryan. On ne l'attend au port que dans deux heures.

— Mets quelqu'un là-bas. Je veux qu'on la chope dès sa descente du bateau.

— Andy, il peut y avoir une centaine de gens à bord, sans parler du fret. Tu sais ce que le chef me fera si j'envoie une dizaine de mecs sur place ?

Andy s'en moquait royalement.

— Fais-le. J'en prends la responsabilité.

— OK, si c'est pour toi. Je t'appelle dès que j'ai leur rapport.

Andy raccrocha. Si Roz était en route pour l'Écosse, il ne pouvait rien faire en attendant. L'équipe allait la récupérer pour sa propre sécurité. Bon sang ! Pourquoi s'était-elle enfuie ? Pourquoi disparaître au beau milieu de la nuit sans lui avoir parlé ?

Il se repassa le film des événements de la soirée, analysant le moindre mot, le moindre geste. Elle s'était montrée fâchée à cause de la photo, jalouse, même, mais ils s'étaient réconciliés. Non ? Leur complicité physique était hors norme. Jamais il n'avait connu une telle partenaire. Certes, elle était la pire soumise du monde et elle luttait sans relâche contre lui, mais Dieu sait si le jeu en valait la chandelle ! Andy regarda sa montre. Il ne pouvait pas rester ici sans rien faire, à attendre les nouvelles. Cela le rendrait fou. Il revint à la maison. Peut-être irait-il courir un peu dans le domaine.

Quatre-vingt-dix minutes plus tard, il était hors d'haleine et en sueur. Son jogging s'était transformé en fouille des fossés et des petits chemins alentour. Son imagination l'avait entraîné dans des scénarios catastrophe. Était-elle seule ou avec Hall ? Était-elle au moins sur ce maudit bateau ?

Il prit une douche rapide. Alors qu'il se changeait, on frappa à la porte de sa chambre.

— Andy ? lança la voix de Poppy depuis le couloir. Nous avons de la visite. Tu veux bien descendre ?

Il était coincé là et ne pouvait rien faire avant que l'équipe écossaise n'adresse son rapport. Il inspira, puis expira à fond. Ils étaient faits pour être ensemble. Il la trouverait.

Ce n'était qu'un petit incident de parcours. Plus tard, ils riraient en y repensant et en songeant comme ils avaient été bêtes. Au-dessus de la cheminée, la vieille devise de la famille semblait le narguer : *Non Oblitus* – « On n'oublie pas ».

Il ne pouvait oublier Roz. Elle était gravée dans son âme comme un blason, et il ne renoncerait pas avant de l'avoir retrouvée.

— Andy, appela de nouveau sa mère.

— J'arrive, maman.

Dans la bibliothèque, un feu crépitait déjà dans l'âtre, et Maggie servait le café à ses parents et à leurs visiteurs, Claudine Blé et Anton Fox. Vêtu d'un pantalon étroit et d'un pull de laine délicate, Claudine était sexy avec une élégance naturelle chez beaucoup de Françaises. Son compagnon portait un pantalon clair et une veste en tweed tape-à-l'œil lui donnant des airs de maquereau sur son trente-et-un.

— Fox.

Andy le salua d'un signe de tête avant de se pencher pour faire la bise à Claudine.

— Monsieur Campbell McTavish nous a promis un tour dans les écuries et une petite promenade à cheval.

Claudine sourit, visiblement ravie à cette idée.

— Je ne suis pas sûr de vous accompagner pour la promenade, dit Fox d'une voix traînante. J'étais impatient de renouer avec votre charmante compagne.

— Le monde est petit, dit Poppy avant de boire une gorgée de café. Figure-toi que monsieur Fox a connu Roz quand elle travaillait à Paris.

À Paris ? Le sourire entendu de Fox donna envie à Andy de lui mettre un coup de poing dans la figure.

— Et New York, ajouta l'Américain. Elle a roulé sa bosse, la petite, pas vrai ?

Ses parents ne remarquèrent pas le sous-entendu dans l'intonation de Fox, mais il n'échappa pas à Andy. Était-ce à cause de ce pauvre minable que Roz n'allait pas bien, hier soir ? L'aurait-il harcelée toute la soirée ? Andy réfréna son envie impérieuse de l'étrangler sur place.

Dougal posa sa tasse de café.

— Et si nous allions aux écuries, si tout le monde a terminé ?

— Dis à Roz que je viendrai la voir quand elle aura fini son petit tour ! lança Poppy avant de retourner à sa peinture.

Andy suivit Claudine et son père vers la cour sans rien indiquer de plus à sa mère.

La Française aimait les chevaux et était bien décidée à profiter de la proposition faite par son père. Alors qu'elle montait sur un cheval de course nerveux, Fox s'écarta, visiblement peu rassuré.

— Vous joindrez-vous à nous, monsieur Fox ? s'enquit poliment Dougal.

— Non, merci, allez-y.

Ils regardèrent les cavaliers quitter la cour.

— Claudine a un cul superbe, fit remarquer Fox. À ce propos, où est Chaperon rouge ?

Inconscient du danger qui le guettait, il continua de reluquer la silhouette de la ministre.

— Combien prend-elle pour une sauterie à long terme, comme ça ? Maintenant que je suis installé en Europe, ça pourrait m'intéresser de…

— Ne l'appelez pas « Chaperon rouge ».

Fox s'arrêta devant le ton tranchant d'Andy.

— Inutile de parler ainsi. Chaperon est un sacré bon coup. J'aimerais beaucoup l'avoir un peu pour moi quand vous en aurez fini avec elle.

Les McTavish n'avaient pas la réputation de tuer leurs invités, mais Andy se sentait prêt à faire une exception. Si Roz avait dû subir ce genre de choses toute la soirée, il n'était pas étonnant qu'elle ait pris la fuite. Fox n'était peut-être pas la seule raison qui l'avait motivée, mais son comportement grossier avait pu y contribuer.

Andy regarda autour de lui. Il y avait trop de garçons d'écurie dans les parages. S'il voulait découper ce type en morceaux, il lui faudrait un peu plus de tranquillité. Il aperçut alors une porte ouverte sur les écuries.

— Si nous terminions la visite ?

Sans ménagement, il poussa Fox vers la porte, puis dans le petit espace sombre du box.

— Enlève ta veste.

— Pourquoi ? demanda Fox, commençant juste à comprendre qu'il avait des ennuis.

— Parce que je vais te faire la peau et que Claudine pourrait remarquer que tu t'es roulé par terre.

— Vous comptez vous battre avec moi ? Tout ça à cause d'une petite…

Andy l'attrapa par le col de sa veste et le plaqua violemment contre le mur.

— Ne t'avise pas de finir cette phrase, le prévint-il avant de le relâcher.

Fox lui lança un rictus narquois.

— Vous feriez bien de vous méfier. Je faisais de la boxe quand j'étais étudiant.

Andy recula pendant que Fox retirait sa veste et la suspendait à un crochet. Il prit une posture de boxe, genoux fléchis, les poings brandis devant lui. Pauvre diable. Il ne tiendrait pas deux secondes face à un ranger. Essayant de maîtriser la colère qui montait en lui, Andy garda les bras le long de son corps.

— Qu'est-ce que tu as dit à Roz, hier soir ? Tu l'as insultée ?

Son adversaire arbora une moue surprise avant de secouer la tête.

— On ne peut pas insulter une pute.

Andy se jeta sur lui, les projetant tous deux à terre. Fox suffoqua, le souffle coupé par l'assaut. Champion de boxe, mon cul. Cet abruti n'aurait pas été capable de se défendre contre un enfant de cinq ans. Il agita frénétiquement les poings en direction de la tête d'Andy, qui le repoussa sur un tas de foin.

— Vous êtes fou ou quoi ?

Fox se redressa péniblement sur ses fesses et épousseta le foin de son pantalon.

— Je voulais m'amuser un peu, mais Roz m'a ignoré. Elle était trop occupée à jouer les grandes dames et à parler d'acheter des chevaux avec ce type de la compagnie aérienne.

O'Sullivan. Était-ce à cause de lui que Roz était partie ? Andy se redressa vivement.

— Après, sa mère est arrivée et s'est mise à parler mariage, et Roz s'est barrée.

— Et c'est tout ? Tu ne lui as rien dit de spécial ?

Fox plissa les yeux.

— Oh ! je l'ai bien taquinée un peu, mais elle n'était pas d'humeur. Pourquoi n'allez-vous pas plutôt le demander au petit Chaperon rouge en personne ? Elle vous dira.

Andy se pencha et leva Fox par le col de sa chemise pour le plaquer contre le mur. Son visage devint écarlate, étranglé qu'il était par son col, et un son étouffé sortit de sa gorge.

Andy avait le cœur à deux cents à l'heure. Il avait envie de le tuer. Entre les O'Sullivan et Fox, elle avait dû craquer et ne plus penser qu'à prendre la fuite. Il s'approcha à quelques centimètres de son visage, jusqu'à ce qu'il distingue l'infime tressautement nerveux sous l'œil de son adversaire. Dehors, des hennissements de chevaux le ramenèrent soudain à la réalité.

— Écoute-moi et écoute-moi bien. Ne l'appelle plus jamais « Chaperon rouge ».

Fox leva les mains en l'air en signe de reddition. Andy le lâcha et s'épousseta les mains. Ce type était un sac à merde et un idiot, mais ce n'était pas une raison pour le tuer.

Fox toussa et s'appuya contre le mur en prenant péniblement plusieurs inspirations profondes.

— OK, il y a un truc entre vous. J'ai compris. J'ai compris.

Andy enleva la veste du crochet et la lui lança.

— Une dernière chose, maintenant que j'ai toute ton attention : tu peux dire à tes amis et à tout le monde que Chaperon rouge a pris sa retraite. Elle est à moi, maintenant, et je ne la laisserai jamais tomber.

Andy laissa Fox reprendre son souffle et ses esprits et se dépêcha de rentrer à la maison. Il avait laissé son téléphone sur le lit, et Reilly avait promis de l'appeler.

— Reilly, tu as des nouvelles ?

— Ça, oui, j'en ai. Niall est sur le sentier de guerre parce que tu as perdu une cliente et parce que j'ai envoyé une dizaine d'agents chercher un téléphone dans un camion de poulets.

— Et Roz ? questionna-t-il.

— L'oiseau s'est envolé bien avant que le camion n'embarque sur le ferry.

Andy ferma les yeux. Il avait espéré qu'on la retrouve en Écosse. Il aurait pourtant dû s'en douter.

— Deux des hommes ont parlé au conducteur. Un vieux, très gentil, apparemment. Il leur a dit qu'il l'avait déposée au niveau de l'échangeur près de Belfast. Apparemment, sa passagère n'avait pas le moral. Elle pleurait à cause d'un chagrin d'amour. Il a essayé de la réconforter.

Elle marqua un silence.

— Tu veux que je te donne son adresse ?

Il fut presque tenté de dire oui.

— Merci beaucoup, Reilly. Tu peux faire les vérifications habituelles ? Hôtels, locations de voiture, cartes de crédit ?

— Je suis déjà dessus.

Andy raccrocha. Il fallait qu'il réfléchisse. Il était à la fois soulagé de savoir que Hall ne l'avait pas enlevée et déchiré à l'idée qu'elle ait choisi de le quitter. Il avait passé la journée à tenir tout le monde responsable de sa disparition, alors que c'était sa faute. Certes, les autres n'avaient pas aidé, mais la faute lui incombait entièrement. Il avait envie de hurler comme une bête.

Pourquoi exactement s'était-elle enfuie ? Était-ce la perspective du procès à Paris ? Avait-elle eu peur de ce que Hall pourrait lui faire ? Pourquoi ne s'était-elle pas confiée à lui ?

Je ne lui en ai pas vraiment laissé l'occasion, se mit à répéter une voix dans sa tête.

Ce n'était pas seulement parce que Roz avait été jalouse d'une stupide photo dans le journal. Il l'avait abandonnée pour aller travailler ailleurs. Son visage était apparu dans tous les médias à côté d'Abbie Marshall, puis il s'était servi de son propre corps contre elle au lieu de discuter et de la rassurer. Comment avait-il pu être aussi bête ? Il avait complètement merdé. Roz n'avait jamais pu faire confiance à un homme. Pourquoi s'était-il imaginé qu'elle commencerait à faire confiance à quelqu'un comme lui ?

Il aurait dû lui parler, et, à la place, il l'avait juste sautée à l'arrière d'une voiture. Comme tous les autres minables qu'elle avait croisés dans sa vie. Comment pourrait-il la convaincre qu'il était différent ? Il se moquait bien de son passé. Roz n'était pas la seule à avoir fait des choses dont elle n'était pas fière. L'important, c'était l'avenir. Il était certain qu'ils étaient faits l'un pour l'autre, mais il faudrait en convaincre Roz.

Et, pour ça, il fallait d'abord la trouver.

Andy attrapa les clefs de sa Jeep. Le chauffeur du camion disait l'avoir laissée près de Belfast. Il était logique de commencer par là. Avant de partir, il prit soin de déchirer la page du journal où elle apparaissait. Les vingt-quatre premières heures suivant la disparition de quelqu'un étaient cruciales. Il était temps de se mettre en route.

31

La ferme de Michael Brophy était à des années-lumière de *Lough Darra*. Roz conduisit sa moto sur le chemin creusé d'ornières menant au vieux corps de ferme. Elle s'était trompée de chemin trois fois avant de trouver l'endroit, dans ces petites routes étroites dénuées de signalisation. Après l'autoroute qu'elle avait prise pour Tullamore, c'était comme un voyage à rebours dans le temps.

Le bâtiment était gris et carré, avec un simple portail et des poules picorant çà et là dans la cour. Il y avait trois boxes d'écurie d'un côté de la cour ; Nagsy sortit la tête de l'un d'entre eux et l'accueillit avec un petit hennissement. Deux chiens de berger aboyaient à quelques mètres, mais sans essayer d'atteindre Roz. Elle resta sur sa moto, se demandant si son pantalon de cuir résisterait bien à des dents de chien.

De l'autre côté de la cour, un poulailler abritait d'autres pensionnaires, et, dans le champ derrière lui, une demi-douzaine de chevaux broutaient avec du bétail.

La porte de la maison s'ouvrit. Le propriétaire, un homme sec et grisonnant, apparut et lui fit un signe de la main en s'approchant d'elle.

Elle lui sourit et descendit de sa Ninja Kawasaki.

— Bonjour. Frankie a dû vous prévenir de ma visite ?

L'homme lui rendit la politesse et afficha un sourire édenté.

— Vous êtes la fille qui veut acheter mon cheval, c'est ça ?

Elle retira ses gants et caressa Nagsy.

— Oui, on est devenus amis quand il travaillait sur le tournage du film.

Michael poussa un seau sous le robinet et laissa l'eau couler. Il lança une poignée de grain aux poules qui se ruèrent pour les picorer. Le seau n'étant pas encore rempli, il se dirigea vers la grange et mit du foin dans un filet. Le temps qu'il termine, le seau était rempli. D'un coude, il ouvrit le box de Nagsy et y déposa le seau d'eau. Roz admira l'efficacité tranquille de ses gestes et comprit, en le voyant, comment un seul homme pouvait faire tourner une ferme.

— Le problème, voyez-vous, dit-il, c'est que mon père m'a toujours interdit de le vendre.

Roz considéra Michael, qui avait au moins la cinquantaine, et se demanda s'il plaisantait.

— Ce cheval ?

— Oui, comme tous ceux de notre bonne vieille Molly.

Il versa des céréales dans une bassine qu'il posa dans le box. Dans le compartiment voisin, Roz vit deux poulains en train de lécher un bloc de sel.

— Mais vous pouvez avoir n'importe quel autre. Je vous ferai un bon prix.

— Non, c'est Nagsy que je veux. Quel est le problème ?

— À vrai dire, je ne sais pas trop. Quand Molly a commencé à se reproduire, il m'a dit que je ne devrais jamais vendre aucun de ses petits. Dommage, parce que c'étaient tous des bonnes bêtes, et, vu que p'pa travaillait avec des éleveurs de chevaux de course, il le savait très bien. Mais une promesse est une promesse.

Bon sang ! Tout ce boulot pour rien ? Roz n'en croyait

pas ses oreilles. Il ne voulait pas vendre. Il fallait qu'elle tente à nouveau.

— Quand a-t-il dit ça ? Il a peut-être changé d'avis depuis.

Michael tira doucement sur une oreille de Nagsy, l'air pensif.

— C'est vrai. Il était pourtant plutôt du genre « mieux vaut regretter d'avoir vendu que d'avoir dit non », mais il a lui-même refusé toutes les offres, et il m'a fait promettre de faire pareil.

Il plissa le nez en réfléchissant.

— Je vous dis ça..., ça devait être il y a une bonne trentaine d'années... ou plus.

Frankie lui avait dit que Nagsy avait cinq ans. Elle n'était pas experte en chevaux, malgré les heures passées à écouter Dougal, mais elle savait que les chevaux ne vivaient pas aussi longtemps.

— Il ne pouvait parler de Nagsy, à l'époque.

— Exact. C'était Molly, son grand amour.

Elle eut un bref espoir avant qu'il ne secoue la tête.

— Désolé. Je ne peux pas le vendre.

— Je vous paie cash. Cinq mille.

Vu l'état de la ferme, elle supposa que c'était plus qu'on ne lui offrait d'habitude pour un cheval.

Michael parut tenté, mais secoua obstinément la tête.

— Six.

Elle sortit l'argent de sa poche.

— Tout en espèces.

Les yeux de l'homme s'arrondirent en voyant la liasse de billets de cinq cents euros, mais ses lèvres se pincèrent.

— Une promesse est une promesse, et il est mort, maintenant, alors, je ne peux pas lui demander de changer d'avis.

Il recula, comme pour s'éloigner de la tentation, et se

cogna dans la moto de Roz. Il l'examina attentivement et la caressa avec plus de douceur qu'il ne l'avait fait pour Nagsy.

— C'est un bel engin que vous avez là. Ça monte à combien ?

— C'est une Ninja Kawasaki. Elle monte à cent quatre-vingts avec une vitesse d'accélération à vous faire tomber en arrière.

— Venez donc prendre une tasse de thé et racontez-moi ça.

La porte d'entrée donnait directement dans la cuisine, une grande pièce chauffée par un vieux poêle à bois. Michael posa la bouilloire sur la gazinière, et elle ne tarda pas à siffler. Il fit le thé dans une lourde théière en terre brune et laissa infuser. Tandis qu'il ajoutait quatre cuillérées de sucre et servait le thé, Roz regarda autour d'elle. La cuisine semblait dater du siècle dernier, avec un vieil escalier en bois, une télévision plus âgée qu'elle et un calendrier montrant des photos de motos.

Roz but le breuvage fort et hyper sucré tout en discutant de la Kawasaki, et une idée germa bientôt dans sa tête. Michael trouva un paquet de biscuits entamé et lui en offrit un. Il était mou et rassis, mais elle le trempa dans son thé. Ici, c'est ce qu'on faisait.

Roz posa sa tasse.

— Vous savez, je crois qu'on pourrait passer un marché, de sorte que vous n'ayez pas à vendre Nagsy.

Michael fit tinter sa cuillère contre sa tasse.

— Je vous écoute.

— Si on faisait un échange ? Je vous donne ma moto, et vous me donnez le cheval.

Elle adorait sa Ninja, et cette idée lui fendait le cœur, mais c'était peut-être sa seule façon d'obtenir Nagsy.

Il considéra son offre en silence. La pendule logée dans un coin égrena les secondes, les minutes.

— Marché conclu, finit-il par annoncer.

Ils passèrent dix minutes de plus à convenir des détails avant de retrouver la lumière du jour. Roz donna à Michael ses clés, son casque, ses gants et son blouson, mais elle conserva les bottes, et Michael sortit une selle et une bride pour Nagsy.

À sa demande, il lui rédigea une note confirmant qu'elle était désormais propriétaire du cheval, et elle promit de lui envoyer le carnet d'entretien de la Ninja dès que possible.

Nagsy était maintenant à elle, mais la logistique s'avérait brusquement problématique.

— Comment vais-je le ramener chez moi ?

Michael la regarda comme si elle était demeurée.

— En le montant, pardi.

— Mais je vais…

Elle referma vite sa bouche. Il était inutile de lui donner des détails superflus.

— C'est à une bonne trentaine de kilomètres.

— Si vous partez maintenant, vous y serez avant la nuit.

Il attela Nagsy et aida Roz à monter en selle. Alors qu'elle s'engageait sur le chemin plein d'ornières, elle entendit Michael faire rugir le moteur de sa nouvelle moto.

Dimanche matin. Plus de vingt-quatre heures de vie sans Roz. Andy avait envisagé de dire à ses parents qu'elle avait été appelée pour le travail, mais il ne pouvait leur mentir à ce point.

Il avoua plutôt qu'ils s'étaient disputés. Poppy lui témoigna sa compassion. Même son père se montra singulièrement moins brusque qu'à l'accoutumée.

Andy avait dormi dans le lit de Roz, espérant que son inconscient lui fournirait une clé sur l'endroit où elle se trouvait. Paniquée par la disparition de sa sœur, Sinead Moore avait demandé à son mari de remuer ciel et terre pour la retrouver. Ils avaient interrogé les gares routières, les agences de location de voiture et tous les hôtels dans un périmètre de vingt-cinq kilomètres autour de Belfast, mais leurs recherches n'avaient rien donné. On avait fourni à chacun des hommes la photo publiée dans le journal, sans succès jusqu'ici. Sa colocataire de Londres avait été retrouvée ; si cette fille n'avait aucune nouvelle de Roz, elle s'avéra cependant être une mine d'informations sur la vie que la fugitive menait là-bas.

Comment avait-il pu ne pas savoir plus tôt que Roz était bénévole dans la plus grosse banque alimentaire de Londres, qu'elle faisait du *parkour* et l'enseignait même à des enfants défavorisés le samedi après-midi ?

Le rapport de la prison de Pentonville ne révéla pas grand-chose, si ce n'est que Peter Spring devait bientôt être libéré. Il s'était fait tabasser à plusieurs reprises et avait passé pas mal de temps à l'infirmerie. Il refusait de leur parler de sa fille.

Andy sortit du lit et reprit la voiture pour aller en ville sans prendre le temps d'un petit-déjeuner. Le dimanche matin, Belfast était une ville fantôme. Aucun commerce n'ouvrait avant midi. De petits groupes de touristes tiraient leurs valises dans les rues silencieuses ou buvaient des cafés et regardaient tomber la pluie par les vitres des pubs.

Sachant qu'elle n'avait pas beaucoup d'argent, Andy se rendit dans les cafés proposant des repas consistants pour un petit prix. Là encore, rien, *nothing*, *nada*. Roz savait décidément s'éclipser, et sa piste commençait à refroidir.

L'équipe avait rendez-vous à l'hôtel Europa à midi pour une visioconférence avec Niall et le type d'Interpol. Cette perspective ne le réjouissait guère. Arrivé une demi-heure avant les autres, il but un thé bien fort et griffonna sur un carnet.

Réfléchis, mon gars, réfléchis.

Elle était en cavale, sans argent ni moyen de transport. Elle n'avait quasiment aucun ami en Irlande et peu de personnes vers qui se tourner. Andy dessina un cercle avec une épée plantée en son milieu.

La porte de la salle de réunion s'ouvrit, et le reste de l'équipe entra dans la pièce. Chacun avait renoncé à son week-end pour aider à la retrouver. Andy les salua tous d'un signe de tête. À midi pile, le visage de Niall Moore apparut sur l'écran. De temps en temps, il regardait sur sa droite comme si quelqu'un se trouvait non loin de lui. Probablement Sinead. Il paraissait fatigué. Reilly lui avait dit que Sinead était malade du matin au soir, et Niall se faisait du souci pour elle.

Roz et Sinead avaient été séparées vers l'âge de quatre ans. Elles s'étaient rencontrées brièvement lorsque Roz avait commis ce vol de bijoux dans le musée où travaillait Sinead. La relation entre les deux jumelles était on ne peut plus fragile, mais elles demeuraient liées par le sang.

Niall fixa l'écran et déclara :

— Rapport.

Les agents s'exprimèrent un à un. Évoquant les lieux qu'ils avaient fouillés, les pistes qui n'avaient abouti à rien et toutes les bribes d'information qu'ils avaient rassemblées, ce qui ne représentait pas grand-chose (beaucoup d'éléments sur les endroits où elle n'était pas, mais rien sur celui où elle se trouvait).

Andy passa en dernier et ne s'épargna rien. Il avait lâché la surveillance de sa cliente en se rendant sur une autre mission. Il l'avait laissée apparaître en public, et les médias en avaient fait leurs choux gras.

Tant qu'à faire, il aurait pu installer un panneau à l'entrée de *Lough Darra* annonçant ROZ SPRING EST ICI.

— C'est bon, arrête de t'autoflageller, l'interrompit Niall. Ce n'est pas avec ta culpabilité qu'on va la retrouver. Alors, quelles autres pistes a-t-on ?

Andy baissa les yeux vers son carnet. Le cercle y était devenu un bouclier, et un déclic se produisit dans sa tête.

— Tullamore, suggéra Andy. Quelqu'un lui avait trouvé un job sur le tournage d'un film. Je vais y aller pour voir ce que je peux trouver.

— Elle est aussi enregistrée comme propriétaire d'une Ninja Kawasaki, dit le visage de Reilly en apparaissant à l'écran. Le box où elle la garait est vide. On pense qu'elle l'a emportée en Irlande.

— Deux raisons pour aller à Tullamore, donc, conclut Niall. Mais je veux que tu parles à notre contact de la police d'Irlande du Nord demain matin, Andy. Je t'enverrai les détails. Il nous a proposé de garder un œil ouvert au cas où quelque chose se présenterait.

Andy comprit tout de suite que ce « quelque chose » signifiait Hall.

— OK, c'est bon, les gars. Vous pouvez y aller. Andy, reste juste un peu, s'il te plaît.

Andy resta dans sa chaise tandis que le reste de l'équipe quittait la salle. Il méritait de se prendre un savon, et Niall s'y connaissait en la matière.

— L'inspecteur Prévost d'Interpol se joint à la conférence.

Andy reconnut ce nom. Ils étaient censés se retrouver à Paris la veille au soir pour le transfert de Roz. Il demeura stoïque pendant les minutes qui suivirent. Il avait gravement merdé et il le savait. L'inspecteur déversa sa colère et finit par quitter la conférence.

— Je ne crois pas avoir grand-chose à ajouter à ça, dit Niall. Trouve-la, sinon Sinead me coupera les couilles.

L'inspecteur Robert Smyth de la PSNI était un homme d'apparence sévère, dans la cinquantaine. Il avait vu trop de choses pénibles durant les trente dernières années, ce qui s'accusait sur son tour de taille et sur son visage aux couleurs vives. Il serra la main d'Andy avant de se rasseoir dans sa chaise de bureau et de lui faire signe de s'installer en face de lui.

— Vous ne l'avez pas encore trouvée ?

— Non, reconnut Andy. Monsieur Moore m'a dit que vous seriez susceptible de nous aider.

Smyth compulsa une pile de papiers sur son bureau, jusqu'à ce qu'il trouve ce qu'il cherchait. Il lui tendit un cliché de vidéosurveillance de mauvaise définition montrant Roz en train de marcher au bord de l'autoroute, les épaules affaissées. L'expression exténuée de son visage fit à Andy l'effet d'un coup de pied dans l'entrejambe.

— Autre chose ? s'enquit-il.

— Rien en vidéosurveillance, mais comme elle n'a pas non plus été portée disparue officiellement…

Il avait raison : ils ne pouvaient se permettre de rendre la disparition officielle, sans quoi Hall l'apprendrait, ce qu'ils ne voulaient surtout pas.

— Il y a des raisons de…

— Il y en a toujours, mais la vérité finira par éclater. Prenez un de mes indics, par exemple. Il ne boit pas beaucoup, mais, de temps en temps, il aime bien sortir et se mettre minable.

Andy s'adossa dans sa chaise, ne voyant pas trop où la conversation allait le mener.

— J'ai eu un appel hier soir : il avait un peu trop picolé et il fallait que j'aille le chercher à la gare.

— Et ? le pressa Andy.

Tullamore était à trois heures de route, et il fallait qu'il fasse son sac.

— Il arrosait une affaire qu'il venait de conclure avec

une rousse qui lui avait laissé en gage une bague pour la moitié de sa valeur.

Andy avala sa salive. Elle n'aurait pas fait ça. Roz n'avait pas pu.

— Une bague ancienne avec un saphir que vous reconnaîtrez sûrement, puisqu'elle a été payée avec votre carte bancaire et que votre nom apparaît sur la facture.

— Combien l'a-t-elle… ?

Il ne put terminer sa phrase. Roz avait vendu la bague. Sa bague. Leur bague de fiançailles.

— Dix mille livres.

Smyth poursuivit avec un sourire satisfait.

— D'après son comportement, la demoiselle semblait décidée à prendre la poudre d'escampette.

Le reste des paroles de l'inspecteur lui glissa dessus. Elle l'avait quitté pour de bon et ne reviendrait pas. Le calme dont il faisait habituellement preuve dans le feu de l'action le déserta. Roz avait mis la bague en gage, et elle possédait de nombreux contacts dans le milieu des malfrats.

Avec cette somme, elle pourrait se payer de nouveaux papiers d'identité et disparaître pour de bon. Comment avait-il pu prétendre comprendre quoi que ce soit aux femmes ? *Tu n'es qu'un pauvre petit joueur, McTavish.*

— … et voulez-vous qu'on déclare cette bague volée ?

Les derniers mots de l'inspecteur retinrent son attention, qui le ramena à la conversation.

Andy s'éclaircit la voix.

— Non, c'est bon. Mais pouvez-vous lui dire de la conserver ? Je la reprendrai moi-même.

— Bien sûr. À votre service.

Le trajet jusqu'à Tullamore fut humide et déprimant. C'était ce que son père appelait un jour « sans ». Andy prit le virage vers le château et s'engagea dans la longue allée. Il se gara près des costumes et du maquillage, et attrapa une tunique en laine sur un portant.

— Tiens, je ne savais pas que tu étais revenu, lui dit la blonde pétillante en lui souriant.

Andy lança un regard dans le miroir. Avec sa sale mine, il aurait à peine besoin de maquillage, et, comme il ne s'était pas rasé depuis plus d'une journée, il se fondrait parfaitement dans la masse des paysans.

— Oui, on m'a appelé pour une scène de foule.

La fille hocha vigoureusement la tête avant de se tourner vers son client suivant, un envahisseur viking à la barbe fournie.

Andy emprunta un chemin entre les bois qui entouraient le château de Charleville. À cette période de l'année, les jacinthes sauvages prospéraient au sol, leur délicat parfum fleuri contrastant avec la vivacité de leur teinte. Leur couleur lui rappela celle des yeux de Roz. Seigneur, voilà qu'il devenait fleur bleue, maintenant – et c'était le cas de le dire.

Il arriva à la clairière près du château et y trouva la caravane de Frankie. Elle était vide, mais ses armes s'y trouvaient. Andy décida d'attendre. Il profita de ce temps pour fouiller l'endroit de fond en comble, mais rien ne suggérait que Roz se soit réinstallée avec lui. Son cœur se mit à battre violemment lorsqu'il découvrit quelques sous-vêtements féminins dans la minuscule salle de bain, mais ils étaient de marques américaines. Avec qui Frankie pouvait-il fricoter ? Il entendit soudain des voix à l'extérieur et s'assit sur la banquette.

Andy faillit ne pas le reconnaître. Frankie avait pris un sacré coup de vieux depuis la dernière fois. Il avait maigri et boitait de la jambe gauche. Un sentiment de respect l'envahit. Cet homme avait affronté Hall pour leur permettre de s'enfuir.

Frankie ne parut pas surpris de le voir.

— Elle n'est pas ici.

— C'est ce que je vois. Je suppose que tu ne me diras pas où elle est ?

— Tu supposes bien, répondit Frankie avec un demi-sourire.

— Mais est-ce que tu l'as vue ? insista Andy.

Il avait besoin de savoir si Roz n'était pas en danger immédiat.

Un soupçon de compassion se lut brièvement sur les traits de Frankie.

— Elle va bien pour l'instant, si ça peut te rassurer.

— Merci de l'info. Tu vas la revoir bientôt ?

Le demi-sourire se transforma en un rictus assumé.

— Si tu te demandes si ça vaut la peine de traîner dans le coin et de me coller aux baskets en attendant qu'elle réapparaisse, alors, non, elle ne reviendra pas.

Andy hocha la tête.

— D'accord.

Frankie disait la vérité. Andy était de retour à la case départ, et ses pistes s'évanouissaient rapidement. Il repartait déjà sous la pluie quand Frankie lança dans son dos :

— Ne t'en fais pas pour elle. Roz a l'habitude de se débrouiller toute seule.

Il avait raison, mais sa façon de se débrouiller toute seule consistait à se fier à sa matière grise et à ne faire confiance à personne. Pas étonnant qu'elle soit instable. Il adressa un bref signe de tête à Frankie.

— Je sais. Mais elle ne devrait pas y être obligée.

32

Roz avait perdu toute notion du temps. La solitude, le chagrin, le travail acharné et l'épuisement de ses muscles avaient eu raison de son calendrier interne. Elle vivait au jour le jour et remerciait le ciel quand la journée avait été suffisamment dure pour lui permettre de dormir un peu la nuit.

Elle était arrivée au ranch juste avant la nuit, quelques semaines plus tôt. Patrick O'Hara et sa femme Suzanne l'avaient accueillie chaleureusement, mais, consciente du nombre de personnes à ses trousses, Roz ne voulait pas trop s'intégrer à leur existence harmonieuse.

Elle les avait regardés installer Nagsy dans une écurie spacieuse et les avait aidés à le brosser et à prendre soin de lui. Le cheval avait mieux supporté qu'elle leur long périple. Elle avait les cuisses raides et endolories, et se disait que ses fesses ne seraient plus jamais pareilles. Andy aurait pu la fesser tant qu'il voulait en cet instant, elle n'aurait rien senti.

Arrête. Ne pense plus à Andy. C'est terminé.

— Comment s'appelle-t-il ? avait demandé Suzanne.

C'était une petite brune capable d'avoir l'air chic avec un jean ceinturé d'un bout de ficelle. Pendant quelques secondes, Roz avait cru qu'elle avait lu dans ses pensées, puis elle avait compris que Suzanne lui parlait du cheval.

— Fils d'Hagar, mais je l'appelle Nagsy.

Il faudrait bientôt qu'elle le fasse enregistrer.

— Nagsy, alors.

Suzanne l'avait caressé avant de l'examiner d'un œil expert.

— Il a une ligne incroyable. À qui me fait-il penser ?

— Je ne sais pas. Je veux qu'il reprenne l'entraînement pour pouvoir courir aussi vite que possible.

— Ça va lui faire un sacré changement après avoir promené du touriste, avait dit Patrick.

Il avait évoqué un prix qui avait fait grimacer Roz, mais elle avait acquiescé. Qui eût cru que les chevaux de course étaient si chers ? Lorsque Nagsy avait installé, Roz avait réalisé qu'elle n'avait aucun plan pour elle-même. Tout ce qu'elle possédait se trouvait dans le sac qu'elle avait emporté de *Lough Darra*, et elle n'avait nulle part où aller.

— Où est le *bed & breakfast* le plus proche ? avait-elle demandé.

— Ici même, avait répondu Patrick en lui montrant une rangée de bâtiments aux toits de style chalet. Sinon, il y a chez McGuigan cinq-six kilomètres plus loin, mais il paraît que la bouffe n'est vraiment pas terrible et ils vont te demander l'intégralité de ton CV.

Pour l'heure, Roz avait l'impression qu'elle ne retrouverait jamais l'appétit ; ce n'était donc pas le problème. En revanche, un propriétaire trop curieux pourrait être un désastre. Les rumeurs pouvaient aller bon train.

— Ici, ce sera très bien.

Ce le fut en effet. Le petit chalet était agréable et confortable, et comportait même une télé à écran plat pour combler le silence. Elle s'était rendue au bureau le lendemain matin pour payer l'hébergement de Nagsy et avait trouvé Patrick énervé derrière son écran.

— Un problème ?

Elle s'y connaissait en ordinateurs. Elle savait les faire chanter, danser et sauter à travers des cerceaux en flammes.

— J'essaie de créer un site Internet qui présente bien et qui archive mes réservations et tout ce dont j'ai besoin. C'est impossible. Doctor Who lui-même n'arriverait pas à se dépêtrer de ce truc.

— Je te parie que moi, si.

Elle lui avait dit qu'elle se cachait pour échapper à un ex-petit ami qui l'avait frappée et essayait de la couper de tous ses amis, connaissances, et même des chevaux. Elle n'avait eu aucun mal à paraître sincère. Après tout, elle n'était pas si loin de la vérité.

Patrick avait tout gobé.

Ils avaient conclu un marché. Elle vivrait au ranch, mangerait avec les autres pensionnaires, et Patrick ne révélerait sa situation à personne. En échange, elle lui donnerait un coup de main aux écuries et travaillerait sur son site Internet. Roz s'était lancée à corps perdu dans le travail.

Au bout d'un moment, son épuisement lui faisait oublier Andy, combien il lui manquait, mais elle ne pouvait rien faire contre les rêves qui hantaient ses nuits. Elle s'éveillait souvent en croyant sentir ses bras puissants autour d'elle et le battement régulier de son cœur sous son oreille.

Elle n'avait pas besoin de tout ça. Ni maintenant ni jamais.

Au moins avait-elle du liquide, ce qui signifiait qu'elle n'avait pas à utiliser de carte de crédit.

Elle savait parfaitement que, dès qu'elle insérerait une carte dans un distributeur de billets, Niall Moore et Andy McTavish lui tomberaient dessus à bras raccourcis. Elle ne prit même pas la peine de s'acheter un nouveau téléphone.

Un soir, Roz emprunta le portable d'une pensionnaire américaine pour appeler Pentonville. Elle trouva son père en grande forme ; il venait de recevoir de bonnes nouvelles. Il allait sortir plus tôt que prévu. Les autorités estimaient qu'après son passage à tabac et son séjour à l'hôpital, il méritait une libération anticipée. Il serait sorti dans moins de deux mois.

Merde, merde, merde ! Cela compliquait les choses. Il faudrait qu'elle ait l'argent avant sa sortie. Elle appela ensuite Frankie et lui dit qu'ils devaient revoir leur agenda.

Cette nuit-là, elle rêva de tout ce qui pourrait mal se passer, rêve qui se termina avec une Roz en larmes devant la tombe de son père. Seule. Au loin, elle entendait les O'Sullivan rire et dire : « On savait bien qu'il finirait mal. »

Le rire d'Andy se joignait aux leurs. « Tu croyais vraiment que tu avais un avenir ? »

Elle se réveilla en tremblant. Jamais elle n'avait fait un rêve aussi criant de vérité. Même après une douche chaude, elle se sentait toujours mal. Lorsqu'elle rejoignit les O'Hara pour le petit-déjeuner, elle était encore bouleversée. Elle entra dans la cuisine, où la chaleur du four la frappa comme un coup dans le ventre. Ses jambes faiblirent, et elle s'assit rapidement à la table en pin.

— Mauvaise nuit ? demanda Suzanne en lui tendant une tasse de café fumante.

L'odeur lui souleva le cœur. Elle dut poser la tasse et sortir prendre l'air.

Que lui arrivait-il ? Suzanne était une excellente cuisinière. Jamais elle n'aurait utilisé de grains de café avariés ; or, c'était l'impression qu'elle avait eue.

Roz respira à fond et tenta de se ressaisir. Elle ne se sentait pas très bien, mais elle savait qu'elle devait manger pour prendre des forces avant d'aller travailler aux écuries. Elle devait nettoyer les boxes de dix chevaux avant de partir avec Nagsy.

Elle retourna dans la cuisine et ressentit immédiatement des sueurs froides dans son dos. Roz ignora ce désagrément et s'installa à table. Elle prit une fourchette et se força à manger une bouchée des œufs brouillés préparés par Suzanne.

Son estomac se rebella, et elle mit une main devant sa bouche pour éviter de vomir sur la table. Roz repoussa sa chaise si brusquement que celle-ci tomba à la renverse. Elle se rua dehors sous les yeux médusés d'une demi-douzaine de pensionnaires. Elle eut à peine le temps de parvenir dehors avant d'être prise de spasmes. Tombant à quatre pattes, elle laissa la nature suivre son cours. Son ventre était vide ; il n'en sortit qu'un liquide amer et jaune qui se répandit sur le sol.

Elle s'assit sur ses talons, les bras refermés sur ses genoux.

— Tiens, essaie ça, lui dit soudain Suzanne en lui tendant un petit sachet de bonbons.

Roz voulut refuser, mais elle comprit, à son expression, que Suzanne ne partirait pas comme ça. Roz prit donc un bonbon et le suça timidement. À son grand étonnement, cela lui fit du bien. Elle en prit même un second quand le premier fut terminé.

D'un coup, l'appétit était revenu.

— Je crois que je pourrais manger mes œufs, maintenant.

L'odeur de nourriture flottant dans la cuisine était toujours aussi forte, mais moins écœurante.

— Désolée pour tout à l'heure. Je ne sais pas ce qui s'est passé.

— Ah non ? fit Suzanne en haussant les sourcils. Je crois qu'un test de grossesse pourrait te donner un début de réponse.

Roz en fut si abasourdie qu'elle tomba les fesses sur sa chaise sans pouvoir se retenir.

— C'est impossible.

— Ah ça… C'est toi qui sais.

Suzanne retourna à ses fourneaux, laissant Roz le regard hébété dans le vide.

Bien sûr que c'était impossible. Andy avait toujours utilisé un préservatif, et elle n'avait pas vu son amant d'avant depuis deux ans.

Quoique… La dernière fois, au bal, Andy s'était-il protégé ? Elle avait tenté d'oublier ce souvenir, trop douloureux. Mais maintenant qu'elle s'autorisait à se le remémorer, elle ne se souvenait pas d'avoir entendu un bruit de plastique déchiré. Et puis, il y avait eu la fois avant le dîner chez ses parents… Là non plus, elle ne se rappelait pas s'il avait utilisé un préservatif.

Alors, peut-être… Elle compta à rebours, essayant de se rappeler la date de ses dernières règles. Ça ne devait pas être bien loin. Mais quel jour était-on, aujourd'hui ? Elle n'en savait rien.

Maintenant qu'elle y pensait, il y avait bien quelques trucs bizarres. Ce n'était pas seulement son vomi du petit-déjeuner, mais aussi l'absence de trouble prémenstruel, et autre chose encore. Elle emprunta les clés de la Jeep de Patrick et se rendit à la pharmacie la plus proche. Une demi-heure plus tard, elle avait les yeux rivés sur deux lignes bleues.

Enceinte.

Pour être sûre, elle refit le test avec le deuxième dispositif. Même résultat.

Enceinte.

Elle hésitait entre le rire et les larmes. Serrant les deux petits bâtons de plastique mouillés par son urine, elle fit les cent pas dans sa petite salle de bain.

— Oh là là ! Oh là là ! Oh là là !

Elle ne parvenait pas à quitter des yeux les doubles lignes bleues, au cas où elles disparaîtraient.

Les émotions qui l'envahirent étaient si confuses qu'elle aurait été incapable d'articuler une seule phrase cohérente.

Elle ne voulait pas être enceinte. C'était un désastre. Ça allait bousiller le reste de sa vie.

Un bébé !

Elle détestait les bébés, avec le boucan qu'ils faisaient à un bout, les odeurs à l'autre, et les dépenses folles qui allaient de pair. Elle ne voulait pas avoir d'enfant, jamais. Et puis, elle était trop jeune et immature pour s'occuper d'un bébé.

Le bébé d'Andy. Avec de grands yeux noirs fixés sur elle.

Et la grossesse ! Neuf mois de nausées et de vomissements. Prise de poids. Chevilles gonflées. Varices. Vêtements de maternité. L'enfer sur terre.

Elle posa une main protectrice sur son ventre. Il était aussi plat que d'habitude, mais, quelque part là-dedans, un petit être humain se reposait, dépendant d'elle.

Elle ne pourrait pas s'occuper d'un bébé. Elle avait déjà du mal à s'occuper d'elle-même et des autres personnes qui dépendaient d'elle. Elle devait veiller au bien-être de son père et de Frankie, et elle avait un ancien Navy SEAL à ses trousses.

Son espérance de vie pouvait être comptée en semaines, pas en années. Et voilà qu'une nouvelle responsabilité lui tombait dessus. Elle ne savait rien de la façon dont il fallait s'occuper d'un bébé, à part qu'il fallait tout le temps lui donner le sein et changer ses couches.

Pourrait-elle emmener un bébé derrière sa moto ou faudrait-il qu'elle achète une voiture ? Et les habits ? Cela importait-il si on ne les habillait pas avec les bonnes couleurs ?

C'était une catastrophe. Elle ferait une mère déplorable. Elle ne saurait pas gérer un nourrisson. On lui enlèverait son bébé et on le donnerait à quelqu'un capable de s'en occuper. Elle serra les mains sur son ventre. Non. Elle garderait cet enfant. Ils pourraient faire tout ce qu'ils voudraient, elle le protégerait jusqu'à son dernier souffle. Elle serait peut-être une mère pitoyable, mais elle serait *tout de même* une mère.

Il était temps de se mettre au boulot.

Elle se força à reposer les tests de grossesse sur le lavabo.

Une seule chose était sûre : le prix de Nagsy venait encore de grimper. Très haut.

La grossesse était un enfer. Roz n'avait jamais passé autant de temps à s'efforcer de ne pas vomir. Elle qui engloutissait autrefois tout ce qui lui tombait sous la main, voilà qu'elle cherchait maintenant désespérément des aliments qu'elle serait capable de manger. Sa vie était devenue une lutte pour manger sans avoir de haut-le-cœur, puis garder son repas. Elle ne se nourrissait plus que de toasts aux haricots, d'œufs pochés, de porridge, de poisson surgelé, de raisin et de chocolat.

Le thé, le café, le bacon, les légumes verts, les pommes de terre, tout ce qui était frit ou épicé lui retournait l'estomac, et le simple fait avaler son comprimé d'acide folique constituait une bataille quotidienne.

Curieusement, alors que l'eau de toilette de Patrick la poussait à ouvrir grand toutes les fenêtres du bureau pour éviter un nouveau vomi, elle appréciait toujours l'odeur des chevaux et des écuries.

Peut-être es-tu une fille de la campagne, au fond de toi. Qui sait ?

Elle n'avait annoncé sa grossesse ni à Patrick ni à Suzanne. Cette dernière était cependant au courant. Sans rien dire, elle préparait un plat neutre à chaque repas et ne posait plus jamais de verre à vin devant Roz lors du dîner.

Alors qu'elle était censée travailler sur le site Internet du ranch, Roz avait pris l'habitude de passer ses après-midi à se renseigner sur la petite chose qui grandissait en elle. Elle se connectait à des sites sur la grossesse pour voir de combien elle avait grandi depuis la veille.

Elle s'inquiétait de l'absence de légumes dans son régime alimentaire et jeta la teinture pour cheveux qu'elle avait achetée à Belfast. Ce bébé avait beau la rendre malade comme une bête, elle ne voulait prendre aucun risque pour sa santé. Le débat sur la question de continuer à monter à cheval ne trouvant pas de conclusion claire, elle continua de monter chaque jour avec le cheval le plus calme de l'écurie.

Nagsy progressait à grande vitesse. Chaque matin, Roz se tirait du lit pour le regarder à l'entraînement et était impressionnée de ses progrès. À vitesse normale, il ne payait pas de mine, mais quand son jockey lui donnait le signal d'accélérer, son mouvement se faisait fluide et élégant tandis qu'il dévorait les distances. Parfois, on aurait dit qu'il touchait à peine le sol.

Elle n'aurait aucun problème à convaincre Tim O'Sullivan que ce cheval valait un million.

Tel était le prix qu'elle s'était mis en tête.

Lorsqu'elle ne surfait pas sur des sites parlant de bébés ou de grossesse, elle s'occupait des détails qui lui permettraient de faire passer Nagsy pour un champion. Elle avait besoin de papiers pour convaincre Tim qu'il était le fils de Shergar, un coureur convaincant et un gagnant convaincant. Ainsi qu'un rival inquiétant pour les autres concurrents au prix.

La personne idéale pour l'aider aurait été Andy McTavish. Il était de ces familles qui achètent des chevaux de course à des prix fous. Ou même Dougal. Mais elle savait que la moindre allusion à l'endroit où elle se trouvait la ferait atterrir dans le premier avion pour la France, où elle se retrouverait sous protection surveillée.

Elle avait envisagé un moment de demander à ce que son père parte se cacher avec elle, mais avait vite renoncé à cette idée. Elle l'aimait, mais savait que Peter Spring n'accepterait jamais de se plier à une vie aussi ennuyeuse.

Et elle avait pris la résolution de ne plus penser à Andy. C'était du passé. Désormais, elle était seule.

Elle se le répétait toute la journée et parvenait à y croire tant qu'elle travaillait. C'est le soir que les choses devenaient plus dures. Avant de s'être ainsi coupée de toute vie personnelle, elle ne s'était pas rendu compte du nombre d'amis qu'elle contactait régulièrement par chat ou e-mail.

Elle ne pouvait plus se connecter à aucun compte sous son nom et craignait de se créer un faux profil pour utiliser des sites où elle était connue. Un jour, quelqu'un lui avait dit que le style rédactionnel de chacun était aussi distinctif qu'une écriture manuscrite ; elle préférait donc s'abstenir de toute communication. Les heures de loisir lui semblaient bien longues.

Elle ne voulait pas non plus se rapprocher du cercle sympathique des O'Hara, car elle savait qu'elle ne résisterait pas bien longtemps à leur amitié et qu'elle finirait par leur en dire trop. Elle ne voulait pas risquer de les mettre en danger.

Son existence était désormais bien vide.

33

Roz avait beau se sentir épuisée toute la journée et lutter constamment contre l'envie de faire une sieste, elle avait du mal à trouver le sommeil la nuit. Lorsqu'elle dormait enfin, son sommeil était empli de rêves plus vrais que nature.

Elle se trouvait dans le donjon de *Lough Darra*, et Andy était nu. L'éclairage mettait en valeur les contrastes de son corps. Ses cils étaient longs et sombres au-dessus de ses pommettes, et ses muscles abdominaux, parfaitement dessinés.

Elle sentait son odeur si caractéristique, ce mélange de sueur virile et d'eau de toilette épicée sans que cela lui procure la moindre nausée. Au contraire, cela la mettait en appétit.

Elle se passa la langue sur les lèvres et vit son membre s'allonger et durcir. Elle avança vers l'objet de son désir.

— Non, non. Pas déjà.

La voix d'Andy était rauque et autoritaire.

— Je veux te regarder d'abord.

Elle cligna des yeux. Elle ne s'était pas rendu compte qu'elle aussi était nue.

Elle resta debout, docile, tandis qu'il tournait autour d'elle en l'examinant de la tête aux pieds. Qu'allait-il penser des changements depuis la dernière fois où ils s'étaient vus ? Malgré le shampoing bon marché qu'elle utilisait, ses cheveux étaient plus épais et plus brillants.

Elle avait perdu du poids sans savoir combien de kilos exactement. Il n'y avait pas d'objets superflus comme des pèse-personnes dans les ranches. La petite vie qui se développait en elle n'était pas encore visible.

— Je ne t'ai pas donné la permission de maigrir, dit Andy dans son dos.

Il passa un doigt le long de sa colonne vertébrale, la faisant frissonner, et s'arrêta sur ses fesses.

— Ce cul m'appartient. Je le veux épanoui.

Il repassa devant elle et fronça les sourcils.

— As-tu pris soin de toi ? Tu es à moi. Je ne t'autorise pas à négliger ta santé.

Elle eut envie de rire. Elle mettait toute son énergie dans ses efforts pour rester en forme. Jamais elle n'avait fait autant attention à ce qu'elle mangeait et buvait. Mais la proximité d'Andy la perturba. La ligne de sa mâchoire était irrésistible. Elle leva les mains, captivée par la texture de sa barbe du soir. Son souffle s'accéléra et son cœur se mit à battre plus fort.

Elle se dressa sur la pointe des pieds et déposa un petit baiser sur ses lèvres. Elles étaient chaudes, fermes et bougèrent sous les siennes, mais il ne la prit pas dans ses bras pour l'étreindre, comme elle l'espérait. Au lieu de cela, il lui rendit son baiser avant de s'asseoir sur le canapé, en face d'elle.

Il adopta une pose détendue frôlant l'arrogance, mais son sexe était fièrement dressé et arborait une goutte claire à son extrémité, révélant son envie.

Roz s'en rapprocha en se léchant les lèvres d'impatience. Elle allait lui faire vivre quelque chose d'inoubliable.

— Non, ne me touche pas.

Il montra du doigt le coin du tapis où elle se tenait l'instant d'avant.

— Reste là.

— Tu te fiches de moi ? Tu refuses une pipe ? Te serais-tu transformé en femme pendant mon absence ?

Ce n'était pas précisément son domaine d'expertise, mais elle savait qu'aucun homme ne refusait jamais une fellation. Une fois qu'une femme avait son sexe dans la bouche, l'homme était à elle.

Il eut un sourire narquois.

— Oh ! rassure-toi, on y viendra. Plus tard. Pour l'instant, mets-toi à genoux.

Ce devait être une plaisanterie. Elle était Chaperon rouge. Les hommes se battaient pour s'agenouiller devant elle. Elle ne l'avait jamais fait devant qui que ce soit.

— Sinon, quoi ?

Il pourrait être intéressant de voir ce qu'Andy ferait. L'idée d'un combat corps à corps nus n'était pas déplaisante.

— Il n'y a pas de « sinon, quoi ? » À genoux.

Il resta assis et attendit.

Sur l'instant, elle le détesta. Elle aurait aimé le forcer à s'agenouiller devant elle. Ce grand homme fort qui voulait la soumettre au point de lui ordonner d'obéir. Mais c'était un jeu de torture. Andy voulait qu'elle se mette à genoux simplement parce qu'il le lui avait demandé. Et, quelque part tout au fond d'elle, elle le voulait aussi. Sa fierté se rebellait, mais, malgré tout, elle fléchit les jambes et s'agenouilla.

— Voilà. Gentille fille.

La voix d'Andy était une caresse, et son sourire, si satisfait que Roz sentit son ventre se serrer et l'humidité lui couler le long des cuisses. Pourquoi diable lui en fallait-il si peu pour être excitée à ce point ?

— Maintenant, écarte les genoux, que je te regarde.

Ce n'était rien par rapport à son hésitation précédente. Elle avait franchi le cap mentalement et était maintenant à ses ordres. Elle écarta les cuisses, le laissant voir son degré d'excitation.

Il siffla.

— Oh ! très bien.

Il se leva, tourna autour d'elle, puis lui caressa les épaules avant de descendre le long de ses bras. Quand il passa devant elle, son membre était si invitant qu'elle sortit sa langue pour tenter de le lécher.

— Dis donc, vilaine.

Andy se rendit dans le fond de la pièce. Elle tenta de voir ce qu'il fabriquait, et il lui coula un regard sardonique.

— Toi, tu es une mauvaise soumise, pas vrai ?

Elle se sentit blessée.

— Je me suis mise à genoux devant toi. Qu'est-ce que tu veux de plus ? Que je m'enduise les seins de beurre de cacahuètes ?

— Quels drôles de goûts tu as ! On essaiera ça un jour, mais, pour l'instant, je vais te rendre service.

Il lui couvrit les yeux d'une longue bande de mousseline en prenant soin de bien la nouer afin qu'elle ne glisse pas.

Le monde de Roz était désormais réduit au son de sa voix, au contact de ses mains et à la chaleur de son corps.

— Joins les mains derrière ta tête.

Elle s'exécuta et sentit la mousseline, qu'elle pourrait ainsi retirer en quelques instants. Ce qu'elle ne fit pas. Lorsqu'elle était tombée à genoux, elle avait cédé le contrôle à Andy. Maintenant, elle attendait de voir ce qu'il allait en faire.

Le plan d'Andy était de lui faire perdre la tête. Il se pencha et l'embrassa, envahissant la bouche de Roz tel un conquérant, mais sans la laisser répondre. Il se retira lorsque, avide de le goûter, elle essaya de sucer sa langue. Il déposa un chapelet de baisers le long de sa mâchoire, jusqu'à son oreille, dont il mordilla le lobe et explora le pavillon.

Le souffle de Roz se fit plus fort, stimulé par ce qu'il faisait et par l'odeur de mâle excité qui se dégageait de lui. La chaleur du corps d'Andy était brûlante, mais le feu qui la consumait intérieurement était encore plus vif. Il passa les doigts sous ses bras levés, effleurant la peau sensible de l'intérieur du bras, que l'on touchait trop rarement. Elle haleta, saisie par le choc de cette sensation.

— Hmmm, ça te plaît, hein ?

Elle entendit le sourire dans sa voix ; d'un côté, elle eut envie de lui sortir une réplique bien sentie, mais, de l'autre, elle avait surtout envie qu'il continue.

Il caressa son dos du bout des ongles, la mettant au supplice.

Elle entendit des bruits bizarres et se rendit compte qu'ils sortaient de sa gorge. Du moment qu'il continue, elle s'en moquait. Un doigt glissa sur l'un de ses seins, lui coupant le souffle. Ils étaient si sensibles qu'elle pouvait à peine les toucher elle-même ; apparemment, il savait qu'il suffirait d'une infime pression pour les faire durcir d'excitation.

Entre la main sur son dos et celle qui titillait ses seins, elle se sentait à bout, mais peu importait. Andy était là, et il la tenait dans ses bras, portant maintenant son poids.

— Gentille fille. Fais-moi confiance, je vais prendre soin de toi.

Elle s'abandonna à lui, le laissant la soulever pour faire ce qu'il voudrait de son corps. La pression montait et montait en elle, prête à éclater en un orgasme qui risquait de la faire chavirer.

— Au fait, t'ai-je dit que tu devais avoir ma permission pour jouir ?

— Quoi ? geignit-elle.

Il devait plaisanter.

— Ne jouis pas avant que je te le dise. Retiens-toi.

Non, non, non, ce n'était pas possible. Elle savait pourtant que si. Les mains d'Andy continuèrent de la tourmenter, l'inondant de plaisir, trouvant tous ses points les plus sensibles pour les embrasser et les caresser jusqu'à ce qu'elle tremble comme une feuille sous son étreinte. Le besoin de jouir était si fort qu'elle en avait la tête qui tournait, mais elle fit de son mieux pour lui obéir et essaya de se détendre en goûtant simplement son plaisir.

Elle était presque hébétée, incapable de la moindre pensée ou phrase cohérente, mais cela n'avait aucune importance. Seul Andy comptait. Andy. Andy. La boule de pression frémissante grossit de plus en plus en elle. Elle n'allait plus pouvoir la contenir…

Des coups frappés à la porte l'éveillèrent.

— Roz. Roz, lève-toi, tu es en retard pour l'entraînement.

Elle se redressa en sursaut, haletante et en sueur dans ses draps froissés.

Un rêve. Ce n'était qu'un rêve. Le plus vif, le plus réaliste qu'elle ait jamais fait, mais seulement un rêve. Son ventre frémissait d'excitation, et il ne lui aurait fallu qu'un simple mouvement de doigt pour atteindre un orgasme libérateur.

Quelque chose retint sa main. Le souvenir d'Andy disant, dans son rêve : « Ne jouis pas avant que je te le dise. » Elle savait que ce n'était qu'un rêve. Son rêve à elle.

Issu de son subconscient, n'ayant rien à voir avec lui ou avec ce qu'il voulait. Mais elle ne put ordonner à ses doigts d'effectuer ce simple mouvement.

Elle se tira du lit et passa sous la douche, où elle se frotta sous l'eau chaude en prenant soin de ne pas toucher les parties trop sensibles de son corps. Pas aujourd'hui. Aujourd'hui, elle obéirait à Andy. Elle enfila son jean et se dirigea vers les compartiments où Nagsy attendait.

La journée serait longue.

Andy gara la Jeep dans le garage et éteignit le moteur. Encore une fausse piste, et encore une femme qui ressemblait vaguement à Roz. Celle-ci se trouvait à Westport. La « femme » s'était avérée être un transsexuel travesti. Si ce n'était pas aussi déprimant, ç'aurait pu être drôle. Il s'étira, haussa les épaules et s'assouplit le cou pour soulager ses douleurs. Il était lessivé par ces heures de voiture. Il avait envie d'un bain et d'un Bushmills. Il ne se souvenait même plus de sa dernière nuit de vrai repos.

Les autres membres de l'équipe avaient fini par retourner à d'autres missions, mais lui n'abandonnait pas. Il trouverait Roz. Il en était sûr. Le principal était de rester concentré et de ne pas baisser les bras.

Il avait besoin de sommeil. Chaque nuit, il rêvait d'elle – dans de délicieux rêves classés X où elle était nue et désolée de s'être enfuie en lui brisant le cœur. Andy eut un petit rire, se moquant de lui-même. Pendant trente-quatre ans, il n'avait jamais connu de chagrin d'amour. Quelques semaines avec Roz, et voilà que ça lui tombait dessus. Il accueillait cette douleur de bonne grâce. Elle le faisait se sentir vivant. Tout plutôt que se sentir mort intérieurement.

Andy se rendit jusqu'à la maison et passa la tête par la porte de la cuisine.

— Des nouvelles ? s'enquit Maggie.

Il secoua la tête.

— Non. C'était quelqu'un d'autre.

Elle eut une expression compatissante.

— Ils sont dans la bibliothèque. On dîne dans une demi-heure. Je t'ai fait ton plat préféré : une tourte à la viande et à la Guinness.

— Merci, Maggie.

Un bon plat réconfortant, voilà exactement ce qu'il lui fallait. Non, il avait surtout besoin de Roz, mais le plat venait en deuxième position.

Dans la bibliothèque, son père faisait des mots croisés tandis que sa mère lui proposait des suggestions sur les cases où il était bloqué.

— Huit A. Capitale mondiale du crime.

— Chicago, dit Poppy.

Dougal la regarda par-dessus ses lunettes de lecture.

— Ça commence par un T.

— Tegucigalpa, répondit Andy.

Sa mère releva les yeux et lui sourit.

— Oh ! tu es rentré, chéri.

Elle étudia son visage et s'abstint sagement de poser des questions au sujet de Roz, même si Andy était conscient qu'elle lui manquait terriblement. Changeant de sujet, elle annonça :

— Nous avons eu de la visite aujourd'hui, après ton départ. Un Américain.

— Ah oui, qui ça ? demanda Andy en se servant un verre.

— Il était navré de t'avoir raté. David, non, Darren Hall.

Andy se retourna vivement, renversant presque son verre.

— Quoi ? Hall était ici ?

— Un sacré gaillard, dit son père. D'après ce que j'ai compris, il est dans le même genre de boulot que toi.

Hall était venu ici ? Sacré nom de Dieu de merde. Ce fumier était entré au domicile de ses parents. Andy eut envie de frapper quelque chose, la face de Hall, de préférence. À la place, il but une gorgée de whiskey et s'efforça de se calmer. Il ne voulait pas effrayer ses parents, mais il allait demander à Niall d'envoyer une équipe sur place sans tarder.

— Qu'est-ce qu'il a dit ?

— Quel homme charmant ! Avec de bonnes manières, continua Poppy. Lorsque je lui ai dit que tu n'étais pas là, il a demandé à voir Roz.

— Ah oui ?

Sa main se serra involontairement sur son verre, mettant en péril le fragile cristal.

— Eh bien, je ne savais pas trop quoi dire, mais, comme c'est un de tes amis, je lui ai dit que Roz et toi passiez un peu de temps chacun de votre côté. J'ai bien fait, n'est-ce pas, chéri ?

Andy poussa un soupir de soulagement. Si Roz avait été là, Hall aurait tué tout le monde pour la voir.

— Oui, maman. A-t-il dit ce qu'il voulait ?

— Seulement qu'il avait quelque chose pour Roz.

Les mots étaient anodins, mais le sang d'Andy se figea dans ses veines. Il savait très bien ce que Hall avait pour Roz : une rencontre avec un poignard ou un cou brisé juste comme il faut. Mais cela ne suffisait pas d'appeler la police locale.

— Ce n'est pas un ami. Il n'est absolument pas le bienvenu ici, leur dit-il.

Il ne pouvait pas laisser ses parents seuls, même si Hall ne reviendrait probablement pas. Ce salaud avait laissé son message, mais Andy ne voulait pas prendre de risque. Ils avaient besoin de protection. Il cogita, cherchant une solution.

— J'aurais besoin d'un service. Une collègue de boulot que j'aime bien vient de rompre avec son petit ami. Elle cherche un endroit où rester pendant quelques jours. Je me demandais si je pourrais l'inviter ici.

— Oh ! la pauvre, fit Poppy, toujours compatissante.

Bien sûr qu'elle peut venir. Je ne serais pas fâchée d'avoir un peu de compagnie. Roz me manque tellement.

Dougal poussa un grognement d'approbation. Il était déjà reparti dans ses mots croisés.

— Super.

Andy vida son verre de whiskey.

— Je vais prendre une petite douche avant de dîner.

Il monta les marches quatre à quatre et composa le numéro de Reilly.

— Que dirais-tu d'une petite semaine à la campagne ?

— Que dirais-tu d'une baffe dans ta tronche ? Tu sais très bien que j'ai horreur des bouses de vache et de tout ce blabla sur le grand air.

— Hall est venu ici.

— « Ici » ? Où ça, « ici » ?

— À *Lough Darra*.

— Tes parents n'ont rien ?

— Non, ça va, mais j'ai peur qu'il revienne.

Andy écarta le téléphone de son oreille tandis que Reilly égrenait un chapelet de jurons, dont certains lui étaient inconnus. La petite ranger était la seule fille dans une bande de six hommes, et elle avait tout à fait leur niveau.

— Eh bien, au moins, comme ça on sait que Roz se planque et que Hall ne l'a pas encore retrouvée, dit Reilly lorsqu'elle fut à court de jurons.

Elle avait raison. Les moyens d'investigation de Hall étaient presque aussi performants que ceux de Niall, et il n'avait pas plus l'habitude d'emprunter les voies de recherche officielles. Le fait que Hall pense que Roz se trouvait en Irlande réconforta Andy. Seulement, si ce type était aux abois au point de venir frapper à sa porte, cela signifiait aussi qu'il ne reculerait devant rien pour la retrouver.

Andy ne pouvait pas laisser faire ça. Il fallait à tout prix qu'il retrouve Roz avant Hall. Elle lui manquait follement, mais sa main le démangeait aussi furieusement. Il éprouvait une envie folle de lui mettre une bonne fessée. Où diable pouvait-elle bien s'être cachée ? Il avait parcouru tous les comtés d'Irlande à sa recherche.

Il entendit Reilly taper sur le clavier de son ordinateur.

— Il y a un vol pour Belfast à dix heures ce soir. Je vais prévenir Niall de mon départ.

— Merci, Reilly. J'irai te chercher à l'aéroport.

— Super. J'ai besoin d'un truc spécial pour un séjour dans ton domaine ? Une tiare ? Un couple de corgis ?

— Non, ça ira, on a assez de chiens comme ça. Emporte plutôt des pulls en laine et des bottes en caoutchouc.

Elle s'esclaffa, incrédule.

— Quoi, pour aller avec ma tiare ?

— Je ne plaisante pas.

Il raccrocha. Malgré l'épuisement de cette journée, Andy éprouva un semblant d'espoir. Roz était vivante, et en Irlande.

34

La nuit avant le jour J fut un véritable cauchemar. Roz ne cessa de se retourner dans son lit en repassant tous les scénarios possibles dans sa tête, imaginant tout ce qui pourrait mal se passer et comment y remédier.

Il y avait trop de variables. Trop de désastres potentiels. C'était la plus grosse arnaque qu'elle ait jamais organisée. La plus grosse arnaque dont elle eût même entendu parler. Comment avait-elle pu croire qu'elle pourrait s'en sortir ? L'opération était vouée à l'échec.

« Arrête. Tu dois réussir. Tu as une chance. Ne gâche pas tout. »

Elle entendit l'accent sexy d'Irlande du Nord lui dire cela avec la voix d'Andy et eut envie de rire. Il hantait déjà ses rêves, et voilà que sa propre conscience arborait maintenant sa voix.

Elle se leva et alla aux toilettes pour la quatrième fois de la nuit. Andy fils n'avait peut-être que la taille d'une mandarine, mais sa présence se faisait sentir. Cela dit, elle n'avait vomi que deux fois aujourd'hui. Peut-être le pire était-il passé.

À part l'accouchement, bien entendu.

Elle avait entendu des histoires terribles à ce sujet. Quelle taille pouvait faire Andy à sa naissance ? Elle aurait aimé pouvoir appeler Poppy pour le lui demander. Elle aurait bien eu besoin du bon sens amical de cette femme, en ce moment.

Au fond d'elle, Roz savait que, si Andy apprenait qu'elle était enceinte, il ne la laisserait jamais tomber, pas plus que Dougal ou Poppy. Et une bonne partie d'elle-même aurait aimé qu'elle se fasse découvrir. Mais elle avait un travail à faire, un travail que l'honnête famille McTavish aurait sévèrement réprouvé.

Arrête de pleurnicher. Concentre-toi sur ton boulot.

Elle s'efforça de rediriger ses pensées sur son affaire.

Patrick trouvait Nagsy au top de sa forme et était prêt à parier qu'il ferait une bonne performance aux épreuves chronométrées. Il avait été surpris en apprenant le nom des autres chevaux qui courraient contre lui : deux des meilleurs coureurs de l'an dernier, entraînés pour gagner gros. Mais il avait convenu avec elle que Nagsy avait besoin de chevaux renommés près de lui pour faire ressortir ses qualités.

Le van était prêt pour le voyage qui les mènerait à la course de Kilbeggan. Elle l'avait préparé la veille, prévoyant couvertures, eau, foin, céréales et noix, brosses et cure-pied, ainsi que la friandise préférée de Nagsy (des carottes) pour après.

Le jockey des O'Hara, Willie O'Brien, un petit homme sec qui vivait près d'ici et montait chaque matin avant d'aller à l'université, avait hâte de montrer son talent face aux jockeys réputés qui monteraient Queen of Tarts et Five of Diamonds. Il avait promis d'être prêt et de ne pas boire une goutte d'alcool la veille. Il était déterminé à gagner.

Frankie serait présent, lui aussi. Il avait dit à Roz qu'il se sentait mieux et qu'il pourrait tenir son rôle, mais elle s'inquiétait pour sa santé. S'il n'était pas assez fort, parviendrait-il à donner le change sans que cela paraisse ? Était-il seulement en état de marcher ? Il avait juré s'en sentir capable.

Elle avait les papiers. Cela lui avait pris des heures sur l'ordinateur des O'Hara, mais les documents devraient tenir la route lorsqu'on les examinerait. Seulement… Elle n'avait aucune idée de ce que Tim pourrait encore lui réclamer. Et s'il lui demandait un papier qu'elle n'avait pas ? Ou s'il changeait d'avis et ne venait pas ? Tout dépendait de sa présence et de son envie d'acheter. L'invitation aux termes soigneusement choisis qu'elle lui avait envoyée l'aurait-elle attiré ou au contraire découragé ?

Son souffle s'accéléra sous la panique, et elle se força à se calmer avant de vomir une nouvelle fois. Elle n'avait pas besoin de ça. Le jour pointait à l'horizon quand elle s'endormit enfin. Elle n'entendit ni les coups frappés à sa porte, ni le chœur des oiseaux qui arrivaient pour picorer le grain des poules, ni le bruit des sabots dehors et celui des seaux pour nourrir les chevaux.

À dix heures du matin, elle s'éveilla en sursaut.

Putain, putain, putain ! Pourquoi avait-elle dormi si longtemps ? Et pourquoi personne ne l'avait-il réveillée ? C'était bien *le* jour où elle ne pouvait pas se permettre de louper quoi que ce soit. Elle bondit dans ses vêtements et courut jusqu'à la cuisine. Elle n'avait aucune envie de perdre du temps à manger, mais savait d'expérience que sauter un repas ne ferait que lui donner deux fois plus de nausées.

— Où sont les autres ? Qu'est-ce qui se passe ? demanda-t-elle, hors d'haleine.

— Tout va bien, répondit Suzanne tout en faisant chauffer du lait pour son chocolat chaud et en mettant deux tranches de pain blanc dans le grille-pain.

Roz aurait préféré son pain au levain fait maison, mais le bébé ne semblait guère l'apprécier. Elle avait vomi comme jamais après en avoir mangé. Elle se détendit un peu et prit une poire dans la corbeille de fruits.

Suzanne continua :

— Il y a eu un petit problème sur la piste de course, mais Patrick a arrangé ça.

Roz se figea.

— Quel genre de problème ?

— Oh ! un tuyau d'eau qui a pété et qui a inondé tout le bout de la piste.

Roz reposa lentement sa poire.

— Ce n'est pas un petit problème. C'en est un énorme.

Et auquel elle n'avait pas pensé.

— Ne t'en fais pas, c'est réglé. On fera la course ici, à la place.

— QUOI ?

Roz se rendit compte qu'elle criait, mais ne put s'en empêcher.

Ne voyant pas en quoi cela pouvait être une catastrophe, Suzanne servit calmement à Roz une grande tasse de chocolat chaud.

— Oui, il a appelé tout le monde, et il leur a dit de venir ici à la place. Les gars sont en train de préparer la vieille piste, en ce moment.

Roz agrippa sa tasse fumante, les mains tremblantes. Que pouvait-elle faire, maintenant ? Quand bien même elle parviendrait à trouver un autre hippodrome pour l'épreuve de vitesse, les gens connaîtraient l'adresse du ranch, et Hall pourrait retrouver sa trace.

De combien de temps disposait-elle avant qu'il ne la retrouve ? Elle cogita à toute allure. Il ne fallait pas que Hall vienne ici. Son obstination brutale la terrorisait. Patrick et Suzanne n'auraient aucune chance en face d'un type comme lui. Elle aurait aimé qu'Andy soit là, mais elle savait que jamais il ne la laisserait mener son plan à bien. Fallait-il tout laisser tomber et recommencer une autre fois ? Elle secoua la tête. Ça ne fonctionnerait jamais ; il avait fallu trop de temps pour tout préparer, et ses chances de trouver un lieu comme celui-ci, où Nagsy et elle pouvaient vivre incognito, étaient quasiment nulles. En outre, sa grossesse commencerait bientôt à se voir, et elle devait avoir disparu avant que ce soit le cas.

Elle n'avait pas le choix. Il ne restait plus qu'à prier pour qu'elle ait le temps de partir avant que Hall ne débarque. Elle détestait l'idée de s'en aller sans dire au revoir à Suzanne et Patrick, mais ce serait pour leur sécurité. Roz se força à boire la moitié de son chocolat, délaissa les tartines et sortit aider les hommes à préparer le terrain pour la course.

— Ça va nous faire une pub d'enfer ! lança Patrick. On sera dans les journaux.

Roz le savait bien, et cela ne lui plaisait guère, mais elle garda la tête baissée et continua de travailler sur le gazon. À combien de personnes avait-elle déjà fait du mal ? Elle n'eut pas le cœur de rappeler à Patrick qu'elle était censée se cacher chez eux.

Vers treize heures, elle était en nage, mais le ranch était impeccable. Elle attrapa une poignée d'abricots secs et les mangea après sa douche en se changeant. Avec l'aide de Suzanne et d'une autre pensionnaire, elle s'était confectionné une tenue qui semblait chic et onéreuse. Elle avait perdu du poids, ce qui présentait l'avantage de lui donner une allure plus élégante, comme celle d'une personne possédant un cheval de première classe. Les autres chevaux étaient déjà arrivés, et des boxes leur avaient été attribués. Ils étaient maintenant sur la piste pour s'échauffer avec leur jockey. Elle salua les hommes d'un hochement de tête ; ils lui rendirent son salut, mais personne ne se parla. Il n'était pas utile de leur rappeler combien elle leur donnerait quand Nagsy remporterait la course. S'ils pouvaient faire en sorte que Nagsy gagne avec une bonne avance, il y aurait un bonus.

Les O'Hara leur firent la visite des lieux.

Nagsy était à l'échauffement, lui aussi. Grâce aux bons soins de Willie, il avait une parfaite allure de champion.

Tim O'Sullivan arriva ensuite, dans une Aston Martin que James Bond n'aurait sûrement pas reniée. Il inspecta les écuries bien tenues avec un air de respect. Les O'Hara s'occupaient de leur ranch avec amour, et cela se voyait.

Elle lui adressa un signe de tête.

— Oncle Tim, dit-elle poliment.

Il se frotta les mains, ressemblant soudain beaucoup plus à un marchand de chevaux qu'à un magnat du commerce aérien.

— Alors, où est donc ce cheval que je devrais acheter ?

— Acheter ?

Elle prit un air étonné.

— Oh ! je suis désolée. On a dû mal se comprendre. Ce n'est pas à *vous* que je vais le vendre.

Il fronça les sourcils.

— Dans ce cas, pourquoi m'as-tu fait venir ici ?

— Je pensais que voir la course vous intéresserait. Mais je doute que vous puissiez vous offrir Fils d'Hagar.

Ses yeux s'étrécirent.

— Écoute-moi bien, ma belle. Si, et je dis bien si ce cheval est celui que tu prétends, tu devrais le garder dans la famille.

Elle secoua la tête.

— Navrée, mais je me suis engagée en priorité auprès d'un autre acheteur.

Il émit un petit grognement.

— C'est n'importe quoi. Tu as dû te faire refiler un tocard.

Tim s'éloigna, mais elle le vit apprécier la belle tenue de Nagsy. Et, sans nul doute, la ressemblance avec son célèbre « père ».

Pour l'instant, tout se passait bien. Frankie arriva dans une limousine noire qui s'arrêta non loin de la maison.

Un élégant chauffeur en costume sombre en sortit pour ouvrir la portière. Roz dut réprimer un fou rire en voyant Frankie sortir du véhicule. Qui eût cru qu'il pouvait avoir si fière allure ? Il avait dû faire une razzia chez la costumière du tournage, ainsi que chez l'accessoiriste.

Il portait un costume blanc, arborait une coiffure soignée mettant en valeur son teint hâlé et sa barbe fraîchement taillée, et marchait en s'aidant d'une canne sculptée.

Roz s'approcha de lui avec déférence.

— Votre Altesse. Ravie de vous voir.

Si elle n'avait su qu'il s'agissait de son vieil ami Frankie Fletcher, elle aurait été impressionnée. Elle avait craint qu'il n'en fasse un peu trop, mais il avait un look d'homme d'affaires moderne tout à fait crédible.

Il s'inclina légèrement.

— Mademoiselle O'Sullivan.

Même son accent était parfait : un pur anglais oriental de la haute.

— Il me tarde de voir votre cheval.

Ses yeux bruns clignèrent légèrement, mais personne d'autre que Roz ne dut le remarquer.

— Bien sûr.

Elle se tourna et vit que son arrivée flamboyante avait attiré les regards.

— Vous permettez que je vous présente ?

Recevant son accord, elle effectua son devoir.

— Votre Altesse, permettez-moi de vous présenter Patrick et Suzanne O'Hara, nos hôtes pour cet événement. Voici le prince Farhad Al Husseini, qui aimerait se constituer sa propre écurie.

Le couple considéra le « prince » avec timidité, mais s'inclina poliment. Roz continua sur sa lancée, présentant éleveurs et jockeys au « prince », et garda volontairement son oncle pour la fin.

— Et voici monsieur Tim O'Sullivan.

Tim la toisa froidement avant de tendre la main au « prince ».

— Oncle de Roz et propriétaire de la compagnie aérienne O'Sullivan.

L'air ennuyé, Frankie le laissa lui serrer le bout des doigts.

— Ah oui, je crois en avoir entendu parler, dit-il d'une voix où perçait un dédain bien calculé. Mais quand je prends l'avion, c'est uniquement avec le jet privé de mon cousin.

— Et qui est ce cousin ? répliqua Tim.

— Eh bien, l'Aga Khan, bien sûr.

Il se détourna de Tim pour faire face à Roz.

— Alors, mademoiselle Sullivan, avez-vous l'attestation d'ADN ?

Roz emmena Frankie à l'écart du groupe et baissa la voix afin que Tim ait à tendre l'oreille pour l'entendre. Elle sortit un certificat de Weatherbys, qu'elle avait mis des semaines à falsifier, et le tendit à Frankie tout en laissant Tim apercevoir l'en-tête.

— Tenez, Votre Altesse. Comme vous pouvez le voir, Shergar est bien le géniteur de mon cheval.

Frankie prit le document et l'examina ostensiblement.

— Parfait. Maintenant, expliquez-moi donc comment le cheval de mon cousin a pu procréer depuis sa tombe.

Roz baissa encore plus la voix et, du coin de l'œil, elle vit Tim se rapprocher pour mieux entendre ce qui se disait. Il mordait à l'hameçon.

— Certains détails sont un peu flous, mais, apparemment, lorsque le cheval de votre cousin a été enlevé au haras de Ballymany, l'un des kidnappeurs devait être un éleveur. Il a prélevé la semence de Shergar avant que la pauvre bête, euh…, ne rende l'âme.

— Mon cousin aurait vraiment aimé récupérer ce

cheval, vous savez. Il était au désespoir et aurait payé, si la police ne lui avait pas déconseillé de régler la rançon.

Un élan de culpabilité assaillit Roz en imaginant Nagsy livré à de mauvais soins. Était-ce à cause de sa grossesse qu'elle avait envie de pleurer d'un rien ? Mais, pour l'heure, elle avait une affaire à mener.

— Au moins pouvons-nous nous réjouir qu'il ait un fils en pleine santé.

Elle les mena vers la piste où Nagsy piaffait d'impatience. Il passa devant eux, les naseaux dilatés, la queue haute et les oreilles dressées.

Les autres chevaux, ayant plus d'expérience et une certaine conscience qu'il ne s'agissait pas d'une véritable course, se montraient plus nonchalants sur la ligne de départ. Roz tendit des chronomètres aux spectateurs.

— La piste fait un kilomètre deux cents. Je propose qu'ils fassent trois tours, si vous êtes d'accord ?

Tout le monde acquiesça. Les chevaux se mirent en ligne, et Patrick donna le signal du départ.

C'était la première fois que Roz assistait à une course hippique. Elle n'avait jamais réalisé à quel point les chevaux couraient vite, jamais connu le grondement de leurs sabots sur le sol et le frisson qu'on éprouvait en les regardant. Elle encouragea Nagsy, en chœur avec tous les membres du ranch.

Les trois chevaux se lancèrent au galop dans le premier tour. Ils étaient très proches, les uns derrière les autres. La tête baie de Nagsy pointait à l'avant, mais il fut bientôt doublé par Queen of Tarts. À l'extérieur de la corde, Five of Diamonds les talonnait de peu.

Roz jeta à peine un regard à son chrono au moment où ils terminaient le premier tour. Elle était trop occupée à hurler des encouragements à Nagsy. L'odeur mêlée des chevaux, du gazon foulé et des parfums de luxe redoubla son énergie. Se dandinant d'un pied sur l'autre, elle regarda les chevaux entamer le deuxième tour. La donne avait un peu changé : Five of Diamonds était en tête, Nagsy, une longueur derrière, et Queen of Tarts, à une encolure de lui.

— Vas-y, vas-y ! À fond ! cria-t-elle quand Nagsy passa devant elle pour se lancer dans le dernier tour.

Elle avait oublié le chrono qu'elle tenait et se moquait bien qu'on la regarde. Nagsy était son cheval, et il était époustouflant. Elle continua de lui hurler des encouragements.

La terre vibrait sous le tonnerre des sabots, qui soulevaient des mottes de terre sous leur passage. Si Nagsy ne s'échappait pas bientôt, tout serait fichu. À ce moment-là, Willie, perché au-dessus du garrot du cheval, lui lança le signal, et Nagsy accéléra brusquement. Sa foulée saccadée se fit plus fluide, et il vola littéralement sur le gazon. Il passa en tête, devançant davantage ses concurrents à chaque foulée.

Roz ne se sentait même plus hurler quand il franchit la ligne d'arrivée, une bonne quinzaine de longueurs avant les deux autres chevaux. Elle aurait pourtant juré qu'il ralentissait déjà avant. Suzanne la serra dans ses bras, et Roz se rendit compte qu'elle avait les larmes aux yeux. Ça allait marcher.

Les chevaux s'arrêtèrent, écumant de sueur, et Nagsy lui adressa un grand sourire chevalin, avec l'air d'un champion conscient de sa valeur. Elle alla le caresser et félicita Willie pour ce finish. Elle serra ensuite la main des autres jockeys et leur glissa une enveloppe avec la somme prévue.

— Super boulot, les gars. C'était incroyable à voir. On aurait vraiment cru que vous faisiez tout votre possible pour rattraper Nagsy.

Le petit jockey desséché qui avait remporté deux grands prix nationaux ouvrit la bouche pour dire quelque chose, mais l'autre lui donna un coup de coude, et il sembla se raviser.

Radieuse, Roz retourna aux côtés du prince.

— Votre Altesse, vous avez vu le temps qu'ils ont fait ?

Chacun regarda son chronomètre et écarquilla les yeux. Ils pouvaient. Il avait fallu une semaine à Roz pour les trafiquer et leur faire perdre dix secondes.

— J'espère que vous êtes heureux de votre acquisition ?

Frankie s'inclina.

— Je suis très impressionné. On dirait son père, tout bonnement. Il est temps qu'il revienne à ses vrais propriétaires.

Le regard de Tim oscillait entre le chrono et Nagsy, comme s'il n'en croyait pas ses yeux. Avait-il des soupçons ? Roz pria pour qu'il n'ait pas utilisé un autre chronomètre pendant la course, auquel cas, elle serait démasquée. Elle se tourna vers Frankie.

— Quel prix m'en proposez-vous ?

Le « prince » tendit les mains en un geste élégant et exotique.

— Un million d'euros.

Le silence se fit. Tout le monde se tourna pour le regarder, et Roz réprima son envie de lui faire la grimace. Où avait-il la tête ? C'était beaucoup trop. Il fallait commencer plus bas et laisser monter les enchères.

— Un million d'euros, répéta-t-elle prudemment. Vous êtes sûr, Votre Altesse ?

Bon Dieu ! Frankie allait tout faire rater.

35

— Un million, confirma Frankie fermement.

Le temps sembla se figer. Que pouvait-elle faire ? Elle était obligée d'accepter cette offre. Si elle la refusait, personne n'y croirait. Mais c'était bien trop, et bien trop vite. Frankie avait perdu le sens des mesures. Elle ouvrit la bouche sans trop savoir ce qu'elle allait dire, quand une voix vint l'interrompre :

— Pas si vite. Je suis intéressé, moi aussi ! lança Frederick von München. C'était une performance impressionnante. Je vous en offre un million deux.

En tant que propriétaire de Queen of Tarts, il avait tout intérêt à acquérir un bon étalon.

— Un million cinq, répondit Frankie sans ciller.

— Un sept, renchérit von München.

Bon sang, à quoi Frankie jouait-il ? Il n'était pas utile de faire grimper les enchères. Il n'avait pas assez d'argent pour s'acheter un âne boiteux, et elle ne pouvait pas se permettre d'arnaquer quelqu'un comme von München.

Mais Frankie n'en avait pas terminé.

— Deux millions. Ce cheval appartient aux Aga Khan.

Tim O'Sullivan intervint soudain :

— Attendez un peu. Cet étalon est dans l'écurie O'Sullivan. Il doit rester dans la famille. Deux millions cinq.

Frankie le toisa avec un rictus.

— Trois millions. Il revient à son véritable propriétaire historique.

Tim le fixa froidement.

— Trois millions cinq.

Tout le monde se tut. Même les chevaux semblaient tendre l'oreille.

— Quatre, annonça Frankie en plantant le bout de sa canne dans le sol.

Roz se tourna vers Tim. Il inspira profondément.

— Cinq. C'est mon dernier prix.

Il y eut un long silence tendu avant que Frankie ne secoue la tête.

— J'adore mon cousin, mais, là, c'est trop pour moi. Monsieur Sullivan, vous avez gagné.

Il s'inclina devant lui. L'incertitude se lut sur le visage de Tim quand il prit conscience qu'il venait de s'engager à payer un cheval cinq millions d'euros. Suzanne O'Hara y mit un terme en l'étreignant soudain vigoureusement.

— Oh ! monsieur Sullivan. Vous ne le regretterez pas. C'est un cheval extraordinaire. Avec lui, vous remporterez la Gold Cup de l'an prochain, c'est sûr !

— J'espère bien.

Tim parut se détendre un peu.

Il sortit son téléphone et lança un appel.

— Summer, va donc t'acheter un chapeau pour la tribune du gagnant. Je viens de me procurer le vainqueur de la prochaine Gold Cup.

Roz n'entendit pas ce qui se disait à l'autre bout de la ligne, mais le sourire de Tim s'élargit.

— Bien sûr que tu peux mettre ça sur les réseaux sociaux. Ça ne me dérange pas que ça se sache.

Nouvelle pause.

— À ta cousine, qui l'eût cru ? Non, pas elle, l'autre. Roz Spring.

Il raccrocha. Roz en profita pour lui dire :

— Paiement immédiat. Voici les coordonnées de mon compte en Suisse.

Elle lui tendit une carte avec des numéros.

Tim la considéra un instant, avant de dire :

— Très bien. Laisse-moi une heure ou deux, et ce sera fait.

— Dès que j'aurai l'argent, vous pourrez prendre le cheval.

Suzanne frappa dans ses mains, réclamant l'attention générale.

— Je vous invite tous à venir boire un verre de champagne à la maison. Nous allons fêter cette journée extraordinaire.

La vitesse à laquelle sa mère traversa la cour alerta Andy. Poppy ne courait jamais. C'était la femme la plus imperturbable qui soit, et voilà qu'elle piquait un sprint comme si sa vie en dépendait.

— Andy, Andy ! appela-t-elle.

Il glissa dans sa poche le cure-pied qu'il était en train d'utiliser. Il le gardait avec lui depuis le jour où il l'avait pris des mains de Roz. Chaque jour, il songeait à le laisser à la sellerie et, chaque jour, il le gardait un peu plus longtemps. Il se disait que, quelque part, cet objet conservait une infime trace de son parfum. Il se précipita vers Poppy. Son père faisait-il une nouvelle attaque ? Il la saisit par le bras.

— Que se passe-t-il ? C'est papa ?

— Non, ton père va bien. Tu ne vas pas le croire, mais on a retrouvé Roz.

— Quoi ? Où ?

Andy prit conscience qu'il la serrait trop fort en voyant sa mère grimacer. Il la lâcha immédiatement.

— Pardon, maman.

Il inspira profondément pour se calmer. Ils l'avaient

trouvée. Ses vieux parents avaient travaillé plus efficacement qu'une équipe entière de professionnels patentés.

— Où est-elle ?

— Ton père vient de raccrocher. Il était au téléphone avec cet affreux Tim O'Sullivan. Soit cet homme est fou, soit il était ivre. Il a dit à Dougal qu'il venait d'acheter le prochain gagnant de la Gold Cup… à Roz.

— Où est-elle ?

— Chez les O'Hara, à côté de Moate. Ils dirigent un genre de centre équestre. Roz travaille chez eux.

Tout cela n'avait aucun sens. Andy était certain que Roz n'avait jamais approché un cheval avant de venir à *Lough Darra*, et voilà qu'elle travaillait dans un centre équestre et vendait des chevaux de race à des O'Sullivan et consorts ?

— Et tu ne vas pas croire la suite, poursuivit Poppy. Cinq millions d'euros. Tim O'Sullivan a payé cinq millions d'euros pour cette bête.

— Juste ciel, fit Andy.

Le mot « embrouille » s'afficha dans son cerveau en lettres lumineuses. Il ne savait pas ce qu'elle mijotait, ni comment elle avait pu persuader un homme d'affaires aguerri comme O'Sullivan à débourser une telle somme, cependant, il était sûr d'une chose : Roz avait peut-être assez d'argent pour disparaître pour de bon, mais il était hors de question qu'il la laisse faire.

Ignorant les cris de Poppy dans son dos, Andy se rua vers le garage. Il parcourut les trois heures de route habituelles jusqu'à Moate en moins de deux heures. C'était un miracle qu'on ne l'ait pas arrêté. Il avait mal aux jointures à force de serrer son volant, mais au moins était-il arrivé là-bas sain et sauf.

Andy ralentit à un carrefour et baissa sa vitre pour demander à un vieil homme la direction du centre équestre. Combien de temps faudrait-il à Tim O'Sullivan pour verser une telle somme ? Pitié, il fallait que Roz se trouve encore ici, sans quoi il n'aurait plus la moindre chance de la retrouver.

Il se trouvait bien au-delà du ranch quand il se rendit compte qu'il l'avait manqué.

— Je sais pourtant qu'il ne faut jamais demander sa direction à des bouseux, fulmina-t-il. Sept kilomètres après la ville, mon cul.

Il fit demi-tour. La Jeep cahota sur le chemin creusé d'ornières tandis que des bruyères éraflaient les vitres. Ça ne pouvait pas être l'entrée principale. Ce devait être l'accès arrière. Ils ne pouvaient pas faire tourner une affaire dans un endroit pareil.

Le chemin s'élargit et, bientôt, un panneau démesuré annonça les Écuries O'Hara. Le portail rouillé sous le panneau était fermé. C'était effectivement la mauvaise route. Il s'apprêtait à partir quand il entendit des chevaux hennir dans le lointain. Andy sortit de la Jeep et mit le pied dans une flaque boueuse. Super.

Il monta sur la troisième barre du portail et scruta l'horizon. Au loin, il distinguait ce qui ressemblait à des écuries et à une immense grange avec un toit en tôle. Il entendit alors des rires et de la musique. De l'autre côté du pré, on devait fêter la vente. Il arriverait peut-être à temps, mais il lui faudrait y aller à travers champs.

Andy déverrouilla le portail et l'ouvrit d'un coup d'épaule. Il céda dans un grincement de métal rouillé. Andy avança son véhicule dans l'herbe et, après avoir refermé le portail derrière lui, il pria pour ne pas trouver de fossé sur son chemin et conduisit en direction des écuries.

La salle principale du ranch avait beau être spacieuse, il y régnait une chaleur étouffante. La proximité de tous ces gens autour d'elle lui donnait de l'urticaire. Et l'odeur des parfums et eaux de toilette était si forte qu'elle lui donnait envie de vomir.

Patrick lui tendit une coupe de champagne. C'était elle qui l'avait acheté ; elle savait qu'il était d'excellente qualité (ce n'était pas le moment de jouer les radines). Patrick frappa sur son verre et, quand le calme fut installé, il porta un toast :

— Au meilleur cheval qui ait jamais foulé le sol du ranch O'Hara et à son nouveau propriétaire. En leur souhaitant de faire une belle équipe et d'avoir beaucoup de succès.

Roz leva son verre. Ses lèvres ne firent qu'effleurer les fines bulles, mais cela suffit à contrarier son estomac, et une sueur froide perla dans son dos. Elle n'en pouvait plus. Elle sourit au couple près d'elle.

— Veuillez m'excuser, il faut que je prenne l'air.

La femme, dont Roz ne se rappelait plus le nom, la regarda d'un air inquiet.

— Vous êtes un peu pâle… Vous vous sentez bien ?

— Ça ira mieux dès que je serai dehors.

Elle posa son verre et s'éclipsa par la porte-fenêtre pendant que Tim O'Sullivan entamait un discours. L'air frais était délicieux. Elle inspira à pleins poumons.

Dans quelques minutes, quelqu'un porterait sûrement un toast en son honneur, et elle serait là, souriante, charmante et jubilant à l'idée d'avoir accompli l'arnaque de sa vie. Elle possédait maintenant plus d'argent qu'elle n'en avait jamais rêvé, assez pour protéger son père et lui permettre de faire ce qu'elle voudrait pour le restant de ses jours. Et elle n'avait qu'une seule envie : vomir.

Roz s'éloigna de la maison. Dans combien de temps l'argent atterrirait-il sur son compte en Suisse ? Une heure ? Deux ? Elle avait entendu Tim téléphoner pour prendre des dispositions et faire transporter Nagsy dans ses écuries.

Combien de temps lui faudrait-il encore tenir ?

Une espèce de sensation d'impatience sous sa peau l'empêchait de rester en place. Roz marcha vers les écuries et vit Willie O'Brien tenir Nagsy qui broutait sur la pelouse voisine.

— Allez donc fêter ça, Willie, dit-elle. Je vais m'occuper de lui.

Le jockey sembla hésiter.

— Vous êtes sûre ?

— Bien entendu. Il y a un excellent champagne qui vous attend, et plusieurs personnes aimeraient vous parler.

Il lui tendit la longe de Nagsy et partit sans demander son reste. Encore une personne envers laquelle elle risquait de se sentir coupable. Que se passerait-il si l'on proposait à Willie un travail suite au résultat de ce jour et si l'on apprenait qu'il avait été trafiqué ? Willie n'était au courant de rien, seulement, quand Tim O'Sullivan découvrirait que Nagsy n'était pas le champion annoncé, mais un canasson ordinaire ressemblant seulement à un célèbre cheval de course, qui en tiendrait-il responsable ?

Elle serait partie. Tim accuserait Willie, qui avait accompli la course de sa vie en ignorant totalement que les dés étaient pipés. Et les O'Hara, qui avaient été si gentils avec elle… La bile lui monta dans la gorge, et elle s'appuya contre le cheval.

— Mon Dieu, Nagsy, qu'est-ce que je vais faire ?

Il regarda autour de lui d'un œil légèrement curieux, puis la poussa du bout du nez avant de se remettre à brouter.

— Tu ne trouves rien à dire pour me réconforter, c'est ça ?

Elle ne savait même pas pourquoi elle parlait à un cheval, mais au moins celui-ci ne l'accablait-il pas de paroles culpabilisantes.

— C'est peut-être mieux que tu ne puisses pas parler. Je n'aimerais pas du tout entendre ton avis sur ce que je viens de faire.

Elle posa un bras sur son dos, éprouvant les solides muscles sous sa main.

— Je devrais être aux anges. J'ai cinq millions d'euros. Je peux rembourser les frères Ramos et garantir la sécurité de papa. Je peux assurer la retraite de Frankie. D'ailleurs, il pourrait déménager à Hollywood pour continuer à voir Cheyenne, s'il le souhaite. J'ai assez d'argent pour m'envoler, échapper à Hall pour toujours et fournir une belle vie à mon bébé. Sacrée chance, non ?

Nagsy releva sa longue queue et déféqua sur l'herbe.

— Ouais, bien résumé. En fait, c'est la merde.

Elle nettoierait ça plus tard. Elle passa les mains sous sa crinière, maintenant courte et soigneusement taillée.

— C'est des conneries, tout ça. En fait, papa trouvera bien le moyen de se remettre dans le pétrin. Frankie et Cheyenne ne resteront pas ensemble. C'est juste un petit escroc, et elle, une star d'Hollywood. Les O'Hara et Willie seront déshonorés pour avoir participé à cette embrouille. Ta vie luxueuse de champion de course se terminera dès que Tim découvrira que tu es un cheval ordinaire.

Elle frissonna.

— Il ne te ferait quand même pas abattre, hein ? Ce n'est pas ta faute si tu ressembles à Shergar. Tu n'y es pour rien dans tout ça.

Mais à quoi servait un cheval de course incapable de remporter des compétitions ? Elle réfléchit, essayant de trouver un moyen afin que Nagsy ne paie pas pour elle. Elle ne pouvait plus revenir sur la vente, maintenant. Elle avait besoin de cet argent, mais la tentation était si forte qu'elle en trembla.

Encore une vie qu'elle avait bousillée.

Elle n'osait même pas penser aux McTavish, qui lui avaient ouvert leur porte et leur cœur. Dougal était peut-être dur et taciturne, mais il faisait preuve d'une patience immense pour quiconque se donnait du mal et travaillait dur. Et Poppy, la mère blessée qui attendait si désespérément que des petits-enfants viennent combler la faille dans son cœur… Roz pria pour que Poppy n'apprenne jamais qu'elle portait son petit-fils ou sa petite-fille, qu'elle ne verrait jamais.

Et Andy… Penser à lui était plus douloureux que se faire arracher un membre. La fois où elle avait eu une triple fracture de la jambe n'était rien en comparaison de cette douleur-là. Andy, son amant. L'homme qui la faisait trembler de passion d'un simple battement de cils. Dont les baisers la réduisaient à l'état de poupée de chiffon. Dont le contact lui donnait la chair de poule, même lors d'une simple poignée de main. Qui lui avait sauvé la vie, plus d'une fois. Qui l'avait protégée, accueillie. Qui lui avait fait l'amour.

— Andy.

Ses entrailles se nouèrent rien qu'en prononçant son nom. Elle avait besoin de lui, et ce besoin ne serait jamais satisfait.

Toute sa vie, elle le regretterait.

Roz ne savait plus depuis combien de temps elle était là avec Nagsy, à ruminer l'idée qu'elle venait de se gâcher toute possibilité d'un avenir serein. Quoi qu'elle fasse, quelqu'un paierait à sa place. Il n'y avait aucun moyen d'arranger ça. Un bruit familier la tira soudain de ses sombres pensées. C'était sa Ninja Kawasaki qui remontait l'allée menant à la maison. Elle aurait reconnu le son de sa moto entre cent. Pendant des années, cette machine avait été la seule chose à la tirer d'affaire.

Elle se figea. Que pouvait bien fabriquer ici Michael Brophy ? Il risquait de tout faire capoter. En quelques mots, il pourrait révéler la véritable filiation de Nagsy, et tout serait fini. Il fallait qu'elle l'arrête.

Roz releva la tête de Nagsy et avança vers la maison avant de faire halte. Quelque chose n'allait pas. La silhouette sur la moto était bien trop grande pour être celle du vieux fermier.

Michael Brophy faisait à peine la même taille qu'elle, raison pour laquelle elle lui avait laissé son casque et son blouson. Ce conducteur était bien plus grand. Plus grand, plus costaud et plus musclé. Il arrêta la moto, et elle put le voir distinctement.

Hall. D'instinct, elle se réfugia derrière Nagsy avant qu'il puisse la voir.

Hall était là. Et – elle retint son souffle en y pensant – le fait qu'il conduise sa moto signifiait qu'il l'avait prise à Michael Brophy. Roz était prête à parier que le pauvre homme n'était plus de ce monde. Hall l'aurait-il vu avec son casque et son blouson, et l'aurait-il pris pour elle ?

Oh non, mon Dieu, non !

Il fallait qu'elle s'en aille.

Cachée derrière Nagsy, elle risqua un coup d'œil sous son encolure. Hall regardait autour de lui, cherchant quelqu'un. Elle.

Pourquoi n'était-elle pas restée à l'intérieur ? Elle aurait peut-être vomi par terre, mais Hall n'aurait pas pu l'attaquer devant tant de témoins. Maintenant, elle était seule, et personne ne pourrait seulement l'entendre crier.

Roz avait déjà vu Hall en pleine action, et elle avait lu des choses sur la formation des Navy SEALs. Ce genre d'homme n'avait pas besoin de tout un arsenal : il avait appris à tuer à mains nues et à transformer n'importe quoi en arme.

Comment faire pour se mettre en sécurité ? Elle était au beau milieu d'un enclos désert, sans rien à proximité pour s'abriter. Il était impossible de se rendre jusqu'à la maison sans qu'il s'en rende compte. Ou jusqu'aux étables, où il n'y avait de toute façon personne. On ne l'entendrait pas plus crier.

Nouveau coup d'œil sous l'encolure de Nagsy.

PUTAIN ! Hall venait de tourner la moto dans la direction de Roz. Il se trouvait entre elle et la maison et s'apprêtait à la prendre en chasse. Elle connaissait la rapidité de la Ninja ; elle n'avait aucune chance.

Sauf si…

Nagsy.

Elle n'avait pas le temps de réfléchir davantage. Roz bondit sur le dos du cheval, déchirant le fin tissu de sa jupe. Les muscles puissants de Nagsy frémirent sous elle.

— Allez ! hurla-t-elle en donnant des coups de talon dans ses flancs.

Nagsy sursauta, puis démarra à plein galop.

Elle n'avait ni selle ni bride. Le cheval portait seulement un col de nylon avec une courte corde. Elle ne disposait d'aucun moyen efficace de le guider, mais peu importait. Si elle pouvait s'éloigner de Hall, elle se soucierait plus tard de s'arrêter. Elle agrippa une poignée de crin et se concentra pour rester sur le dos de sa monture.

Nagsy se dirigeait vers les écuries. Ce n'était pas bon. Les autres étaient tous à la fête, et il n'y aurait personne pour l'aider.

Roz tira sur la corde afin de détourner la tête du cheval vers la piste de course. Il répondit et accéléra sa foulée.

Cela n'avait rien à voir avec le fait de monter Minty. Nagsy était plus grand, plus fort, plus rapide. Les muscles qui bougeaient entre les cuisses de Roz étaient puissants et fluides. Son odeur chaude de cheval lui monta aux narines, l'emplissant d'une sorte d'exaltation. Elle était terrorisée, sachant qu'elle était peut-être à quelques instants de la mort, mais, en même temps, elle savourait chaque seconde de cette course folle.

Elle bénit Andy de lui avoir donné ce cours d'équitation où il l'avait fait monter sans rênes ni étriers. C'était complètement différent, mais au moins savait-elle comment garder son équilibre.

Nagsy semblait savoir ce qu'il faisait. Les oreilles penchées en avant, il galopait ventre à terre, dévorant le sol.

Le bruit du moteur indiqua à Roz que la Ninja était à leurs trousses. Malgré leur rythme effréné, la moto les rattrapait.

Bon Dieu, pourquoi fallait-il que j'achète une moto qui accélère aussi vite ?

Elle aiguillonna Nagsy qui s'exécuta, semblant trouver quelque part une nouvelle réserve d'énergie. Mais cela n'allait pas suffire. Tant qu'ils seraient sur du plat, la Ninja continuerait de gagner du terrain.

Il y avait bien une chose que Nagsy pouvait faire, et la moto, non. Il pouvait sauter. Elle l'avait vu sauter, il avait franchi une série de barrières d'un mètre cinquante pendant un parcours. Nagsy en était donc capable ; mais elle, non. Au mieux, elle avait effectué des exercices d'équilibre en passant au trot sur des barres de sol.

Roz regarda derrière elle. Hall s'était rapproché. Elle distinguait le rictus sur son visage et la lueur sauvage de son regard. Pas le choix. Elle tira sur la corde et fit tourner Nagsy en lui désignant l'épaisse haie de ronces qui clôturait le terrain.

Elle lui donna des coups de talon.

— Vas-y, mon vieux. Saute !

36

Andy avait presque traversé le premier pré quand un cheval vola au-dessus d'une haie à moins de six mètres de la Jeep. Une femme le montait à cru, se cramponnant comme une folle à la crinière de l'étalon. Sa longue chevelure rousse flottait derrière elle.

Andy freina brusquement, manquant de peu un homme à moto qui s'élança par un trou dans la haie. Le conducteur fit une embardée avant de redresser le guidon.

Il fit rugir le moteur et repartit à la poursuite de la cavalière. Même sans sa coupe de cheveux militaire, Andy aurait reconnu ce profil entre mille. C'était Hall, et il pourchassait Roz.

Merde ! Pourquoi n'avait-il pas pris de pistolet ? Andy recula et mit le pied au plancher pour se lancer derrière eux. Il se demanda comment Roz tenait le coup à cette vitesse. Il fallait les arrêter avant que Hall ne la rattrape.

La Jeep partit à fond sur l'herbe et dépassa bientôt la moto pour décrire un large cercle autour du cheval et ainsi essayer de le faire changer de direction. Andy vit une grimace cruelle se dessiner sur la face de Hall.

Il parvint enfin à rouler aux côtés de Roz. Une main sur le volant, il abaissa sa vitre et lui cria :

— Arrête-le !

Elle se tourna vers lui, le visage rouge de peur et d'exaltation.

— Tu plaisantes ? Je ne peux pas !

— Tu te diriges droit vers l'autoroute.

Levant la tête, elle vit les voitures et les camions roulant à toute vitesse de l'autre côté de la barrière.

— Oh ! merde, dit-elle, l'air paniqué. Je n'arrive pas à l'arrêter.

— Alors, fais-le tourner.

Le cheval filait vers la catastrophe à toute allure, et Andy ne pouvait rien faire pour l'arrêter.

Pendant quelques secondes interminables, Roz continua de galoper vers l'autoroute. Elle était à peine à quatre foulées de la barrière. Nagsy se préparait déjà à sauter quand elle se pencha en avant, saisit son encolure et tourna sa tête sur le côté. Pendant deux foulées supplémentaires, Nagsy lutta contre son geste avant de céder et de se détourner de la route.

Elle galopait maintenant le long de la barrière, et Hall regagnait du terrain.

— Tire-toi de là ! hurla Andy.

Elle ne répondit pas, mais tira de nouveau sur l'encolure jusqu'à ce que Nagsy reprenne la direction des écuries.

Il était temps de s'occuper de Hall.

Lorsqu'Andy fit une embardée, essayant de s'interposer entre eux, la moto et son conducteur faillirent s'encastrer dans sa Jeep. Hall tenta de détourner sa machine, mais les roues chassèrent, et la moto glissa, tombant sur le côté.

Hall parvint à s'éjecter alors que la Ninja se coinçait sous les roues de la voiture avec un bruit affreux. Andy fit de son mieux pour contrôler son véhicule, mais il ne put braquer à temps pour éviter le fossé qui arrivait.

Ça allait faire mal.

Il fonça dans un enchevêtrement de bouleaux et d'aubépine, et ferma les yeux avant l'impact. Sa dernière pensée fut le soulagement à l'idée que Roz fût hors d'atteinte de Hall.

L'airbag se déclencha, le plaquant contre son siège. Il avait vaguement conscience du bruit des roues tournant dans la boue et du meuglement de quelques vaches inquiètes. Bon Dieu, il avait vraiment merdé ! Il procéda inconsciemment à un rapide état des lieux de son corps. Il avait mal partout, mais rien de cassé. Une belle collection de bleus l'attendait, ce qui ne serait pas la première fois. Andy se dépêtra de l'airbag qui commençait à se dégonfler et sortit de la Jeep en titubant.

Au loin, il aperçut Roz galopant toujours vers les écuries. Il secoua la tête, un peu groggy, pour tenter de recouvrer ses esprits. Quelque chose clochait dans le tableau. Il y manquait un élément.

Où était Hall ?

Le premier coup surgit de nulle part, le projetant contre sa voiture. Andy leva un bras instinctivement et bloqua le coup suivant avant de frapper à son tour. Hall esquiva en s'écartant de lui. Il avait le visage égratigné suite à sa chute de moto, mais le regard meurtrier qu'il arborait indiquait clairement qu'il n'avait pas encore baissé les bras.

— Je vais te régler ton compte et après ça, je m'occuperai du petit Chaperon rouge.

L'adrénaline envahit ses veines, s'y mélangeant avec la colère et anesthésiant ses douleurs. Il était le seul obstacle entre Roz et Hall, et jamais ce fumier ne toucherait un seul cheveu de sa femme.

— Ne l'appelle pas comme ça.

Hall pencha la tête.

— Oh ! si c'est pas mignon. Quelqu'un en pince pour le petit Chaperon.

Andy était heureux que Roz ne soit pas là. Il n'aurait pas pu affronter Hall et la protéger en même temps. Ce salopard avait soif de sang. Quoi qu'il advienne, il fallait que tout ça se termine ici.

Hall fonça sur lui. La lame de son couteau de plongée arriva sur sa cible en décrivant un arc redoutable.

Andy se déroba, mais pas assez vite. Une vive douleur lui frappa la cage thoracique avec l'intensité d'une brûlure au fer rouge. Serrant les dents, Andy bloqua le coup suivant et décocha une série de coups brefs pendant que Hall était déséquilibré.

Sa petite victoire ne dura pas bien longtemps. Hall semblait ne rien sentir. Il afficha un rictus sauvage.

— Il va falloir faire mieux que ça, mon gars.

Le coup suivant déchira la manche de sa chemise. Une fine ligne de sang s'étendit de son épaule jusqu'au poignet. Andy avait entendu parler de gens qui mouraient à force d'être entaillés ; il ne savait pas combien de coupures il pourrait supporter avant de défaillir. Feignant de s'écarter à gauche, il déséquilibra son adversaire et parvint à le frapper deux fois dans les côtes.

Le grand costaud grimaça.

— Un peu mieux. Mais je commence tout juste à m'échauffer.

Les représailles ne se firent pas attendre. Alors qu'Andy se concentrait sur la lame, un poing de la taille d'un jambon vint lui percuter la mâchoire. Sa tête partit en arrière. Bon Dieu, il avait l'impression de s'être pris un coup de marteau.

Il se ressaisit et donna un autre coup, cette fois dans le genou de son ennemi. Hall poussa un grognement sans que cela le fasse fléchir pour autant. En quoi ce type était-il fait ? En titane ?

Coup. Esquive. Coup. Nouveau contact brûlant. Andy ne comptait plus ses blessures. Il perdait du sang au flanc, et les autres entailles, moins profondes, lui donnaient l'impression d'avoir le corps en feu.

Hall boitait légèrement, mais il avait encore beaucoup de force. En avait-il suffisamment pour le tuer ? Andy ne pouvait courir ce risque. Plus longtemps il le maintiendrait ici, plus Roz aurait de temps pour s'enfuir. S'il la suivait, ils seraient tous les deux morts – scénario inconcevable.

Perché sur la pointe des pieds, Andy évita le coup suivant de Hall. Il devait mettre autant de distance que possible entre lui et ce couteau. Il feignit d'aller à droite avant d'envoyer un coup de pied circulaire vers le visage de Hall. Il rata sa cible, mais son pied frappa la poitrine de Hall, qui tomba à terre. C'était maintenant ou jamais. Andy fondit sur lui.

Dans une sorte de parodie d'étreinte amoureuse, les deux rivaux roulèrent sur le sol, chacun essayant de dominer l'autre. Andy attrapa un des poignets de Hall et enfonça ses doigts profondément dans la terre afin de lui faire lâcher son couteau. Hall poussa un glapissement de douleur, mais refusa obstinément de lâcher son arme.

Andy prit alors son élan pour mettre un coup de tête à son adversaire. Il se délecta en entendant un bruit d'os et de cartilage brisés. Hall rugit de douleur tandis que le sang jaillissait de son nez cassé. Profitant de sa distraction, Andy plaqua la main de Hall par terre, et la lame s'en échappa et disparut sous la Jeep.

Malgré son saignement intempestif, l'ancien SEAL ne s'avouait pas vaincu. Il prit Andy par les cheveux, tira brusquement et parvint à les faire rouler tous deux à terre. L'air quitta les poumons d'Andy quand il se retrouva plaqué au sol.

Décidément, ce type était pire que Terminator.

Andy sentit quelque chose de dur contre sa hanche. Il avait encore le cure-pied de Roz. Ce n'était pas grand-chose, juste une petite lame et une pointe pour retirer les cailloux des sabots des chevaux. Il faudrait s'en contenter. En dépit du poids écrasant de son adversaire sur lui, Andy parvint à l'extraire de sa poche.

Lâchant les cheveux d'Andy, Hall concentra son attention sur la gorge découverte de son ennemi.

Bon Dieu, Hall allait l'étrangler ! Andy ne pouvait plus respirer. Sa vision commençait à se troubler sur les bords. Quelque part, au loin, il entendit Roz hurler, ce qui le ramena à la réalité. Il parvint à lever le bras et enfonça la pointe du cure-pied dans le cou de l'autre. Hall eut un regard horrifié alors que le sang jaillissait de sa carotide comme d'une fontaine. Il relâcha son étreinte, et Andy put inspirer avant de repousser son adversaire.

Il se releva péniblement. Un horrible sifflement emplissait le silence. C'était Hall, cherchant un souffle qu'il ne retrouverait jamais. Ses doigts tâtonnèrent en direction de l'instrument noir et jaune planté dans sa gorge, puis il s'écroula à terre. Andy ferma les yeux et les rouvrit. Un missile roux filait vers lui à travers champs et se jeta dans ses bras. Il enfouit le visage dans ses cheveux et la serra comme s'il ne voulait plus jamais la laisser partir.

Il n'aurait su dire combien de temps ils restèrent ainsi. Le son de sirènes retentit bientôt. Il avait vaguement conscience que des gens couraient vers lui, mais il était incapable de bouger. L'adrénaline commença à retomber, et la douleur, à revenir. Son corps entier réclamait des soins urgents. Pourtant, il s'en moquait totalement.

Seule Roz lui importait.

Elle se dégagea de son étreinte et scruta toutes ses blessures avec des yeux inquiets. Elle toucha ses côtes, et son visage déjà pâle devint blême en constatant qu'il saignait abondamment.

— Tu es blessé !

— Sans blague ?

Andy refusa de lâcher la main de Roz pendant que l'équipe médicale s'occupait de ses blessures dans la cuisine des O'Hara. L'hôpital fut exclu d'office. Il refusa tout net de s'y rendre, ne voulant pas s'éloigner de Roz un seul instant. Il était brisé de fatigue et devait souffrir d'hallucinations, car il voyait un homme en costume blanc ressemblant étrangement à Frankie Fletcher se faire traiter comme un roi du pétrole.

Le corps de Hall avait été emmené à la morgue de l'hôpital. Il y avait suffisamment de témoins pour confirmer qu'il s'agissait d'un cas de légitime défense. Au moins Andy ne se trouvait-il pas accusé de meurtre. Il avait réussi à éviter la plupart des questions des policiers en les renvoyant vers Niall et Interpol. Le grand chef était déjà en route pour l'Irlande.

L'infirmier termina le pansement de la blessure sur ses côtes.

— Si vous ne voulez pas aller aux urgences, promettez-moi au moins de garder le repos un moment.

Andy acquiesça. Il se voyait mal faire autrement.

— Il reste avec moi. Je veillerai à ce qu'il se repose, intervint Roz.

— Est-ce une proposition ? Je ne suis pas sûr d'être très vaillant ce soir.

Le regard qu'elle lui lança fit rire l'infirmier.

— Je vous laisse aux bons soins de madame.

Patrick était parvenu à sortir la Jeep du fossé et insista pour les conduire à l'appartement de Roz, bien qu'il se trouvât tout près. Roz ouvrit la porte et aida Andy à entrer. Il allait sûrement lui faire une nouvelle leçon de morale sur sa sécurité.

Avant de partir, Patrick apporta le sac et la veste d'Andy restés dans la Jeep. Roz le couvrit d'une couverture et alluma le chauffage.

— Je vais te chercher quelque chose à boire, dit-elle.

Pourquoi ne s'asseyait-elle pas auprès de lui ? Il y avait autre chose que la mésaventure avec Hall. Andy tapota le canapé pour l'inviter à le rejoindre.

— Je ne veux rien boire. Je te veux, toi.

Elle s'assit à contrecœur en se tordant les mains sur ses genoux.

Oui. Il y avait bien autre chose.

Ignorant sa réticence, il l'attira dans ses bras et enroula la couverture autour de leurs deux corps.

— C'est fini. Tu es libre, désormais.

Elle eut un rire désabusé.

— Je ne serai jamais libre.

— Mais si. Maintenant que Hall est mort, tout est différent. Interpol n'a plus besoin de toi. On retourne à *Lough Darra* demain.

— Je ne peux pas. Tu ne sais pas ce que j'ai fait.

— J'en ai une petite idée.

Andy tendit le bras et grimaça. Le moindre geste lui faisait un mal de chien.

— Tu veux bien attraper mon sac, s'il te plaît ?

Étonnée, elle se leva et alla chercher le sac.

Andy ouvrit la fermeture éclair et en sortit une petite poche en velours. Il l'avait emportée partout depuis qu'il l'avait récupérée chez le prêteur sur gages, espérant bien repasser la bague au doigt de sa fiancée dès que possible.

— Tu as oublié quelque chose quand tu es partie.

Elle resta bouche bée en voyant le nom sur la poche.

— Ma bague ? Tu l'as récupérée ?

— Oui. Et cette fois, je veux que tu la portes pour de vrai.

Les larmes montèrent aux yeux de Roz, qui balbutia en secouant la tête :

— Oh ! Andy, je ne peux pas… Je suis vraiment désolée.

Il avait eu une vraie journée de merde. Il avait été battu, poignardé, à moitié étranglé et presque tué par un psychopathe. Après tout ça, il n'était pas question de se contenter de cette réponse.

Roz l'aimait. Il en était certain. Il devait trouver un moyen de lui faire entendre raison. Il l'attira de nouveau dans ses bras et tira la couverture sur eux.

— Bon. Si tu peux me fournir dix raisons valables pour qu'on ne se marie pas, je te laisserai partir.

Elle releva la tête, indignée.

— Tu ne peux pas faire ça.

— Bien sûr que si. Allez, si tu es vraiment contre l'idée qu'on soit ensemble, tu dois avoir des tas de bonnes raisons.

— Je viens d'arnaquer Tim O'Sullivan de cinq millions.

— Il peut se le permettre.

Andy avait hâte de connaître les détails de cette histoire, mais il ne voulait pas changer de sujet maintenant. Il avait des choses plus importantes à faire d'abord.

— Tu ne comprends pas ? Il va devenir fou quand il se rendra compte de ce que j'ai fait, dit-elle d'une voix haut perchée.

— Alors, rends-lui cet argent.

— Je ne peux pas. Mon père s'est mis les mauvaises personnes à dos. Il me faut un demi-million pour lui éviter de se faire péter les rotules.

Andy sentit la rage le gagner. Peter Spring n'était qu'un salaud. Était-ce le rôle d'un père que de laisser son enfant le tirer d'affaire chaque fois qu'il se foutait dans la merde ?

Il mit un doigt sous le menton de Roz, la forçant à le regarder dans les yeux.

— Tu n'es pas responsable de ton père. Laisse-le régler ses problèmes. Bon Dieu, qu'il se trouve un boulot !

Roz se renfrogna devant cette réponse peu compatissante.

Andy ne comptait pas laisser son gredin de père s'immiscer entre eux.

— Si tu veux qu'il se fasse oublier, je lui trouverai un boulot en Irlande. Tiens, je suis sûr que les O'Hara ne diraient pas non pour avoir un garçon d'écurie de plus.

— Tu es fou ? Mon père ne ferait jamais ce genre de travail.

Au ton de sa voix, on aurait dit qu'il avait suggéré de l'envoyer dans l'espace sans combinaison spatiale.

— Bien. Alors, qu'il change de sexe et qu'il rejoigne un couvent, je m'en moque. Seulement, il a le choix. Il peut tout à fait s'éclipser s'il le veut vraiment.

Elle hocha timidement la tête.

— Oui, peut-être.

— J'attends les huit autres raisons.

Elle réfléchit quelques instants avant de répondre.

— Frankie a été blessé en nous aidant à partir de Tullamore. Je lui suis redevable.

— Dans ce cas, moi aussi, mais tu ne lui es pas redevable pour le reste de ta vie non plus. À vrai dire, il avait fière allure dans son déguisement de cheik. Je ne m'inquiète pas trop pour lui.

— Tes parents vont me détester quand ils apprendront la vérité. Je ne suis pas riche. Je n'ai pas fréquenté de grandes universités, et mon père est un…

— As-tu déjà tué quelqu'un ?

— Tué ? Non ! répondit-elle, l'air outré.

— As-tu un casier judiciaire ?

Andy connaissait déjà la réponse à cette question : Roz avait réussi à garder une longueur d'avance sur la loi durant toute sa vie.

— Pas vraiment, mais quel est le rapport ?

— Mes parents se ficheront que tu sois pauvre ou

que tu aies fréquenté un lycée technique au lieu de la Sorbonne. Ils t'aiment pour ce que tu es vraiment : celle qui donne un coup de main sur le domaine et pose pendant des heures pour un portrait sans se plaindre.

Andy crut percevoir un début de sourire, mais la bouche de Roz se pinça rapidement.

— J'ai un passé qui n'est pas joli, joli.

— Comme ça, on est à égalité. Je n'aimerais pas te raconter la moitié des choses que j'ai faites, non plus. Je ne suis pas un brave type.

— Tu es vraiment impossible, tu sais ?

Elle lui donna un petit coup qui le fit grimacer, puis s'empressa de s'excuser. Mais elle sentait la tension redescendre dans son corps. Après tout, peut-être y avait-il de l'espoir ? Andy prit la petite poche en velours et l'agita sous le nez de Roz.

— Alors ? Tu es à court de raisons ?

— Non.

Elle poussa un gros soupir.

— Je ne peux pas vivre à tes crochets. J'ai besoin de travailler. Je n'ai jamais dépendu d'un homme.

Évidemment. Andy était prêt à parier que Roz avait été forcée d'être indépendante beaucoup trop tôt. Il aurait aimé être seul pendant dix minutes dans une allée sombre avec Peter Spring.

— À mes crochets… Je te signale que tu as beaucoup plus d'argent que moi.

Elle rit malgré elle.

— Une autre raison débile ?

Elle se rembrunit.

— Ton monde est à des années-lumière de celui dans lequel j'ai grandi. Je ne colle pas dans le tableau. Je peux jouer la comédie, mais c'est tout. Ce ne sera jamais vrai.

Andy la serra entre ses bras et déposa un baiser en haut de sa tête en respirant l'odeur de ses cheveux. La douleur dans sa poitrine n'avait rien à voir avec sa bataille contre Hall. Il ne voulait pas perdre Roz une nouvelle fois. Quelles que soient les difficultés qui les attendaient, ils trouveraient une solution.

— Je sais que tu as des problèmes de confiance, mais je ne suis pas ton père et tu dois apprendre à te fier aux autres.

Roz, l'air concentré, tripota la couverture.

— Mais si je n'y arrive pas ? Si je fiche tout en l'air ?

— C'est possible, mais j'ai envie d'essayer, si tu le veux aussi.

Elle releva la tête et le regarda droit dans les yeux.

— Et ton travail ? Et toutes les autres femmes ? Je ne te laisserai pas courir partout en séduisant toutes les femmes que tu croises.

Elle était jalouse ! Andy eut envie de pousser un cri de joie et d'entamer une danse effrénée, mais son corps n'était pas de cet avis.

Il était resté célibataire, craignant que quelqu'un n'ait un jour à appeler pour le signaler blessé ou disparu, mais il était temps que ça change.

— Pour tout te dire, le fait de me faire tabasser ou tirer dessus a perdu un peu de charme à mes yeux, ces derniers temps. Niall peut me confier un autre poste.

Roz ne capitulait toujours pas.

— J'étais une domina professionnelle ! lança-t-elle.

Elle attendit sa réaction, comme si elle venait de lâcher une bombe.

— Essaie donc de me dire un truc que je ne sais pas déjà.

Il la lâcha et se redressa tant bien que mal. Il prit les mains de Roz dans les siennes. Elles étaient petites et délicates, et il y perçut un léger tremblement.

— Dis-moi : as-tu couché avec ces hommes ?

— Non !

Elle tenta de retirer ses mains, mais il les retint fermement.

— Bien sûr que non. J'étais une domina, pas une pute. En gros, je leur donnais des ordres ou je les fouettais. Ou encore je les laissais lécher mes chaussures.

Andy sourit. Il ne put s'en empêcher. Elle était vraiment adorable, avec son air de petite fille fâchée.

— Je suis aussi ému par une paire de talons hauts que la plupart des hommes, mais ne t'attends pas à ce que je les lèche un jour.

— Tu ne m'as pas écoutée ? Je t'ai dit que j'étais une domina professionnelle.

— J'ai entendu. On va bien s'amuser, à déterminer qui des deux dirige la danse.

Andy se réjouit à cette perspective. Il ne pouvait imaginer meilleure partenaire pour cela.

— Et si l'on rencontrait quelqu'un qui me connaît ? Ça pourrait causer un beau scandale, ajouta-t-elle.

L'ombre qui passa dans ses yeux en disait long sur son passé.

Andy lui prit les mains et la força à le regarder en face.

— Fais-moi confiance. Personne ne fera jamais de scandale sur madame Andrew Campbell McTavish. Ce n'est pas le genre de la famille.

Mais elle n'en avait pas terminé.

— Tu ne sais pas vraiment qui je suis et, quand tu le sauras, tu…

La souffrance qu'il entendit dans sa voix lui brisa le cœur. La Roz forte, insolente et indépendante n'était qu'une façade. Sous le vernis, elle était bien plus fragile. Elle avait appris à faire semblant, à repousser les autres, mais il était hors de question qu'elle y parvienne avec lui.

— Je quoi ? Je te tromperai ? Je me moquerai de toi ? Je te quitterai ?

— Oui, tout ça, mais ce n'est pas la vraie raison.

Elle essuya une larme d'une main rageuse. Andy sentit qu'une mauvaise nouvelle arrivait.

— Je ne peux pas me marier avec toi, parce que je suis enceinte.

Le silence qui se fit dans le petit studio était si profond que Roz entendait les battements de son cœur. Elle s'était promis de ne pas le lui dire, mais n'avait finalement pas eu le choix. Elle attendit sa réaction. Allait-il demander de qui était l'enfant ? Elle en serait malade. D'un autre côté, s'il en profitait pour insister à la demander en mariage, ce serait presque pire. Elle ne supporterait pas de passer le reste de sa vie avec lui en se demandant si Andy ne l'avait pas épousée par noblesse de cœur, juste parce qu'elle était enceinte.

Elle se rendit compte qu'elle retenait son souffle et expira brusquement.

Andy la fixait, pétrifié par la nouvelle. Ses yeux se plissèrent.

— Depuis combien de temps sais-tu que tu es enceinte ? demanda-t-il sèchement.

Son intonation n'était pas celle d'un homme prêt à tomber à genoux.

— Euh, environ deux mois, maintenant, avoua-t-elle.

— Deux mois ! Depuis deux mois, tu sais que tu portes mon enfant et tu ne m'as rien dit ! Et, pendant ce temps-là, tu montes à cheval et tu fais toutes sortes de choses physiques totalement inappropriées, j'imagine.

— Eh bien…

La discussion ne prenait pas la tournure à laquelle elle s'attendait. Il revint à la charge.

— Ne me dis pas le contraire ! Négliger ta propre sécurité est déjà grave. Et voilà que j'apprends que tu as aussi mis notre enfant en danger.

Était-il sérieux ? Elle redressa les épaules.

— Tu ne sais pas de quoi tu parles. Je me suis renseignée, et je n'ai pris aucun risque inutile.

— Et tes soi-disant sources de renseignements savent-elles que tu es une vraie casse-cou ? rétorqua-t-il. Ce n'est pas comme si l'on parlait d'une femme normale, raisonnable, qui réfléchit deux minutes avant de faire n'importe quoi.

Elle resta bouche bée, outrée.

— Casse-cou ?

— Oh ! mais ce n'était peut-être pas toi, en train de galoper à cru sur un cheval de course lancé à fond vers une autoroute, tout à l'heure ? Ce devait être ton idiote de sœur jumelle !

Andy avait l'air vraiment hors de lui.

— Alors, j'aurais dû laisser ce fou me tuer plutôt que de risquer de monter à cheval, c'est ça ?

Elle ne comptait pas laisser Andy prendre la main sur ce dossier.

— Non ! Tu aurais dû me prévenir il y a deux mois, pour que je sois là pour te protéger.

Roz bouillait littéralement de rage, mais cette réponse l'arrêta. Andy poursuivit :

— S'il t'était arrivé quoi que ce soit, je n'aurais pas pu le supporter. Penser à toi en danger, comme ça…

Il la prit dans ses bras et la serra si fort qu'elle eut du mal à respirer.

Mais qu'importait de respirer ?

— C'est aussi ce que je ressens pour toi quand tu pars faire tes trucs de soldat, murmura-t-elle.

Il la serra encore plus fort.

— Alors, il est peut-être temps que je laisse la relève faire le boulot dangereux.

Elle dégagea un bras et le passa autour de son cou.

— Bonne idée, dit-elle avant de l'embrasser.

Il lui releva le menton pour la regarder droit dans les yeux.

— Une seule raison importe, au bout du compte. Est-ce que tu m'aimes ?

Elle inspira. C'était le moment de dire la vérité.

— Tellement que ça me fait mal. Je n'ai jamais aimé personne comme ça, et ça ne m'arrivera plus jamais.

Il resserra son étreinte autour d'elle.

— Dieu merci, c'est réciproque. T'aimer à ce point et savoir que tu ne partages pas le même sentiment m'aurait tué.

Était-il encore besoin de mots ? Elle leva la tête vers lui et l'embrassa.

37

Roz effectua le trajet retour vers *Lough Darra* dans le silence. Elle conduisait, laissant Andy dormir à l'arrière, enveloppé dans une couverture à motifs écossais. Malgré l'arnica que Suzanne avait appliquée sur son visage, ses ecchymoses étaient plus visibles aujourd'hui. Il avait l'air d'avoir disputé dix rounds contre un champion de boxe catégorie poids lourd.

Andy avait affronté son ennemi pour elle. Et gagné. Et il la voulait, elle, et son bébé. Elle posa une main sur son ventre.

— Je crois qu'on va devoir prendre soin de papa pendant un moment.

— Quoi ? murmura Andy, qui s'éveillait à peine.

— Oh ! rien, répondit Roz en rougissant. Je pensais à un truc.

Elle ne s'était pas rendu compte qu'elle avait parlé à haute voix.

Elle avait proposé à Tim de lui racheter Nagsy, expliquant que le cheval avait une fragilité à une jambe.

— Dis-lui que c'est une arnaque, lui avait recommandé Andy.

— Pour impliquer tous les autres dans une fraude caractérisée ? Non. Je vais lui dire qu'il a tendance à se blesser facilement et lui rendre l'argent.

Seulement, Tim avait refusé. Il avait considéré son offre comme un classique regret de vente et ne s'en était trouvé que plus motivé à garder le cheval.

Niall avait proposé d'organiser une nouvelle vie pour son père à sa sortie de prison, mais il avait refusé de révéler où exactement Peter partait aux États-Unis avec sa part du magot. La banque alimentaire de Peckham avait reçu une généreuse donation anonyme, et, pour la première fois de sa vie, Roz se sentait… Eh bien, elle ne savait trop comment elle se sentait.

Elle avait été tellement étrangère au bonheur pendant si longtemps qu'elle avait du mal à se détendre pour l'apprécier. À Tullamore, dans le mobil-home de Cheyenne, elle s'était servie d'un mug où il était écrit DANS LA VIE, IL NE SUFFIT PAS DE SE TROUVER, IL FAUT S'INVENTER. Peut-être était-ce vrai. Elle s'inventait une nouvelle Roz, et ce jour était le début de sa vie avec Andy.

À l'arrière, Andy poussa un petit grognement de douleur en s'étirant. Oui, il avait vraiment besoin qu'on s'occupe de lui.

Elle avait à peine posé un pied hors de la Jeep quand Poppy arriva. La vieille femme semblait un peu plus frêle depuis la dernière fois où elles s'étaient vues, mais ses yeux brillaient et elle avait un sourire ravi.

— Oh ! ma chère petite. Je suis tellement heureuse qu'il vous ait retrouvée. Andy était si malheureux.

— Ce n'est pas vrai, répondit l'intéressé.

Poppy avisa son visage tuméfié avec inquiétude.

— Je ne t'ai jamais vu dans un tel état depuis l'Afghanistan. Tu es sûr que tu ne devrais pas plutôt être à l'hôpital ?

— Absolument.

Andy embrassa sa mère sur la joue.

— Quelques jours de repos, et ça ira. J'ai emmené mon infirmière.

Roz ne releva pas. Il lui paierait ça quand il irait mieux.

— Allez, au lit, lui dit-elle.

Andy essaya de lui faire un clin d'œil, mais son visage ravagé ne le lui permettait pas. Ils montèrent lentement l'escalier pour gagner la grande chambre.

— Je vous laisse vous installer, dit Poppy. Vous avez besoin de vous reposer après la route. Maggie a promis de faire le repas préféré d'Andy.

Elle ferma la porte, les laissant seuls.

Roz se chargea de défaire le sac d'Andy. Sa chemise était déchirée et maculée de sang. Elle ne voulait pas que Poppy voie ça. Son jean sombre était également entaillé. Elle les roula en boule, comptant les jeter plus tard.

— Infirmière, appela Andy comme elle se retournait. Je crois que j'ai besoin d'aide.

— Ah oui ?

Elle croisa les bras et inclina la tête en essayant de ne pas rire.

— De quel genre d'aide ?

Assis sur le lit, il prit un air de chien battu, mais le rire qui se lisait dans ses yeux bruns était teinté d'autre chose.

— N'y pense même pas, Andy McTavish. Tu as failli mourir, tu en es conscient ou pas ?

— Je croyais que tu allais prendre soin de moi ? J'ai mal. J'ai besoin de réconfort.

Roz traversa la chambre et se posta devant lui pour écarter une mèche de cheveux de son front.

— Où as-tu mal ?

— Ici.

Il désigna sa joue. Roz y déposa un doux baiser.

— Et ici.

Andy montra son cou, où l'on distinguait clairement des bleus en forme de doigts.

Roz ouvrit le premier bouton de sa chemise pour mieux y accéder et embrassa sa peau douce. Tout esquinté qu'il était, il était toujours sexy en diable et il lui avait manqué. Un picotement se fit sentir dans son ventre, qui n'avait rien à voir avec le bébé. Était-elle dévergondée à ce point ? Elle ne pouvait tout de même pas demander à un homme blessé de…

— J'ai aussi un endroit très « maleux » sur mon ventre, continua-t-il.

Elle releva la tête.

— « Maleux » ? C'est un mot qui existe, ça ?

— Oh ! je ne sais pas. Je n'ai pas fait la Sorbonne, moi.

— Ne pousse pas trop loin, le prévint-elle.

Ce coup-là, elle n'était pas près de le digérer.

— Mais tu m'as manqué toutes les nuits. Je ne t'ai pas manqué, moi ? Même un tout petit peu ?

— Si, pour certaines choses, dit-elle en riant. Mais je crois qu'on va devoir attendre que tu ailles mieux avant de s'occuper de ça.

— Je ne voudrais surtout pas laisser une dame dans le besoin, murmura-t-il. En étant très prudents, on pourrait peut-être quand même s'occuper l'un de l'autre.

— Andy, on est au milieu de l'après-midi ; tu ne vas quand même pas…

Il la réduisit au silence d'un baiser. Il était peut-être blessé, mais sa langue était en pleine forme. Elle lutta avec celle de Roz en une invitation sensuelle, lui arrachant un doux gémissement. C'était si bon, et cela faisait tellement longtemps. Elle s'écarta de lui à contrecœur.

— Tu es sûr ?

— Pour l'instant, la zone la plus douloureuse de mon corps est ma bite. Aide-moi à me déshabiller.

Roz ne se le fit pas dire deux fois. Elle ouvrit un à un les boutons de sa chemise et la lui enleva. Agenouillée par terre, elle lui retira ses chaussures et ôta son pantalon. Dans la vive lumière du printemps, les dégâts occasionnés par Hall sur le corps d'Andy apparaissaient vivement. Mais il était à elle, et elle aimait la moindre parcelle meurtrie de son anatomie.

— Je ne vois pas où te toucher sans te faire mal.

— On trouvera bien. Déshabille-toi, maintenant.

Elle obéit à cet ordre en riant sous cape. Son homme était peut-être affaibli physiquement, mais il était toujours le même intérieurement. Il y avait quelque chose de libérateur à se retrouver ainsi nus à la lumière du jour. Roz prit la pose, attendant l'ordre suivant.

— Tourne-toi.

Elle pivota sur ses talons et lui fit la moue par-dessus son épaule. Ses seins pointèrent en entendant un râle approbateur derrière elle.

— Bon sang, j'adore ton cul.

Il tapota le lit à côté de lui.

— Viens ici.

Roz décida de le taquiner. Andy devait apprendre qu'il ne pouvait pas toujours tout faire à sa manière.

— J'ai un truc à faire d'abord.

Elle monta sur le lit et s'assit à ses pieds. Pour une fois qu'Andy ne menait pas la danse, elle allait en profiter. Son sexe était fièrement dressé, tel un trophée. Elle pencha la tête, laissant ses cheveux effleurer ses jambes, et déposa un baiser à l'intérieur de ses mollets. Prenant tout son temps, elle alterna coups de langue et tendres baisers en remontant entre ses cuisses.

La prochaine fois, lorsqu'il irait mieux, elle le mordrait peut-être dans cette zone. Elle aimait l'idée de lui laisser une marque attestant qu'il lui appartenait. Roz s'arrêta quand elle atteignit son membre. Elle lui coula alors son plus beau regard de reine du porno et commença à le lécher lentement, en partant de la base. Il poussa un grognement étranglé qui la combla de joie. Ouvrant grand la bouche, elle la referma sur son gland et fit tourner sa langue autour de la pointe sensible.

— Oui, comme ça. Comme ça, dit-il d'une voix rauque.

Ravie, elle leva la tête et plongea de nouveau pour le prendre plus profondément. Elle adorait le sentiment de puissance que cela lui donnait. C'était plus grisant que n'importe quel aphrodisiaque. Andy était sans défense et à elle toute seule.

— Je veux voir ton visage. Je veux te regarder me faire ça, dit-il.

— Petit diablotin.

Elle lui obéit, cependant, et repoussa ses cheveux pardessus son épaule afin qu'il puisse la voir le lécher de bas en haut avant de le reprendre en bouche.

— Je veux être en toi, demanda-t-il.

Chevauchant ses hanches, elle saisit son membre et le frotta d'avant en arrière sur son clitoris. Roz baissa alors le bassin, ne le prenant que de quelques centimètres en elle avant de se soulever à nouveau. Elle répéta la manœuvre, consciente que cela allait le rendre fou.

Il ouvrit vivement les paupières.

— Petite garce. Quand j'irai mieux…

— Qu'est-ce que tu feras ?

Andy l'attrapa par les hanches et la tira avec force sur son sexe brandi.

— Baise-moi.

Cette brutale invasion faillit la faire décoller. Toutes ses terminaisons nerveuses étaient en émoi. Ses muscles internes se serrèrent. Elle allait jouir en un seul coup de reins.

— Du calme. Pas déjà. Sinon, tu vas m'emmener.

Elle soutint son regard tout en se soulevant et en s'abaissant de nouveau. C'était bon. Si bon. Elle ondula, frottant son clitoris contre lui à chaque descente. L'envie de jouir lui brûlait le bas du ventre. Elle poussa un gémissement.

— Je ne peux pas. Je t'en prie, laisse-moi jouir.

Il la saisit de nouveau par les hanches et la tira sur lui pour la pénétrer jusqu'à la garde. Elle était peut-être au-dessus, mais il luttait pour avoir le contrôle. Andy se cambra pour s'enfoncer en elle jusqu'à ce que cela lui fasse presque mal. Son sang bouillait. C'était trop. Bien trop. Son ultime coup de reins acheva de faire perdre la tête à Roz. Elle planait. Sur une vague. Non, pas une vague, une étoile. Elle n'avait pas plus de contrôle d'elle-même qu'une poussière d'étoiles entraînée dans le sillage d'une comète. Lorsqu'elle rouvrit les yeux, elle avait la tête posée sur la poitrine d'Andy. Ils étaient encore l'un dans l'autre, et le cœur d'Andy battait la chamade à l'unisson du sien.

— Donne-moi ta bouche.

Andy lui donna un baiser rude et sans pitié. Les poings refermés sur ses cheveux, il prit possession de sa bouche jusqu'à ce qu'elle en ait le souffle coupé. Elle était à lui. Jamais elle ne s'était sentie aussi nue que lorsqu'il la regarda à cet instant. Andy connaissait son âme. Il connaissait le meilleur et le pire d'elle, mais son expression était pleine de tendresse et d'acceptation.

Bouleversée, elle éprouva une soudaine envie de pleurer sans savoir d'où cela venait. Était-ce parce qu'elle l'avait quitté, lui avait menti, ne lui avait pas fait confiance ? Elle les avait tous deux mis en danger, mais ils s'en étaient sortis. Ensemble.

— Je t'aime, murmura-t-elle.

Andy lui caressa le visage, puis sa main descendit sur son sein et s'arrêta sur son ventre.

— Pas autant que moi. Je t'aimerai toujours.

Il faisait déjà nuit lorsqu'il s'éveilla. Andy regarda son amante endormie. Il n'arrivait pas à croire que Roz soit de retour dans son lit. Il n'osait même pas penser à toutes les choses affreuses qui auraient pu lui arriver, à elle et à leur bébé. Jamais il n'oublierait l'image de Roz volant au-dessus de cette haie à dos de cheval.

Mais elle s'en était sortie ; et lui aussi.

Il lui caressa le visage, et elle murmura doucement dans son sommeil. Son visage était plus doux quand elle dormait. Elle ne pouvait alors dissimuler sa fragilité. Sa fougueuse petite femme avait traversé bien des épreuves, mais il en restait une qu'elle ne pourrait éviter bien longtemps. Annoncer sa grossesse à ses parents serait du gâteau en comparaison des retrouvailles avec sa sœur. Andy soupira. Il ne pouvait rien y faire.

Il avait promis à Niall et Sinead de le leur dire, quand il l'aurait retrouvée, et il tiendrait parole. Roz avait cambriolé le musée où travaillait Sinead, laquelle avait atterri en prison pour cela.

Il comprenait bien pourquoi elle avait fait ça. Peter Spring lui avait monté la tête contre les O'Sullivan. Ce salopard avait transféré son amertume et sa rage sur une enfant innocente, faisant d'elle un pion dans sa quête de vengeance. Mais Roz devait faire amende honorable. Elle devait affronter son passé avant qu'ils puissent avancer vers l'avenir.

Il sortit du lit en grimaçant et alla chercher son téléphone. Tout en enfilant une robe de chambre, il se glissa dans le couloir. Niall décrocha à la seconde sonnerie.

— On est rentrés, annonça Andy.

— Bien. J'ai presque fini de boucler le dossier Hall, et Sinead a hâte de voir sa sœur.

— Je dois te dire un truc avant que vous arriviez ici avec l'artillerie. Roz est enceinte, elle aussi.

Silence. Puis, Niall finit par rire.

— Eh bien, ça leur fera au moins une chose en commun.

— Exact. Quand est-ce qu'on fait ça ?

— Vu les circonstances, le plus tôt sera le mieux. Crois-tu que tes parents pourraient accueillir deux personnes de plus ?

Andy rit. Seule une fraction des chambres de *Lough Darra* était utilisée. Sa mère serait ravie d'avoir encore plus de compagnie.

— Aucun problème. À demain, alors.

Il jeta un coup d'œil frustré vers la porte de la chambre fermée. Malgré ses blessures, il aurait aimé se remettre au lit avec Roz, mais il devait d'abord discuter avec ses parents. Il trouva sa mère qui revenait du jardin d'hiver, ses vêtements tachés de peinture témoignant de sa dernière activité.

— Que fais-tu debout ? s'enquit-elle, inquiète. J'aimerais vraiment que tu voies un médecin.

— C'est déjà fait, maman, mais ce n'est pas important. Il faut qu'on parle.

Elle l'écouta raconter son histoire sans faire de commentaires, mais ses yeux se mouillèrent de larmes quand il lui annonça que Roz était enceinte.

— Oh ! mon chéri, je suis si contente pour vous. Bien sûr que je vais vous aider. Et on organisera le mariage ici, à *Lough Darra*, dès que j'aurai pu prendre les dispositions.

Le mariage ? Il éclata de rire. Il n'avait pas encore obtenu l'accord de Roz, mais il allait le faire. Il épouserait Roz Spring.

— Qu'est-ce qu'il y a, Andy ? Je sais que je suis vieux jeu, mais on ne peut tout de même accueillir le prochain héritier de *Lough Darra* sans que…

Andy reprit son sérieux.

— Bien sûr, maman. Je vais en parler à Roz.

Il remonta dans leur chambre pour réveiller Roz avant le dîner. Il espérait qu'elle serait d'accord pour se marier le surlendemain.

Roz cligna des yeux devant l'heure annoncée par son téléphone. Onze heures du matin. Comment avait-elle pu dormir si longtemps ? Elle resta allongée quelques minutes, attendant l'habituelle envie de vomir. Rien. Rien ne venait. Peut-être allait-elle passer une bonne journée. Son estomac gronda, frustré de ne pas avoir eu de petit-déjeuner. Elle demanderait à Maggie de lui concocter un petit quelque chose spécial grossesse.

Elle prit sa douche et partit dans la chambre bleue chercher les vêtements qu'elle y avait laissés, puis s'habilla. Trois mois de grossesse, et tout lui allait encore. Seule la taille de son jean la serrait un peu. Elle aperçut une voiture montant l'allée pour se garer devant la maison ; une voiture qu'elle ne connaissait pas. Dougal et Poppy devaient avoir de la visite.

Dans l'escalier, elle entendit des voix, en bas, avant qu'une porte ne se referme et les étouffe. L'une d'entre elles semblait être celle de Niall Moore. Pourvu qu'il ne soit pas là pour entraîner Andy Dieu sait où. Elle se hâta de rejoindre la cuisine et fut soulagée d'y trouver Maggie. L'eau lui monta à la bouche en voyant un plateau rempli de scones tout chauds.

— C'est par ici, le service.

Maggie s'empara du plateau, et Roz la suivit dans la bibliothèque, tel un chien affamé cherchant un bout d'os à ronger. Accaparée par sa faim, Roz ne remarqua la femme debout devant la fenêtre que lorsque celle-ci se retourna. Sinead. Que faisait sa sœur ici ? C'était un piège. Ça ne pouvait pas être une coïncidence. Elle s'était fait berner. Cela n'aurait pas pu se produire sans qu'Andy soit au courant. Il l'avait trahie.

Maggie s'éclipsa rapidement. Roz ignora le plateau pourtant alléchant.

Sinead leva la tête, mais Roz resta interdite, incapable de répondre au bonjour de sa sœur.

— Salut, Roro.

Son cœur se fendit en entendant son surnom d'enfance, et Roz réprima la puissante vague d'émotion qui montait en elle. Sinead s'approcha. Son haut large en soie ondula sous le mouvement, et c'est alors que Roz remarqua que sa sœur attendait elle aussi un bébé.

— Sinead, finit-elle par dire d'une voix étranglée, regrettant de ne pouvoir fournir une réponse plus éloquente.

Dans ses plus sombres pensées, c'était le moment dont elle avait rêvé, celui où elle serait face à la sœur qui l'avait abandonnée, qui l'avait laissée dans la pauvreté alors qu'elle avait tout.

Sa colère s'atténua légèrement en constatant la pâleur de Sinead. Les cernes sous ses yeux attestaient de nombreuses nuits sans sommeil. Elle avait eu à peu près le même spectacle sous les yeux chaque matin, dans le miroir de sa chambre chez les O'Hara.

La situation était différente, maintenant. Elle n'était plus pauvre. Elle n'était plus obligée d'acheter des vêtements d'occasion ou de courir les supermarchés discount pour trouver la nourriture la moins chère. Elle allait être la prochaine maîtresse de *Lough Darra* (si elle ne tuait pas Andy avant). Et elle avait un compte en banque sacrément bien fourni.

Elle fit un geste vers le plateau apporté par Maggie.

— Tu veux du thé ou du café ?

— Un thé, s'il te plaît. Pas trop fort, avec beaucoup de sucre.

— Je ne supporte plus le café, moi non plus.

Roz ne savait pas pourquoi elle lui confiait cela. Elle fouilla dans sa poche et en sortit quelques-uns des bonbons qu'elle emportait toujours. Elle n'eut pas la magnanimité de les lui tendre, mais elle les déposa sur la table basse.

— Tiens, ça te fera peut-être du bien.

Sinead en prit un avec un sourire timide.

— Merci.

Roz servit le thé en imitant les gestes qu'elle avait observés chez Poppy. Assise bien droite sur son fauteuil, elle grignota un scone tout en buvant son thé dans sa tasse en porcelaine. En parfaite petite lady. Sinead avait ajouté du beurre, de la confiture et de la crème fouettée sur son scone.

La donne avait changé, désormais. Non ? Alors, pourquoi se sentait-elle si mal à l'aise ?

Sinead reposa son scone sans y avoir touché. Le tic-tac de l'horloge de la bibliothèque devint assourdissant.

— C'est pour quand ?

Elles posèrent la question en même temps et eurent toutes deux un petit rire nerveux.

— Juste avant Noël. Et toi ? demanda Roz.

Sinead prit sa tasse et but une gorgée de thé avant de la reposer sur sa soucoupe.

— Fin octobre.

Roz hocha poliment la tête. Elle ne savait pas quoi dire. La dernière fois qu'elle avait parlé à sa sœur, c'était à l'arrière d'une camionnette de police à Paris. Elle l'avait aperçue au procès, à Genève, mais elles n'avaient eu aucun contact depuis lors.

Aucune de ces deux rencontres n'avait satisfait sa soif de revanche. Elle avait passé toutes ces années à rêver de revoir sa sœur. Elle se moquerait d'elle, la narguerait. Trouverait les mots justes pour la faire pleurer et implorer son pardon de l'avoir ainsi abandonnée. Roz avait imaginé toutes les situations possibles. Sauf d'être assise en face d'elle dans une bibliothèque, en train de prendre le thé et de se faire poliment la conversation.

Elle n'avait pas de plan pour ce cas. D'habitude, quand elle ne savait pas gérer une situation, elle s'enfuyait. Mais

Lough Darra était chez elle. Il était hors de question qu'elle s'en aille.

Roz fit un geste vers les murs de la pièce.

— Que penses-tu de ma maison ? Elle est plus grande que le manoir O'Sullivan, pas vrai ? Tu ne devais pas t'attendre à ça.

Sinead se leva prestement et buta dans la table basse ; sa tasse sauta dans sa soucoupe, répandant du thé partout. Elle avait clairement l'air blessé.

— Désolée, je n'y arrive pas. Il faut que j'y aille, dit-elle.

Elle était à mi-chemin de la porte quand Roz prit conscience qu'elle partait. Elle se leva à son tour, renversant encore plus de thé.

— Tu n'arrives pas à quoi ? Tu croyais peut-être que je serais ravie de te revoir ? Qu'on jouerait à la famille heureuse ? Redescends sur terre.

Sinead s'arrêta, une main sur la poignée de la porte, et secoua la tête. Elle avait les yeux brillants de larmes.

— Je ne sais pas ce que je croyais. Mais tu es ma sœur, et je t'ai cherchée longtemps. Seulement, je ne croyais pas que tu serais aussi…, aussi dégueulasse avec moi, Roro.

Ces mots la heurtèrent comme une gifle en pleine face. C'était Roz qui avait eu une enfance malheureuse. C'était elle qui avait vécu avec une série de « taties » pendant que papa était en prison. Personne ne s'était soucié d'elle, à ce moment-là.

Roz se rendit compte qu'elle venait de prononcer ces mots à haute voix quand un sanglot s'éleva dans la gorge de Sinead :

— Ce n'est pas toi qui as été abandonnée. Papa t'a gardée avec lui. Mais il n'a pas voulu de moi.

Ses jambes cédèrent sous elle, et Sinead s'effondra à genoux par terre, les épaules secouées par les sanglots.

— Ils ont écarté grand-mère, et, quand tout le monde

a été parti, on m'a laissée dans un endroit infesté de rats pendant des jours, sans rien à manger. Mais toi, tu avais papa. Et tu n'es jamais revenue me chercher. Je t'ai pleurée pendant des années, Roro, mais tu n'es jamais venue…

Roz resta figée en regardant sa sœur sangloter. Depuis quand était-ce elle, la méchante de l'histoire ? Soudain, elle se souvint d'une autre femme O'Sullivan en train de pleurer, dans les toilettes de l'hôtel Fitzwilliam.

« Tu savais où on était. Tu aurais pu venir nous voir quand tu voulais. » Les paroles pleines d'émotion de sa grand-mère eurent alors un écho différent.

Son ventre se noua quand elle comprit soudain.

Grand-mère O'Sullivan avait raison : Roz aurait pu contacter les O'Sullivan depuis des années. Frapper à leur porte et annoncer qui elle était. Quand elle était adolescente, elle avait rêvé de le faire, seulement, son père lui avait dit qu'ils ne désiraient pas la voir.

Son père lui avait dit bien des choses.

Et s'il n'avait pas dit vrai ? Après tout, mentir était son métier. Il déformait la vérité comme ça l'arrangeait. Mais il était son père. Il ne lui aurait quand même pas fait ça à elle. À moins que… ?

Un mélange d'émotions qu'elle n'aurait su nommer remonta brusquement à la surface, mêlé de vagues d'amertume, de regrets et de colère. Elle devait absolument trouver un moyen de régler ça, de cesser de faire souffrir sa sœur et de se faire souffrir elle-même.

Les yeux emplis de larmes, Roz avança vers Sinead et s'agenouilla près d'elle. Maladroitement, elle entoura sa sœur de ses bras et la serra contre elle.

— Je suis désolée. Pardon. Pardon.

Épilogue

— Viens voir papa.

Andy tendit les bras, et Emma Sinead Poppy Campbell McTavish se tortilla dans les bras de sa mère pour tenter d'atteindre son père.

— Vas-y, mon trésor.

Roz déposa un baiser dans le cou de sa fille avant de la tendre à Andy.

Jetant un coup d'œil dans le miroir, elle ajouta une nouvelle épingle à chapeau dans la création en velours noir qu'elle portait en espérant qu'elle ne s'envole pas. Il faisait froid à Cheltenham fin mars, et elle était pratiquement sûre qu'un vent glacial soufflerait sur l'hippodrome.

— On est fous ou quoi ? C'est n'importe quoi d'emmener un bébé à une course de chevaux.

— Je parie que Tim a une tribune privée, et, en plus, elle ne nous le pardonnerait jamais si on la laissait à la maison.

Roz eut un petit sourire. C'était l'excuse habituelle d'Andy. La vérité, c'est qu'il était totalement fou de la nouvelle femme de sa vie : Emma pouvait le faire manger dans le creux de sa main rien qu'en lui montrant ses gencives roses. Elle regarda Andy habiller adroitement la petite d'un minuscule manteau de velours et d'un chapeau assorti. C'était un père bien plus impliqué qu'elle ne l'aurait cru. Rien ne le rebutait, pas même les couches à explosion atomique, qu'il changeait sans broncher.

Roz secoua la tête, se rappelant la veille, lorsqu'elle était partie faire du shopping avec Sinead, laissant les deux pères s'occuper de leurs filles respectives. Les ex-rangers et leur progéniture avaient réussi à ruiner l'intérieur de sa sœur en moins de trois heures. Sinead n'avait pas apprécié, et les explications des hommes sur « la nécessité de fournir un entraînement précoce à la prochaine génération de rangers » n'était pas bien passée. Elle savait très bien qui tenir responsable des dégâts.

Roz consulta sa montre.

— Viens, on va être en retard.

L'hippodrome était bondé de fans, de *fashionistas* et de parieurs avides de sensations. Ils se rendirent au box des O'Sullivan, où une foule excitée se pressait autour de Tim O'Sullivan.

Roz redoutait ce jour. Elle avait fait plusieurs tentatives pour racheter Nagsy, que Tim avait toutes refusées.

— Comment est-il ? demanda Tim à l'entraîneur.

— En pleine forme, monsieur O'Sullivan. Il a hâte de sortir pour se dégourdir les jambes.

— Tu entends ça, Summer ? Je suis impatient de montrer ce qu'est un vrai cheval à toute cette bande de prétentieux.

Sa fille lui coula un regard agacé de sous son chapeau Philip Treacy. Roz sourit. Elle était sûre que Tim ne parlait que de ça depuis des semaines.

— Oui, papa, mais, s'il est si bon que ça, pourquoi ne lui faire courir qu'une seule course ?

— L'effet de surprise, déclara Tim. Mon poulain est un parfait inconnu, et les bookmakers le notent à cent contre un.

Il se frotta les mains, jubilant déjà.

Quelques rumeurs avaient circulé çà et là, mais les écuries O'Sullivan n'avaient pas la réputation de sortir des champions, et les bruits s'étaient rapidement taris.

— Tu es sûr de ne pas vouloir me le revendre ? demanda Roz.

— Pourquoi pas ? Mais pour dix millions, alors.

Il rit tout seul de sa blague avant de se retourner vers l'entraîneur.

Roz ajusta Emma dans son porte-bébé et scruta la foule, y cherchant Andy. Où était-il passé ? Elle le repéra bientôt, jouant des coudes dans la foule, un verre de champagne et une bouteille de bière sans alcool entre les mains.

— On fête quelque chose ?

— Ça ne va pas tarder. Dans deux furlongs et demi et vingt-deux barrières.

Il semblait curieusement content de lui, tel un enfant sachant ce que le père Noël allait lui apporter.

Roz pria pour qu'il ait raison. La Gold Cup était la course sans handicap la plus réputée d'Angleterre, avec un prix de presque un demi-million de livres. Un gagnant à cent contre un provoquerait une surprise sans précédent.

On annonça le début de la course dans les haut-parleurs, et ils se ruèrent à l'avant de la tribune.

— Je ne sais pas si je vais pouvoir regarder, murmura-t-elle à Andy. Ça va être un désastre.

Il lui serra la main.

— Fais-moi confiance. Tout va bien se passer.

Elle serra la sienne en retour. Elle commençait à apprendre que, lorsqu'Andy lui disait de lui faire confiance, elle pouvait s'y fier.

Les chevaux s'alignèrent sur la ligne de départ. Roz plissa les yeux jusqu'à ce qu'elle discerne le vert et le jaune de l'écurie O'Sullivan. Nagsy. Son cœur frémit. Son ami à quatre jambes lui manquait.

— J'espère qu'il ne va pas se blesser.

— Tu vas arrêter, oui ? fit Andy en riant. Tout ira bien. Finis ton verre et essaie plutôt de te faufiler devant. Je garde Emma.

Roz termina son verre de champagne. C'était son premier verre d'alcool depuis des mois, et il ne passait pas. Jusqu'ici, elle n'avait jamais eu à affronter les conséquences d'une de ses arnaques, et encore moins à cette échelle. Tous les mauvais coups qu'elle avait faits revinrent la hanter. Elle se fraya nerveusement un chemin à l'avant de la tribune et parvint à se loger dans un coin aux côtés de son oncle.

Le lancement de la course la prit au dépourvu. Un instant, les concurrents étaient dans les starting-gates, et, celui d'après, ils étaient déjà lancés sur la piste en un méli-mélo grondant de chevaux et de jockeys.

« Et c'est Lone Star qui prend la première échappée, fit la voix du commentateur dans le haut-parleur. Suivi de Giant's Causeway, Silverado, House of Worth et Champion's Dance. »

Où était Nagsy ? Roz se tordit le cou pour mieux voir. Elle ne le distinguait pas dans la masse. Les chevaux atteignirent la première barrière, et un « oooh » navré s'éleva dans les tribunes alors que House of Worth perdait son cavalier et continuait de galoper sans lui.

Il ne se passa rien de particulier pendant les quatre sauts suivants.

— Le voilà !

Tim lui vrilla les tympans tant il cria fort.

Effectivement, Nagsy remontait à l'intérieur de la corde, dans le groupe talonnant les leaders.

— Et il n'en est qu'à son galop d'échauffement ! lança Tim.

Roz perdit le compte des obstacles suivants. Pour son œil non aguerri, il n'y eut guère de changement dans l'ordre de la course, jusqu'à ce que Champion's Dance effectue un déplacement qui lui parut critique. Il se rapprocha de Lone Ranger, et les deux chevaux entamèrent une course effrénée, luttant tous deux pour la première place. Le troisième se rapprochait d'eux, mais ce fut le désastre pour lui au saut suivant. Roz n'avait pas bien vu ce qui s'était passé, mais, au final, deux chevaux chutèrent lourdement.

À trois obstacles de la fin du parcours, le groupe de Nagsy commença à se faire remarquer.

« Et voilà Bobby's Dazzler. Bobby's Dazzler qui lance un défi à Lone Star ! »

Le commentateur ne pouvait contenir son excitation. Bobby's Dazzler était le favori, celui sur lequel la plupart des parieurs avaient misé.

Alors qu'ils approchaient de la dernière barrière, Bobby's Dazzler se retrouva en tête, et Roz vit que Lone Star commençait à faiblir.

Nagsy dut le sentir, lui aussi. Semblant soudain s'éveiller, il accéléra brusquement. Tandis qu'il dépassait les autres avec aisance, Roz ne put se contenir :

— Cours, Nagsy, vas-y, mon beau !

Tim O'Sullivan ne se tenait plus d'excitation.

— Allez, bouge-toi le cul ! hurla-t-il.

Près de lui, les élégantes personnes du box voisin eurent un sourire pincé en le regardant, sourire qui s'effaça dès qu'ils virent le scénario qui se déroulait sur la piste.

L'avance de Nagsy augmentait à chaque foulée, jusqu'à ce qu'il se retrouve à dix longueurs devant son plus proche rival. Il franchit la ligne d'arrivée tel un missile, hors d'haleine. La foule exulta. Le commentateur était à court de superlatifs pour couvrir d'éloges ce gagnant inconnu et en oublia presque de placer les chevaux suivants.

« Gagnant Fils d'Hagar. Fils d'Hagar suivi de Bobby's Dazzler, Lone Star, Giant's Causeway et Totem Pole en cinquième position. »

— Dix longueurs ! Tu as vu ça ?

Tim O'Sullivan donna des coups de coude à sa fille.

— Dix longueurs, nom de Dieu ! Qu'est-ce que je t'avais dit ?

— Oui, papa.

Summer leva les yeux au ciel. Elle n'avait pas fini d'en entendre parler.

Tim se tourna vers la foule dans la tribune, rayonnant.

— Qui veut être le premier à annoncer aux médias que je suis le propriétaire de l'arrière-petit-fils de Shergar ?

Roz resta bouche bée.

— Arrière-petit-fils ?

Tim arbora un sourire sardonique.

— Je ne te l'avais pas dit ? J'ai fait effectuer mes propres tests ADN. Ils ne donnaient pas tout à fait la même chose que les tiens, mais la lignée était tout de même valable.

Elle fut encore plus sidérée quand Tim l'attira contre lui pour la serrer avec vigueur.

— Tu es une fille géniale. Une vraie O'Sullivan. Comme ta mère.

Il la lâcha et se tourna vers les médias qui faisaient de leur mieux pour envahir la tribune. Tim s'arrêta et regarda Roz par-dessus son épaule.

— Au fait, dis à ce vieux coquin de *Lough Darra* que, quand Fils d'Hagar ira au haras, il pourra m'envoyer sa meilleure jument. Ce sera gratuit pour lui.

Sur ce, il avança vers la foule déchaînée.

Roz se retint à la rambarde, hésitant entre le rire et les larmes. *Une vraie O'Sullivan – comme sa mère.* C'était peut-être vrai. Sa mère avait été jeune, et rebelle, sauf que Maggie n'avait jamais eu la chance de se poser.

À la différence de Roz.

Elle scruta la foule et y repéra deux têtes brunes l'une contre l'autre. Emma était fatiguée par tout ce raffut, et Andy chantait pour essayer de la distraire. Son cœur s'emplit d'amour, de fierté et de tendresse, au point qu'elle crut qu'il allait exploser. Elle se fraya un chemin dans la foule agglutinée autour des O'Sullivan et passa les bras autour de ses deux amours.

— Allez, rentrons à la maison.

Remerciements

Caroline et Eileen tiennent à remercier :

La direction de Charleville Castle, qui nous a autorisées à prendre toutes sortes de libertés à ce sujet, avec un merci tout spécial à Dudley et Damien.

Nos lecteurs-tests, Mary, Silje, Frances. Aoibhinn et Jack, pour leurs encouragements et pour leur perspicacité.

Patricia O'Reilly, qui continue de nous inspirer et de nous guider.

Nos éditrices Patricia Deevy et Davina Russell, ainsi que Michael, Cliona et toute l'équipe de Penguin Ireland, avec des remerciements particuliers à Catherine Ryan Howard, notre attachée de presse.

Madeleine Milburn, notre merveilleux agent.

Seoirse MacGabhann, notre webmaster, pour son travail et ses innombrables cafés.

Stella, pour nous avoir permis d'utiliser son appartement, et Dave, pour son expertise sur les armes.

Nos « inchoquables » amis de FetLife pour leurs suggestions coquines.

Et tous ceux, trop nombreux pour être nommés, qui ont répondu à nos questions (parfois des plus étranges) pendant l'écriture de ce livre.

EVIE HUNTER

Les Plaisirs d'Hiver

Lorsque la journaliste Abbie Marshall est obligée de s'enfuir du Honduras, sa seule solution est d'emprunter le jet privé d'une star hollywoodienne. Elle fait le trajet avec l'acteur Jack Winter, bad boy à l'esprit provocateur et au physique flamboyant.

ISBN : 978-2-8246-0653-7

Les Plaisirs d'Eté

Summer est riche, belle et… en danger. Flynn, un ancien soldat d'élite s'installe dans le monde doré de Summer comme garde du corps. Un homme aux manières frustes qu'elle déteste dès le premier regard. Et quand la jeune femme enfreint les règles une fois de trop, Flynn lui apprend l'obéissance. D'une manière qui les surprend tous les deux…

ISBN : 978-2-8246-0431-7

www.city-editions.com